KB003305

중국 핵심 강의

최소한의 중국 인문학
중국 핵심 강의

안 계 환 지음

중국이 감추고 싶었던 역사의 진풍경
– 유교를 버리고 유목민 사유를 이식하다

    한반도에 살고 있는 우리는 주변 강대국이 4개나 있다는 것을 잘 알고 있습니다. 우선 군대가 주둔하여 공동방어를 하고 있는 미국, 지리적으로 가까이 있으면서 현대사로 인해 관계가 껄끄러운 일본, 유럽중심 국가지만 아시아까지 야성을 뻗치고 있는 러시아가 있지요. 뭐니 뭐니 해도 가장 가까이 있으면서 오랫동안 특수한 관계를 유지해온 중국을 빼놓을 수 없겠습니다. 우리에게 주어진 가장 큰 과제는 남북으로 분단되어 긴장관계를 지속하고 있는 남북한 관계겠지요. 역사상 한반도가 이렇게 중요한 위치가 된 적이 있었을까요? 21세기 들어와 한반도 주변이 지구상에서 가장 뜨거운 지역으로 변모한 느낌입니다.

    1948년 정부수립 이후 우리나라는 미국의 정치적 영향력 아래 성장해 왔습니다. 미국을 통해 서양 학문을 들여왔고 정부의 구성과 운영, 경제정책도 미국 방식을 따라왔지요. 수학, 과학, 정치, 경제 등 학교에서 배우는 대부분의 학문은 서양에서 탄생한 것이었습니다. 오랫동안 정치적, 경제적으로 앞선 서구사상 배우기에 매진해 왔다고 할 수 있습니다. 그만큼 우리나라에게는 미국을 포함한 서양세계의 영향력이 절대적이었기 때문이죠. 미국과 일본, 그리고 서양문화만 배우면 선진문명 국가가 될 것처럼 지내왔던 겁니다.

그런데 19세기 중반 이후 정치적 혼란을 겪어 힘이 약해졌던 중국이 다시 그 힘을 되찾아가고 있습니다. 한반도에 대한 과거의 영향력을 점차 회복하고 있다고 봐야겠죠. 중국은 당이 주도하는 공산주의 국가이지만 실용노선을 채택해 엄청난 경제성장을 이루었습니다. 잠자던 용이 깨어난 것처럼 어느새 세계경제 2위의 대국으로 성장했고, 정치력에서도 미국과 함께 G2국가로서의 위상을 다져가고 있습니다. 최근에는 일대일로―對―路(One Belt One Road) 정책을 통해 아시아권의 맹주로 성장하고 있는 중이죠. 이 때문에 지금까지 지구촌의 절대 강자였던 미국과 정치적 긴장관계가 수시로 벌어지고 있는 요즈음입니다.

이렇게 급속히 성장한 중국은 미국을 대신해 우리의 가장 중요한 경제 파트너가 되었습니다. 이미 중요한 교역관계로 변모한지 오래인데요. 2016년 현재, 수입의 17%가 중국에서 들어오고 수출의 27%가 중국으로 나갑니다. 특히 수출 분야는 2위인 미국의 두 배가 넘습니다. 더욱이 앞으로도 이 비중은 더 커질 것으로 보입니다. 중국에 건너가 사업하는 사람도 많고 중국과 한국을 오고가는 관광객이나 유학생은 이미 엄청난 숫자를 기록하고 있지요. 최근 여러 어려움이 두 나라 사이에 있지만 한국과 중국이 고양이와 개의 관계처럼 서로 소원하는 사이로 지내며 살 수 있을까요?

역사가 생긴 이래 한반도에 살던 사람들은 주변 지역과의 문화교류를 통해 역사를 발전시켰는데요. 19세기 후반에 서양문명을 접하기 전까지는 황하문명이 탄생한 장소인 중원中原으로부터의 영향력이 가장 컸습니다. 그곳으로부터 학문이 들어왔고 사상이 전해졌고, 다양한 문화와 종교가 건너왔습니다. 중요한 몇 가지를 들어보면 이렇습니다.

먼저 한자漢字의 도입을 들 수 있습니다. 지금은 한글사용을 주로 하기에 한자사용이 줄어들었지만 얼마 전까지만 해도 일간신문에서 한자를 많이 썼지요? 한글이라는 고유 문자가 탄생하기 이전, 중원에서 쓰인 다양한 서적과 함께 들어온 한자는 오랫동안 한반도에서 쓰였습니다. 한자로 시문을 지었고 역사를 기록했습니다. 인류 역사상 가장 방대한 저술이라는 조선왕조실록도 한자로 기록된 것이지요. 한글이 주요 문자로 채택된 지금은 한자를 비록 표면적으로 쓰지 않더라도 그 중요성은 무시할 수 없습니다. 우리말에서 사용 중인 한자말도 꽤 많고 관습적으로 쓰고 있는 한자성어의 영향력도 여전하지요.

두 번째 중요한 문화 이전은 유교사상입니다. 전국시대에 발달한 제자백가 사상은 한나라시대에 들어와 유가를 중심으로 정리되었고, 남송 때에 이르러 주자학으로 발전합니다. 이후 중국 문물을 들여오는 과정에서 유교와 주자학은 고려의 귀족들을 수준 높은 학문의 세계로 이끌어줍니다. 고려 말 정도전은 맹자사상을 중심으로 새로운 나라를 구상했고 이것이 조선 건국으로 이어졌습니다. 조상을 숭배하고 부모를 공경하고, 형제간에 우애를 지키는 혈연 중심 문화는 우리사회의 가장 중요한 덕목이 되었지요. 한국의 교육열이 서구에 비해 유난히 높은 것도 유교사상의 영향이라고 할 수 있습니다.

세 번째는 불교와 도교의 전래입니다. 인도에서 시작된 불교는 지금의 신강위구르 자치구인 동투르키스탄 지역을 거쳐 남북조 시대 때부터 중원에 들어옵니다. 당나라 때 서역을 다녀온 승려 현장은 수많은 불교서적을 한자로 번역했고, 이것이 한반도에도 전해집니다. 덕분에 신라에는 불국사와 석굴암이, 백제에는 서산마애삼존불 등 한반도 전역에 불교유적과 사찰이 세워질 수 있었죠. 이후 불교는 기독교가 한반도에 들어오기 전까지 한국인에게 가장 중요하며 절대적인 종교였습니다. 도교는 어떤가요? 옥황상제가 하늘을 다스리고 바다에는 용왕이 절대권력을 갖고 있다는 생각은 한국인의 보편적 정서가 되었습니다. 종교적으로 도교를 믿지 않더라도 그 기본적 사고방식은 한국인에게 큰 영향을 주었죠.

이렇게 진행된 문화 이전 덕분에 고려와 조선의 사대부들은 시서화詩書畵에 능숙한 수준 높은 지배층이 되었습니다. 심지어 중국의 어떤 왕조보다 더 완벽히 유교사상이 작동하는 국가가 조선이었습니다. 하버드대학의 라이샤워(E.O. Reischauer)교수는 "유교를 만든 건 중국이지만 이상적 유교국가를 확립한 건 조선이었다."라고 말할 정도였습니다. 민중 사이에 퍼진 불교와 도교사상은 선한 마음을 갖고 살며 내세의 안녕을 추구할 수 있도록 돕기도 했지요. 20세기 들어와 한자를 대신한 한글이 주로 쓰이고 서구 문물이 중원문화를 대신했어도 그 영향력은 사라지지 않았습니다. 『논어』, 『맹자』, 『주역』 등 인문고전을 여전히 많은 사람들이 읽고, 삼국지와 무협지를 읽으며 즐거워하는 이유이기도 합니다.

그래서 우리는 중국과 중국인에 대해 잘 알고 있다고 생각합니다. 중원에서 탄생한 한자와 인문고전을 알고 있으니 중국인이 그대로 행동할 것으로 이해하죠. 그런데 21세기 중국인을 만나본 사람들은 '공자를 숭상한다는 사람들이 이렇게 돈을 좇아도 되는 것인가?' 하는 의심을 합니다. 북경 올림픽이 2008년 8월 8일 오후 8시 8분 8초에 시작된 것을 두고 중국인이 지나치게 속물근성을 내비쳤다고 말하기도 했죠. 세계에서 온 손님들을 모셔놓고 이렇게 대놓고 돈을 좋아하는 표시를 내도되나? 하는 의심 말입니다. 우리나라보다 여성의 지위가 더 높은 걸 보면 이 나라가 정말 유교 종주국이 맞나? 하는 생각이 들기도 합니다.

그렇다면 중국과 중국인의 본 모습은 어떤 것일까요? 물론 한반도의 40배가 넘는 땅덩어리에 13억이 넘은 인구를 가진 중국을 간단하게 정리하기는 어렵습니다. 그럼에도 불구하고 중국은 어떤 나라인가를 말해 본다면 두 가지로 정의해 볼 수 있겠습니다.

하나, 중국은 실용주의 국가라는 겁니다. 유가사상이 중원의 여러 제국에 영향을 주기는 했지만 그 사상이 제대로 작동한 건 송宋과 명明 등 농민제국에서였습니다. 실제 중원을 더 많은 시간동안 차지했던 건 북방 유목민이었습니다. 남북조의 분열기, 수당제국시기, 요금원나라시대 그리고 청나라는 유목민의 제국이었거든요. 유목민이 가진 가장 큰 특징은 유가사상이 추구했던 형이상학이 아니라 실용주의였습니다. 그들은 실질을 숭상하고 실력주의를 존중하고 다른 세계와 교류를 중시했습니다. 엄청나게 넓은 땅에, 수많은 사람들이 가진 생각을 용광로처럼 끓어오르는 문화로 녹여낸 건 유목제국의 장점이었습니다. 신중국 창설 이후에는 공산당이 정치세력이 됨으로써 허례를 버리고 실용을 추구하려는 생각은 더 커졌습니다.

또 하나, 중국은 인문주의 국가입니다. 중국 초등학교에서는 교과서에 이백李白, 두보杜甫 등 여러 문인들이 쓴 시를 실어 학생들은 한시 몇십 개 정도는 외워야 합니다. 중고생이 되면 논어 등 고전교육이 강화되어 괜찮은 수준의 대학에 입학하는 학생들은 500~600수의 시를 외울 정도가 됩니다. 이러한 고전교육을 통해 고등학교 졸업을 한 사람이라면 일상 대화에서 고전이나 한시를 이용하여 대화할 수 있죠. 국가가 시행하는 정책을 위해 만들어지는 표어도 한시를 이용해 만들 정도랍니다. 그러니 최고의 인재들이 모여 있는 공산당에서 발탁된 지도자들의 인문 수준이 높은 건 당연합니다. 시진핑 국가주석은 연설할 때 한시를 이용한 은유적 표현을 즐겨하기로 유명하죠.

이러한 나라를 옆에 둔 우리는 중국과 중국인을 더 잘 이해해야 할 필요성이 높아집니다. 중국이 발전해 세계에서 차지하는 위상이 올라갈수록 더하죠. 그런데 우리나라 사람이 잘 아는 중국인은 고대인이거나 21세기 중국인일 가능성이 높습니다. 삼국지에 나오는 인물 이야기를 많이 읽은 사람은 그 모습으로 이해하고, 현대 중국을 방문한 사람은 겉모습의 중국을 알게 되죠. 고대와 현대 사이에는 어떤 일들이 있었을까요? 삼국지 서문에는 유명한 이야기가 있습니다.

"합구필분合久必分 분구필합分久必合, 합쳐지면 나눠지고 나눠지면 합쳐진다."

이 말은 중국역사의 특징을 잘 보여줍니다. 끊임없이 통일과 분열의 시대가 반복되었다는 이야기죠. 이런 분열의 시대는 외부인의 이주에 의해 초래된 경우가 많습니다. 중원에는 많은 사람이 이주했고 그곳에 살던 사람들은 죽거나 다른 지역으로 떠났습니다. 외래 종교인 불교가 유입되고 새로운 종교인 도교가 탄생했습니다. 외부인의 이주와 새로운 문화의 유입은 사회구조의 변화를 초래할 수밖에 없습니다. 중원에는 그만큼 변화가 많았다는 이야기입니다.

아쉽게도 요즘은 우리나라 학교에서 세계사 과목을 거의 배우지 않고 중국사를 제대로 가르쳐 주는 곳도 없습니다. 수천 년 간 이어져온 중원과 한반도와의 밀접한 관계, 최근 중국과의 경제적 친밀성에도 불구하고 중국의 진면목을 알기 어렵습니다. 그런 의미에서 이 책은 중국인이 가진 인문주의와 실용주의 정신은 어디에서 왔는지를 찾아보기 위한 목적을 두고 썼습니다. 고대 신화와 역사를 다루었고, 춘추전국의 제자백가사상은 어떻게 탄생했는지 이야기했죠. 특히 중원과 유목민의 관계에 대해 많은 지면을 할애했습니다. 유목민의 습성은 어떠했는지, 유목민을 달래기 위해 북쪽으로 시집을 가야 했던 화번和蕃공주들의 아픈 이야기도 정리해 봤습니다.

특히 철학사를 정리하는 편은 저에게 상당한 도전이 되었습니다. 과연 중국 철학은 어떤 변화과정을 거쳐서 유가사상이 유교가 되고, 노자에서 도교가 탄생했는지 이해하기 어려웠거든요. 우리말로 쉽게 설명된 책들이 별로 없기도 하고 그 내용을 깨우치는데도 꽤 많은 시간이 필요했습니다. 그러는 과정에 몰랐던 내용을 상당히 많이 알게 되었습니다. 유교의 핵심 사상이 무엇이었는지, 한반도에 얼마나 많은 도교 문화가 자리하고 있는지도 깨닫게 되었죠. 이런 것들을 최대한 제가 이해한 수준에서 중국 사상의 변천 과정을 정리해 봤습니다.

이 책은 중국 역사를 다루고 있지만 정통 역사서는 아닙니다. 모든 역사시대를 말하지도 않고 체계적으로 다루지도 않습니다. 특히 근대 이후의 역사는 거의 없지요. 이 책의 목적은 인문주의 생각이 투철한 중국 제대로 이해하기입니다. 어떤 과정을 거쳐서 중국인의 머릿속에 실용주의 생각이 자리 잡았는지를 찾아볼 목적에서 서술되었습니다. 중국과 거래하고 있는 기업인, 중국에 관심을 두는 학생들, 아니면 그저 인문 역사서가 좋아서 읽는 사람들에게 가까이 다가가고 싶은 책입니다. 어쩌면 제가 어릴 때 읽었던 초한지, 공부하기 싫을 때 빌려다 읽었던 수백 권의 무협지가 이 책의 출발점인지도 모르겠습니다. 그동안 제가 읽었던 중국관련 서적의 총체적 요약문, 수년 간 여러 기업과 기관에서 했던 강연록이라 보면 좋겠습니다. 정말 알뜰하게 쓸모가 많은 중국 핵심 지식들을 모아 두었다고 자부합니다.

2017년 10월
안 계 환

차 례

제10강 문학_ 시대의 소명에 답하다

제1강

신화_ 인간과 자연의 조화

인간과 자연은 한 몸

중국에도 신화가 있을까요? 물론입니다. 중국처럼 넓은 땅에 사람이 많이 살고, 역사가 장구한 곳에 신화가 없을 수 없습니다. 우리는 흔히 '신화'하면 그리스로마 신화를 쉽게 떠올립니다. 또한 영국 작가 조앤 K. 롤링의 소설 『해리포터』 덕분에 마법사에 관한 영국 켈트족 신화에 대해서도 조금은 알게 되었죠. 물론 우리나라 한민족에도 신화가 있습니다. 가장 대표적인 것이 '단군신화'에 나오는 곰과 호랑이 이야기이고, 알에서 태어난 박혁거세, 고주몽 신화도 있습니다.

그리스뿐만 아니라 지구상에 출현했던 대부분의 민족은 나름의 신화를 가지고 있습니다. 신화란, 역사시대 이전 구전으로 전해지던 '이야기 모음'이기 때문이죠. 신화란 단어 그대로 하면 '신들의 이야기'나 '신성한 이야기'라고 하지만 신화는 현대 유일신 사상에서 말하는 '신The GOD'과는 상당히 거리가 있지요. 신화에 나오는 신은 세상의 모든 것을 좌우하는 절대적 존재가 아니라 각자 역할이 있고 다양한 얼굴을 가졌습니다. 때로는 인간의 모습을 하기도 하고, 괴물이 되거나 귀여운 어린아이가 되기도 했지요.

신화가 인간 세상에 탄생하게 된 것은 선조 이야기를 후세에 전해주기 위한 목적이 그 하나였고, 이 땅이 어떻게 생겼는지에 대해 설명하기위한 것이 또 하나였습니다. 세상이 어떻게 탄생했는지 알고 싶어 생겨난 것이 천지창조 신화가 되었고, 조상들의 활동이 궁금해 만들어진 것이 나라를 만든 영웅신화였습니다. 때로는 지배자들이 우매한 민중들을 교화하고 다스리기 위한 목적도 가지고 있었습니다. 신화는 인간사회에서 제사를 지내는 의식과 함께 시작되었기에 공동체의 번영과 행운을 관장하는 권능을 지니고 있었습니다. 여기에 해당하는 신들은 복을 주는 복신, 수명을 관장하는 수명신, 생산을 담당하는 생산신, 출산을 관장하는 삼신 등 그 모습이 다양했습니다. 신화는 민중들의 마음속에 국가관을 심어주는 데 큰 역할을 했습니다.

그리스뿐만 아니라 중국을 비롯한 인도, 이집트, 동남아에도 신화는존재합니다. 하지만 그리스 지역 신화는 완벽하게 보존되고 발전되어 서양 역사와 문화 속에 스며들어 전해진 반면, 중국 신화는 체계 없이 산만하게 전해져옵니다. 그렇다면 그리스 문명과 필적한 역사를 가진(어쩌면더 오래된), 장구한 역사를 가진 중국신화에는 무엇이 있을까요?

천지를 창조한 반고

전 세계적으로 천지창조에 관한 신화는 다양하게 존재합니다. 인류

반고초상.
반고는 스스로 죽음으로써 천지를 완
성했다.

가 남긴 가장 오래된 기록물 중 하나인 성서는 천지를 창조한 절대신에
관한 '창세기'가 맨 먼저 시작하지요. 그리스신화에는 위대한 대지의 여
신 가이아와 하늘신 우라노스 이야기가 맨 먼저 나옵니다. 그렇다면 중
국에도 '천지창조'에 관한 신화가 있을까요?

천지창조에 관한 중국인의 생각은 '반고' 신화를 통해 도출되었습니
다. 사람들은 하늘과 땅을 어떤 절대자가 창조한 게 아니라 반고라는
거대한 신이 탄생해 자라고 그의 몸을 통해 만물이 형성되었다고 생각
했지요. 자연과 인간이 떨어질 수 없는 관계라는 동양 사람들의 생각을
여기서 발견할 수 있습니다.

신화에 의하면 태초에 하늘과 땅은 아직 한 덩어리 상태였습니다.
그때 거대한 달걀 모양의 형체가 암흑과 혼돈의 도가니 속에서 태어났
는데, 그 커다란 알 속에서 반고는 스스로를 깨닫고 껍질을 깨고 나왔

습니다. 처음에는 암흑이었지만 인고의 세월인 1만 8,000년을 보내는 사이, 천지는 개벽하여 양의 맑음은 하늘이 되었고 음의 혼탁함은 땅이 되었습니다. 하늘과 땅은 매일 조금씩 높아지고 두터워졌으며 그 사이에 반고는 점점 자랐습니다. 반고는 하루에 아홉 번 변신했으며 하늘보다 신령하고 땅보다 성스러운 존재가 되었답니다. 그렇게 1만 8,000년을 지나니 하늘과 땅이 지극히 높아지고 깊어졌으며, 반고의 키도 엄청나게 자랐습니다. 그렇게 하늘은 땅에서 9만 리나 떨어지게 되었고 어둠에서 시작해 하늘과 땅이 생겼는데 그 사이에 거대한 반고가 존재하는 모양새를 가졌습니다.

이제 반고는 스스로 죽음으로써 세상을 완성 하려고 했어요. 때에 이르자 몸에 커다란 변화가 생겼는데, 입김은 바람과 구름이 되고 목소리는 천둥이 되었으며, 왼쪽 눈은 태양이 되고 오른쪽 눈은 달로 변했습니다. 울퉁불퉁했던 몸은 산과 구름으로 바뀌었고, 풍성했던 머리칼은 초목이 되어 세상을 푸르게 만들었죠. 이로써 천지가 개벽한 대지에는 산과 냇물이 생겼고 초목이 우거졌으며 새와 짐승들, 벌레와 물고기들이 생겨 났다고 합니다.

세상이 절대적인 힘을 가진 존재에 의해 창조된게 아니라 반고라는 실체가 점점 자라고 변해서 생긴 거라고 보는 중국인들의 관점은 확실히 서양과는 다릅니다. 이것으로부터 인간이 자연 속에 녹아있고 함께 살아야 한다고 보는 동양적 관점이 생겼나 봅니다.

인류의 창조자 여와

신화에서 가장 중요한 존재는 신이 아니라 인간입니다. 인간이 존재하지 않는 신화는 그 의미를 발견하기 어렵습니다. 그리스 신화에서 가장 중요하며 오래된 호메로스의 『일리아드』는 인간들의 다툼을 설명하고 있죠. 여기서 신들은 인간을 돕는 존재로 등장합니다. 그러다가 세상의 탄생을 설명하기 위해 천지창조 신화가 만들어진 겁니다. 이제 천지가 탄생했으니 다음 단계는 인간의 탄생이야기가 등장할 차례입니다. 그리스신화에서 인간은 제우스가 만들기도 하고 프로메테우스에 의해탄생되기도 했습니다. 성경에선 야훼에 의해 자신과 동일한 모습대로인간이 창조됩니다. 중국신화에서는 어떻게 탄생했을까요?

반고에 의해 천지가 만들어졌어도 세상은 여전히 황량하고 막막하였는데, 그 이유는 인간이 아직 존재하지 않아서였습니다. 이때 이미 존재해 있었던 대신大神 여와는 쓸쓸함을 견딜 수 없어 인간 무리를 만들기로 결심했답니다. 어떻게 인간을 만들까 고심하다가 생각 끝에 땅에있는 황토를 파냈습니다. 그리고 물을 섞고 잘 반죽해 인형과 같은 작은모양을 만들었습니다. 그것을 땅에 내려놓자 곧바로 살아 움직이며 대지를 뛰어다녔는데, 이는 신의 모습을 닮은 '인간'이었다고 하네요. 여와는 자신의 창조물을 만족해하며 계속해서 황토를 반죽하여 많은 인간들을 만들어냅니다. 여와가 만든 인간들은 벌거벗은 채 여와를 둘러싸고 춤을 추었는데 그 속에는 남자도 있고 여자도 있었습니다. 남자가여자보다 우선해서 만들어지는 창세기와는 좀 다르네요.

이제 여와는 인간이 있어서 더 이상 외롭지 않았지만 그 지혜로운 창조물을 세상에 가득하게 하고 싶어 오랫동안 작업을 계속했습니다. 그럼에도 대지는 넓었고 사람들은 아직 채워지지 않았답니다. 여와는 점점 지쳐 이대로는 계속할 수 없다고 생각해 새로운 궁리를 했습니다. 새끼줄 하나를 구해와 황톳물에 담갔고 그것을 꺼내 한 바퀴 휘둘렀습니다. 그러자 흙탕물이 방울방울 떨어졌고 그것들은 모두 사람으로 변했답니다. 사람 만들기가 이전보다는 아주 쉬워졌죠? 이렇게 하니 얼마 지나지 않아 대지에는 사람으로 가득 찰 수 있었습니다.

그런데 여와가 한 행동의 결과는 대지에 사는 사람들의 신분을 구분하게 만들었습니다. 사람들 가운데 귀하고 어진 자는 여와가 직접 황토로 빚어 만든 사람이고, 천하고 가난한 자는 새끼줄의 황토에서 탄생한 사람들이랍니다. 과거에는 사람들 간에 귀천의 구분이 중요했는데 신화를 만든 이들은 신분이 높은 사람이었을 테니 여와의 창조방식 때문에 신분차이가 생겼다고 설명했던 듯합니다.

예를 들어 어떤 천한 집 아이가 있었는데 늘 자신이 천대 받는게 불만이었던 모양입니다. 그래서 어머니에게 이렇게 물었죠. "어머니 우리는 왜 천하게 태어났나요?" 그러자 어머니가 여와가 사람들을 다르게 만들었기 때문이라고 대답했을까요? 아마도 쓸데없는 생각한다고 머리를 쥐어박았을 겁니다.

그런데 신은 불사의 존재이지만 인간은 탄생한 후 얼마 살지 못하고 죽는 존재였습니다. 얼마 지나지 않으면 다시 적막한 세상으로 돌아갈 우려가 있었습니다. 그래서 여와는 인간을 창조하는 수고를 끝낼 수가 없었습니다. 한 무리를 만들면 곧 죽고 또 다른 무리를 만들어야 했으니까요. 그래서 생각해낸 것이 남자와 여자를 짝지어 스스로 자손을 만들어내고, 키우고 양육하는 책임을 지우는 방법이었습니다. 그렇게 인류를 위해 혼인 제도를 만들었고 후손이 자연스럽게 탄생하도록 유도했습니다. 결과적으로 자연스럽게 인간이 탄생하고 천지에 번성할 수 있는 기반이 되었던 거지요.

이로써 여와는 남녀를 묶어주는 중매신이 되었습니다. 그런 까닭으로 후대인들은 여와를 '혼인의 신'으로 추대해 사당을 세우고 제사를 드렸다고 합니다. 여기까지는 여와가 혼자서 인류를 창조했다는 설이고요. 또 다른 설에는 인간 창조는 복희와 여와의 공동작품이라고 합니다. 중국 고대 지리서인 『산해경』에 보면 이런 문구가 있습니다.

뇌택(雷澤)이라는 큰 호수에 뇌신(雷神)이라는 신수(神獸)가 산다.
용의 몸에 사람의 머리를 한 반인반수(半人半獸)의 괴물이다.
그가 배를 두드리면 우르릉 쾅 하는 우레소리가 난다.
뇌택은 오국(鳴國)의 서쪽에 있다.

– 산해경 해내동경 –

화서씨가 뇌택에서 뇌신의 발자국을 밟고 낳은 아들로 나중에 동방의 천제가 되었답니다. 그는 '팔괘'와 고기 잡는 그물 등 생활도구를 발명했습니다. 복희와 여와는 원래 남매인데 둘이 결합하여 인류를 창조했기에 그들이 인류의 시조가 되었답니다. 이 「복희와 여와도」는 당나라시대에 비단 위에 그려진 것인데요. 남자와 여자인 복희와 여와는 사람 머리에 뱀 몸으로 상반신은 서로 안고 있고 하반신은 꼬고 있습니다. 직각자를 든 복희의 왼손이 직각으로 굽어 있으며, 가위를 든 여와의 오른손은 위를 향하고 있습니다. 복희는 머리에 두건을 썼고 깊은 눈매에

신장 위그르 자치구에서 발견된
「복희와 여와도」

입술을 칠하고 장식을 붙였습니다. 여와는 머리를 높이 틀어 올렸고 가는 눈썹과 깊은 눈매에 입술을 칠하고 장식을 붙였죠?

또 넓은 소매에 둥근 깃을 가진 옷을 입었고 짧은 바지를 함께 입고 있는 둘의 모습에서 서역인의 풍모가 느껴지지 않나요? 이 그림은 당나라 때 그려졌기에 서역인과의 교류가 많았던 당시 사람들의 모습을 상징하고 있습니다. 그림에는 둘의 머리 위에는 해가 있고 꼬리 밑에는 달이, 주변에는 별들이 있어 인류의 시조라는 신분을 보여 줍니다. 하반신을 서로 꼬고 있어서 인류를 잉태한 모습을 상징하고 있기도 합니다.

중국 신화와 전설의 의미

　그런데 중국문명의 신화는 인도지역 신화나 그리스로마 신화처럼 잘 정돈되고 체계적으로 전해지지는 않습니다. 특히 그 기록의 일관성이 떨어집니다. 예를 들어 반고는 천지창조의 신이기 때문에, 연대로 짐작하면 인류를 창조한 신인 복희 · 여와보다 이전에 존재한 것이 되어야 합니다. 그런데 문헌이나 고찰 등에서 반고의 존재는『사기』(서한)나 『풍속통의』(동한)으로 삼황오제가 거론되었던 시대보다 훨씬 후대의 일입니다. 반고에 대한 구체적 기술은 남방지역 오나라의 서정이 쓴『삼오역기』에 가장 먼저 등장합니다. 그 이유가 뭘까요?

　논어 '술이편'에 보면 이런 글귀가 있습니다.

　　子不語怪力亂神 자불어괴력난신

　공자께서는 괴이함과 힘으로 하는 일, 어지러운 일, 귀신에 관한 것을 말씀하지 않았다는 말입니다. 조상과 조상신에 대한 언급은 해야 하지만 괴물의 형상을 띈 반고와 같은 이야기는 말하지 않았다는 이야기죠. 이러한 공자의 영향으로 춘추전국시대와 한나라 때까지는 이런 창조설화 같은 이야기는 사인士人(식자층)들에게 큰 인기가 없었던 듯 합니다. 물론 민중들은 그에 개의치 않고 옛날부터 내려오는 이야기를 후대에 전했겠지만요.

　이미 전국시대(기원전 403~221년) 당시에도『산해경』,『장자』,『회남자』등과 같은 책들은 누군가에 의해 정리된 신화와 전설들을 모아두고 있었습니다. 하지만 공자의 후예인 사족들은 화하족華夏族(중국 한족의 원류가 되는 민족)의 조상으로 인정되는 복희와 신농 같은 이는 다루었지만 반고나 여와 같은 괴물들은 그 대상이 아니었습니다. 그러다가 동한시대(서기 8년~220년) 말에 이르러 나라가 혼란에 빠지고 백성들이 도탄에 빠지자 세상을 창조하는 영웅을 기다리게 되었던게 아닐까요? 물론 반고 이야기는 오나라 사람 서정이 창조한 게 아니라 민중들 사이에 이미 떠돌던 있었던 겁니다.

신화는 그 문명이 어떻게 흐르고 발전했는가를 알려주고 있다는 점에서 의미가 있습니다. '여와가 황토로 사람을 만들었다.'는 것은 황토고원 지역의 토기 제작 문화와 모계사회 활동을 보여주고, '우가 황하의 물길을 다스렸다.'라는 것은 당시 농업의 중요성을 설명하고 있지요. 결국 중국 신화도 다른 지역의 신화와 마찬가지로 선조의 역사가 문자로 기록되기 이전의 활동을 신神의 모습으로 재현하고 있다는 점을 알려줍니다.

그리스신화와 비교하면 중국신화에는 하늘과 땅을 창조하고 다스리는 강력한 힘을 가진 신이 없습니다. 그 이유는 자연을 바라보는 관점 차이 때문입니다. 서양에서는 특별한 존재들이 있어 이들의 힘에 의해 자연이 탄생하고 인간이 그 속에서 살아갑니다. 하지만 동양에서는 자연은 그냥 존재하는 것이고 인간은 그 자연과 함께 살아가는 존재입니다. 자연은 인간의 정복 대상이라고 보는 서양에 비해 동양에서 인간은 자연의 일부라고 보는 것이죠. 따라서 중국신화에서 주로 다루는 대상은 조상신의 모습이었습니다. 세상을 만들어준 조상, 주변 세력으로

부터 부족을 보호해준 족장들 모습을 신화로 재현하고 있는 것입니다.

또 북방과 남방간의 차이에 의해 전해지는 모습이 다르기도 합니다. 북방 지역에서는 유교 문화권의 발달로 사실주의를 숭상하는 문화 풍토가 있어 기록물로 올바르게 수용되지 못했습니다. 앞에서 말한 공자는 '괴력난신을 말하지 않았다.'와 같이 조상숭배 이외에는 전설들이 전혀 후대로 이어지지 못한 것입니다. 하지만 남방지역에서는 신화와 전설이 입에서 입으로 전해졌고 다양한 창작물이 만들어졌습니다. 또 이때를 즈음하여 신화에서 전해지는 다양한 신들을 모시는 도교가 탄생하여 발전하게 됩니다. 천지를 창조한 반고는 후일 도교의 최고신인 '원시천존元始天尊'으로 모셔집니다. 여와는 혼인의 신으로 추앙되었고, 아이를 점지해 주는 삼신할머니라는 존재가 나타납니다. 도교 이야기는 뒤에서 자세히 다루겠습니다.

『산해경』은 어떤 책인가?

　『산해경』은 고대 중국에서 탄생한 지리서이자 신화집이다. 서양인에게 가장 위대한 신화책을 들라면 호메로스의 『일리아드』라 할 수 있겠는데 중국에서는 산해경이 그에 해당한다. 고대 중국 신화에 관한한 가장 오래되고 권위 있는 책이라 할 수 있다. 누가 언제 만들었는지는 전해지지 않지만 대체로 기원전 3~4세기경 제사를 주관하는 무당들에 의해 쓰여졌을 것으로 알려져 있다. 하나라 우왕 또는 백익이라는 설이 있지만 『주역』을 주나라 문왕이 썼다고 하는 것처럼 신빙성 있는 이야기는 아니다. 원래는 23권이 있었으나 전한 말기 유흠이 교정한 18권만 오늘에 전하고 있다.

　과거 학자들은 이 책을 지리서로 생각했다. 낙양 지역을 중심으로 동서남북의 지역에 대해 설명하고 있는데 여기에 중원과 변방 지역의 기이한 사물, 인간, 신들에 대한 기록과 그들에 대한 그림이 함께 실려 있어서다. 그런데 관료 중심의 학자들은 이 책의 내용을 잘 다루려 하지 않았는데 아마도 여기에 실려 있는 조금 허황한 신화 이야기를 애써 무시했던 듯하다. 공자의 말씀을 신봉해 귀신과 신화에 대해서는 언급을 꺼리는 문화가 존재했기 때문이다.

　하지만 일부 학자와 민중들은 동한 말 도교 형성 과정에서 이 책에 나오는 여러 영웅들을 신으로 추앙하게 되었다. 도교에서 숭배하는 최고신인 원시천존은 천지를 창조한 '반고'가 신격화되어 만들어졌고 도교 성지인 곤륜산과 오륜산, 건목(建木)과 같은 세계수

(世界樹)에 대한 숭배, 가뭄 때 희생되는 무녀 등 다양한 이야기가 종교화 되었다. 특히 은나라 왕조의 문화 내용을 많이 보존하고 있는데, 은 왕조의 조상신인 '왕해', '제준' 등에 대한 신화는 다른 고서에서 잘 보이지 않는데 이 책에 등장한다. 또한 은나라 및 동이계 민족의 특징적인 문화현상으로 간주되는 조류숭배와 관련된 신화 내용도 많이 담고 있다.

참고도서 : 예태일 · 전발평 편저
서경호, 김영지 공역, 『산해경』, 안티쿠스, 2008. 4

신의 시대에서 인간의 시대로

반신반인 삼황(三皇)

중국 고대사를 아는 첫 걸음은 삼황오제입니다. 중국 화하족華夏族의 출발이라 할 수 있고 조상신의 대표이기 때문입니다. 동양 사람들이 가장 우선시하는 것은 가족 아닐까요? 가족 중에서도 조상에 대해서는 끔찍하게 아끼는 경향이 있죠. 요즘은 많이 달라졌지만 조상 제사를 열심히 드리는 분들이 여전히 많구요. 가족 중에서도 국왕의 가족과 그 조상은 가장 중요한 존재였으니 국가 차원에서 왕조 조상에 대해서 사당을 만들어 제사를 지내고 있었습니다.

오늘날 중국은 대다수를 차지하는 한족과 55개 소수민족이 거주하는 다민족 국가입니다. 그중에서 한족은 오랜 세월을 거쳐 형성된 존재인데, 그 시초에는 중국을 상징하는 화하족이 있었습니다. 삼황과 오제 신화는 화하족이 어떻게 생성되었고, 어떻게 세상에서 활동했는지를 알려주는 이야기입니다. 먼 옛날 이야기다 보니 영웅적 활동을 한 신화적 존재로 그려지고 있지요. 그리스신화로 말하면 삼황은 헤라클레스 같은 반신반인 영웅들의 활동기이고 오제는 오디세우스 같은 인간 영웅들의 이야기라고 할 수 있습니다.

먼저 삼황부터 알아 보도록 합시다. 삼황이란 화하족이 탄생할 수 있게 도왔던 세 명의 반신반인을 의미합니다. 이것을 기록하는 책마다 내용이 조금씩 다른데 복희伏羲씨, 신농神農씨, 수인燧人씨가 가장 많이 알려져 있습니다. 여기서 '씨'는 부족이나 제후 따위에 붙이던 칭호입니다. 말하자면 한 사람이 아니라 복희 부족이라 할 수 있겠죠. 어쨌든 이것을 의인화 해서 사람형상을 한 대표인물로 그리고 있습니다. 복희씨는 얼굴은 사람이고 몸은 뱀의 형상을 했답니다. 앞에서 인간 창조의 존재로서 복희와 여와의 관계를 이야기했는데요. 신화는 하나의 정설이 있는게 아니라 여러 이야기가 있다는 걸 이해하면 좋겠습니다.

복희는 때로는 나뭇잎 화관을 쓰고 산에서 나온 모습을 할 때도 있고, 동물가죽 옷을 입은 사람으로 묘사 되기도 합니다. 그가 했다는 가장 큰 업적은 점을 칠 때 쓰는 팔괘를 만들었다는 것입니다. 이는 나중에 주나라에서 점을 치는 책으로 발전되어 오늘날 『주역周易』이 되었는데요. 후대에 가면 주역은 주나라 문왕이 만든 것으로 나오는데, 실제로

복희씨

신농씨

수인씨

제1강 | 신화_ 인간과 자연의 조화

누가 최종 완성했는지는 아무도 모릅니다. 그러니까 출발은 복희로부터였고 문왕시대를 거쳐 전국시대에 완성되었다고 보면 될 겁니다. 또 날짐승을 길들여 농사에 쓸 수 있게 했고 그물로 낚시하는 법, 철로 만든 무기로 사냥하는 법을 사람들에게 가르쳤습니다. 결혼을 제도화 했고 하늘에 첫 제사를 드렸습니다.

삼황의 두 번째인 신농은 정식으로 염제炎帝라는 이름을 갖고 있습니다. 얼굴은 소이고 몸은 사람인데 화덕火德을 가지고 있었기 때문에 불의 제왕이라는 칭호가 붙었습니다. 농사를 주관하는 신이니 소의 얼굴 형상을 했을까요? 신농이 했다는 가장 중요한 업적은 농사기술을 사람들에게 가르친 것입니다. 사람들은 신농에게 기술을 배워 마차와 쟁기를 만들었고 소와 말 등 가축을 길렀으며 숲에 불을 놓아 농토를 가꿀 수 있었습니다. 그러니까 그때까지 수렵생활을 하던 인간들을 농업을 할 수 있게 이끌어주었다는 의미죠. 또 의학과 약초 신이 되었는데 그가 작성한 365종의 약초에 관한 목록은 후대 식물의학의 기초가 되었습니다. 또 농업과 의약의 신에서 출발하여 음악, 점술도 다스렸다는데 다른 이야기로는 시장을 세워 백성들에게 교역을 가르쳤기에 경제의 신이 되기도 했습니다.

나머지 한 명인 수인씨는 복희씨나 신농씨만큼 상세하게 기록되지 않았습니다. 수인의 가장 큰 업적은 음식을 불에 익혀 먹는 방법을 발견한 것입니다. 바꿔 말하면 그리스신화의 프로메테우스의 역할이 그에게 주어진 셈입니다. 수燧라는 글자가 불을 얻는 도구라는 의미를 가지는데 수인씨는 나뭇가지를 비벼서 불을 얻어냈다고 합니다. 그런데 불이란게 청동기 이전 시대에 발견되었다는 걸 유추해 본다면 복희보다 앞선 시대의 영웅일수도 있겠다 라고 추측해볼 수 있겠습니다.

인간영웅 오제신화

사마천이 쓴 『사기』는 동양 최고의 역사서로 칭송받고 있는데요. 제가 봐도 사기는 그럴만한 가치가 충분한 책입니다. 지금까지 전해지는 역사서 중 이만큼 후대에 큰 영향을 끼친 책은 없습니다. 다루고 있는 기간만 해도 2,000년이나 되고 그 편집 방식도 참으로 독창적이기 때문입니다. 이 책은 제왕들의 역사를 기록한 「본기」, 제후들을 기록한 「세가」, 영웅들의 이야기를 모아놓은 「열전」, 그리고 「표」와 「서」로 구성되어 있습니다. 황제를 중심으로 제후와 영웅들이 각자의 역할을 하는 편집방식은 세상의 중심을 중국에 두는 '중화사상中華思想'의 구체적인 모습을 보여줍니다. 후대의 많은 역사서들은 사기의 편집 방법인 기전체紀傳體를 참조해 만들었습니다. 가장 대표적인게 우리나라 최고의 역사서인 『삼국사기』죠. 또 단순히 역사적 이야기만 기록한게 아니라 신화와 인물의 이야기도 문학적 서사 방식으로 담고 있는데요. 그래서 『사기』는 중국의 가장 위대한 역사서, 문학서이자 철학서로 평가받고 있습니다.

『사기』에는 온갖 인물들의 다양한 이야기들이 실려 있는데요. 이것이 가능한 이유는 사마천의 평생에 걸친 자료수집 노력 때문입니다. 그는 학문을 배우기 시작할 때부터 아버지 사마담의 뜻에 따라 역사가로서의 길을 준비했습니다. 당시에 나온 서적들을 모두 읽었을 뿐만 아니라 현장의 이야기를 수집할 목적으로 20세 때부터 천하를 여행했죠. 훗

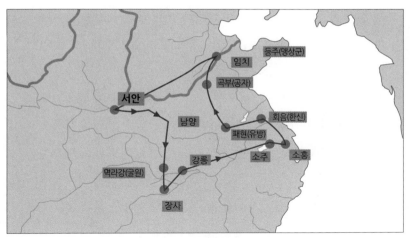

사마천이 20세 때 여행한 지역

날 조정에서 벼슬살이를 하던 25~28세 때에도 당시 한무제의 순행길을 따라 각지를 여행했습니다. 그 과정에서 공식 역사기록이 아닌 많은 자료들을 수집했습니다. 한고조 유방이 청년시절 망나니처럼 지낸 일, 대장군 한신韓信이 젊어서 불량배들의 가랑이 사이로 들어갔던 일 등은 현장에서 얻지 않으면 불가능한 이야기들이었습니다.

『사기』의 첫 시작은 왕조 이야기를 기록한 「본기」입니다. 본기의 첫 장을 펴면 「오제본기」가 나오는데 오제는 황제皇帝·전욱顓頊·제곡帝嚳·요堯·순舜을 말합니다. 앞장의 삼황이 부족국가시대의 신화 같은 영웅 전설이라면 이는 역사시대 이전의 인간 조상 이야기라 할 수 있습니다.

황제
중국인들이 화하족의 시조로 모시는 이가 황제이다.
헌원(軒轅)이라는 언덕에서 살았기 때문에 헌원씨라고 불렀다.

먼저 황제는 염제 신농씨와 더불어 '염황'이란 용어로 중국 화하족의 조상신으로 인식되고 있습니다. 그의 성은 공손인데 '헌원'이란 언덕에 살았기에 헌원씨로도 불렸습니다. 태어난 후 몇 달 지나지 않아 말을 할 줄 알았고, 총명한 어린 시절을 거쳐 널리 견문을 넓혔기에 옳고 그름을 잘 가리는 인물이 되었습니다. 당시 중원은 신농씨 부족이 세상의 주인이었습니다. 하지만 황제는 높은 인격을 바탕으로 덕으로 정치를 폈고 군사력을 키우는데 힘을 기울였습니다. 지리와 기상을 연구해 백성에게 오곡을 심도록 가르쳤고 토지를 일정하게 분배했습니다. 국력이 강해지자 점차 쇠퇴해 가던 패권자 이웃 신농씨족을 정벌했고 남쪽 치우 부족이 쳐들어오자 탁록 벌판에서 물리쳤습니다.

그래서 탁록은 중원문명 최초의 전쟁터가 되었습니다. 이 전쟁신화는 여러가지 의미로 읽히는데 중원을 차지하기 위해 애썼던 세력간에 정통성 확립을 위한 패권전쟁이 있었다는 걸 말해줍니다. 이는 두 지역 간 세력을 두고 다퉜던 그리스신화의 『일리어드』와 비교할 수 있겠습니다. 탁록의 싸움은 이후 시대에 있었던 수많은 패권다툼의 원조격이라고도 볼 수 있습니다.

황제의 뒤를 이어 전욱과 제곡이 나라를 다스렸고 요와 순을 거치는 동안 중원은 태평성세를 맞이하게 되는데 이 시기가 바로 '요순시대'입니다. 백성들의 생활은 풍요롭고 여유가 있었는데 군주의 존재까지도 잊고 살았다고 합니다. 또 가장 이상적인 정치라고 하는 선양방식으로 정권을 이양했습니다. 요는 아들이 있었음에도 순을 발탁해 천하를 물려주었고, 순은 황하의 물길을 다스린 우에게 황제 자리를 선양했습니다. 이 때문에 공자로부터 시작한 유가儒家 사람들은 태평성대의 상징으로 요순시대를 이야기했고, 조선 선비들도 늘 이때를 추앙했습니다.

그런데 역사적으로는 이를 다르게 평가할 수 있습니다. 능력이 뛰어난 자가 천하를 차지하는 것은 부족국가 시대나 유목민의 보편적 후계 방식입니다. 비교적 가까운 역사시대인 청나라 초기에만 해도 수많은 아들들 중 능력이 뛰어난 자가 후계자가 되었고, 서양의 오스만 투르크도 이런 후계자 선정 방식을 거쳤습니다.

요와 순에게도 아들이 있었고 그에게 정권을 물려주고 싶어했습니다. 하지만 그때까지 부족민들은 혈통보다는 자신들의 안전한 삶을 지켜주는 능력 있는 지도자를 더 중요시했습니다. 요임금은 뛰어난 능력을 가졌던 순을 사위로 삼고 그에게 통치를 맡겼습니다. 순임금은 대를 이어 황하의 성난 물길을 다스렸던 우에게 권력을 이양할 수밖에 없었습니다. 좋은 의미로 보면 능력 있는 자에게 선양하는 것이었지만 어쩔 수 없는 선택이었다고 할 수 있습니다. 그런데 후대로 넘어오면서 혈통이 중시되는 시대로 바뀌었고, 더 이상 이런 방식의 권력이양은 존재하지 않았습니다.

천하를 갖게 된 화하족에게 가장 어려운 문제는 미친 듯이 날뛰는 황하를 다스리는 일이었습니다. 황하는 황토고원을 지나면서 엄청난 황토를 머금고 있다가 하류 평야지역에 쏟아놓습니다. 그래서 황하는 역사상 평균 27년에 한 번꼴로 범람을 했다고 하죠. 현 시점의 황하 하류는 20세기 초반에 정해진 것으로 과거에는 물길이 수시로 바뀌었다는 의미입니다. 생각해 보세요. 애써서 만들어놓은 농토가 하천의 범람으로 모래밭이 된다면 어떻겠어요? 또 홍수에 따른 인명피해도 엄청났을 것입니다. 우리가 흔히 문명이 강변에서 시작되었다고 말하는데 이는 농업혁명의 결과입니다. 인류는 채집과 유목생활을 하다가 곡식을 재배하기 시작하면서 일정한 구역에 정착하게 됩니다. 이때 물을 관리하는 것은 그들의 생존에 직결 되는 문제가 되는데 특히 황하는 관리하기 어려운 강이었습니다.

이 때 등장한 이가 하나라의 시조가 되는 우禹입니다. 우의 아버지는 곤이라는 사람이었는데 요임금으로부터 황하를 다스리라는 명을 받았습니다. 하지만 9년이 지나도 황하의 범람은 그치지 않았고, 요임금은 순을 등용해 후계자로 삼습니다. 그러다가 곤이 죽게 되자 그의 아들 우가 아버지의 뒤를 이어 황하 치수를 담당하게 되었는데, 이때 우가 사용한 방법은 범람하는 황하를 여러 개의 물길로 나누어 힘을 약화시키는 방법이었습니다. 그는 결혼한지 4일만에 치수 현장에 가야만 했답니다. 나중에 집 앞을 지나면서도 들어가 보지 못했을 정도로 열정을 바쳤다지요. 결국 그는 제방관리에 정성을 들였고 황하를 다스리는데 성공합니다. 이로 인해 순임금은 민중의 지지를 얻은 우를 후계자로 천거하고 눈을 감습니다. 기존의 방식을 따른 것이지요.

그런데 순임금에 의해 후계자로 지명된 우는 다른 생각을 먹었던 모양입니다. 이제는 아비에서 아들로 넘어가는 체제가 되어야 한다고 말이지요. 순에게는 상균이란 아들이 있었고 우는 그를 피해 다른 지역으로 이동했습니다. 이제 천하는 순의 자손 것이라고 말이지요. 하지만 세상의 전통이 곧바로 바뀌는 것은 아니었습니다. 일정한 시간과 과정이

우(禹)
하나라를 세운 우임금.
국가 창건자 중 유일하게 '대'자를 붙이는 제왕이다.

필요했던 듯 천하의 제후들이 우에게 옵니다. 결국 우가 천자의 자리에 앉게 되고 나라 이름을 하후夏后라 하고 성을 사씨라 했습니다.

천하를 자식에게 물려주는 관습은 우의 아들 계啓에서부터 시작됩니다. 우임금은 십 년 동안 권좌에 있다가 세상을 떠났습니다. 죽기 직전 천하를 익에게 넘겨주었는데 기존 관행처럼 능력 있는 자에게 선양을 하려 했던 것이죠. 이때 익은 삼년상이 지나자 우임금의 아들 계에게 자리를 내주고 기산의 남쪽에서 살았습니다. 기존 관습대로라면 천하의 제후들이 익에게로 와야 하지만 이때부터 천하는 계에게로 이동합니다. 천하 제후들은 익을 떠나서 계를 알현하며 이렇게 말했다지요. "우리의 주군 우임금의 아들이시다."[1]

이때부터 중원에는 뛰어난 이를 후계자로 지명하여 자리를 물려주는 관습이 없어지고 아들에게로 대를 이어가는 전통이 생겼습니다. 피를 나누지 않았지만 능력 있는 리더를 모시던 체계에서 아들에게로 권력이 이동하는 현상은 국가권력이 점차 형성되었다는 걸 의미합니다. 물론 단시일 내에 이것이 정착되지는 않았을 겁니다. 부자세습 이전에 형제상속 제도가 있었고 또 수없이 많은 왕권 찬탈이 있었을 것입니다. 하지만 점차 문명이 발달함에 따라 부자세습 방식은 정착 되었습니다.

황하의 범람이 국가를 좌우하는 지역은 산서성 남부와 하남성 지역이었으니, 하족은 황하 중류지역을 다스린 사람들이었다는 걸 알 수 있지요. 오늘날 관중평원 지역을 의미하는 희수지역에 살았던 황제족은 산시성 남부로 진출하여 하夏문화를 창조하여 하족夏族이 되었습니다. 나중에 이들은 중원지역에 자리 잡아 중국 최초의 왕조인 하夏를 세웠습니다. 강수지역에 살고 있던 희姬씨 성을 가진 사람들은 주周를 세웠고 나중에 중국 두 번째 왕조 상商을 무너뜨리고 주 왕조가 되었습니다.

삼황오제 이야기의 역사서 출처[2]

삼황/오제	역사서 출처
복희(伏羲) 신농(神農) 황제(黃帝)	세본(世本), 제왕세계(帝王世系)
천황(天皇) 지황(地皇) 태황(泰皇)	사기(史記)
복희 신농 축융(祝融)	백호통의(白虎通義)
복희 여와(女媧) 신농	풍속통황패(風俗通黃霸)
천황 지황 인황(人皇)	예문유취(藝文類聚)
복희 신농 수인(燧人)	백호통의
황제 요(堯) 순(舜)	주역(周易)
황제 전욱 제곡(帝嚳) 요 순	사기
소호(少昊) 전욱 고신(高辛) 요 순	제왕세계

전쟁의 신 치우와 붉은 악마

황제와 비슷한 시기에 전설시대 구려족의 수령이었던 치우(蚩尤)라는 인물이 있었다. 그는 신농의 후예였고 강력한 힘을 갖고 있었다. 신농의 치세 말기에 세상이 혼란스러워지자 황제 헌원이 신농을 대신해 세상을 안정시켰는데, 이때 치우는 포악해서 다스려지지 않았다. 결국 헌원과 치우는 수시로 세력다툼을 벌였는데 그 최후의 결전 장소가 탁록(涿鹿) 벌판이었다. 이 싸움에서 치우는 죽고 헌원이 천하를 얻게 되었는데 이로부터 황제 헌원은 화하족의 조상이 될 수 있었다.

치우에 관한 신화는 『산해경』 등 여러 문헌에서 알려주고 있는데 치우에게는 81명(또는 72명)의 형제가 있었다고도 하고 여섯 개의 팔과 네 개의 눈, 소의 뿔과 발굽이 있고 머리는 구리와 쇠로 되어 있었다고도 한다. 말하자면 치우를 괴물로 보았다는 말이다. 신화에서는 괴물과 싸우는 영웅의 모습이 자주 등장하는데 그리스신화의 헤라클레스가 동서남북을 다니며 괴물을 물리치는 게 대표적이다. 이를 해석해 보면 주변국들을 정벌한 조상의 이야기를 괴물과 싸운 헤라클레스라는 영웅의 모습으로 치환한다. 화하족의 조상인 헌원이 괴물과 싸운 영웅이 되었다는 건 치우가 남방지역 구려족(九黎族)의 족장이었다는 이야기와 관계가 있다. 이를 해석해 보면 치우로 상징되는 장강 유역의 남방 부족과 헌원으로 상징되는 황하 유역의 화하족이 전쟁을 벌였던 것으로 볼 수 있겠다.

지금도 중국 남부, 베트남, 태국 등에 흩어져 사는 묘족, 흐몽족 등은 구려족의 후예를 자처하며 치우를 조상으로 추앙한다. 과거 조선에서도 치우씨(蚩尤氏), 치우천왕(蚩尤天王)등으로 부르며 한민족의 조상이라고 주장하는 경우가 있었다. 그 대표적 서술이 『규원사화』와 『환단고기』 등인데 이들은 위작으로 인정되는 책이다.

믿거나 말거나이지만 치우씨는 단군의 아버지인 환웅의 부하였으며 환웅의 명에 의해 방어를 담당하면서 병기를 제작했다고 한다. 2002년 월드컵 때 응원단이 사용한 '붉은 악마'의 도안이 치우를 의미한다고 해서 많이 알려졌지만 신화에 나오는 치우의 모습이 무엇인지는 아무도 모르는 일이다.

치우

우와 탕의 나라

대우의 나라 하

중국 최초의 왕조인 하나라는 기원전 2070년부터 기원전 1598년까지 약 472년 동안 유지되었습니다. 그런데 이는 학자들이 결정한 것이지 정확한 사실은 아닙니다. 최근까지도 하왕조는 그 실체를 알 수 없는 존재였고 학자들의 논쟁거리였기 때문입니다. 중국학자들이 역사공정을 한다는 것을 알고 계시죠? 역사를 정치적 목적으로 다시 보는 것으로 여기서 공정工程이란 말은 프로젝트라는 의미입니다. 학자들이 모여 '하·상·주 단대공정3)'이 추진되었고 하남성 이리두二里頭유적이 발굴되자 하나라가 실제 존재한 것으로 확정했던 것입니다.

하나라의 시조인 대우大禹(국가의 창건자 중 유일하게 '대'자를 붙이는 제왕이 되었다.)는 홍수 문제를 해결한 후 나라를 아홉 개의 구역으로 나누었습니다. 여기서 나온 말이 구주九州인데 이 말은 중국 대륙을 일컫

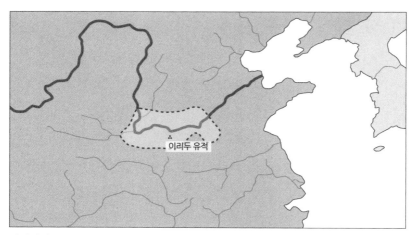

하나라의 영역

는 용어가 되었고, 우리가 흔히 전체 땅을 이야기할 때 구주라는 말을 쓰게 됩니다. 이후 하나라에 대한 기록은 거의 없고 마지막 왕인 걸왕에 대한 나쁜 이야기만 전해집니다. 중국고전에서는 폭군의 대명사로 하나라 걸왕과 은나라 주왕을 자주 언급합니다. 걸은 하나라의 마지막 임금이었고, 주는 은나라의 마지막 임금이었습니다. 원래 나라를 망하게 만든 왕은 폭군으로 그려지기 마련인데 역사상 가장 대표적인 폭군이 된 셈입니다.

걸왕과 관련 있는 사자성어는 '주지육림酒池肉林'인데 술이 가득한 연못과 고기로 숲을 만들었다는 의미입니다. 걸왕은 포악한 정치로 농업생산을 파괴했고 대외원정을 남발하여 국민을 피폐하게 만들었습니다. 그러다 즉위한지 33년째 되는 해에 병력을 동원해 유시씨有施氏를 정벌했는데 이때 말희를 얻게 되었다고 합니다. 그는 말희를 매우 총애했는데 특별히 그녀를 위해 옥으로 장식한 화려한 집과 옥으로 만든 침대를 만들어 주었죠. 하지만 신하들 그 누구도 이를 말릴 수 없었습니다.

이때 말희와 즐겨했다는 연회가 바로 주지육림입니다.

원나라 초기시절 역사서인 『십팔사략十八史略』은 이렇게 기록합니다. "궁전 정원에는 고기는 산처럼 쌓이고 육포는 숲처럼 걸려 있었으며, 술로 만든 연못에는 배를 띄울 수가 있었고 술지게미가 쌓여서 된 둑은 십 리까지 뻗어 있었다. 한번 북을 울리면 소가 물 마시듯 술을 마시는 사람이 3,000명이나 되었다. 이를 본 말희는 깔깔거리며 웃었다." 사마천이 기록한 이야기를 조금은 과장해서 후대 사람들은 말하길 즐겨했나 봅니다.

관룡봉이란 신하가 목숨을 걸고 걸왕에게 이렇게 간언했습니다. "하늘의 명을 받아 나라를 다스리는 천자는 평소 겸손하고 신의를 중시하면서 근검절약해야 합니다. 그러나 지금 폐하께서는 사치를 절제하지 못하고 살육을 일삼으시니 하늘의 재앙을 받을지도 모릅니다. 지금이라도 생각을 바꾸셔서 민심을 회복 하셔야 합니다."

이런 신하의 말을 들을 사람이었다면 폭군이 될 리 없겠지요? 걸왕은 격노하여 관룡봉에게 욕을 퍼붓고 곧바로 죽음을 명합니다. 이에 조정 안팎으로 어느 누구도 이야기하는 사람이 없게 되었고 민심도 돌아서게 됩니다. 결국 상商부락의 탕왕이 이끌고 온 군사에 패해 걸왕은 죽게 되었고 하나라 왕조는 멸망합니다.

갑골문의 나라 상

작은 부락을 이끌던 탕왕이 걸왕을 내쫓고 패권을 쥐게 되는 게 상나라입니다. 우리는 흔히 은나라라고 배우는데요. 마지막 수도가 '은殷'이었기 때문에 이렇게 불렀다는 설과, 후에 등장한 주나라가 상나라를 얕잡아 부른 이름이라는 설이 있습니다. 때로는 아예 둘을 합쳐 '은상殷商'으로 부르기도 합니다. 기원전 1556년부터 기원전 1046년까지 존속했고 주왕 때 멸망합니다. 건국 초기에는 도읍지를 박亳에 정했는데 그 뒤로 여러 차례 이동하다가 제19대 제왕 반경에 이르러 '은'을 도읍지로 정하고 정착합니다. 수도가 이렇게 이동했다는 이야기로 봐서 은나라는 반농반목半農半牧 사회가 아니었을까 추측할 수 있겠습니다.

상나라의 중요 인물 중 하나는 탕왕의 신하로 있던 이윤伊尹이었습니다. 그는 천한 요리사 신분에서 탕왕에게 천거되어 재상이 되었고 하나라를 멸망시키는데 큰 공헌을 합니다. 또 탕왕의 후손들을 잘 보좌하여 나라의 기틀을 잡았습니다. 이윤이란 사람 이야기를 해보겠습니다.

이수伊水 유역(지금의 하남성 낙양 부근)에서 태어난 이윤은 어린 나이에 이웃 유신국에 노예로 팔려갔답니다. 아마도 집안이 한미하고 궁핍했나 봅니다. 그러던 어느 날 상나라의 좌상인 중훼란 사람이 당시 패권국인 하나라 걸왕에게 가는 길에 유신국에 머무르게 되었답니다. 그런데 우연히 반찬을 나르는 노예 이윤을 보게 되었고 이야기를 나누다가 그의 뛰어난 재주를 발견하게 됩니다. 상나라로 돌아온 중훼는 이윤을 탕왕에게 천거했고 유신국에서 이윤을 데려오도록 했습니다. 하지만 미천한 요리사 한사람을 데려올 수 없어 유신국과 혼사를 맺고 유신

이윤(伊尹)
하남 낙양인(洛陽人).
모두가 인정하는 역사상 첫번째 현명한 재상.

제1강 | 신화_ 인간과 자연의 조화

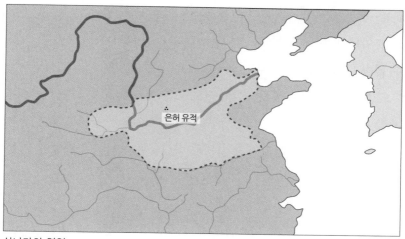

상나라의 영역

국의 여인이 시집을 올 때 종으로 이윤을 데려와야 한다는 조건을 걸었습니다. 유신국의 왕은 매우 좋은 일이라 여겨 딸을 시집보낼 때 이윤을 몸종으로 딸려 보냈습니다.

이윤이 상나라로 온 후 요리사로서 궁정에서 지낼 때 탕왕이 그의 재능에 감탄합니다. 그리고 작은 직책부터 일을 맡겼고, 이윤은 탕왕의 기대를 저버리지 않습니다. 점차 이윤은 궁정에서 승진했고, 결국 탕왕은 그를 우상右相으로 임명해 중훼와 함께 나라의 대소사를 다스리게 했답니다. 이렇게 보면 당시의 국가 규모가 어떠했을지 이해할 수 있겠지요? 아무 배운 것 없었을 테인 이윤이 아무리 똑똑할지라도 흔히 생각하는 왕국이라면 어려웠을 높은 벼슬을 쉽게 얻었으니까요.

어쨌든 이윤은 일개 노예 요리사에서 상나라의 재상이 되었고 국력 신장에 크게 기여합니다. 그리고 하나라는 혼군 걸왕으로 인해 멸망하고 상나라가 패권국이 됩니다. 후일 탕왕이 죽자 이윤은 상나라 조정을 보필하는 최고 대신이 되었답니다. 탕왕에게는 세 아들이 있었는데 맏

아들 태정太丁은 어린 나이에 죽었기에 둘째 아들을 왕으로 세웠으나 곧 죽고 맙니다. 이어 왕위에 오른 셋째도 얼마 안가서 죽자 이윤은 하는 수 없이 탕왕의 손자인 태갑太甲을 왕으로 세웠습니다.

그런데 이 태갑이 어렸을 때부터 부유한 생활을 했기에 정사는 돌보지 않고 매일 주색에 빠져 있었답니다. 그래서 이윤이 수시로 좋은 정치를 권유했지만 듣지 않았기에 이윤은 대신들과 상의하여 태갑을 연금하기에 이릅니다. 그런데 그 기간이 3년이나 되었다네요. 정사를 돌볼 줄 모르는 어린 임금을 확실하게 휘어잡습니다. 제아무리 방탕한 태갑이라 하더라도 이정도면 이윤의 말을 잘 들었을 것이겠죠? 결국 태갑은 지난날을 뉘우치고 행동이 검소해졌고, 이윤에 의해 왕의 자리에 다시 앉을 수 있었습니다. 흡사 고구려의 연개소문과 같은 권력을 가졌던 듯합니다만 국가를 세우는 훌륭한 재상의 원조로 칭송되어 왔습니다.

상나라와 가장 인연이 깊은 것은 바로 갑골문의 발견입니다. 거북 배딱지를 나타내는 갑甲과 소뼈의 골骨을 합쳐 갑골문이라고 하는데요. 사서에서는 은허라고 하는 지금의 하남성 안양현 일대에서 발견된 갑골편으로 인해 그 역사와 문화가 밝혀졌기 때문이죠. 갑골문은 기원전 1,300년쯤부터 1,100년까지 거북 껍데기나 짐승뼈에 기록된 문자입니다. 당시 사람들은 뼈를 불로 지져서 갈라진 흔적을 보고 길흉을 점치는 습속이 있었는데요. 점을 친 날짜 · 점친 사람 · 점친 내용 · 점친 결과 · 결과에 대한 판단 등 일련의 내용을 갑골편에 칼로 새겨 놓았던 것이지요. 갑골문의 발견에는 재미있는 스토리가 전해집니다.

청나라 말기인 1899년의 일이었습니다. 그해 가을 국자감 4)의 총책임자였던 왕의영이 학질에 걸렸고 가족들은 깜짝 놀라 의사를 불렀습니다. 의사는 진맥을 한 뒤 처방을 내렸고 돌아간 후 약을 보내왔습니다. 무심코 약의 내용물을 보던 왕의영의 눈에 동물뼈나 거북 등뼈 같은 용골이 있는 것이 보였습니다. 평소 금석학에 조예가 깊었던 왕의영이었기에 그냥 넘어가지 않았고, 자세히 들여다보니 문양 같은 것이 쓰여 있다는 걸 알게 됩니다. 그래서 아랫사람들을 시켜 북경의 한약방이란 한약방은 모조리 뒤져 도안이나 글씨 비슷한 것이 새겨진 용골을 모두 사오게 했습니다. 그리고는 평소 가깝게 지내던 유악이라는 문학자를 비롯한 벗들을 초청해 용골을 보여주고 이야기를 나누었습니다.

여러 차례 모여 토론과 연구를 한 결과 용골에 새겨진 부호는 수천 년 전 땅 속에 묻힌 한자의 시조라는 결론을 내리게 됩니다. 또 갑골문이 나온 장소가 하남성 북쪽 안양현 소둔촌이라는 걸 발견하고 대규모 발굴작업을 합니다. 그리고 갑골甲骨에 새겨진 문자라 해서 갑골문이란 이름을 붙입니다. 이렇게 해서 중국 문명의 가장 중요한 원천 중 하나였던 한자의 뿌리가 세상에 나오게 되었던 것이지요.

그런데 이렇게 갑골문을 발견했던 대학자 왕의영의 운명은 왕조말기의 혼란함으로 인해 비참하게 끝을 맺습니다. 갑골문을 발견한 이듬해 허약하고 무능했던 청나라 조정은 팔국연합군이 침공하자 북경을 떠나면서 문인출신 왕의영으로 하여금 수도경비를 맡도록 지시합니다. 하지만 첨단무기를 갖고 침략한 외국군대에 구식병력으로 맞선 왕의영이 제대로 임무를 수행할리 만무했습니다. 결국 왕의영은 "제왕이 우환을 겪으면 신하는 모욕을 감당하고, 제왕이 모욕을 당하면 신하는 죽음으로 화답하는 것이다."라는 유언장을 남기고 가족과 함께 우물에 몸을 던집니다. 그의 지조와 절개도 아름답지만, 역사는 갑골문이란 역사유물의 발견자로 이름을 기억합니다.

갑골문은 무엇이며 왜 만들어졌을까요? 이는 인류 역사와 절대 뗄 수 없는 종교와 관련 있습니다. 갑골문은 점을 쳤던 기록이었거든요. 현재의 관점에서는 미신이라 할 수 있겠지만 과거 인류가 처했던 위험한 환경에서 살아남기 위해 만들었던 다양한 문화가 점이나 종교형태로 나타난 것입니다. 특히 이해할 수 없는 자연현상이나 해결하기 어려운 생존문제가 걸릴 때마다 사람들은 자연을 경외하는 마음을 갖고 초자연적인 존재에 기대려는 마음을 갖게 되었던 겁니다. 오늘날에도 형태만 다를 뿐 자연과 절대자에 기대려는 인간의 심리는 여전합니다.

한자 개발자 창힐

인류가 창조한 4대 문명중에서 지금까지 탄생 위치 그대로, 영향력을 여전히 유지하고 있는 건 황하문명 한 곳 뿐이다. 여러 이유를 찾을 수 있겠지만 중요한 요인 중 하나는 한자(漢字)라고 하는 문자 체계를 계속 사용하고 있어서다. 최초에는 작은 지역에서 사용하는 문자였지만 점차 사용지역이 넓어졌고, 지금은 동아시아 문명권의 대표 문자체계다. 오랜 시간 동안 계속 변화하고 있지만 탄생한 당시부터 지금까지 골격은 유지되고 있다.

전설에 의하면 한자를 창조한 인물은 천계에 살고 있던 창힐(蒼頡)이라는 신이라고 전해진다. 천계에서 지상으로 내려와 새와 동물들이 남긴 발자국을 보고 문자를 고안해냈다는 것이다. 또 다른 설에 의하면 창힐은 황제(黃帝)의 가신이었다고도 한다. 한자처럼 연대가 오래되고 복잡한 체계를 갖고 있는 문자체계를 한 사람이 창조 했다는 게 믿어지지는 않지만 이는 민간전설뿐만 아니라 학술 저작에서도 꽤 많이 언급된다. 누가 한 것인지 모르니 신화적 인물을 내세우는 흔한 방식이다. 창힐이 인간이었다는 전설은 이렇다.

대략 기원전 2700여 년경, 황제는 당시 부락연맹의 맹주였다. 그는 중원의 여러 부족을 통일한 후 이들 간에 소통할 수 있는 도구를 만들어야 겠다고 결심하고 이를 창힐에게 맡겼다. 창힐은 강물이 내려다보이는 한적한 언덕에 자리를 잡고 부호를 고심하기 시작했다. 하지만 특별이 떠오르는 게 없어 방에서 나와 마당을 거닐던 차에 땅에 찍혀 있던 여러 동물의 발자국에 주목하게 되었다. 여기에는 대나무 이파리같이 생긴 꿩의 발자국도 있었고, 매화꽃 같은 개의 발자국도 있었다. 옳다구나 하고 생각한 창힐은 그때부터 주변의 모든 사물과 현상을 자세히 살펴보기 시작했다. 일월성신(해와 달, 별)은 물론이고 강물의 흐름과 바다의 물결도 조사했다. 주변의 만물을 모두 관찰한 결과 저마다 독특한 특징이 있다는 것을 알게 되었고 그것들을 그림으로 표현하기 시작했다.

시간이 흘러 창힐이 만든 글자가 늘어났고 일정 분량을 모은 후 황제에게 보고했다. 황제는 이를 보더니 기뻐하며 창힐에게 상을 내렸다. 그리고는 각 부족의 수령을 모이게 해서 글자를 배우고 부족민에게 쓰도록 일렀다. 이로부터 한자의 사용이 시작되었다고 한다.

갑골문과 현대 한자 대조

제2강

봉건_ 천자와 제후들

하늘의 질서를 인간계에 구현하다

문왕과 태공망

오늘날 중국인구는 13억이 넘습니다. 이렇게 많은 인구를 먹여 살리는 힘은 바로 농업입니다. 최근 경제가 발달하고 세계의 공장이란 이름을 듣고 있는 중국이지만 농업의 중요성은 아무리 강조해도 지나치지 않지요. 사람을 먹여 살리는 농업이 본격적으로 시작된 곳은 바로 하천 유역이었습니다. 하나라 대우가 황하를 다스려 나라를 세웠고, 상나라를 거치며 점차 농업이 국가의 중심으로 자리 잡습니다. 풍요로운 황하 평원은 많은 인구를 먹여 살릴 수 있는 곳이었으며, 여기서 만들어진 잉여생산물로 인해 국가가 형성될 수 있었지요.

본격적으로 농업문명을 일군 국가는 관중평원 위수가에 터를 잡은 주나라였습니다. 주나라 군주에게는 섬겨야 할 가장 중요한 두 곳이 있

북경 자금성 사진. 황제궁은 남북으로 일직선상에 위치하고 황제궁에서 볼 때 우측에 사직단이 있고 좌측에 태묘가 있다.

었습니다. 첫 번째는 조상신을 모신 사당이고 두 번째는 사직社稷이었는데 사는 토지신이고 직은 곡물신을 의미합니다. 사직을 잘 돌보기 위해서는 농토가 중요했고 여기서 나온 산출물은 왕조를 유지하는 기반이기도 했습니다. 따라서 왕이 나라를 지키고 유지한다는 것은 조상 묘와 사직을 잘 지키고 때에 따라 제사를 지내야 한다는 것을 의미했습니다.

주나라의 기초를 세운 것으로 알려지는 고공단보에게는 태백, 우중, 계력이라는 세 아들이 있었습니다. 그런데 계력의 아들인 창이 뛰어났기 때문에 그를 후계자로 세우기 위해 막내인 계력이 뒤를 이었답니다. 계력의 아들은 창이라는 이름을 가진 문왕이었습니다. 아마도 문왕을 칭송하기 위해 만들어진 이야기일 것입니다.

문왕이 본격적으로 주나라 역사에 등장하는 가장 중요한 사건은 태공망 여상呂尙을 만난 일이었습니다. 우리는 세상을 낚기 위해 빈 낚싯대를 드리우고 기다렸다던 강태공의 일화를 알고 있습니다. 문왕과 강태공의 인연을 이렇게 멋있게 표현한 것이겠지요. 천하를 안정시켜줄 영웅을 만나기 위해 남양에 초가집을 짓고 세월을 기다렸다던 제갈공명 이야기도 강태공에게서 따 왔다고 볼 수 있습니다. 어쨌든 문왕은 강가를 지나다 빈 낚시대를 드리우고 있던 태공망을 만났고 이야기를 나눠보니 범상치 않은 인물이란 걸 알게 되었습니다. 그래서 천하를 함께 도모하기로 했는데 이를 오늘날 말로 해석해 보면 이렇습니다. 태공망은 강姜씨 성을 쓰던 족장이었고 문왕은 희姬씨성의 우두머리였습니다. 그렇게 희족과 강족은 힘을 합치기로 했고 당시 중원의 강자였던 은나라를 멸하기로 했던 것입니다.

공자가 추앙한 주공 단

기원전 1046년 문왕의 뒤를 이어 즉위한 아들 무왕은 태공망을 비롯하여 동생인 주공 단과 함께 은나라 토벌에 나섰습니다. 주나라가 위치하던 곳은 위수가 있는 관중평원이었으므로 동쪽으로 나아가 황하를 건너 상나라의 수도로 향했습니다. 이때 상(은) 나라를 다스리던 임금은 주紂왕이었습니다. 그는 재위 중에 농업과 양잠을 중시하고 사회 생산력을 크게 발전시켜 국력을 크게 신장시켰습니다. 또 영토를 확장하는 사업을 추진하여 여러 부락을 점령하기도 했습니다. 하지만 말년에 안일하고 방탕한 생활을 해서 왕조의 마지막 왕이 되는 신세가 됩니다. 정치를 잘 했든 그렇지 않든 나라를 망하게 한 제왕은 폭군의 이미지를 가질 수밖에 없습니다. 그에게도 달기라는 이름을 가진 여인이 등장하고 이로 인해 정치를 망쳤다는 소릴 듣습니다. 그러나 자세한 내

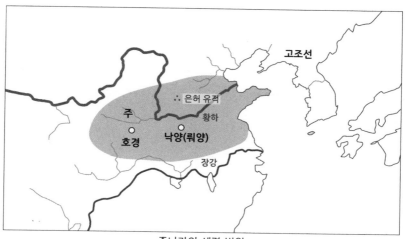

주나라의 세력 범위

막은 알 수 없지요.

주왕이 폭군이었든 아니든 군사를 이끌고 적이 쳐들어왔다는 소식을 듣자 군대를 모아 수도에서 가까운 목야에 진을 쳤고, 두 세력은 한판 승부를 벌입니다. 이 싸움의 결과는 주나라의 승리로 끝났고 주나라 무왕은 신하를 거느리고 은의 수도에 있는 토지신에 제사를 지냈습니다. 그 의미는 우리가 모신 신이 당신네가 모시는 신을 이겼으므로 천하는 우리 것이 되었다는 것입니다. 이로써 하늘의 뜻을 받드는 주왕조가 창시된 겁니다.

주나라를 실질적으로 자리 잡게 만든 공신은 무왕의 동생이었던 희단姬旦(일명 주공)이었습니다. 공자는 주공을 '유가의 성인'으로 추앙했는데 얼마나 그를 사모하였던지 "내가 늙어 주공이 꿈에 나타나지 않는다."라고 한탄했을 정도입니다. 이 때문에 여러 고전에 등장하며 조선의 선비들도 늘 주공의 정치를 흠모하기를 그치지 않았지요.

왜 그렇게 공자는 주공을 좋아했을까요?

주공은 불과 13세에 왕위에 오른 어린 조카 성왕을 대신해 섭정을 펼쳤습니다. 자신의 형제들인 관숙·채숙·곽숙이 상나라 주왕의 아들인 무경과 연합해 '삼감三監의 난'을 일으키자 진압하기도 했습니다. 왕실의 일족과 공신들을 여러 나라에 배치해 다스리도록 했고. 예악과 법도를 만들어 왕조가 기틀을 잡도록 했습니다. 그리고 7년 뒤 성왕이 20세가 되자 미련 없이 권력을 내주고 물러납니다. 모든 권력을 쥐고 있었는 데도 조카에게 물려주고 떠난 주공의 행동은 후대 사람들에게 귀감이 되고도 남음이 있었습니다. 예전에 텔레비전 드라마에서 조선 7대 임금 세조가 조카의 왕위를 찬탈한 이야기를 두고 주공과 비교하는 장면을 연출하기도 했지요.

주공으로부터 시작된 주나라의 정치제도는 봉건제였습니다. 봉건제란 왕의 권한이 미치는 모든 땅을 직접 다스리는 게 아니라 제후와 대

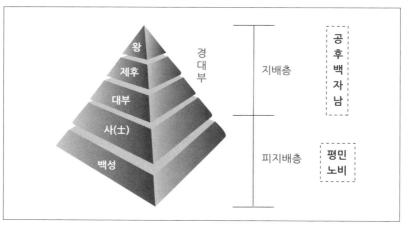

봉건제 개념도

제2강 | 봉건_천자와 제후들

부로 하여금 통치하도록 하는 제도입니다. 가장 중요한 것은 토지의 분배와 여기서 나온 소출의 소유권이었죠. 또 하나는 외적의 공격에 대항하여 지켜낼 수 있는 힘을 모으는 방법이었습니다. 무왕과 주공이 함께 했던 상나라 정벌은 희족만의 독자적인 힘에 의한 것이 아니라 강족과 같은 여러 지역의 부족장들이 연합해서 이루어낸 성과였습니다. 따라서 이들 여러 제후들에게도 땅을 제공하여 독자적으로 다스릴 수 있도록 해야 했습니다. 이때 분봉된 사람들은 희씨성을 가진 귀족이 53명이었고 나머지 다른 성을 가진이가 18명이었답니다.

이들 제후들은 맡은 지역을 다스리는 권한을 갖고 있었지만 왕실 행사나 제사에 참가해야 했고 공납은 물론 정기적으로 문안을 드려야 했습니다. 가장 중요한 것은 유사시에 군대를 파병해 왕실을 보호해야 하는 의무였습니다. 이것을 주나라의 종법제도宗法制度라고 하는데 기본적으로 가부장적 제도를 국가단위로 확장한 것입니다. 이로써 태공망은 동쪽 제나라의 시조가 되었으며 은나라 왕족의 후예였던 미자계는 주공에 의해 송나라에 봉해졌습니다. 이로써 은나라 조상 제사는 끊이지 않고 이어질 수 있었죠.

또 제후는 자신의 봉국 안에서 재분봉을 할 권한을 갖고 있었습니다. 즉, 자신이 가진 봉지를 경卿·대부大夫에게 나누어 주어 그들의 채읍으로 만들고, 경·대부는 다시 채읍의 일부 토지를 사士에게 나누어 주었습니다. 이는 당시 제후들의 군사적 능력이 미약하여 큰 규모의 국가가 탄생하기 어려웠던 상황이었다는 것을 말해 줍니다.

서주의 멸망과 동주시대

주나라 왕이 천하의 중심이며 각 지역은 제후들이 다스리던 형태로 국가는 만들어졌지만 곧 위기가 닥쳐왔습니다. 그 결정적 계기는 기원전 9세기 중엽의 여왕厲王때였습니다. 그는 이익을 탐하고 방탕한 생활을 즐겼으며 간신인 영이공을 임명하여 국가를 운영하게 했습니다. 또한 자신의 이익을 위해 산림과 택지를 점거해 평민들의 출입을 막았고 대부들의 권한을 박탈했습니다. 그러면서 불만을 표시하는 사람은 가혹한 형벌을 내려 입을 막았지요. 하지만 이는 왕권이 약했던 봉건시대를 잘못 이해한 행위였습니다. 자신들의 기득권 침해를 이상 두고 보지 못한 제후와 대부들은 연합세력을 구성하고 수도 호경을 점령했거든요. 그러자 여왕은 외부로 도망칠 수밖에 없었고, 이때부터 14년간 주정공周定公과 소목공召穆公이 함께 정무를 보게 됩니다. 이때에 나온 용어가 공화共和라는 단어입니다.

즉, 기원전 841년부터 828년까지 햇수로 14년 동안 주나라에 제왕이 없는 기간이 존재했는데요. 공화국이란 이름이 여기서 탄생했습니다. 공화국이란 주권을 가진 국민이 직접 또는 간접 선거에 의하여 일정한 임기를 가진 국가원수를 뽑는 국가형태를 말하는데요. 주나라에서 왕이 없는 상태에서 공동통치를 하던 시절과는 많이 다릅니다. 19세기 말 일본 지리학자인 미츠쿠리 쇼고(箕作省吳)는 네덜란드어 'Repub-liek=군주가 없는 나라'를 어떻게 번역해야 할지 고민하고 있었습니다. 그때 친하게 지내던 유학자 오스키 반케이(大槻磐溪)가 『사기』에 이런 기록이 있음을 말해 주었고, 이로써 '공화국'이라는 번역이 탄생 했다고 전해집니다.

그 후 선왕이 즉위하여 잠시 동안 나라를 안정시켰지만 서방 티베트 계통인 강족羌族과의 대결에서 주나라 군사가 크게 패합니다. 이어서 왕위에 등극한 사람은 주나라를 멸망으로 이끈 유왕이었습니다. 여기에도 나라를 망하게 하는 포사褒姒라는 미녀가 등장합니다. 여자가 끼어 있지 않으면 나라를 망친 왕에게 죄가 없다고 생각했던 것일까요? 나라가 망하는 이유는 제왕이 내부 정치를 잘 못해서 그럴 수도 있고, 막아 내기에는 너무 강력한 외적이 쳐들어와서 그럴 수도 있을 것입니다. 그런데 후대의 정치가이자 유학자들은 사람들에게 교훈을 주기 위해서 대부분 내부 이유를 나라 망한 이유로 거론합니다. 특히 제왕의 주변에 있던 미녀가 왕을 혼란스럽게 하고 망친 이야기를 강조하지요. 나라를 망하게 한 잘못을 여자에게 뒤집어 씌우는게 더 나아 보였나 봅니다.

유왕에게는 원래 정부인 신씨에게서 낳은 태자가 있었지만 포사를 얻은 후 유왕은 그녀에게 빠져 태자를 폐하고 포사의 아들을 태자로 삼습니다. 그런데 포사에게 빠진 유왕은 잘 웃지 않는 그녀를 어떻게 하면 즐겁게 해줄 수 있을지 늘 고민했습니다. 그러던 어느 날 왕궁에서 실수로 봉화를 올린 일이 있었는데, 이를 본 각 지역의 제후들은 황급히 군사들을 이끌고 달려왔습니다. 외적이 쳐들어온 줄 알고 왕궁을 보호하려 했던 것이지요. 허겁지겁 왕궁으로 다려 왔던만 그곳에는 아무일 없었고, 제후들은 허탈한 표정을 지을 수밖에 없었습니다.

그런데 이 모습을 본 포사가 크게 소리를 내며 웃는 것 아니겠습니까? 옳다구나 생각한 유왕은 포사를 또 웃게 하기 위해 봉화를 몇 번더 올리게 했습니다. 그 때마다 허탕을 친 제후들은 주나라 왕실에 대한 신뢰를 거두게 됩니다. 한편 유왕이 포사만 감싸고 정치를 소홀이 하자 유왕의 정부인 신씨의 친정은 이민족인 서이西夷, 견융犬戎과 함께 왕궁을 습격했습니다. 유왕은 다급히 도와달라는 봉화를 올렸으나 이를 보고 달려온 제후는 아무도 없었습니다. 결국 기원전 771년 유왕은 여산 근처에서 반란군에게 죽임을 당하고 태자인 포사의 아들 백복도 살해당했습니다.

신씨, 증씨 등 제후들은 신씨의 아들이자 원래 태자였던 의구를 옹립했으니 그가 평왕이 되었습니다. 그리고 서쪽 견융의 침략 위험을 피해 낙양으로 천도하니 이로써 서주시대는 끝이 났습니다. 역사가들은 서쪽 관중지역에 있던 나라를 서주, 동쪽 낙양부근 성주에 도읍한 나라를 동주라고 불렀는데, 이때가 바로 '춘추시대'의 시작이었습니다. 기원전 770년부터 시작되는 춘추시대는 진晉나라가 한韓, 위魏, 조趙 세 나라로 분리되는 기원전 403년에 끝납니다. 이때부터 동주 왕실이 멸망당하는 기원전 256년을 거쳐 진에 의해 중국 최초의 통일국가가 되는 기원전 221년까지를 '전국시대'라고 부릅니다.

잘 알려져 있는 것처럼 춘추시대는 공자가 집필했다는 『춘추春秋』로부터 이름이 나왔고 전국시대는 한나라 초기 유향劉向에 의해 쓰여진 『전국책戰國策』으로부터 유래되었죠. 『춘추』는 노나라 은공 원년(기원전 722)부터 애공 14년(기원전 481년)까지의 사적을 연대순으로 기록해 놓은 노나라 역사책입니다. 또 『전국책』은 동주 정왕 16년(기원전 453)에서부터 진시황 37년(기원전 210)에 이르기까지 약 240년 동안의 사건들을 당시 12국별로 나누어 기록해 놓은 것이었습니다. 춘추는 유가의 중요한 경전의 하나로 이어져 내려왔고, 전국책은 사람들 사이에 인기가 높았기에 한나라 무제시대에 이르러 사마천이 중국 정사의 시작이라 할 수 있는 『사기史記』의 저술이 가능하게 된 것입니다.

정의란 무엇인가? 백이와 숙제

사마천은 「백이숙제」 열전을 기록하고 있는데 이는 역사상 가장 오래된 스토리텔링 중 하나다. 많은 시인 문객들이 이 이야기를 읊었으며 유가사상의 중요한 명제중 하나인 '의로움(義)'의 사례로 대명사로 사람들의 입에 오르내렸다. 역사가로서 사마천은 '열전'을 활용해 자신의 철학을 수집된 스토리를 활용해 주장하고 있다. 그 대표적인 이야기가 백이(伯夷)와 숙제(叔齊) 열전이다.

공자에 의하면 백이와 숙제는 의로운 사람들이었지만 그들의 삶은 비참했다. 공자가 가장 좋아했던 제자인 안연(顏淵)은 학문을 좋아했지만 너무 가난해 쌀독이 자주 비었고 술지게미와 쌀겨로 생을 유지해야 했다. 그는 의로운 삶을 살았지만 일찍 죽어야할 운명이었다. 그런데도 도척(盜蹠)과 같은 범죄자들은 날마다 사람을 죽이고 포악하면서 수천명의 무리를 모아 천하를 횡행하였으면서도 천수를 누렸다. 공자는 "과연 세상의 정의란 무엇인가?" 라는 질문을 던진다.

여기에 등장하는 백이와 숙제는 예로부터 의로운 사람들의 대명사였다. 그들은 고죽국의 후계자들이었지만 서로 자리를 양보했다. 요임금이 순에게 양위한 것처럼 말이다. 마침 주나라 무왕이 상나라를 토벌하려 하자 이를 인정하지 않았고 주나라 곡식을 먹으려 하지 않았다. 이후 수양산(首陽山)으로 숨어들어가 고사리를 먹으며 지냈다. 그들은 죽기 직전 노래를 지었는데 그 가사는 이랬다.

"저 서산(首陽山)에 올라 고사리를 캐노라.

폭력을 폭력으로 바꾸고도 자기의 잘못을 알지 못하는구나!

신농(神農)·우순(虞舜)·하우(夏禹)는 이미 사라졌는데

우리는 어디로 돌아가야 하리요.

아아! 가리로다.

가련한 운명이여!"

이 이야기에 공자는 이렇게 결론을 짓는다. "날이 추워진 뒤라야 소나무와 잣나무가 늦게 시드는 것을 알게 된다. 歲寒, 然後知松柏之後凋" 『논어(論語)』의 자한(子罕)편에 나오는 유명한 문구다. 우리에게는 추사 김정희가 그린 세한도를 통해 매우 익숙하다. 여기서 공자는 세상 사람들은 평소에는 의인을 알아주지 않으며 세상이 온통 흐려져야만 깨끗한 선비가 드러난다고 한탄한다. 사마천은 백이·숙제의 죽음 앞에 이런 평가를 내렸다.

"나는 심히 당혹스럽다. 이것이 이른바 하늘의 도리라면 옳은 것인가? 그른 것인가?"

경쟁의 시대, 춘추전국

풍요로운 관중 지역을 잃어버리고 낙양으로 수도를 옮긴 동주시대, 왕의 권한은 이전보다 약해져 있었습니다. 이제는 각 지역을 맡아서 다스리는 제후들을 통제할 힘도 없고, 나라에 오랑캐가 침입했을 때 물리칠 군사력도 갖고 있지 못했습니다. 힘 빠진 어른의 모습으로 왕의 가장 중요한 역할이었던 주나라 국통을 유지하고 조상제사를 담당할 뿐이었지요. 그렇게 되니 각 지역 제후들은 각자도생의 길을 찾게 될 수밖에 없었고, 이 때부터 제후 중에서 강력한 힘을 가진 패자가 등장하기 시작합니다. 여기서 패자란 주나라 천자가 해야 하는 역할을 대신해 천하의 제후들을 아우르고 제사를 지내며 때론 외적의 침입시 대응하는 제후를 의미합니다.

청동기에서 철기로 생산성의 폭발

서주에서 동주시대로 바뀌던 때는 역사의 큰 흐름이 변화하던 시기였습니다. 상나라와 주나라 초기는 청동기 시대였습니다. 과거 전쟁영화나 무협지 등에 보면 군대가 서로 대치한 상태에서 장수끼리 전투를 벌이는 장면을 볼 기회가 있지 않습니까? 다윗과 골리앗의 싸움이 그랬고 트로이 전쟁에서 아킬레우스와 헥토르의 전투장면이 그랬죠. 이런 방식의 전투가 바로 청동기 시대의 싸움입니다. 무른 무기로 서로 부딪혀 싸워봤자 서로 큰 이익이 없으니 장수끼리 맞붙어 결론을 내자는 것이었죠. 당시 전투용 말은 작았고 직접 탈 수 없어 전차를 이용했고, 상대방 군대를 치명적으로 살상할 수 없어 대규모 전투가 별로 없었습니다. 이때 싸움의 모습을 알려주는 일화가 송양지인宋襄之人의 고사입니다.

주나라 양왕 14년(기원전 638년), 남방의 강국 초나라와 송나라가 전쟁을 벌였다. 두 세력은 강을 사이에 두고 대치했는데 초나라 병사들이 강을 건너자 송나라 재상 목이는 양공에게 "지금 적이 강을 건너느라 대열이 흩어졌습니다. 그러니 지금 공격해야 승리할 수 있습니다."라고 말했다. 하지만 양공은 "군자는 남의 약점을 틈타 기회를 보는 것이 아니다. 그런 비겁한 싸움을 어찌 할 수 있겠는가!" 라고 말했다. 초군이 강을 모두 건너고 전열을 정비한 후 싸움은 시작되었다. 결국 강력한 군사력을 가졌던 초군이 송군을 무참하게 무찔렀다. 여기서 송나라 양공처럼 부질없는 인정을 쓰다가 손해를 보는 자와 같이 그러한 '너절한 인정'을 베푸는 사람을 가리켜 '송양지인(宋襄之

㈁)'이라는 고사가 생겼다.

후대의 관점으로 바라보면 송 양공이 참 미련한 사람처럼 보이지만 양공이 가졌던 춘추시대 이전 군주의 전쟁에 관한 사고방식은 이랬던 겁니다. 다만 양공은 세상이 변하고 있다는 것을 몰랐던 것이고 그 이전에는 이렇게 싸워도 큰 문제가 없었죠. 그때는 주로 전차전을 했고 전투에서도 양쪽 모두는 예절을 지켰습니다. 무엇보다 용맹과 신의를 중요하게 여겼던 것이죠. 주나라 봉건제라는 것도 이런 현실을 반영한 정치방식이었습니다. 왕도 제후의 권력을 인정해줄 수밖에 없었고, 제후도 영내 대부들의 영토를 침범할 수 없었던 겁니다. 서로 도토리 키재기 방식으로 자리를 지키면서 경쟁할 수밖에 없었던 것이죠.

그런데 춘추시대로 접어들면서 이런 흐름이 점차 바뀝니다. 철을 능숙하게 다루는 기술이 개발됨에 따라 창이나 칼 등 무기는 강해졌고, 철이 사용된 강력한 전차가 탄생했습니다. 철기시대는 전쟁에 쓰이는 무기도 달라지지만 더 중요한 것은 농기구가 나무나 돌에서 철제로 바뀐다는 점입니다. 사람보다 여덟 배나 힘이 센 소가 끄는 쟁기에 철로 만든 보습을 달아서 논밭을 가는 모습이 이때부터 생겨납니다. 덕분에 농업생산력이 획기적으로 증가했고, 이는 전쟁수행능력을 배가시켰습니다. 과거에는 큰 전쟁을 치르기도 어렵고 승리를 해도 별 이득이 없었지만 이제는 전쟁을 하면 큰 재산을 얻을 수 있는 시대가 되었습니다.

때문에 제후가 대부에게 권력을 빼앗기기도 하고 제후의 혈통이 바뀌기도 했습니다.[5] 국력이 약한 나라는 이웃의 침입에 의해 언제든 합병될 처지에 몰렸습니다. 이런 때 소국을 다스리던 제후들은 살아남기 위해 합종연횡을 끊임없이 시도했지요. 강한 이웃나라가 침입하면 평소 관계를 맺어두었던 다른 나라의 도움으로 권력을 유지했고, 때로는 이웃 나라의 후계자 싸움에 끼어들어 각자의 이익을 위해 돕기도 하고 관계를 끊는 경우도 있었습니다. 이러한 주 왕실의 권위가 사라진 혼란의 시대에 조정자로서 역할을 했던 것이 바로 패자였습니다.

춘추오패

역사에는 춘추오패春秋五霸 이야기가 나옵니다. 기록에 따라 다소 차이가 있지만 오패란 제환공齊桓公, 진문공晉文公, 초장왕楚莊王, 그리고 오월동주로 유명한 오吳나라 합려闔閭와 월越나라 부차夫差를 말합니다. 중원에 있던 세 명의 군주들은 충분히 패자로서 역할을 한 것으로 보입니다. 그런데 오나라와 월나라는 중원에서 멀리 떨어진 오랑캐 지역이었고, 세력도 크지 않아 다른 나라에 미친 영향력도 작았습니다. 이는 음양오행설을 중시했던 습관으로 인해 다섯을 거론하려고 끼워 넣은 성격이 짙어 보입니다. 어쨌든 춘추시대는 이러한 격변의 시대였고 제후들 간 경쟁의 시대였지요. 중원에 사는 사람들에게는 목숨을 유지하기 힘든 시대였지만 한편으로는 경쟁으로 인해 자유로운 사상이 꽃피울 수 있는 토대가 만들어진 시대기도 했습니다.

가장 먼저 패자로 역사에 등장한 사람은 제나라 환공이었습니다. 오늘날 산동성 지역에 자리 잡고 있었던 제나라는 주나라 창업공신 태공망 여상에 의해 건국된 나라입니다. 제나라는 춘추전국시대를 통틀어 가장 부유했고, 사상의 발전에 기여한 바도 가장 컸습니다. 14대 양공

때에 이르러 국력이 강해져 이웃이었던 기杞나라를 병합했고 노魯나라를 압박했습니다. 이웃나라를 힘으로 병합했다는 것은 국력이 강해졌다는 의미뿐만 아니라 주나라에 대한 견제력도 가졌다는 의미입니다.

노나라는 원래 주공 단에게 봉건된 나라였는데 주공은 아들 백금을 보내 나라를 다스리게 했습니다. 제나라와 이웃하고 있던 노나라가 위협을 느끼게 된 것은 이때부터입니다. 노나라는 영토가 작고 국력이 약해 늘 생존 문제를 고민했어요. 그래서 항상 예의지국으로 의리를 지키려 노력했으며, 제후들간의 분쟁을 조정하는 것으로 역할을 설정합니다. 하지만 공자시대에 이르면 삼환이라 부르던 대부들간의 권력 나눠 먹기가 극에 달하고, 사회질서가 무너집니다. 결국 전국시대에 접어들면 제나라에 흡수되고 맙니다.

제나라는 양공이 죽은 후 후계를 둘러싸고 혼란이 빚어졌지만, 뒤를 이은 환공은 탁월한 정치 감각으로 나라의 기반을 닦습니다. 이 후계 싸움에 상대편의 참모로 참여했던 사람들이 바로 포숙아와 관중이었습니다. 우리가 관포지교管鮑之交의 고사로 잘 알고 있는 두 사람 말입니다. 둘은 젊은 시절 장사를 함께한 친구이자 동료였습니다. 하지만 운명은 둘로 갈렸고 포숙아는 자신에게 주어진 재상 자리를 더 뛰어난 관중에게 양보합니다. 포숙아도 훌륭한 사람이었지만 자신에게 화살을 겨누었던 사람을 재상으로 임명한 환공은 더 뛰어난 군주였습니다.

제나라는 바다가 가까워 소금생산에 유리했고 넓고 풍요로운 국토가 있었습니다. 따라서 관중은 사업을 했던 사람답게 상업을 중시했고 개혁을 추진해 농업생산력을 높였습니다. 덕분에 군사력은 강해졌고, 문인들을 우대해 국가 문화향상에 크게 기여했습니다. 이때 확보된 국력을 바탕으로 환공은 각 제후들을 소집해 회의를 하는 회맹會盟을 자주 열었습니다. 여기에 참가한 것은 제를 비롯해 노魯·송宋·조曹·진陳등 주나라 동쪽 지역 제후들이었지요. 또 위나라에 침입한 이민족을 격퇴하고 성을 쌓아주기도 했습니다. 또 남쪽 지역에 있던 초나라가 정나라에 침입했을 때 환공은 초를 토벌하기 위해 이웃 나라의 군대를 모아 초나라의 북상을 막을 수 있었습니다. 이런 일들은 원래 주나라 왕이 해야할 역할인데 환공이 대신함으로써 다른 제후국에 큰소리 칠 수 있는 힘을 확보할 수 있었던 것입니다.

진문공과 초장왕

두 번째 패자로 등장한 이는 진晉의 문공이었습니다. 산서성 남부에 위치했던 진나라는 주의 성왕이 동생 숙우를 현재 산서성 태원 부근 당唐에 분봉한 것이 처음이었습니다. 진의 세력범위는 중원이라 일컬어지는 황하 유역에서도 북쪽이었지요. 나라의 기틀을 잡은 이는 헌공이었습니다. 그는 기원전 655년 괵虢과 우虞나라를 멸망시켜 산서성 남부에서 하남성 서부를 아우르는 지역을 확보해 중원 여러 나라에 진의 존재를 알렸습니다. 헌공 사후 나라에 내란이 계속되었고 후계 다툼 속에 왕자 중이重耳는 19년 동안이나 다른 나라를 떠돌아야 했습니다. 기회를 엿보던 중이는 이웃 진秦 목공의 도움을 받아 기원전 636년에 귀국해 회공을 죽이고 제후 자리에 올라 문공이 되었습니다.

그는 내정을 정비하고 능력 있는 자를 발탁하여 토지를 나누어 주었는데 외적을 맞아 싸울 수 있는 체제를 만들기 위한 목적이었습니다. 문공이 패자가 되는 결정적 사건은 기원전 633년에 있었던 초나라의 송나라 침입이었습니다. 그는 이듬해 초의 동맹국인 조曹, 위衛 두 나라를 공격하여 항복을 받아냈고 제, 송, 진의 군대와 함께 성복城濮에서 초의 군대를 격파합니다. 문공은 이 싸움에서 돌아오는 길에 임시 왕궁을 지어 주왕을 초청하여 제후와 회맹하고, 초로부터 얻은 전차와 재물을 왕에게 헌납합니다. 이로써 주왕은 문공을 패자로 인정하고 제후의 상징이 되는 붉은 화살과 용사 300인을 주었다고 합니다.

세 번째 패자는 초나라 장왕莊王이었습니다. 본래 초나라는 남방지역에서 세력을 잡고 있어도 중원 여러 나라로부터는 오랑캐로 불리고 있었습니다. 하지만 강한 군사력을 바탕으로 등鄧, 신申 등 여러 나라를 멸망시키고 채, 정 등에 침입하여 북방지역에 압력을 가하고 있었습니다. 성왕 때에 이르러 북방 여러 나라에 사절을 보내 외교 관계를 수립하기 위해 애썼고 때론 군사력을 과시 하기도 했습니다.

기원전 613년에 제후 자리에 오른 장왕은 주변 용국을 멸망시켜 위기를 극복하고 내정을 수습하여 국력을 부흥시켰습니다. 장왕과 관련 있는 유명한 말은 "그 새는 한번 울면 세상 사람 모두를 놀라게 할 것이고, 한번 날아오르면 즉시 하늘 높이 솟구칠 것이다. 一鳴驚人(일명경인), 一飛沖天(일비충천)"입니다. 이 이야기의 유래는 이렇습니다.

장왕은 등극해 3년 동안 정사를 돌보지 않고 날마다 주연을 베풀며 세월을 보냈다. 그러면서 모든 정사를 두극과 공자 섭에게 맡겼다. 만약 자신에게 간언을 하는 자는 사형에 처한다는 명과 함께였다. 왕이 방탕한 삶을 살고 있는 사이 나라 안팎으로 우환이 끊이지 않았다.

이를 보다못한 신하 하나가 이렇게 물었다. "어느 산에 새 한 마리가 있는데, 울지도 않고 움직이지도 않습니다. 무슨 새인지 아십니까?" 그러자 장왕은 기다렸다는 듯이 '일명경인'이라는 말을 했다고 한다.

아마도 장왕은 왕권을 강화하기 위해 몰래 힘을 기르고 있었던 듯합니다. 스무 살이 안 된 나이에 왕위에 오른 그는 노는 듯 하면서 견제세력을 방심하게 한 후, 주변 인물들을 하나씩 처단해 권력을 거머쥔 것이죠. 고려 때 광종이 했던 전략과 비슷합니다. 결국 강력한 왕권을 거머쥔 장왕은 주변을 통합하고 북방으로 세력을 떨쳤던 것이죠. 야만의 땅으로 알려진 초나라를 강력한 패업을 가진 국가로 만든 것입니다.

결국 이렇게 남쪽 초나라 세력이 강화되자 정鄭나라는 진晉의 규제를 벗어나 초와 동맹을 맺고 진陳, 송宋에 침입했습니다. 이때 진과 송을 구원하려 했던 진晉의 군대는 정·초의 동맹군에게 북림이라는 지역에서 패했습니다. 기원전 606년에 이르러 장왕은 하남 남부 지역에 있던 융을 치고 주나라의 국경이 있던 낙하 부근에서 군사 열병식을 벌였다고 합니다. 지금까지 남쪽 오랑캐로 업신여김을 당해왔지만 이제는 중원을 위협할 수 있다는 힘을 과시했던 것이지요. 장왕은 남쪽을 안정시키기 위해 군서지역을 정벌하고 이때 강남지역으로 세력을 확장하고 있었습니다.

오吳·월越이 이때 역사에 등장하기 시작합니다. 강남지방에 세력을 두고 있었던 오와 월은 일찍이 철기를 들여와 강한 군사력을 길렀습니다. 오왕 합려는 즉위 후 9년 간 국력을 키워 이웃 초나라를 공격했는데 다섯 번 싸워 다섯 번 이김으로써 강성함을 자랑했답니다. 하지만 월왕 구천과의 싸움에서 손가락을 부상당한 것이 원인이 되어 일찍 죽게 됩니다. 그의 아들 부차는 아버지의 원수를 갚기 위해 '와신臥薪' 즉 땔나무 위에서 잠을 자면서 고통을 참으면서 미래를 기약합니다. 이러한 노력의 결과로 회계산 전투에서 월왕 구천을 사로잡습니다. 이때 구천은 부차에게 뇌물과 미녀를 보내 마음을 안심시키고 돌아갑니다.

이때 등장하는 미녀가 서시[6]입니다. 이때 구천이 했던 행동이 '상담嘗膽' 즉 쓸개의 쓴맛을 매일 맛보면서 스스로를 채찍질하는 노력을 합니다. 그리하여 끝내 부차를 꺾어 자살하게 하고 서주에서 제후들을 모아 회맹하여 패자 지위에 오릅니다. 이리하여 부차와 구천 두 사람이 공동으로 사자성어를 남기는데 이것이 '와신상담臥薪嘗膽'이었습니다.

패자들이 등장할 때 보면 어김없이 훌륭한 참모들이 제후와 함께하고 있었습니다. 제나라 환공에게는 관중이 있었고 오나라 합려와 부차에게는 오자서가 있었으며, 월왕 구천에게는 범려가 있었습니다. 제 환공은 포숙아로부터 관중의 인물됨을 듣고 지난날 자신을 죽이려 했던 과거의 행적을 과감히 묻어두고 그를 재상으로 기용합니다. 오왕 부차는 구천에게 패하여 자결할 때 얼굴을 수건으로 가렸는데 오자서의 말을 듣지 않았던 자신이 부끄러워 그랬다고 하지요.

이때부터 각국의 군주들은 귀족들의 힘을 빼고 자신들의 권한을 강화하기 위해 능력 있는 인재들을 과감히 기용하기 시작합니다. 바로 지식인 계급이 자기 실력을 발휘하는 시대가 도래했던 겁니다. 이때 비로소 사상가들이 본격적으로 천하에 등장하는 전국시대가 열립니다.

왕과 공경대부

춘추시대 이야기를 읽다보면 어떤 사람은 왕이고 어떤 사람은 공으로 나온다. 예를 들면 제나라 환공, 진나라에 문공이 있고 초나라에는 장왕이 있다. 같은 오패의 한사람들이었는데 이렇게 다르게 부르는 이유는 뭘까? 원래 춘추시대에는 왕이 주나라에만 있었고 나머지 지역에는 제후들이 있었다. 춘추시대 중기를 지나면 자칭 왕으로 부르는 제후들이 생겨났다. 대표적인 이가 초나라 장왕이었고 오왕 합려와 월왕 부차가 있었다. 중원에 사는 여러 나라들은 초나라나 오, 월을 모두 오랑캐로 부르고 있었다. 그러므로 그들 스스로 왕으로 칭해도 어찌할 도리가 없었던 것이다.

전국시대로 넘어가면 이런 분위기는 점점 무르익어 대부분의 나라들이 왕을 칭하는 상황으로 바뀐다. 주나라는 천자의 권위가 사라지고 그저 작은 땅만을 다스리는 소국에 불과했기 때문이다. 주나라에서 전국의 주요 지점에 파견한 인사를 '후(候)'라고 불렀다. 그들을 여러 '제(諸)'자를 앞에 붙여 제후라고 통칭했다. 초기에는 일정 기간 땅을 다스리는 역할이었지만 점차 그들의 사유지가 되었고 제후는 점차 독립된 국가의 군주가 되었다. 그래서 그들을 '공(公)'이라 불렀는데 예를 들면 송나라의 양공, 제나라 환공, 진나라 헌공 등이 있었다.

제후에는 공과 경대부가 있었는데 그래서 제후를 다른 말로 공경대부(公卿大夫)라도 불렀다. 대부는 공과 함께 나라를 다스리는 국정 파트너였다. 보통 제후의 친인척 출신은 동성(同姓)대부, 제후와 함께 일하는 실력자를 이성(異姓)대부라 불렀다. 이들은 모두 제후와 함께 나라를 다스렸다.

춘추전국시대에는 제후와 대부의 싸움으로 갈등이 심했다. 제후가 천자의 말을 듣지 않고 대부가 다른 제후의 말을 듣지 않거나 거꾸로 권력을 빼앗는 사례도 심심치 않게 등장한다. 제나라는 권력이 강(姜)씨에서 전(田)씨로 이양되었고, 논어에도 노나라가 삼환이라 불리는 대부들의 전횡으로 통치가 제대로 되지 않는 사례가 나온다. 이러한 하극상이 수시로 일어나던 시대가 전국시대였는데 이를 잘 다스려 중앙집권화에 성공한 나라들이 강자로 등장했다.

전쟁의 시대, 전국시대

전국시대 4군자

전국시대에는 춘추시대에 비해 국가수가 많이 줄어들었습니다. 세력이 강한 나라가 주변 약한 나라를 하나 둘 씩 병합해온 까닭입니다. 기원전 403년 전후로 시작하는 전국시대가 되면 7개의 국가가 경쟁을 벌이는데 이를 전국 7웅(진秦, 초楚, 연燕, 제齊, 한韓, 위魏, 조趙)이라 부릅니다. 물론 전국시대 초기에는 중산국中山國 등 7개국 말고도 더 있었지만 일반적으로 일곱 나라만 언급하는 경향이 있습니다.

이 나라들에서는 본격적인 국가 간 경쟁을 위해 능력 있는 자들을 자국에 끌어들이기 위해 애썼습니다. 흔히 제자백가 사상가들이라고 부르는 사士계급 사람들은 먹여주고 키워주는 이들에게 자신의 능력과 지식을 주고 생업을 유지했습니다. 가장 대표적인 사람들이 손무, 오자서, 손빈과 같은 병법가들과 공자, 맹자 등의 유가, 소진 장의와 같은 유세가들이었습니다. 또 한편에는 정치력과 경제력을 가지고 사계급 사람들을 후원했던 대부들도 있었습니다. 가장 대표적인 사람들이 4군자입니다. 그들은 제나라 맹상군 전문, 조나라 평원군 조승, 위나라 신릉군 무기, 초나라 춘신군 황헐을 일컫는데요. 이들은 리더십과 높은 인품을 지녀 따르는 사람들이 많았으며 군왕을 도와 부국강병을 일구는 데 크게 기여했습니다.

4군자 중에서 가장 재미있고 다양한 일화를 남긴 사람은 제나라 사람 전문田文이었는데 흔히 맹상군孟嘗君이라 불렸습니다. 제나라에서 정승으로 활동했으며 식객 3,000명을 거느렸다지요. 후일 진秦에서 그의 명성을 듣고 초청하기에 진나라에 갔다가 모함을 받아 죽을 뻔한 경험을 합니다. 그때 식객 중 두 사람의 기지로 인해 살아남았기에 '계명구도鷄鳴狗盜'라는 사자성어로 유명해졌습니다. 후대 송나라의 왕안석이 평하기를 "맹상군이 그 많은 선비를 길렀으면서도 그런 곤경에 빠지지 않도록 하는 자는 없고, 겨우 닭소리, 개 도둑질이나 하는 자들만 얻었더란 말인가!" 했다는 말이 전해집니다.

맹상군에 관해서는 자신의 운명을 스스로 개척했던 용기 있는 행동이 눈에 띕니다. 그리스신화에 나오는 오이디푸스는 신탁에서 전해주는 운명을 피하기 위해 애를 썼지만 맹상군은 그 운명을 스스로 만들어냈거든요. 그 때문인지 오이디푸스의 인생은 비극으로 끝났지만 맹상군의 삶은 성공으로 달려갔습니다. 전문은 제나라 설 땅의 제후였던 아버지 전영의 40명 아들 중 하나였습니다. 더구나 첩의 자식이었기에 별 볼일 없는 인생을 살 가능성이 높았습니다. 그런데 어느 날 아버지의 눈에 띄었다가 어머니가 벌을 받을 뻔 했습니다. 그가 태어났을 때 반드시 죽이라는 명을 받았는데 이행하지 않았다는 겁니다. 5월에 태어난 아이가 커서 문설주(문짝을 끼워 달기 위하여 문의 양쪽에 세운 기둥)와 키가 같아지면 부모에게 좋지 않은 영향을 줄 것이라는 점술가의 말이 있었기에 그랬다는 것이죠. 이에 전문은 아비의 말이 부당함을 지적하며 이미 문설주보다 컸지만 부모에게 해가 되지 않는다는 것을 설득했죠. 이때부터 아버지 전영은 아들 전문이 꽤 똑똑하다는 것을 알게 되었습니다.

아버지와 말이 통하게 되자 전문은 아버지가 다스리고 있는 지역 선비들이 헐벗고 굶주리고 있는 반면에, 집안 하인과 첩들은 쌀밥과 고기 반찬을 남기고 있는 현실을 지적했습니다. 결국 아버지는 그에게 집안일을 돌보게 하고 빈객들을 관리하도록 맡겼습니다. 얼마 지나지 않아 전영의 집에는 뛰어난 빈객들이 더 많이 몰려들었고 전문의 현명함이 제후들에게 알려졌습니다. 이후 아버지는 그를 설 땅의 후계자로 임명했고 전영이 죽은 후 설 땅의 영주가 되었던 것입니다. 후일 사람들은 그를 맹상군으로 불렀답니다.

사마천은 조나라 평원군 조승에 대해 전국시대 4공자 중에서 비교적 평범한 인물이라 평가했던 모양입니다. 하지만 현명하고 붙임성이 있어 그에게도 빈객이 수천 명이나 되었고, 조나라 혜문왕과 효성왕의 재상 자리에 3차례나 재임했습니다. 그와 관련된 사자성어는 '모수자천毛遂自薦'과 '낭중지추囊中之錐'입니다. 평원군이 어느 날 초나라에 사신으로 가게 되었는데 데리고 갈 19명은 구했는데 한 사람을 찾지 못하고 있을 때 식객 중 모수라는 사람이 스스로를 천거했다지요. 그때 평원군이 이렇게 말합니다.

"현명한 선비라면 주머니 속에 있는 송곳 같아서 그 끝이 금세 드러나 보이는 법이오.(낭중지추) 그런데 선생은 내 수하에 삼 년이나 있었는데 어찌 들어본 일이 없소?"

그러자 모수가 이렇게 대답합니다.

"공의 말씀이 옳지만 아직까지 저는 주머니 속에 없었습니다. 저는 오늘에야 공의 주머니 속에 넣어달라고 부탁한 것입니다."

그 말을 들은 평원군은 옳다고 여겨 모수를 명단에 포함시켜 함께 초나라로 떠났다고 하지요. 때로는 용기를 내 스스로를 천거하여 기회를 보는 것도 필요한 일이라는 걸 일깨워 줍니다.

또 다른 재밌는 일화를 남긴 인물은 초나라 공자인 춘신군 황헐입니다. 우리가 아는 진시황 출생의 비밀 원조 격인 이야기가 있기 때문입니다. 사실인지는 모르지만 사마천은 「진시황 본기」에는 진시황은 장양왕의 아들이라고 기록했고 「여불위 열전」에서는 대부 여불위의 아들이라고 사마천은 말하고 있습니다. 아마도 사마천이 살았던 한무제 시절, 세간에 그런 소문이 있었나 본데요. 당시 사람들은 그걸 진짜로 믿었을까요? 어쩌면 춘신군 이야기를 따와서 만든 낭설인지도 모르겠습니다. 진시황 출생의 비밀은 뒤에서 하고 우선 춘신군에 얽힌 이야기를 해 보죠.

춘신군 당시 초나라 고열왕은 후계자를 얻지 못해 고민하고 있었답니다. 그래서 이원이라는 자가 자기 누이동생을 왕에게 바치려 했습니다. 그런데 그녀는 이때 춘신군의 첩이었고 임신한 상태였습니다. 절세미녀였던 이원의 누이동생은 초왕의 후비가 되었고 얼마 후 아들을 낳았습니다. 이 덕분인지 춘신군은 재상 자리에 오를 수 있었고 이원도 외척이 되어 큰 세력을 차지하게 되었답니다. 그러다 고열왕이 죽자 춘신군의 총애를 받아 임신한 뒤 초나라 왕에게 바쳐진 이원의 누이동생이 낳은 아들이 왕위에 올랐습니다. 그 후 이원은 자신의 병사들을 이용해 경쟁자였던 춘신군을 살해했고, 그 누구도 견제할 수 없는 위치에 올랐습니다. 비슷한 시기에 진나라에서는 진왕 영정(진시황)이 즉위한 지 구년째 되는 해였고, 대부 여불위도 벼슬에서 쫓겨났습니다. 조나라 수도 한단에서 여불위가 임신한 애첩을 자초(진시황 영정의 아버지)에게 바쳤고, 나중에 태어난 아들이 진시황이 된 이야기와 비슷하죠?

합종연횡 유세가

기원전 4세기에서 3세기 초에 이르는 전국시대 중후반을 대표하는 단어는 합종合從과 연횡連橫입니다. 이때는 초강대국 진秦과 그에 맞서는 나머지 6국의 극한대결 시대라고 해도 틀린 말이 아닙니다. 황하 중류에 위치한 중원 국가들이 볼 때 함곡관 서쪽에 위치했던 진나라는 오랑캐 국가에 지나지 않았습니다. 서쪽 변방에서 출발한 국가여서 문화발전도 늦었고 쓸만한 인재도 부족했기 때문이죠. 그런데 진나라는 효공 때 상앙을 등용하여 국가개혁을 실시합니다. 토지제도를 혁신하고 귀족의 힘을 빼앗아 권력을 왕에게 집중하는 체계를 만듭니다. 상앙이 억울하게 죽은 후에도 그가 만든 제도는 없어지지 않았고 진나라는 지속적인 국가개혁을 이어갑니다. 점차 진나라는 동쪽 6개 국가를 위협할 정도의 강국으로 비상하죠.

그러자 독자적으로 진나라의 힘을 막을 여력이 없었던 나머지 6국에서는 어떤 외교정책을 펴느냐에 따라 자신들의 생존이 걸려있다는 것을 인식했습니다. 따라서 각국에서는 유능한 인물을 자기 나라로 끌어들이기 위해 애썼습니다. 드디어 천하 인재들이 자신들의 능력을 펼칠 기회가 열렸죠. 제나라에서는 직하학궁을 만들어 학자들을 모셨고, 각국의 군자들은 각자 힘으로 식객들을 거느렸습니다. 제나라 맹상군이 진나라에 갔던 것도 진나라가 인재를 끌어들이기 위한 노력의 일환이었습니다.

가장 중요한 인물들은 '유세가'였는데 다른 말로 하자면 국제 외교관이었습니다. 그들은 천하 정세의 흐름을 파악하고 그에 맞는 대응책을 지도자에게 설파할 수 있는 언변을 가졌습니다. 유세가들은 천하를 읽을 줄 아는 통찰력이 있어야 했고, 상대의 심리를 꿰뚫는 협상력은 반드시 갖추어야 했습니다. 사마천은 『사기』에 소진蘇秦과 장의張儀라는 두 유세가의 열전을 장편으로 마련해 두었는데요. 당시의 수많은 유세가 중 이 둘이 가장 탁월한 활동을 한 인물들이었다는 의미죠.

사마천에 따르면 두 사람은 젊어서 제나라로 유학을 떠나 당시 이름을 떨치고 있던 귀곡자鬼谷子에게 유세술을 배웠던 동문이었습니다. 귀곡자라는 사람은 그 정체를 의심하는 사람이 많은데 사마천은 실존 인물이었다고 기록하고 있습니다. 귀곡이란 곳에 은거하며 후진을 양성했기 때문에 귀곡자라는 이름을 가졌다고 하는데, 소진과 장의를 비롯해 손빈, 방연 등 당대 최고의 인재를 길러낸 것으로 유명합니다. 오늘날에는 『귀곡자』라는 책을 통해 만날 수 있는데, 그 내용은 유세·병법·음양·술법 등이고 병가의 비조라고 알려 지기도 합니다.

먼저 소진에 대해 알아보죠. 그는 주나라 수도 낙양에서 태어났습니다. 그가 태어날 당시 주나라는 거의 망한 상태로 껍데기만 남은 채 주변 열강들에 둘러싸여 있었죠. 천자의 나라였지만 어찌 해볼 수 없는 상태였기에 소진은 천하의 중심역할을 다시 일으켜보고 싶은 욕망이 있었던 겁니다. 그는 귀곡서당에서 공부를 마친 후 고향에 돌아와 천하를 바꿀 비책을 집중 공부합니다. 얼마나 공부를 열심히 했던지 공부하다 졸음이 오면 송곳으로 허벅지를 찔러가며 잠을 쫓았는데 피가 발꿈치까지 흘러내릴 정도였다고 합니다. 또 졸음을 쫓기 위한 방법으로 '두현량頭懸梁'이란 공부법을 개발했다는데 이는 '머리카락을 대들보에 매달았다.'는 뜻입니다. 송곳으로 허벅지를 찌르며 머리카락을 대들보에 매달면서까지 공부했으니 얼마나 지독한 노력을 했는지 알 수 있겠죠?

이렇게 지독하게 공부한 소진이 남긴 성과를 '췌마揣摩'라 부릅니다. 췌마란 상대방의 심리를 파악해 거기에 맞춘다는 뜻이니 오늘날로 보면 협상의 기본기에 해당하는 능력을 확보했다고 보면 되겠습니다. 그렇게 소진은 유세가라면 반드시 갖추어야 할 기본기를 가다듬었고 혹자에 따르면 『췌마』라는 책으로 엮기도 했다고 합니다. 하지만 췌마술이란 이론을 공부한다고 되는게 아닌 법! 현장경험이 필수로 있어야지요. 그래서 몇 차례 유세를 떠났고, 그때마다 실패하는데 심지어 그의 조국에서조차 환영받지 못합니다. 그러나 이러한 실패 경험을 딛고 천하 정세를 읽기 시작하자 어떤 방책이 필요한지 알게 됩니다. 바로 그가 내세웠던 '합종책'이었던 겁니다.

합종책이란 서쪽 강국 진나라에 맞서 6국이 연합하는 것을 말하는데 북에서 남으로 종으로 서는 것이라 이런 이름이 붙었습니다. 소진은 먼저 연나라에 가서 조나라와 힘을 합치라고 권합니다. 그러고 조나라에 가서는 6국이 연합해야 산다는 합종을 주장해 신뢰를 얻습니다. 그 다음에는 한韓나라의 선왕을 찾아갔고 위魏나라의 양왕, 제나라 선왕을 차례차례로 찾아가 합종의 맹약을 받아냅니다. 마지막으로 가장 중요한 남방의 강국 초楚나라로 가서 위왕을 설득합니다. 합종책은 진나라의 위협에 대한 대책일 뿐만 아니라 초나라가 나머지 다섯 나라보다 우위에 설 수 있는 기회라는 걸 설파합니다. 결국 위왕은 소진의 어르고 달래는 전략에 넘어가 그를 재상에 임명합니다. 마침내 소진은 여섯 나라가 맺은 합종 맹약의 우두머리가 되었고 여섯 나라의 재상을 겸직하는 최고의 권세가가 되었습니다. 어쩌면 그가 주나라 낙양 출신이었기 때문에 이런 위치에 올라설 수 있었던 건 아닐까 생각해 봅니다. 낙양은 여전히 모든 나라의 중심이었기 때문이지요.

이번에는 장의에 대해서 알아보겠습니다. 장의에 관해서는 그의 직업의식에 관한 재밌는 일화가 알려져 있습니다. 소진과 마찬가지로 귀곡자에게 수학한 후 초나라에서 재상의 식객으로 머물고 있었습니다. 그러던 어느 날 도둑으로 몰려 흠씬 두들겨 맞는 일을 겪습니다. 만신창이가 되어 집으로 돌아온 장의를 본 아내는 이렇게 말합니다.

"에이 불쌍한 양반! 쓸데없이 책이나 읽고 허튼소리를 일삼지 않았더라면 이런 치욕은 당하지 않았을 것 아니오!"

이에 장의는 허허 하고 웃으며 입을 크게 벌려 혀를 쑥 내밀더니 "여보, 내 혀가 아직 그대로 붙어 있나 봐 주시오."라고 말했습니다. 그러나 아내가 "아직 그대로 있네요."라고 하자 장의는 싱긋 웃으며 "그럼 됐소."라고 답했다고 합니다. 직업이 유세가이니 몸은 몽둥이로 두들겨 맞을지라도 혀만 제대로 붙어 있으면 된다는 이야기였을까요?

사마천이 보기에 장의는 소진보다 역할이 미미했던지 무슨 공부를 했는지 자세히 남기지는 않았습니다. 소진보다 출세도 늦었습니다. 자신의 뜻을 아무리 전해도 세상 사람들에게 문전박대를 당한 것은 여전했고, 심지어 동문수학한 친구 소진을 찾아갔다가 인격적인 모독까지 당합니다. 그 이야기는 이렇습니다.

소진은 일찍 출세하여 당시 조나라에서 위세를 떨치고 있었는데 어느 날 장의가 찾아옵니다. 그러자 소진은 찾아온 장의를 며칠 동안 허름한 객사에 처박아놓고 만나주지 않았을 뿐 아니라 음식도 개돼지가 먹는 수준으로 대접했습니다. 그러자 장의는 모욕과 설움을 삼키고 두고 보자 하는 마음가짐으로 당시 최강국 진나라로 떠납니다. 일설에는 이런 모욕이 친구인 장의가 잘 되라고 미리 예비해둔 것이라고도 합니다. 소진이 미리 손을 써서 진나라 왕을 만날 수 있도록 사람을 고용해 연결해 주었다는 것이죠. 이를 안 장의는 소진이 죽기 전에는 그의 합종책을 건드리지 않겠노라고 선언 했다고 하죠? 만약 소진이 일찍 죽지 않았더라면 장의는 기회가 있었을까요?

두 사람의 생몰연도는 정확히 알려지지 않습니다. 동문수학 했으니 비슷한 나이였을까요? 일찍 출세한 소진이 죽자 장의는 본격적으로 소진이 구축한 6국 합종책을 무너뜨릴 비책을 구상하기 시작합니다. 진나라에서 벼슬자리에 올라 수립한 대외 책략은 바로 '연횡책連橫策'이었습니다. 예전에 제가 합종과 연횡을 외울 때 조금 헷갈렸는데, 남북 6국이 종(세로, 남북)으로 연합해 서쪽 진에 맞서는 건 합종이고, 진나라를 중심으로 횡(가로, 동서)으로 연대하는 건 연횡으로 외우니 쉬워졌습니다. 진나라가 위했던 이 연횡책은 얼마 뒤 범저范雎가 세운 '원교근공遠交近

攷'7)전략과 연계해서 진나라 통일정책의 근간이 됩니다.

결국 장의가 추진했던 연횡책은 소진이 앞서서 시행했던 합종책을 부수는 역공의 전략이었던 겁니다. 만약 소진이 만든 합종이 없었다면 연횡은 의미가 없었다는 이야기죠. 권투 용어를 빌리자면 장의는 소진이 했던 전략의 카운터 펀치를 날린 셈입니다.

시대를 바꾼 리더 서문표

요즘처럼 리더와 리더십에 대한 생각이 많이 드는 때도 없습니다. 우리나라는 급속한 성장으로 빠른 시간 안에 세계 10대 경제대국이 되었고, 국제무대에서의 활약도 점점 커지고 있습니다. 그러다 보니 우리가 어느새 선진국인가? 하는 착각을 하게 되지요. 반면 작은 위기에도 허둥지둥하는 모습을 보노라면 위기에 대처하는 리더의 능력이 아직은 부족하구나 하는 생각을 하게 됩니다. 이럴 때 사마천이 알려주는 리더 서문표의 이야기가 떠오릅니다.

전국시대 위나라 문후 시절에 서문표라는 사람이 있었습니다. 유가의 한 사람으로 공자의 후예로 추정되는 사람이죠. 그가 어느 날 업鄴성의 수령으로 부임하게 되었답니다. 지금의 하북성 임장현인데 이곳은 나중에 동한말에 원소의 근거지가 되었다가 조조에 점령되어 조조에

서문표
산서 운성(運城) 사람.
위(魏)의 현신(賢臣)으로 청백리이자 정치가.
장하(漳河)를 끌어와 관개함.

의해 '위' 나라로 세워진 곳이랍니다.

그가 부임하여 보니 이곳에는 골치 아픈 관습이 전해 내려오고 있었습니다. 업성 주변을 흐르는 강물이 자주 범람하여 많은 피해를 입히자 주민들이 매년 강의 신에게 처녀를 제물로 바치고 있었던 것이죠. 그런데 서문표가 자세한 내막을 알아보니 강의 신에게 제사지내는 것을 빌미로 농부들로부터 금전 착복이 있었습니다. 마을 유지 몇몇이 무당세력과 결탁하여 제사 비용을 추렴해서 그중 상당 부분을 자신들이 착복하고 있는 것이었죠. 거기다가 돈 많은 부자들은 딸이 있어도 돈을 내면 딸을 바치지 않아도 되어 이래저래 가난한 농민들만 죽을 지경이었습니다. 때문에 딸 가진 농민들은 마을을 떠나 도망하는 일이 자주 발생하고 있었답니다.

이런 사정을 알게 된 서문표는 나쁜 관습을 철폐하고 무당과 마을 유지들의 악습을 뿌리 뽑고자 했습니다. 시간이 흘러 처녀를 바쳐야 하는 행사가 열리던 날, 서문표는 작심하고 제사장에 참석하였습니다. 이윽고 무당이 제물로 선정된 처녀를 강물에 던지려는 순간, 행사를 중지시키고 이렇게 말했습니다.

"이 처녀는 미색이 뛰어나지 못한데 강의 신에게 보내면 신이 노할 수 있네. 그러니 무당 자네가 강에 들어가 예쁜 처녀를 구해올 때까지 시간을 달라고 청해 보게."

그러면서 담당 무당을 강물에 쳐 넣었습니다. 그리고는 살아 돌아오는지를 시간을 두고 기다렸습니다. 당연히 무당이 살아 돌아오지 않자 "무당이 늙어 발걸음이 느린 모양이니 젊은 무당을 보내거라."라고 명했습니다. 이렇게 젊은 무당들이 차례차례 강물에 던져지고 제사장은 아수라장이 되었겠죠. 그러자 서문표는 계속 명령을 내립니다.

"무당이 여자들이어서 발걸음이 느린 모양이니 이번에는 남자를 보내야겠네."라고 말하며 지역 유지들을 한 사람씩 강물에 던져 넣었답니다.

"강의 신의 마음을 그리도 잘 안다던 무당과 유지들이 돌아오지 않으니 대화가 통하겠는가? 누가 강에 다녀오겠는가?"

사태를 알아차린 마을 유지들은 무릎을 꿇고 머리를 땅에 조아리며 잘못을 빌었습니다. 유지들은 부자들에게는 돈을 받고 대신 딸 바치는 일을 면제해 주었고, 거둔 돈을 착복한 일, 심지어 제물로 바칠 처녀를 욕보인 일까지 실토하게 되었답니다. 서문표는 이미 희생된 처녀들의 넋을 위로한다는 명목으로 유지 몇몇을 강물에 쳐 넣고는 그 재산을 몰수하여 농민들로 하여금 수로를 유지관리 하도록 했습니다. 이후로 강물은 범람을 멈추었고 메마른 땅이 옥토로 변했다고 합니다.

사마천이 서문표 이야기를 수집해 열전에 담은 이유가 무얼까요? 중국 이야기를 읽다보면 유난히도 강에 관련한 설화들이 많습니다. 강물을 잘 다스린 업적으로 하나라를 세운 우임금도 있고요. 사천성 민강을 잘 이용할 수 있도록 제방을 쌓은 이빙 부자父子도 있었습니다. 남북간을 연결하는 수로를 만들어 풍요로운 문명을 이룩했던 수당시대의 역사도 있습니다. 그만큼 중원의 강은 풍요로운 농토를 만들어주는 고마운 존재인 동시에 인간의 삶을 피폐하게 만드는 흉폭한 존재이기도 했습니다. 강을 잘 다스리는 것은 문명의 성패에 지대한 영향을 주었다는 이야기이죠.

또 사마천은 리더의 역할은 무엇인가에 대한 깨달음을 알려주고 있습니다. 기존의 악습을 타파하고 백성들의 삶을 개선하는 데는 리더의 과감하면서도 현명한 정치가 필요하다고 말이지요. 서문표 이야기로 보면 전국시대에는 여전히 강의 신에게 바치는 인신공양의 풍습이 남아있었다는 걸 알려줍니다. 아마도 사마천은 이러한 인신공양 풍습을 끝내야 한다는 의미로 서문표의 이야기를 기록한 게 아닐까 싶습니다.

인신공양 풍습은 전 세계의 문명 곳곳에 존재합니다. 고대 이집트나 메소포타미아, 그리스와 로마에도 이런 풍습이 있었습니다. 성경에도 신에게 아들을 바치려는 아브라함의 이야기가 있죠. 강물의 신에게 사람을 바쳐 그 흉폭함을 달래고자 했던 것도 인신공양의 일환이라 할 수 있겠는데요. 한국 인신공양의 전설로 공양미 300석에 몸을 팔아 인당수에 제물로 희생된 심청의 사례도 있습니다. 이와는 조금 다르지만 토목 기술이 발달하지 못했던 옛날에 축성이나 제방공사 등에 사람을 물 밑이나 흙 속에 묻어 신의 마음을 달래고, 축조물에 인간의 영이 옮겨 튼튼하게 유지 하도록 했다는 인주설화人柱說話도 있었습니다.

'~자'의 의미는 무엇이었나?

흔히 위대한 성인은 그 이름을 부르지 않고 공자(孔子), 맹자(孟子), 한비자(韓非子)등으로 부르는게 관례다. 여기서 말하는 자(子)의 의미는 무엇일까? 원래 자(子)는 주나라의 봉건 작위제도 다섯 등급 가운데 하나를 의미했다. 말하자면 공(公), 후(侯), 백(伯), 자(子), 남(男)의 네 번째 등급이 그것이다. 흔히 공경대부라고 부르는 서열에서 제후는 공(公)이나 후(侯) 혹은 백(伯)이 되었고 경(卿)을 '자(子)'라고 했다. 단계가 낮은 작위였던 대부는 자(子)가 될 수 없었다. 그러다 세상이 바뀌어 춘추 시기에는 대부들도 자(子)라고 불리기 시작했고, 작위 등급에서 존경의 의미로 변화되었다. 본격적으로 전국시대에 이르면서 유가, 묵가 등 학파들이 만들어졌는데 자신들의 스승을 존경하는 의미로 자(子)를 붙여서 부르기 시작했다. 이러한 호칭법은 전국시대에 만연해져 공자(孔子), 노자(老子) 뿐만 아니라 공자의 제자인 유약과 증삼도 유자(有子), 증자(曾子)로 불리기에 이르렀다. 후대에도 당나라시대의 한유(韓愈)는 한자(韓子)로 남송의 주희(朱熹)는 주자(朱子)로 불렸다.

제3강

영웅_ 진의 천하통일과 한나라의 등장

진의 개혁과 진시황

전국시대가 되면 일곱 나라로 줄어듭니다. 이를 일명 전국칠웅이라 부른다고 말했지요? 이들 이 극심한 경쟁을 벌이고 있을 때, 각 나라의 제후들은 이웃에 흡수되지 않기 위해 또는 자신의 정권 유지를 위해 다양한 방책을 시행합니다. 능력 있는 인재를 기용하여 부강한 나라로 만들려 힘썼고, 국가의 문호를 개방하여 외국인에게도 벼슬자리를 주었습니다. 소진이 6국의 재상자리에 앉을 수 있었던 것, 장의가 진나라에서 연횡책을 구사할 수 있었던 것도 이런 개방정책 때문이었습니다.

또한 국가의 기반이 되는 인구를 늘리기 위한 노력도 병행합니다. 당시에는 기후변동에 따라 한발과 홍수가 자주 발생했는데, 백성들은 먹고살기 위해 수시로 이주를 했습니다. 만약 백성들이 이웃나라로 대거 이주한다면 어떤 일이 벌어질까요? 우선 국가의 경제기반이 무너집니다. 농사지을 사람이 적어지니 농토는 버려지고 당연히 세금을 거둘 수 없게 됩니다. 또 사람은 군사력의 기본이기에 병사들을 모을 수 없어 국방력이 약해집니다. 그래서 다른 나라 사람들을 흡수하는 것도 중요하지만 내나라 사람들을 떠나지 못하게 하는 것도 필요했습니다. 그래서 6국이 쌓았다는 여러 성은 적으로부터 백성들을 보호하는 역할 뿐만 아니라 백성들을 도망하지 못하도록 가두기 위해서였다는 이야기도 전해집니다. 나라국(國)이란 한자를 보면 그 의미를 이해할 수 있죠. 백성이 사는 영토를 둘러싼 방벽이 있었다는 걸 알 수 있습니다.

‘國’의 본래 의미는 국가의 수도다. ‘國’의 바깥부분인 ‘口’는 수도에는 일정한 범위가 있음을 나타내는데, 후에 국가를 가리키는 말로 쓰였다.

진시황의 통일 원동력

전국시대가 진행되면서 가장 서쪽에 위치해 오랑캐라 불리던 진秦나라가 점점 강성해지기 시작합니다. 국가 체계를 개혁해 천하를 떠돌던 많은 인재들이 진나라로 몰렸고 인구가 많아져 군사력이 강해졌습니다. 진나라 군대는 점차 중원과의 경계였던 함곡관을 나와 동쪽의 나라들을 위협하기 시작했습니다. 가장 가까이 있던 한나라를 시작으로 이웃한 나라들을 하나씩 점령해나갔고, 조나라, 위나라, 초나라의 숨통을 끊습니다. 이윽고 진나라 군대는 연나라를 거쳐 가장 강력한 경쟁자였던 제나라를 공략함으로써 최초의 통일제국 진나라가 탄생했습니다.

그렇다면 진나라가 이렇게 강해지고 결국 천하를 통일할 수 있었던 원동력은 무엇이었을까요?

우리는 진시황과 진나라에 대해 좋은 이미지를 갖고 있지 못합니다. 우리가 아는 진시황은 천하에 가장 나쁜 폭군, 그 자체라고 세계사 시간에 배웠기 때문이죠. 그런데 진시황 입장에서는 조금은 억울할 듯합니다. 물론 그는 통일과정에서 많은 전쟁을 치렀기에 사람들을 죽일 수밖에 없었고 만리장성 등 무리한 토목공사를 벌였습니다. 분서갱유를 통해 서적 등 다양한 문화유산을 없앴고 방사方士(신선의 술법를 닦는 사람)들을 처형했습니다. 결국 역사는 잔혹한 정치를 펼쳤던 진시황으로 인해 진나라가 단명한 왕조로 끝낼 수밖에 없었다고 전해줍니다. 하지만 이는 사마천과 후대 역사가들의 진시황에 대한 지나친 비난 논조 때문 아니었을까요?

역사가는 대체로 앞선 시대의 망한 왕조에 대해 좋지 않게 기록하는 경향이 있죠. 특히 단명한 왕조에 대해서는 더욱 그러한 듯 합니다. 진나라가 그렇고 나중의 수나라도 단명이었으며 나쁜 이미지를 가졌다는 공통점이 있습니다. 진시황 이야기를 기록한 역사가 사마천은 본인이 속한 한나라의 영광을 위해 전임 국가였던 진나라를 좋지 않게 기록할 수밖에 없었던 사정이 있었던 겁니다.

하지만 진시황에게 내려진 역사가의 나쁜 평가는 어쩔 수 없다고 하더라도 전국시대의 혼란을 끊고 통일을 이룩한 진나라의 혁신에 대해서는 다르게 봐야 하지 않을까 싶습니다. 진나라의 천하통일은 결코 우연이었거나 지리적 이점을 이용한 운 좋은 상황이 아니었던 것이죠. 통일 후 진나라가 시행했던 개혁조치를 보면 배울게 많습니다. 진시황이 만든 정치 체제인 군현제는 당시까지 사회를 지배하였던 봉건제를 대체했고, 현대에 이르기까지 중원 국가 운영의 기본 틀이 되었습니다.

진시황이 시행했던 중요한 통일업적의 하나는 한자의 독음讀音과 글자체를 통일했다는 것입니다. 진시황은 승상 이사의 건의에 따라 각 나라에서 쓰던 한자의 글자체를 통일합니다. 우선 진나라에서 쓰지 않는 글자체를 쓰지 못하게 하고 소전체小篆體만을 사용하게 했습니다. 그리고 다시 글자의 획수를 줄이고 모양을 간편하게 해서 예서隸書를 만들었는데, 정막이라는 사람의 조언에 의해서였습니다. 이러한 글자체의 통일로 인해 이전 전국시대에 쓰였던 책들이 모두 예서로 다시 정리되었고 그 책들이 제대로 읽히게 됩니다. 이를 바탕으로 한나라시대에 이르러서는 중국의 학술이 발전하고 많은 문인들이 탄생하게 되는 기반이 되었던 겁니다. 그래서 요즘 중국학자들 사이에서는 진시황에 대한 긍정적 평가 분위기가 조성되고 있다고 합니다.

어쨌든 통일 이전 진나라는 전국시대 초 까지만 해도 서쪽 변방의 오랑캐 국가에 지나지 않았죠. 문화가 발전하지 않았고 나라를 운영할 인재도 부족했습니다. 그런 상황에서 진나라가 중국을 통일할 수 있었던 이유가 무엇일까요?

진시황이 통일의 업적을 남길 수 있었던 근본을 찾아가 보면 그로부터 1백여 년 전에 있었던 상앙으로부터 시작한 부국강병책이 있었다는 것을 빼놓을 수 없습니다. 진나라가 통일을 위해 준비했던 국가 혁신책은 대략 세 가지입니다. 첫째는 상앙이라는 인물로부터 출발한 법에 의해 통치되는 국가 시스템이었습니다. 진나라는 봉건제도였던 국가 운영의 틀을 바꿔서 귀족들의 힘을 빼고 국왕 권력을 강화했으며, 개인의 능력이 아니라 국가 시스템에 의한 체계를 만들었습니다. 둘째는 대규모 수리시설을 확충하여 농업 생산력을 증대시켰습니다. 전쟁 수행능력은 그 나라의 경제력과도 비례합니다. 따라서 경제 활성화 과제가 중요한데 촉나라에 만든 '도강언'과 관중평원을 풍요롭게 만든 '정국거'는 농업생산력을 획기적으로 늘릴 수 있도록 했습니다. 이는 진나라가 열국과의 전쟁을 지속적으로 수행할 수 있는 경제적 기반이 되었습니다. 셋째는 오늘날로 말하면 글로벌 인사정책이었습니다. 진나라는 상앙 이래로 재상을 외국인 중에서 발탁했습니다. 상앙의 뒤를 이은 장의, 공손연, 감무, 범수, 이사, 울료 등 모두 진나라 사람이 아니었죠. 출신 지역에 상관없이 능력에 따라 외국인을 과감하게 등용함으로 외국의 우수한 인재들이 진나라에서 꿈을 펼칠 수 있었습니다.

상앙의 국가혁신

그렇다면 상앙은 어떤 사람이며 어떤 개혁을 했을까요? 상앙商鞅은 원래 위나라에서 태어난 정치가이며 법술지사를 대표하는 인물입니다. 어려서부터 독서하기를 즐겨했는데 유가철학보다는 법가사상 등 현실 정치론을 탐독했습니다. 알려지기는 법가사상의 원조는 춘추시대 오

상앙(商鞅, BC390~BC338)
안양(安陽) 사람. 19년의 정치 생애 중 두 차례의 변법을 통해 진(秦)을 강성하게 만들어 6국을 통일하는 기초를 다짐.

제3강 | 영웅_ 진의 천하통일과 한나라의 등장

나라에서 활동했던 손무였습니다. 군사력이 강해지기 위해서는 국가를 개혁해 경제력이 높아질 수 있도록 만들어야 하죠? 결국 강한 군사력이 바탕이 되어야 약육강식의 시대에 다른 나라에 먹히지 않고 살아남을 수 있다는 것입니다. 이러한 생각들이 발전하면서 위문후衛文侯 시기 이회李悝(기원전 455~395년)라는 인물에서부터 본격적으로 법가사상은 발전합니다. 상앙이 위衛나라에서 태어났기에 법가사상에 관심이 높았을까요?

그런데 상앙이 태어난 위나라는 워낙 작았기에 제대로 뜻을 펼쳐보지 못하고 청년기에 이웃인 위魏나라로 갑니다. 거기서 재상 공손좌의 식객 노릇을 했는데, 유달리 명석한 모습을 보였던 상앙은 중서자라는 벼슬을 얻었습니다. 하지만 그것도 잠시뿐이었고 공손좌가 죽자 더 이상 나아갈 길이 보이지 않았습니다.

그러던 중, 진秦에서 21세의 젊은 효공이 막 즉위 했는데, 천하 인재들을 불러 모으는 이른바 '초현령'을 내렸다는 소식이 들립니다. 공식적으로 다른 나라 인재들에게 높은 관직과 후한 녹봉을 줄 테니 진나라로 오라는 메시지를 보냅니다. 그러니 평소 대우를 잘 받지 못하고 있던 천하의 배웠다는 사람들은 진나라로 모일 수밖에 없었겠지요. 기원전 356년, 이 소식을 들은 상앙도 일생일대의 기회임을 깨닫고 짐을 꾸려 진나라로 달려갑니다.

어떻게 연줄을 놓았는지 모르지만 상앙은 효공을 만났고, 천하를 다스리는 방법에 대한 의견을 나누었습니다. 이때 효공과 상앙이 나누었다던 제도帝道, 왕도王道, 패도覇道 이야기가 재밌습니다. 제도는 나중에 황로사상으로 이어지고 왕도는 맹자의 왕도정치를 말합니다. 효공이 원한 건 바로 패도정치였죠? 바로 부국강병을 통해 다른 나라와의 경쟁에서 이기는 방도였던 겁니다. 결국 상앙이라는 인물과 마음이 통하겠다고 여겼는지 효공은 상앙을 좌서장이라는 요직에 발탁하여 법치, 부세 및 병법 등을 시행하도록 했습니다. 이는 당시 진나라의 경제발전과 군사력 확보, 국가정체 개혁이라는 목적을 모두 충족시키는 것이었죠. 결과적으로 10년도 안 되어 막강한 군사력과 부를 갖춘 국가로 성장할 수 있었던 것입니다.

상앙이 시행한 첫 번째 시책은 국민 개개인의 호적을 작성하고 이를 관리하는 '십오什五 연좌제'였습니다. 이는 다섯 가구나 열 가구를 묶어 사회적으로 연대책임을 지도록 했는데, 만약 같은 조의 누군가가 죄를 저지르면 그 일을 돕거나 모른체 한 사람들 모두가 벌을 받는 제도였습니다. 만약 같은 조에 족한 개인이 범죄인임을 알면서도 고발하지 않는 자가 있으면 강력한 형벌로 다스렸고, 이를 고발한 자에게는 적의 목을 벤 것과 같은 상을 내리기도 했습니다. 또 여행을 위해 여관에 숙박할 경우에는 누구든 증명서가 있어야 했다는데 나중에 상앙은 스스로 만든 이 법으로 인해 곤경에 처합니다.

두 번째 방책은 전통 귀족들의 힘을 빼기 위한 작업이었습니다. 당시 봉건 귀족들은 집안 대대로 내려오는 농토를 경작할 수 있었고, 선대의 작위를 그대로 받아 집안을 이어갈 수 있었습니다. 그런데 전쟁에 나가 전공을 세우면 그에 맞는 작위를 유지시키지만 그러지 못하면 신분을 박탈하는 획기적 제도를 만들었습니다. 공족이나 귀족과 같은 명문집안 자식이라 하더라도 전공에 따라 등급을 정했는데 이 등급에 따라 전답과 가옥의 크기, 가신과 노비의 수, 의복 등도 단계적으로 결정되었습니다. 기존 귀족계급의 세습 특권을 박탈하여 전공을 기준으로 새로운 등급 제도를 확립 하려고 한 것입니다.

원래 신분제 사회에서는 능력이 없어도 부모 잘 만나면 떵떵거리며 잘 살 수 있었죠? 토지를 기반으로 신분을 유지하던 것인데 이를 상앙이 바꾸려 한 겁니다. 신분을 유지하려면 전쟁에 나가 전공을 세워라! 하고 귀족들에게 명하고 있는 셈입니다. 이게 획기적인 방책이 되었는데요. 진나라에서는 백성들 사이에 전쟁이 일어나기를 기대하는 문화가 있었답니다. 자발적으로 전쟁에 나가 공을 세운다면 신분이 상승할 수 있는 길이 열리기 때문이죠. 그러니 진나라 병사들은 물러섬이 없고 공을 세우기 위해 앞장서기를 두려워하지 않았답니다. 국가의 명에 의해 억지로 전쟁에 참가해야 하는 다른 나라에 비해 진나라 군사력이 얼마나 강했을지는 상상에 맞겨야겠습니다.

귀족의 힘을 빼는 단계를 지난 후 점차 봉건 영주가 가진 토지 소유를 폐지하는 단계로 나아갑니다. 즉 농지개혁을 단행하여 정전제井田制를 폐지하고 원전제轅田制를 채용하였습니다. 본래 정전제란 중국의

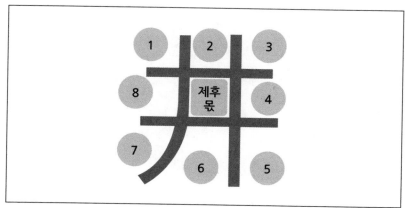

정전제(井田制)

하 · 상 · 주 3대에 걸쳐 시행되었다고 전하는 토지제도입니다. 사방 1리의 토지를 정(井) 자로 나누어 9등분해 한가운데 1구획은 공전公田으로 공동 경작해 수확을 왕후에게 헌납하고, 주위의 8구획은 귀족계급이 각자 경작하는 방식이었죠. 이에 비해 원전제는 서민들이 직접 경지를 소유하고 자유 매매도 가능한 획기적인 방식이었죠.

상앙이 시행한 세 번째 방책은 중국 최초의 군현제였습니다. 주나라는 봉건제도에 따라 향鄕, 읍邑, 취聚(촌락) 등의 지방 행정지역은 귀족계급이 영유하여 세금을 거두고 백성들을 마음대로 동원할 수 있었습니다. 상앙은 이러한 전통적 제도를 무너뜨리고 현급 행정기구를 신설하여 왕으로 하여금 직접 관리를 파견하여 다스릴 수 있게 했습니다. 이 제도는 왕이 조세를 직접 징수하고 호구에 따라 병역의무를 부과할 수 있도록 했죠. 말하자면 귀족들이 전권을 가지던 지역 통치 권한을 왕에게 이양했던 겁니다. 또 지역별로 다르게 운영되던 각종 도량형을 통일하여 경제 활성화를 기하였습니다. 이는 천하통일 후 승상 이사가 도량형을 진나라 방식으로 통일할 수 있는 기반이 되었던 겁니다.

또 중원과 다른 습속을 개선하는 데에 주력했는데 진나라는 본래 서쪽에서 진출한 민족들로 구성되었기에 유목민의 풍속이 많았습니다. 대표적인 것으로 형사취수兄死娶嫂(levirate marriage 형이 죽으면 아우가 형의 부인을 취하는 것)제도였는데, 이를 개선하기 위해 부모와 자식, 형제가 한 집에서 사는 것을 금지하기도 했습니다. 오랑캐 나라가 중원의 국가로 탄생하기 위한 다양한 방책을 상앙이 시행했던 겁니다.

농업혁명을 위한 수리시설

전쟁은 흔히 강한 군사력을 가진 나라가 이기는 것 같지만 실상은 경제력의 싸움입니다. 진시황이 전쟁준비를 마치고 기원전 230년 한나라를 필두로 제후국을 공략하기 시작해 기원전 221년 제나라를 마지막으로 멸망시킬 때까지 겨우 10년 걸렸습니다. 그 중에서 초나라를 멸했던 전쟁은 거의 2년을 끌었는데, 그 당시 진나라가 소모한 군량미는 지금 단위로 계산하면 대략 50만 톤이었답니다. 그렇다면 10년 동안 쓴 군량미는 얼마나 되었을까요? 상상하기 어려울 만큼 대단한 숫자일 것입니다. 또 그 많은 군량미를 어떻게 조달했을까요?

진나라의 경제력을 획기적으로 높인 사건은 농업혁명을 불러온 수리시설의 확충이었습니다. 중국의 농토는 넓기는 하지만 수확량을 높이기 위해 가장 중요한 일은 물 관리를 잘 하는 것입니다. 그래서 만들어진 게 사천성四川省(쓰촨성) 수도 성도成都(청두)에 설치된 도강언都江堰이었고, 또 하나는 관중평원을 옥토로 만든 정국거鄭國渠였습니다. 관중지방에서 험한 산지를 넘어야 갈 수 있는 촉 지역이 진나라 땅이 된 것은 기원전 316년 혜왕 때 였습니다. 후대 당나라 시인 이백은 촉으로 가는 길이 얼마나 험했던지 이런 시를 읊었습니다.

"촉도를 가기 어려움이 푸른 하늘 오르기보다 어렵나니, 몸을 돌려 서쪽을 바라보며 탄식하노라."

바로 「촉도난蜀道難」이라는 시입니다. 그만큼 험한 산지에 둘러싸여 있는 촉 지방이었지만 강력한 진나라 군사들은 이 길을 넘어 촉을 점령했습니다.

이곳을 새로 다스리게 된 진나라 관리들은 사천성 평원의 가능성을 봤고, 매년 범람하여 피해를 주던 민강을 잘 다스린다면 풍성한 수확이 가능하리라고 봤습니다. 그래서 관리 이빙(기원전 302~기원전 235년)은 왕의 허락을 받아 공사에 착수했고 4년 걸려 제방을 완성합니다. 그 후 아버지가 하던 사업을 아들이 이어받아 관개사업이 마무리되자 강은 더 이상 범람하지 않았고, 연중 내내 농사를 지을 수 있었습니다. 오늘날에도 도강언은 여전히 제 역할을 하고 있는데 홍수기에는 물을 밖으로 빼고 갈수기에도 항상 물이 흐르도록 해줍니다. 현재 사천성은 1억 명이 넘는 인구를 가지고 있는데 그들을 먹여 살리는 근본은 도강언에서부터 시작하는 셈입니다.

진나라가 만든 또 하나의 수리시설은 정국거입니다. 이는 시황제 때 위수로 흘러가는 경수의 물을 끌어들이기 위해 만들어진 관개용수로였습니다. 이웃 한나라 사람이던 정국이 공사를 완료시켰기에 이런 이름이 붙었습니다. 그는 진시황의 초청으로 진나라에 들어와 공사를 시작했는데, 경수에서 물을 끌어들여 중산의 서쪽에서 호우에 이르고 다시 동쪽 낙수에 이르는 300여 리의 도랑을 만들었습니다. 여기에 흐르는 물은 관중평원을 적시게 됨으로써 넓은 경작지에 풍부한 물을 제공해 줄 수 있었죠. 이 결과로 이곳에 있던 황무지가 개간되었고 수많은 백성들을 먹여 살릴 수 있는 곡식들이 재배될 수 있었습니다.

결국 도강언과 정국거에 의해 생산된 곡식은 백성들이 먹기도 했겠지만 상당수는 군량미로 쓰여져 천하통일에 기여합니다. 오늘날 서안西安(시안)시 동쪽 진시황릉 주변에 가면 병마용이 있는데 그걸 만들 수 있

고대 전쟁도구인 과戈. 진나라에서는 표준화된 방식으로 이를 생산했기에 각 제품에 일련번호가 매겨져 있었다.(남경박물관 소장. ⓒ안계환)

는 원동력도 기술력과 함께 이러한 경제력이 있기에 가능했을 것입니다. 물론 이 과정에서 백성들이 엄청난 피땀을 흘려야 했을 것이라는 건 충분히 짐작할만한 일입니다.

여기에 한 가지 더 추가한다면 새로운 전쟁무기의 발명으로 전쟁수행 능력이 획기적으로 발전한 것이었습니다. 진나라에서 획기적으로 발명된 것은 바로 개량된 석궁이었습니다. 석궁은 쇠뇌라고도 부르는데요. 강력한 활 장치라고 할 수 있습니다. 석궁은 전국시대에 활성화된 무기로『손자병법』에도 나오기 때문에 진나라뿐만 아니라 다른 지역에서도 사용되었을 것입니다. 그런데 진나라에서는 이것을 강력한 무기로 개량합니다. 초보적인 석궁은 화살을 나무막대 위에 받치고 활을 직각으로 연결한 것인데, 진나라에서는 여기에 방아쇠와 가늠자를 추가하면서 총을 조준하듯이 목표를 겨냥해 쏘는 정확한 무기로 만들었던 것입니다. 또한 과戈를 포함한 무기의 대량생산 체계도 만들었다고 하는데요, 이는 갈고리 모양으로 되어 있어 적을 공격할 때 후려치거나 말 위에 탄 병사를 걸어서 끌어당길 수 있는 긴 병기였습니다.

천하 인재의 활약

전국시대에 경쟁하던 국가들은 천하 인재를 끌어 모으기 위해 애썼습니다. 공자가 14년 동안 천하를 주유한 것도 그 일환이었고, 맹자가 양혜왕 앞에서 유세를 할 수 있었던 것도 이런 분위기 때문이었죠. 그런데 대부분의 나라는 외국 인재를 유치하는데 그리 적극적이지 않았던데 비해 진나라는 국가적 차원으로 인재확보에 큰 힘을 기울였죠. 서쪽 변방에 위치해 학문 수준이 높지 않았던 것도 진나라 왕들이 외국 인재 우대정책을 편 이유의 하나였습니다. 위나라 사람 상앙이 혜공에게 와서 자신의 뜻을 펼칠 수 있었고, 장의는 연횡책으로 천하 패권의 흐름을 바꿔놓을 수 있었습니다. 또한 위나라 사람 공손연公孫衍은 진나라의 대사가 되어 제나라와 위나라를 설득하여 조나라를 공격하도록 흐름을 바꾸기도 했습니다.

진나라가 천하를 통일하는데 가장 큰 역할을 한 인물은 이사李斯(기원전 284~기원전 208년)였습니다. 그는 본래 초나라 사람으로 말단 관리를 하고 있었죠. 그러다 마침 제나라 직하학당에 있다가 초나라에 와 있던 순자를 스승으로 모시게 됩니다. 이때 동문수학했던 사람이 한비였습니다. 공부를 마친 후 진나라로 가서 나중에 진시황이 되는 진왕 정 아래에서 벼슬자리를 얻습니다. 이후 6국을 소멸하고 중국을 통일하는데 다양한 계책을 제시하는 인물이 되었습니다.

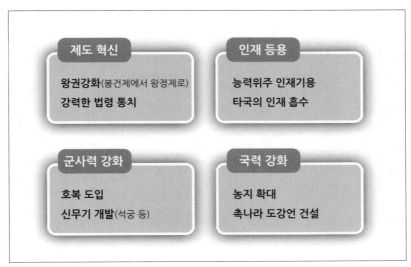

제도 혁신	인재 등용
왕권강화(봉건제에서 왕정제로) **강력한 법령 통치**	**능력위주 인재기용** **타국의 인재 흡수**
군사력 강화	국력 강화
호복 도입 **신무기 개발**(석궁 등)	**농지 확대** **촉나라 도강언 건설**

진나라의 통일 이유는 무엇인가?

또한 그는 통일 후 진나라의 국가체계를 만드는데 크게 기여합니다. 상앙이 시작했던 진나라 특유의 지방 제도인 군현제를 전 국토에 실현하는 일을 맡았고, 전국의 잡다한 사상을 없애기 위한 분서갱유도 그가 시행한 방안이었습니다. 한때 진시황이 외국 인재들을 쫓아내라는 축객령을 발표했을 때 이것의 부당함을 이야기하는 간축객서[8]를 발표해 외국출신의 유능한 인재가 얼마나 나라를 부강하게 만드는지 역설하기도 했습니다.

진나라의 개혁은 중국 최초의 통일 제국을 만드는 시초였습니다. 경제력을 키우고 왕권에 집중하고, 각종 무기를 개발하고, 국가 전략을 가다듬었습니다. 여기에 진시황이라는 카리스마를 갖춘 리더가 있었기에 10년이라는 짧은 기간에 6국을 정벌하고 통일을 할 수 있었죠. 비록 제

진시황릉 병마용

국은 겨우 15년의 짧은 기간 동안 유지되었지만 전국시대로 분열되어 있었던 나라를 하나로 만들었던 의미 있던 사건인건 틀림없습니다. 다른 나라가 봉건제의 틀에 매여 혁신을 못하던 사이 후발주자의 이점을 가지고 행동한 진나라의 실천 덕분이었죠.

하지만 진나라도 통일을 할 수 있는 역량은 준비했지만 제대로 다스릴 수 있는 통치력은 갖추고 있지 못했습니다. 아직 완전한 국가운영 시스템이 준비되지 못했고 진시황이라는 개인의 역량에 의존한 단점이 드러난 것이죠. 진시황 사후 숨죽이고 있던 6국 사람들이 들고 일어났고, 중원에는 새로운 영웅들의 경쟁시대가 도래합니다. 하지만 과거 봉건제로 되돌아갈 수 없는 변화의 흐름은 여전했습니다. 그건 높은 신분을 가지고 태어나지 못했어도 능력만 있다면, 천하의 대세를 읽을 줄 아는 눈만 있다면 천하를 차지할 수 있다는 사실입니다. 그런 영웅들의 패권전쟁 이야기가 다음 장에서 펼쳐집니다.

진시황의 탄생비화

사마천은 「본기」에서 진시황제가 진나라 장양왕의 아들이라 분명히 말하고 있다. 장양왕이 조나라에 볼모로 있던 시절에 여불위의 첩을 얻어 시황을 낳았다고 한다. 그런데 「여불위 열전」에는 또 다른 이야기가 실려 있다. 진시황은 여불위의 아들이라고 말이다. 본래 장양왕이 얻은 첩은 여불위의 아이를 임신하고 있는 채로 시집을 갔고, 태어난 아이가 나중에 시황제가 되었다고 한다. 사마천은 세간에 흘러 다니는 이야기를 수집했을 텐데 역사가들 입에 오르내리는 이 재미있는 스토리를 정리해 보자.

여불위는 전국을 다니며 물건을 싸게 구입해 비싸게 판매하는 방식으로 거부를 일군 상인이었다. 그는 조나라 수도 한단에 갔다가 그곳에서 머물고 있는 훗날의 장양왕, 즉 자초를 만났다. 그리곤 상인의 민감한 후각으로 자초에게 투자하면 나중에 큰 이익으로 돌아올 것을 알았다. 그래서 자초에게 접근해 500금을 제공하고 빈객과 사귀는 비용으로 쓰도록 했다. 그리고 500금을 투자해 진나라의 화양부인에게 제공할 진기한 물건과 노리개를 샀다. 결국 자초는 그 비용으로 조나라 사람들을 사귀어 좋은 평판을 얻었고, 여불위는 아들이 없던 화양부인에게 접근해 자초를 후사로 삼겠다는 약조를 받아냈다.

이때 여불위에게는 외모가 뛰어나고 춤을 잘 추는 첩이 있었는데 그녀는 아이를 임신한 상태였다. 마침 자초가 여불위 집에서 술을 마시다가 그녀를 보고 한눈에 반해 자기에게 달라고 요청하기에 이른다. 여불위는 여자가 임신한 것을 알고 있었지만 자초에게 투자하고 있는 자신의 위치를 잘 인식해 기꺼이 그녀를 주었다. 훗날 여자는 정政이라는 아들을 낳았고 자초의 정식 부인이 되었다.

시간이 흘러 자초는 조나라를 탈출해 진나라로 돌아왔고 약속대로 화양부인은 자초를 태자로 삼았다. 일 년 후 효문왕이 죽고 태자 자초가 왕이 되니 바로 장양왕이었다. 장양왕은 양어머니 화양부인을 태후로 모셨고, 여불위를 승상으로 삼고 문신후에 봉하였다. 여기에다 여불위는 낙양의 식읍 10만 호를 추가로 받았으니 엄청난 투자 수익을 거둔 셈이었다. 또한 장양왕이 삼 년 만에 죽자 태자 정이 왕위에 올랐는데 이때 여불위는 상국이 되어 천하를 호령하는 위치가 되었다.

「여불위 열전」에 실린 내용을 보면 중국 최초의 통일제국 황제 진시황은 여불위의 아들인 셈이다. 사마천은 「본기」에서는 시황은 장양왕의 아들이라고 기록하고 「여불위 열전」에서는 다르게 기록한 것이다. 어떤게 옳은 것일까? 사마천 개인의 생각인지 세간에 떠도는 소문을 기록한 것인지는 알 수 없지만 사마천으로부터 비롯된 진시황에 대한 나쁜 이미지의 시작점이라 할 수 있다. 앞선 나라를 나쁘게 표현함으로써 당대를 높여 보이게 만드는 역사가들의 습성이 이때부터 시작된 것이다. 하지만 21세기 중국에서는 진시황에 대한 좋은 평가가 많이 나오고 있다고 한다. 과거 역사의 재평가인 셈이다.

유방과 항우, 누가 역사의 주인인가?

　　장기將棋 둘 줄 아세요? 아마 여자분들은 아니겠지만 남자들은 대부분 조금씩은 할 줄 아실껍니다. 요즘에는 인터넷을 비롯한 놀꺼리가 많아서 점점 관심에서 멀어지고 있지만 예전에는 반드시 알고 즐길만한 놀이였죠. 요즘도 시골에 가면 마을 한가운데 느티나무 그늘 아래에 휴식공간이 있는데, 이곳에서 어르신들의 장기판이 벌어집니다. 제가 가봤던 중국 북경北京(베이징)시 서쪽에 자리 잡은 스차하이 공원 호숫가에도 남자들이 벌려놓은 장기판이 꽤 많더군요. 장기는 붉은색 말판을 가진 한漢의 장수와 푸른색 초楚나라 장수가 차車, 포包, 마馬, 상象 등 병사들을 이용해 전투를 벌이는 장면을 놀이로 만들어 놓은 것이죠. 바로 우리가 잘 알고 있는 유방과 항우의 패권전쟁 이야기를 응용한 것입니다. 이걸 오락으로 만들 정도이니 얼마나 사람들에게 잘 알려진 전쟁이었을까요? 게다가 주변지역으로 퍼져 한반도에까지 왔으니 왜 우리나라가 중국과 문화 공동체인지를 알려주는 좋은 증거가 아닐까 싶습니다.

여러나라로 나뉘어져 생존경쟁을 벌이던 전국시대를 끝내고 중국 최초의 통일왕조를 건설한 인물은 진시황이었습니다. 하지만 그의 제국은 15년이 못가 해체되고 말았죠. 뛰어난 황제의 능력과 강력한 군사력에 의존했던 진나라는 새로운 정치제도를 무리하게 도입한 결과 후세에게 권력을 잘 넘겨주지 못했던 겁니다. 진시황이 죽자 각 지역에서 수없이 많은 반란이 일어납니다. 가장 먼저 이름을 알린 건 진승과 오광의 무리였지만 가장 많았던 반란군은 멸망한 6국의 후손들이었습니다.

빼앗긴 나라를 되찾고자 일어났던 사람들은 4년간 이어졌던 혼란기 동안 치열한 경쟁을 벌였고 결국 새로운 통일왕조로 정리됩니다. 바로 유방이라는 이름을 가진 인물에 의해서 일어난 한나라였습니다. 한나라는 서한말 왕망에 의해 황통皇統이 잠시 중단된 적은 있었지만 400년이나 이어지며 중국 역사의 한 획을 그었습니다. 유방 이야기를 할 때마다 빼놓을 수 없는 인물은 바로 장기판의 반대편 장수였던 초패왕 항우입니다.

유방과 항우의 등장

유방과 항우의 천하 패권을 위한 경쟁 이야기는 여러 번 들어도 재미있습니다. 그들의 출신성분, 전략, 리더십 등이 모두 달랐기 때문에 비교해보는 재미가 있어서 그런데 아닐까 싶네요. 유방은 미천하고 가난한 농민의 아들이었고 이름도 없이 그저 셋째 아들이라는 뜻의 '계'라고 불렸습니다. 또래들과 어울려 온갖 망나니짓을 하면서 자랐죠. 그에 비해 항우는 옛 초나라의 유서 깊은 귀족 가문 자제였습니다. 좋은 집안에서 자랐지만 할아버지뿐만 아니라 아버지가 전쟁터에서 사망하는 불운을 겪습니다. 부족함이 많아 소극적으로 움직일 수밖에 없었던 유방에 비해 모든 걸 갖췄던 '엄친아' 항우가 있었죠. 힘이 약해 다른 사람 말을 경청해야만 했던 유방에 비해 강력한 군사력과 이름값으로 잘난 척 할 수 있었던 항우의 비교는 세상이 그렇구나 하는 깨달음도 줍니다.

성인이 되어서도 동네 건달들과 어울려 술 마시고 놀던 유방은 어느 날 지역을 순회하던 진시황의 모습을 목격합니다. 황금으로 장식한 화려한 가마와 수많은 수행원을 거느리고 행차하는 진시황을 본 유방은 이런 말로 자신의 욕심을 표현했습니다. "아아, 사내 대장부라면 마땅히 저와 같아야 하리라!" 비록 잘 배우지 못하고 세상에서 인정받지 못하는 건달일 뿐이었지만 그의 포부는 아주 컸던 모양입니다.

기원전 210년이 되자 강력한 통치력으로 나라를 다스리던 진시황은 불로초를 구하기 위해 사람을 보내는 등 온갖 노력을 했지만 결국 사망할 운명이었습니다. 그렇게 절대 권력이 사라지자 전국에는 진나라에 대항하는 세력들이 수없이 등장합니다. 특히 진승과 오광이 "왕후장상의 씨가 따로 있다더냐!(王侯將相寧有種乎)"라는 말을 외치며 첫 번째 세력가로 등장합니다. 과거 춘추전국시대 신분제 사회라면 꿈도 꿔보지 못할 일이지만 새로운 세상이 열린 건 분명했습니다. 천하 사람들에게 새로운 희망을 준 셈이죠. 신분이 미천했던 진승과 오광이 떵떵거리며 세력을 갖자 유방도 패현 지역 장정들을 모아 군사를 일으킵니다. 하지만 여전히 태어난 신분의 차이는 존재했습니다. 초나라 유력 장수였던 항우의 삼촌 항량은 높은 명성과 군사력을 모두 갖추고 있었죠. 결국 유방은 자신의 한계를 깨닫고 항량의 군대에 합류합니다.

항량은 초나라 멸망 후 양치기로 숨어 지내던 초나라 왕가의 자손 회왕을 발탁해 형식상 왕으로 삼고 제후들의 세력을 모았습니다. 항량 휘하에 모인 제후들에게 가장 중요한 과제는 진나라 수도인 함양성과 관중지역을 차지하는 것이었습니다. 수도가 가장 중요한 곳이니 그곳을 점령해야 혁명이 성공하는 것이겠죠. 그래서 회왕의 이름으로 관중지역에 먼저 들어가 진을 멸망시키는 자를 관중왕에 봉하겠다는 선언을 합니다. 제후들간 경쟁을 유도했던 겁니다. 그런데 기원전 207년에 이르러 싸움은 치열해졌고 대장군 항량이 전쟁 중 사망하자, 조카 항우가 실질적인 대장군 역할을 담당하게 됩니다.

'역발산기개세力拔山氣蓋世'라는 말처럼 강력한 전쟁수행능력을 가졌던 항우는 진나라 정예부대인 장함의 군대를 대패시키고 항복을 받아냅니다. 반면 소규모 군사를 거느렸던 유방은 진나라군과의 싸움을 피해 관중으로 진입을 서둘렀습니다. 항우가 싸움에 몰두하는 동안 진나라 후방지역을 돌아 관중에 입성하고 손쉽게 진나라를 멸망시켰던 것이죠. 하지만 이때 책사策士 소하가 큰 역할을 합니다. 진정한 군주가 되려면 그에 적합한 정책을 펴고 백성들의 마음을 사야 한다는 주장을 한 것입니다. 비록 학문을 배움이 없어 무식한 유방이었지만 소하의 말을 새겨듣고 진나라 재물을 보존하는 동시에 약법삼장約法三章[9]이라는 간소한 형벌제도를 시행합니다. 결국 유방의 무리는 백성들 피해를 최소화하고 그들의 마음을 삽니다. 또 약자라는 처지를 잘 이해하고 진나라 보물에 손대지 않고 진짜 강자인 항우에게 넘겨줄 생각을 합니다. 나중의 승리를 위해 한발 양보할 줄 알았던 겁니다.

두 달 후 군사들을 이끌고 관중에 도착한 항우는 유방을 불러 조용히 물러날 것을 명합니다. 이때 항우와 유방이 만났던 장면이 중국역사상 가장 유명한 회담인 '홍문연鴻門宴'입니다. 이때 유방은 항우의 책사 범증이 모의한 '항장의 칼춤'에 죽음을 당할 위험에 처하지만 역시 책사 장량의 기지로 인해 살아납니다. 이 장면은 소설로, 중국 고유의 경극으로, 우리나라에서는 판소리의 한 장면으로도 재탄생할 정도로 긴박하고 흥미진진하죠. 물론 수없이 많은 역사의 한 장면일 뿐이지만 시대가 바뀌는 변곡점으로 인정 받는다는 게 큰 의미가 있습니다.

다시 역사로 돌아가면 이제 항우의 세상이 열린 듯 했습니다. 항우는 관중을 처음 정복한 자에게 관중왕에 봉하겠다는 처음의 약속도 저버리고 유방에게는 궁벽한 산골벽지인 한중왕 벼슬을 줍니다. 하지만 어쩌겠어요? 결국 힘없는 약자 처지인 유방의 무리는 험한 산을 넘어 한중으로 갈 수밖에 없었습니다. 아마도 오랫동안 진나라의 수도였고 풍요로운 관중지역을 달라는 부하들이 많았던 모양입니다. 그래서 관중을 셋으로 나눠 장한, 사마흔, 동예 등 가까운 부하들에게 나눠줍니다. 그리곤 항우는 함양성에 들어가 미녀와 보물을 차지한 후 황궁에 불을 지르고 고향인 팽성으로 금의환향 했습니다. 나머지 지역은 일곱으로 나눠 휘하 제후와 장수들에게 봉해 줌으로써 자신은 춘추시대 환공처럼 패자로서 역할을 하려고 했습니다. 이때가 항우와 유방이 다퉜던 1차 경쟁의 끝이었습니다. 이걸로 끝났으면 역사가 재미 없었겠죠?

유방의 역전승

항우가 승리를 만끽하며 팽성에서 환락에 취해있던 사이에 유방은 한중에서 시름을 달래야 했습니다. 그런데 그 멀고 험한 진령산맥을 넘어 고생하며 들어갔던 한중은 그냥 시골 벽촌인줄 알았는데 그게 아니었습니다. 물론 한중 땅은 꽤 작지만 그에 딸려 있는 촉 지역은 예상치 못한 풍요로운 부록이었던 겁니다. 앞장에서 진나라가 통일전쟁을 수행하는데 촉 지역의 농업생산이 큰 역할을 했다고 말씀드렸죠? 바로 그곳은 촉군 태수 이빙과 그의 아들 이랑이 기원전 251년 도강언 공사를 완료한 후 홍수와 가뭄을 해결했던 곳이었습니다. 더구나 이곳은 중원이 혼란을 겪는 중에도 전쟁을 겪지 않아 농토가 보존되어 있었고, 군사로 활용할 만한 인재도 많았던 겁니다.

여기에 평소 그를 따르던 소하와 장량뿐만 아니라 유방의 명성을 듣고 한신과 같은 능력 있는 인재들도 모여들었습니다. 자신감을 얻은 유방은 기원전 206년 관중을 향해 군대를 출병시켰습니다. 한중으로 간 지 일 년 만에 다시 관중으로 진입했으니 꽤 빠른 시간에 전쟁준비를 마친 모양입니다. 과거 약법삼장을 통해 관중 백성들에게 어진 정치를 했었기 때문인지 관중 백성들의 지지를 얻었고, 군사력도 꽤 확보했기에 삼진으로 나눠진 관중을 쉽게 확보합니다. 그리고 그곳은 소하에게 맡기고 함곡관을 지나 항우와 싸움에 나섰습니다. 하지만 항우에게 대

유방(劉邦, BC256~BC195)
한나라의 제1대 황제. 4년간의 항우와의 쟁패전에서
항우를 대파하고 천하통일의 대업을 이루었다.

적하기에는 너무 성급했던 듯. 여전히 군사력은 항우의 우세였고, 유방은 병사들 대부분을 잃고 가까스로 도망쳐 목숨을 구걸해야 했습니다.

하지만 그에게는 안전한 후방기지 관중과 이를 잘 다스려 병력과 군량을 보충해주는 믿음직한 신하 소하가 있었습니다. 소하는 필요한 물자와 군사를 모아 유방에게 보내주었고, 제나라 지역으로 보냈던 대장군 한신은 탁월한 전투능력을 발휘했습니다. 결국 강한 군사력을 가졌지만 홀로 뛰는 항우와 전투력은 부족해도 믿는 구석이 많은 유방이 겨루는 싸움은 장기전으로 진행되었죠. 하지만 그때까지 연전연승을 거듭하던 항우가 황하 남쪽에 있던 홍구鴻溝를 경계로 서쪽을 한漢으로, 동을 초楚로 정한 후 승부의 축은 점차 유방에게로 기울었습니다. 중국 장기판 중간에는 초하한계楚河漢界가 있는데, 이것이 바로 당시의 세력경쟁을 가리킵니다.

홍구를 경계로 항우가 유방의 세력을 인정한 순간, 항우군의 힘은 빠졌고 지역 제후들은 하나 둘씩 유방에게로 돌아섭니다. 유방은 자신을 지지하는 제후들 병력을 모조리 끌어 모아 마지막 결전을 벌였습니다. 마침내 기원전 202년 12월, 길고 긴 유방과 항우의 경쟁은 항우가 해하 전투에서 패하고 오강에 몸을 던지는 것으로 끝을 맺습니다.

항우가 실패한 이유

초나라 명문 귀족의 후예였던 항우는 뛰어난 재능과 식견을 가지고 있었습니다. 강력한 군사력을 지녔고 명성을 듣고 따르는 제후들도 많았죠. 하지만 그는 천하를 잡는데 실패했습니다. 그 이유는 무엇일까요? 세상 사람들이 말하는 가장 중요한 이유는 두 사람의 리더십 차이입니다. 유방과 항우의 경쟁 이야기는 세상일이 정해진 대로 이루어지지 않는다는 걸 보여 주는 좋은 사례입니다. 똑똑하고 용감하고 전투에 능한 항우. 그는 고귀한 집안 출신으로 명성이 높아 제후들이 그를 많이 따랐습니다. 그런데 가진 게 많았던 항우는 다른 사람의 말을 듣지 않고 독단적으로 행동했습니다. 유방과 경쟁하던 초반에는 충분히 먹히는 방법이었습니다. 전쟁이 장기화하자 경험이 부족한 그를 보완해 줄 사람들이 필요했지만 그의 주변에는 뛰어난 인재들이 남아있지 않았습니다. 평소 곁에서 조언하는 말을 신뢰하지 않고 독단적으로 행동했던 결과였죠.

그에 비해 유방은 미천한 출신에 전투력도 부족했습니다. 항우와 비교한다면 모든 면에서 열세일 수밖에 없었지요. 반면 그는 스스로를 잘 알았기에 주변 사람들의 의견을 잘 경청했습니다. 승상 소하를 신뢰해 관중지방을 그에게 맡겼고, 한신을 발탁해 대장군으로 임명하고 제나라 지역을 평정하도록 했습니다. 한신이 탁월한 군사 지휘력으로 제나라 지역을 평정하자 그의 책사 괴통이라는 자가 천하삼분지계(天下三分之計)를 말하며 반란하도록 한신에게 권했습니다. "서쪽에 유방이 있고 남쪽에 항우가 있는데 우리가 북쪽지역을 차지했으니 천하를 한번 도모할 수 있지 않겠습니까?"라는 의견 말입니다. 그런데 한신은 이를 거부합니다. 미천하던 자신을 키워주고 전폭적인 신뢰로 밀어줬던 유방

항우(項羽, BC232~BC 202)
초나라의 왕. 초나라 귀족 출신으로 이름은 '적'이고 '우'는 자다.

　　　　　　　　제3강 | 영웅_ 진의 천하통일과 한나라의 등장

을 배신할 수 없다는 이유였습니다. 유방은 그만큼 부하들에게 신뢰를 주는 리더였던 것입니다.

　두 번째로 저는 조금 다른 이유를 들어보려 합니다. 바로 '세상을 바라보는 관점'입니다. 사람은 자신이 갖고 있는 환경내에서 세상을 바라보기 마련입니다. 항우가 보기에 진나라가 멸망한 것은 진시황의 폭정 때문이었습니다. 분서갱유로 인해 민심을 잃었고, 만리장성을 쌓느라 국력을 피폐하게 했기 때문이라고 봤습니다. 더구나 진시황이 도입한 군현제는 각 지역 특수성을 고려하지 않고, 중앙정부에서 관료를 지방에 보내는 방식이었기에 맞지 않다고 생각했습니다. 그래서 권력을 쥐자 진시황과 같은 방식을 취하지 않고, 스스로 초패왕이 되었고 각 지역은 제후가 다스리는 과거 봉건제도로 돌아가려 했습니다. 항우는 초나라 봉건 귀족의 후예였기에 진나라 승상 이사가 기획하고 추진한 군현제의 본래 취지를 알지 못했습니다. 급격한 변화가 필요하지 않다고 본 겁니다. 또 그가 가진 전투능력은 언제든 제후들을 제압할 수 있다고 판단했던 것도 이유의 하나였습니다.

　하지만 유방의 생각은 달랐습니다. 봉건제는 이미 저물어가는 정치 체제였고 중앙의 주나라는 멸망한지 오래되었으며 신분제도 점차 허물어지고 있었습니다. 더구나 자신은 미천한 평민 출신이었거든요. 진나라 군현제가 조금은 무리한 제도임에는 틀림없지만 시대의 흐름에는 적합했습니다. 그래서 유방이 황제로 등극한 후 한나라에서는 봉건제와 군현제를 적절히 섞은 체제를 만들었고, 시간이 가면서 군현제로 완성해가는 현실론을 택했던 겁니다.

　제가 보는 항우의 가장 큰 실패 요인은 '냉철한 전략적 행동'이 부족했던 겁니다. 특히 전략적 요충 지역인 관중지방의 중요성을 간과한 것입니다. 삼촌 항량은 천하의 패권을 쥐는데 관중의 중요성을 이미 알고 있었습니다. 그랬기에 '관중을 먼저 공략한 자가 관중왕이 된다.' 라는 맹약을 했던 것이죠. 관중은 진나라가 600년 간 수도로 유지했던 곳이고 전쟁을 겪지 않아 잘 보존되어 있었고, 군사 전략적으로도 아주 중요한 위치였습니다. 한나라 이후 당나라 때까지도 관중이 수도로 자리했던 건 관중이 가진 중국사의 특수성 때문이었습니다.

하지만 항우는 관중이 얼마나 중요한 땅인지 잘 몰랐습니다. 진나라 도읍 함양에 입성한 항우는 3세 황제 자영을 죽이고, 엄청난 금은보화를 약탈함으로써 무자비한 점령군 행태를 보였습니다. 또 함양궁에 불을 질러 석 달 동안 불타게 해 백성들의 신임을 잃습니다. 이 때 고대로부터 전해 내려온 수십만 권의 책이 불탔으니, 진짜로 분서焚書를 한 사람은 진시황이 아니고 항우였던 셈입니다.

그는 오랫동안 누벼온 싸움터를 벗어나 많은 재보와 미녀를 거두어 고향인 강동江東으로 돌아가고 싶어 했습니다. 한생이라는 자가 관중에 도읍을 정하고 새로운 국가를 세울 것을 건의합니다. 하지만 항우는 성공한 자신을 자랑하고 싶어 이런 말을 남깁니다.

"부귀한 몸이 되어 고향으로 돌아가지 않는다면 '비단옷을 입고 밤길을 가는 것(금의야행 錦衣夜行)'과 무엇이 다르겠는가?"

전쟁 막바지에 병사들을 모두 잃고 위기에 빠지자 애첩 우희를 불러 노래를 시켜놓고 하염없이 눈물을 흘렸습니다. 오강에서 부하 하나가 나룻배를 구해와 강을 건넌 후 후일을 도모하시라고 권하자 "애초내가 강동의 8,000 장정들을 거느리고 전쟁에 나섰거늘 그들이 없는 지금 무슨 면목으로 고향 사람들을 보겠소?"하며 오강에 몸을 던집니다.

그는 왜 훗날을 기약하지 않았던 걸까요? 유방이라면 아마 목숨을 유지하고 다음을 기약해 보려고 했을 겁니다. 실제로도 그랬구요. 하지만 항우는 명예를 중시하고 제멋대로 행동하는 기분파였던 겁니다. 요즘 기준으로 하면 호탕하고 놀기 좋아하는 멋진 남자였던 것이죠. 그래서 한번 실패하자 자존심에 상처를 입어 다시는 회복할 수 없었습니다. 그런데 후대인들은 승리자 유방보다는 실패자 항우를 훨씬 사랑한 경향이 있었습니다. 특히 문인들은 그의 실패를 애석해 했는데요. "만약 항우가 유방을 이겼더라면"하는 가정법을 쓰며 추모하는 경우가 많았습니다. 그에 관한 주제어들만 해도 역발산 기개세, 서초패왕, 패왕별희, 배수진, 십면매복, 금의환향, 사면초가, 권토중래 등 다양합니다. 우리말에서도 이 단어를 자주 쓰는 경향이 있지요. 항우는 키가 크고 잘 생겼다는데 실패했지만 멋진 남자라서 후대인들에게 사랑받는 것일까요?

한중일의 장기에 대하여

한국도 비슷한 모양이지만 중국에도 남자들이 모여 있는 곳에서는 장기판이 벌어진다. 이는 나무로 만들어진 판에 붉은색과 푸른색 말을 놓고 두 사람이 겨루는 놀이다. 장기판을 들여다보면 항우와 유방의 쟁투가 생각날 수밖에 없다. 붉은색 한(漢)과 푸른색 초(楚)가 두 편으로 나뉘어 한 판을 겨루고 있어서다. 대장을 보호하는 사(士)와 차(車)·포(包)·마(馬)·상(象)의 전투부대가 있고 전방에 전투병사인 졸(卒)이 포진하고 있다. 역사시대 중원에 있었던 수많은 전투를 장기판에서 발견할 수 있는 셈이다. 특히 중국인들은 중원을 두고 세력간 싸움의 대명사라 하면 항우와 유방 두 사람의 경쟁이 가장 대표적이라고 생각했을 것이다.

그런데 중국 장기판에는 우리나라와는 결정적으로 다른 게 두 가지 있다. 하나는 양쪽 대장의 이름이 붉고 푸른 초·한이 아니라 검고 붉은 장(將)과 수(帥)다. 또 하나는 장기판 한가운데 두 세력의 경계인 초하한계(楚河漢界)가 있다는 점이다. 장기판이 항우와 유방의 쟁투를 표현하고 있는 건 분명한데 한국 장기에서 중국보다 분명하게 초와 한을 명기하고 있는 셈이다. 한국 장기는 중국에서 전해진 것이 틀림없는데, 어느 시점에 초하한계가 없어지고 대장의 이름이 초·한으로 바뀌었을까?

장기가 탄생한 유래에는 두 가지 설이 있다. 하나는 인도에서 만들어져 중국으로 전해졌다는 설이다. 서양의 체스가 장기와 비슷하

스차하이 호숫가에서 장기를 즐기는 중국인들. 우리나라 장기판과 비슷하면서도 조금 다르다. ⓒ안계환

다는 점에서는 인도 전래설이 유력하다. 장기의 산스크리트어인 차투란카의 '차투르'는 넷이란 뜻이고 '앙가'는 군대라는 의미다. 고대 인도의 전쟁터에는 코끼리대·기병대·전차대·보병대의 4군이 존재했다. 이를 동물 형상으로 만들어 전략적으로 싸우도록 룰이 정해졌다.

이렇게 만들어진 놀이는 세 갈래로 퍼져 나갔는데 페르시아를 거쳐 서방으로 들어가 오늘날의 체스가 되었고, 동북방의 중국으로 전해져 장기가 되었다. 또 동남아시아를 거쳐 중국 남부를 지나 일본으로 들어갔다. 장기 말은 전파되면서 그 지역의 동물이나 물품으로 바뀌었다. 중앙아시아에서는 코끼리가 낙타가 되었고 동남아시아에서는 전차가 배로 변했다. 여전히 동남아시아의 장기말은 동물 형상 그대로인데 무더운 이곳에서는 주로 밤에 놀이를 하므로 동물 모양이 더 유용했을 것이다.

동쪽으로 전해진 말은 한자가 새겨져서 말의 이름을 알 수 있게 되었는데, 어느 순간 우리나라에서는 장군 이름이 초한으로 바뀐 것이다. 동남아시아를 거쳐 남방지역으로 전래된 일본의 장기는 더 다르다. 한국과 중국말은 원형이나 8각인데 일본은 5각이며 끝이 뾰족하고 꼬리가 두껍다. 장(將)은 금(金)이 되었고 나머지 말은 은(銀)·계(桂)·향(香)·옥(玉)이다.

중국 사람들은 장기가 중국에서 탄생한 그들 고유의 놀이라고 주장한다. 이미 춘추시대에 상희(象戲)라는 이름이 생겼고 상혁(象奕)이란 이름이 남송대에 나왔다는 설이 있다. 여기에 중국에는 코끼리가 없었는데 어떻게 상(象)이라는 말이 있겠는가 하는 주장이 있지만 고대 황하 유역에는 코끼리가 살았다는 기록도 존재한다.

한중일 사람들이 두는 장기를 보면 이 지역이 얼마나 동일한 문화를 공유하고 있는지를 알 수 있다. 중국 인문학을 좀더 넓게 알아보고 이해해야 하는 이유다.

참조 : 김광언, 『동아시아의 놀이』, 민속원, 2004

제3강 | 영웅_ 진의 천하통일과 한나라의 등장

제4강

춘추_ 인문학의 발원

시대의 모순이 철학을 낳다

인문의 탄생, '경쟁시대'

호모사피엔스가 지구에서 살아온 시간은 대략 5만 년쯤 됩니다. 초기에는 네안데르탈인과의 경쟁을 이겨낸 후 전 지구에 퍼졌고 다음에는 무리끼리 내부 경쟁을 치열하게 치렀죠. 그런 과정에서 농업혁명이 일어나고 과학혁명의 단계로 발전해 현재에 이르렀습니다. 그렇게 경쟁은 삶을 힘들게 하지만 살아가는 의욕을 북돋워 열정을 꽃 피우도록 하는 긍정적 효과를 지닙니다. 그 5만 년의 끝자락, 역사시대가 되면 경쟁으로 인해 위대한 사상이 시작되던 시기가 다가옵니다. 아직 인간의 권력이 사회에 완전하게 자리 잡지 못한 시절, 경쟁하는 정치권력에 의해 사상이 자유로운 무대가 펼쳐집니다. 가장 오래 되기는 고대 메소포타미아를 중심으로 한 그 주변지역에서 발생한 역사시대였고, 그 다음이 황하를 중심으로 한 중원지역에서 일어났던 춘추전국 시대였습니다.

한번 떠올려 봅시다. 우리가 지금 생각하는 사상의 뿌리는 어느 때부터 시작하고 있을까요? 우리 사회의 근간을 이루는 도덕의 기초는 어디에서부터 출발하나요? 학자들이 연구하고 있는 각종 사상의 출발점은 어디인가요? 언뜻 우리가 어떤 사상가들을 추종하고 있는가를 살펴보면 답이 나옵니다. 서양의 유일신 사상은 비옥한 초승달 지대라고 불리는 지역에서 탄생했고 불교는 인도에서 나왔습니다. 서양인문학의 시초는 기원전 8세기 이오니아 지역에서 활동한 호메로스부터였습니다.

동양 사상의 출발점은 공자였습니다. 그로부터 진시황이 전국시대를 통일하고 한나라에서 사상통일이 이루어질 때까지 자유로운 사상 경쟁이 벌어졌습니다. 지금까지 인류가 숭배하고 있는 대부분의 사상은 이때 발생했던 것들이 지금까지도 이어져 내려온다는 걸 알 수 있습니다.

그래서 근대 독일 사상가 칼 야스퍼스K. Jaspers는 기원전 800년부터 기원전 200년까지의 시대를 '축의 시대Axial age'라 명명했습니다. 세계 주요 종교와 철학이 탄생해 인류사에 큰 영향을 끼쳤던 경이로운 시대이기 때문입니다. 우리가 인문학에 대해 공부하다보면 이때 탄생한 종교와 철학 사상이 지금까지도 인류사에 엄청난 영향을 끼치고 있다는 것을 알 수 있습니다.

중국에서는 노자, 손자, 공자, 묵자가 활동했고 인도에서는 우파니샤드, 자이나교, 고타마 싯다르타가 등장합니다. 유대인 사회에서는 엘리야, 예레미아, 이사야의 선지자가 나타났으며, 고대 그리스 고전기에는 탈레스, 피타고라스 그리고 소크라테스와 플라톤이 그들의 사상을 펼쳤습니다. "인류는 아직 축의 시대의 통찰을 넘어선 적이 없었고 정신적, 사회적 위기가 닥칠 때마다 고대로 돌아가 근본이 무엇인지 찾기를 멈추지 않고 있다."고 야스퍼스는 말합니다. 틀린 말이 아닙니다. 우리는 여전히 공맹의 유가사상을 생활속에 실천하고 있으며 플라톤 철학이 담겨있는 기독교 문화와 함께 살고 있습니다. 인문학을 공부한다면 이때 탄생한 학문에 관심을 가지는 건 필수입니다.

중국을 배우는데 있어서도 중국인이 만들어낸 사상을 아는게 꼭 필요하다고 할 수 있습니다. 『중국철학사』를 남긴 풍우란馮友蘭(평유란 1895~1990)은 "한 시대 한 민족의 역사를 연구하면서 철학을 언급하지 않으면, 마치 '화룡에 점정하지 않은' 격이다. 따라서 그 민족을 철저하게 연구하려면 철학연구가 필수다."라고 언급하고 있습니다. 그 민족과 나라 사람들의 정신세계를 지배하는 철학연구는 필수라는 이야기입니다. 물론 여기서 말하는 철학Philosophy 이란 단어는 엄밀히 말해 서양 용어입니다. 서양에서는 자연을 연구하고 인간을 탐구하고 정치학을 논했습니다.

중국 역사를 구분할 때 진나라가 전국시대를 통일하기 이전을 '선진先秦시대'라고 부르기에 이때 발생했던 사상을 '선진시대 사상'이라고 말합니다. 말 그대로 진나라 이전의 사상이라는 뜻이지요. 그런데 이 사상들을 잘 들여다보면 서양철학과는 상당히 다르다는 느낌을 갖게 됩니다. 흔히 철학은 '인간을 위한 학문'이라고 말하는 경우가 많은데, 그런 의미에서 보면 선진시대 사상은 과연 인간을 위한 요소가 있나? 하는 생각까지 듭니다. 이때 활동했던 수많은 사상가들은 그들이 연구한 주제가 국가에서 쓰이길 원했고, 국가를 다스리는 제후들에게 인정받기 위해 많은 노력을 기울였기 때문입니다. 따라서 이때 탄생한 학문은 정치사상政治思想이라고 부를 수도 있겠습니다.

최초의 통일제국을 이루었던 진나라가 멸망하고 한나라가 들어서자 자유로운 경쟁의 시대는 점차 저물었습니다. 권력을 차지하기 위해 경쟁했던 제후들은 사라졌고 확고한 권력이 만들어지자 정치론은 사라지고 수양론이 자리 잡습니다. 다양한 생각에 관심을 둬봤자 이미 정해진 틀을 바꿀 방법은 별로 없으니, 자기수양이나 열심히 해서 출세길을 열어야 한다는 논리가 주류가 된 것이죠. 중국 사상은 그렇게 철학으로 자리잡아 가지만 경쟁은 사라졌고 다양성도 없어졌습니다. 안타깝게도 중국역사상 자유로운 사상이 전개되었던 건 이 때뿐이었던 겁니다.

백가쟁명시대

선진시대는 춘추시대에 들어온 이후부터 본격적으로 정치경쟁과 사상경쟁이 진행됩니다. 농업혁명과 철기문명이 진행됨에 따라 주나라 봉건체제는 약화되고 힘을 확보한 제후국이 약한 국가를 흡수하는 시대가 열렸습니다. 그러기에 각 나라 군주들은 국가의 근본이 되는 백성들 숫자를 늘리는 동시에 나라를 이끌만한 지식인층 인재의 확보에 매달렸습니다. 중원은 비교적 이동이 자유로운 곳이었기에 백성들은 먹고 살 길을 찾아 다른 나라로 떠나길 주저하지 않았는데 지식인 계층도 마찬가지였습니다.

이런 때 등장한 지식인층이 바로 사士라는 신분을 가진 사람들이었습니다. 당시 사회구조는 일정한 영토를 가지는 지배층으로 왕, 제후, 대부들이 있었고 평민과 노비들의 피지배층이 있었습니다. 그런데 사회가 변하면서 지배층과 피지배층간의 연결고리 역할을 하는 요즘말로 하면 학자나 공무원 같은 사람들이 필요해졌습니다.

우리는 흔히 '사士' 라는 글자를 보면 '선비사士'이므로 학자들을 떠올리지만 본래 그들은 무사였습니다. 장기판에서 왕을 좌우에서 돕는 사람들 말이지요. 대부가 사냥을 떠나면 주위에서 보좌하면서 활을 쏘고, 수레를 몰며 돕던 현실적인 지원세력들이었습니다. 그런데 제후 신분인 공公에서 대부가 나왔듯이 사 역시 대부의 혈족 또는 자손입니다. 주나라 종법제도에 의하면 공의 적장자는 아버지의 특권과 지위를 세습해서 자리를 지킵니다. 그러면 공의 차남 이하 자손들은 대부가 되었고 대부의 아들들 중 적장자만이 아버지의 지위를 이어받고 나머지는 사가 되었습니다.

시간이 흐르면서 그들의 숫자가 점점 늘었는데 이들의 가장 중요한 역할은 제후들 주변에서 혈연 공동체를 유지하는 것이었고, 때로는 외적의 침입으로부터 돕는 무사일 수밖에 없었습니다. 그런데 사람에 따라 무사적 기질이 강한 사람이 있고, 두뇌를 잘 활용하는 사람이 있을 수밖에 없겠죠? 각 제후국간의 경쟁이 치열해지면서 유능한 관리나 통치 전문가가 필요한 상황이 생겼습니다. 그래서 사 계급 중 일부가 수레와 활, 창 보다는 글과 머리를 활용하는 사람으로 변해갔습니다. 그들이 바로 사계급이었으며 가장 대표적인 사람들이 바로 공자孔子와 손자孫子라 불려지는 손무孫武라 할 수 있습니다. 손무와 공자는 비슷한 시기에 활동했는데 공자가 정치무대에서 제대로 쓰여지지 못한 반면 손무는 보다 현실적인 전략을 갖고 있었기에 고향 제나라를 떠나 오나라에서 활약했죠.

공자는 비록 그의 철학이 제후들에게 채택되지는 못했지만 교육자로서 큰 역할을 했고, 후대에 큰 영향을 끼쳤습니다. 그는 그때까지 귀족계층의 전유물이었던 교양(유학)을 평민들에게 전수했죠. 공자는 대략 3,000여 명의 제자를 양성했다고 전해지는데 누구나 약간의 수업료만 내면 배울 수 있도록 하는 당시로서는 획기적인 교육사업이었습니다. 이때 교육받은 공자의 제자들은 대부분 하급귀족이거나 농민의 자제들이었습니다. 그들은 공자에게 배운 후 자로와 같이 장수로 성공한 이도 있었고, 자공과 같은 큰 상인이 된 사람도 있었습니다. 그렇게 재능을 키운 사람들은 본래의 국적에 관계없이 실력을 펼칠 수만 있다면 불러주는 어느 나라에 가서도 관리, 정치가, 군인으로 활동했던 겁니다.

공자의 시대를 지나 전국시대로 접어들면 국가 간 경쟁은 더 치열해졌고, 공자가 정립하고 가르친 유가의 무리들뿐만 아니라 다양한 사람들이 나오기 시작합니다. 이때를 흔히 '백가쟁명百家爭鳴'의 시대라 부릅니다. 이 시대를 만든 사람들을 '제자백가諸子百家'라 일컬어지는데 여기서 자子는 선생이라는 의미이고 백가百家는 많은 학파라는 뜻이지요. 그래서 많은 선생들이 여러 학파로 나뉘어 자유롭게 경쟁했기 때문에 이런 이름이 붙여졌습니다.

제자백가의 활약

제자백가라 해서 일백 가지 학파가 있다는 뜻은 아니고 대략 10가로 분류하는 게 일반적입니다. 여기에는 유가, 묵가, 도가, 명가, 법가, 음양가, 농가, 종횡가, 잡가, 소설가가 포함됩니다. 이는 서한 말기에 유향이라는 학자가 궁정 문서보관소에 있던 도서를 정리하여 전국시대의 주된 학파를 분류한데서 유래합니다. 그중에서 가장 이해하기 쉽게 대표적인 '4가'로 정리해 보면 다음과 같습니다.

1. 유가(儒家) : 대표적인 사상가로는 공자, 맹자, 순자가 있다. 사상의 근본은 인仁이다. 덕을 갖추고 있는 군자를 중요시한다.
2. 도가(道家) : 대표적인 사상가로는 노자와 장자가 있다. 도道는 자연의 법칙이며 사상의 근본은 '무위자연無爲自然'이다.
3. 법가(法家) : 대표적인 사상가는 한비자로 '법술세法術勢'로 세상을 다스리는 것을 연구했다. 부국강병을 위해서는 엄한 법에 따라 백성을 다스려야 하고 지배층 구조를 바꿔야 한다고 주장했다.
4. 묵가(墨家) : 대표적인 사상가는 묵자로 '모든 사람은 평등하며 널리 사랑해야 한다'는 '겸애兼愛'의 원칙을 설파했다.

그런데 이렇게 4개의 학파 무리로 정리 하기는 해도 춘추전국시대에 이렇게 집단을 형성해 활동한 것은 아니었습니다. 우리가 아는 제자백가 그룹으로 분류하는 건 한나라시대에 와서의 일이었습니다. 사마천의 아버지 사마담은 여섯 학파의 요지를 소개한다는 의미로 『논육가요지論六家要旨』라는 글을 썼습니다. 바로 사마담은 '음양가, 유가, 묵가, 법가, 명가, 도가'로 정리하고 있는데 이때부터 제자백가 사상이 각 학파로 분류되기 시작했던 거죠. 사상경쟁이 활발했던 전국시대 당시에는 실체적 집단으로 인식할만한 지식인 무리나 집단은 한비자가 '양대현학顯學'이라고 언급했던 유가와 묵가 뿐이었습니다. 공자를 모시고 유학을 공부하는 사람들이나 기술자 또는 무사집단이었던 묵학의 무리가 그들이었습니다. 그러나 유가의 경우가 어느 정도 계통도를 그릴 수 있을 뿐 묵가 집단은 안타깝게도 한나라시대에 와서는 완전히 사라집니다.

또 사상의 내용으로 볼 때 노자와 장자는 도가라는 하나의 집단으로 묶기에는 약간 애매해 보입니다. 노자라는 사람도 가공의 인물일 가능성이 높고, 특히 노자사상은 정치철학이었는데 비해 장자사상의 수요자는 민간이었습니다. 또 노자는 『노자도덕경道德經』이란 책이 존재하고 장자의 사상은 『장자莊子』로 후대에 전해집니다. 다만 이들과 비슷한 사상을 추구하는 현실 도피형 사람들이 꽤 많이 활동하고 있었다고 보여집니다. 그들은 정치현장에 나서지 않고 자신들의 철학을 추종하는 은자隱者라고 부를 수 있습니다. 후일 사람들은 비슷한 사상을 담겨 있다 해서 노자와 장자를 묶어 노장사상이라고 부르고 있습니다. 노자의 철학은 나중에 도교로 변화 발전해 중국 민중의 기본 종교가 됩니다.

또한 명가, 종횡가, 농가 등도 후대 사람들의 편리에 의해 비슷한 주장을 했던 사람들을 묶어놓았습니다. 상앙, 신불해, 신도, 한비자 등은 법가 사상가의 범주로 묶습니다. 그런데 당대에는 법가라는 말도 없었고 한비자는 자기와 같은 사상을 논하는 사람들을 법술지사法術之士라고 불렀습니다. 더구나 자기보다 앞선 시대 사람인 상앙을 학문의 비조로 모시지도 않았습니다. 그들 사이에는 어떠한 공통된 집단의식이나 학파 의식도 존재하지 않았죠. 다만 후대사람들이 볼 때 비슷하게 보이기에 묶어서 이해하면 좋은 거죠. 우리도 그에 따라 그룹으로 묶어서 이해해 보겠습니다.

전국시대에는 비교적 자유로운 사상이 탄생할 수 있었는데, 각 나라에서 경쟁하던 제후들의 지지를 받을 수 있었기 때문입니다. 우리가 제자백가 사상을 이해할 때 주요 사상가들만 거론하지만 빼놓을 수 없는 사람들은 바로 이들을 후원했던 제후들이었습니다. 위魏나라 문후는 법가의 창설자로 일컬어지는 이극李克을 등용하여 법률을 반포했고, 전자방과 단간목 등 학자들을 존중하고 학술을 장려했습니다. 또 오기와 같은 장수를 기용해 강력한 군사력을 양성했는데 덕분에 위나라는 전국시대 초기 강국이 되었죠. 또 제나라의 위왕과 선왕은 손빈과 전영 같은 인물을 기용해 나라를 일으킵니다. 특히 직하학궁이라는 학문연구기관을 설립해 학자들을 우대하고 학문부흥에 기여합니다. 제 선왕 재위시절에 천하를 주유하던 맹자와 정치에 관해 토론했던 기록이 전해지기도 합니다.

이러한 학자와 학문을 지원하는 풍토는 계속 이어져 진나라에서는 『여씨춘추呂氏春秋』가 편찬됩니다. 진나라 승상 여불위가 3,000여 명의 학자들을 모아 편찬 했다고 하죠? 이는 후일 잡가의 대표적인 연구 결과물로 인정되는데 당시에 있었던 여러 생각들을 모았기 때문입니다. 경쟁이 점차 사라지고 있던 시대라서 온갖 이야기를 모아 백과사전 같은 결과물을 내는게 좋았던 모양입니다. 한나라시대로 넘어와서도 비슷한 책이 나오는데 『회남자』가 바로 그것입니다. 이는 서한시대 회남왕 유안劉安이 학자들을 모아 편찬하는데 원래 내외편과 잡록이 있었으나 내편 21권만이 전해집니다. 『회남자』는 노자사상을 중심으로 다양한 학술내용을 포함하고 있는 책으로 유명합니다. 워낙 좋은 말들을 많이 모아두었기에 후대 사람들에게 귀감이 될 만한 글귀들을 자주 발견할 수 있습니다.

전국시대에 상호 대립했던 일곱 나라들은 학자들의 도움을 받아 정치, 사회적으로 개혁을 단행하고 다양한 정책을 내세움으로써 생존을 모색했지요. 하지만 진나라의 전국 통일이 이루어지고 한나라가 이를 계승한 이후에는 유가가 제자백가의 주류를 이루게 되고 나머지 학파들은 쇠퇴합니다. 중국역사에 이러한 학문의 자유로운 생성과 교류가 가능한 시대는 다시 오지 않았기에 중국 사상사에서는 황금시대라 부릅니다. 다음 장에서는 이러한 사상가들을 우리나라 사람들이 중국을 이해해야 하는 관점에서 정리해 배워보려고 합니다.

제자백가, 부국강병을 논하다

부유하고 강한 나라를 만든 관중

　제자백가 사상가들을 지원했던 제후들이 가장 원했던 건 바로 '부
국강병富國强兵'이었습니다. 강력한 군사력과 이를 지원하는 경제력, 남
북간 휴전상태인 21세기 한반도에도 이 단어의 영향력은 여전합니다.
더구나 싸우는 나라라는 뜻의 전국시대에는 더 심했겠죠? 먹느냐 먹히
느냐의 살벌한 국가 간 경쟁이 벌어지던 중원에 이 말처럼 절실한 것
은 없었던 것이죠.

　동주시대 이후 약해져가던 주나라를 대신해서 주변세력에 강력한
힘을 쓰던 부국강병의 원조국은 제나라였습니다. 바로 춘추오패의 첫
번째 주자였던 환공이 다스리던 나라였죠. 그런데 환공에게는 나라의
기반을 튼튼하게 만들었던 유능한 재상이 있었는데 바로 관중이었습
니다. 관포지교管鮑之交로 유명한 그 관중 말입니다. 그는 젊어서 포숙아

와 동업으로 사업을 했고, 환공이 제위에 오를 때에는 줄을 잘못 서 목숨을 잃을 위기에 처하기도 했습니다. 그는 환공의 경쟁자인 공자 규의 편에 서서 환공에게 화살을 겨눈 적도 있었습니다. 하지만 포숙아의 양보와 환공의 넓은 마음으로 인해 일인지상 만인지하의 재상자리에 오릅니다.

중국 땅은 아주 넓기는 한데 사람이 살 수 있는 곳은 한정되어 있습니다. 그중에서 문명이 펼쳐졌던 중원을 중심으로 서북쪽은 고원과 험한 산지인 반면 동남쪽 지역은 낮은 구릉지대와 평원이 펼쳐져 있습니다. 사람들은 서북쪽에선 양과 말을 키우는 유목생활을 했고, 동남부 평원지역에서는 농업이 주로 이루어졌죠. 아무래도 동남방 평원지역이 사람이 살기에 편리했기에 비교적 경제가 발달할 수 있었습니다.

관중이 활약했던 제나라는 중원의 동쪽지역에 있던 나라였습니다. 제나라 수도인 임치성은 오늘날 산동성 태산의 북쪽 사면쪽에 위치하고 있었습니다. 황하의 하류지역에 있지만 완만한 경사면에 위치해 홍수 우려도 적었고 기후도 좋았습니다. 바다가 가까워 소금생산도 가능했습니다. 그래서 제나라뿐만 아니라 노, 송 등 중원 동방지역 국가들은 비교적 앞선 경제력을 보유할 수 있었습니다. 또한 상업을 위한 자유로운 이동도 가능했는데, 상인뿐만 아니라 이 지역에 살던 인민들에게 국가는 선택할 수 있는 대상이기도 했습니다.

관중(?~BC645)
안휘 영상(潁上) 사람. 정치가로 제나라 승상. 춘추시대 제일가는 재상이라는 명성을 얻음.

여러분이라면 어떻겠어요? 자기 나라 군주들은 자신들의 욕심만 채우려고 높은 세금을 매기고, 그러면서도 외적이 침입했을 때 저만 살겠다고 도망한다면? 또 열심히 해도 능력을 발휘할 기회가 없다면? 그래서 이 지역 군주들은 비교적 자유롭고 온건한 통치정책을 펼쳐 인민들을 붙잡아두고 그들의 생산력을 높이고자 노력했습니다. 노나라의 공자는 어진 정치로 인민을 모으고 교화를 통해 인민을 달래보자고 했고, 공자를 비판했던 묵자는 겸애사상으로 보다 폭넓은 사람들에게 다가가려 했습니다. 심지어 맹자는 덕이 다한 군주는 바꿔야 한다는 역성혁명의 논리를 펼치기도 했죠. 안자, 공자, 묵자, 손자 등 초기 제자백가 사상의 주요 인물들이 제와 노나라에서 탄생한 이유는 생산력과 관계가 있습니다.

하지만 여러 좋은 조건이 있다고 해도 모든 사회에서 성과를 냈던 것은 아니었습니다. 당연하게도 제대로 된 리더가 있어야만 좋은 결과가 있지 않겠어요? 바로 관중이 그런 좋은 리더였던 겁니다. 그는 원래 제나라 출신이 아니라 향후 오나라가 편입했던 지금의 안휘성에서 태어났는데, 말하자면 오랑캐지역 사람이었습니다. 신분이 낮은 사람이었고 당시 말로 표현하면 소인小人이었고 야인野人이었습니다. 그래서 그랬는지 그는 당시 주나라식의 형식적 예禮에서 자유로워 항상 실용을 추구했습니다. 환공이 이런 사람을 높은 지위의 관리로 등용했다는 것은 신분과 혈통이 아닌 능력과 실력을 갖춘 사람을 우대하는 사회로 변모하고 있다는 것을 알려준 사건입니다.

관중은 재상자리에 앉게 되자 본격적으로 부강한 나라를 만드는 일에 착수합니다. 그가 가장 먼저 한 일은 나라의 제도와 체제 정비였습니다. 그때까지 중원 국가들은 귀족들이 지배하는 부족국가 수준에 지나지 않았거든요. 그저 울타리를 쳐 외적의 침입을 막고, 지배층이 마음 내키는 대로 피지배층을 억압해서 권력을 유지하는 수준이었죠. 이런 상황을 법과 제도를 통해 다스리고 백성들을 우대해 잘 운영되는 국가로 만든 겁니다.

우선 그는 백성들의 살림을 충실히 하는 정책을 시행합니다. 당연하게도 백성들이 잘 살아야 그로부터 나오는 세금으로 나라도 잘 살게 되는거 아닙니까? 나라의 가장 중요한 사람들은 백성들인데, 당시 그들은 앞에서 말한 것처럼 살 길을 찾아 이동을 많이 했습니다. 그러기에 우선 백성들을 안심하고 삶의 터전으로 자리 잡을 수 있도록 정책을 펴는게 우선이었습니다.

이때부터 통용되던 말이 바로 '사농공상士農工商'입니다. 각자의 계급과 역할을 인정하고 스스로의 소명을 다 하자는 목적에서 중요도 순서를 정해준 것이지요. 당시의 사士는 글을 읽는 선비가 아니라 무력을 소유하고 나라를 지키는 귀족과 지배층이었습니다. 두 번째가 농민이었는데 이들을 농토에 자리 잡게 하고 잘 살게 하는게 국가정책의 가장 중요한 일이었습니다. 또한 공인과 상인들에게도 각자의 역할을 부여하고 구역을 정해주어 거주하게 했습니다. 그래야 각자의 위치에서 최선을 다해 일하게 하고 노동생산성을 높일 수 있기 때문이지요.

농민들에게는 일정한 구획의 농지를 배분하고 토지 소유권을 제공했습니다. 그래야만 농민들이 안심하고 열심히 농사를 짓게 되고 소출이 많이 나올 수 있을 것이기 때문입니다. 오늘날 자본주의 기준으로 보면 당연한 농민의 토지소유 정책을 본격적으로 편 것입니다. 이때부터 건전한 자연농 육성은 중국 역대 정권의 가장 중요한 과제로 자리 잡았습니다. 정치가 망가져 농민이 토지를 잃고 떠돌게 되면 얼마 안가 나라가 망하는 수순을 여러 왕조에서 겪었던 역사가 있었거든요. 관중은 여기에 국가가 나서서 쟁기나 가래와 같은 농기구를 제공하고 토지의 등급을 구분해 차등적 세금정책도 마련했습니다. 그렇게 해야 농민이 토지 분배에 불만을 갖지 않고 열심히 농사지을 것이니까요.

두 번째로 관중이 실행한 정책은 국가 스스로 자원 개발자이자 거대 상인의 역할을 하도록 한 것입니다. 제나라는 천하의 가장 유명한 산인 태산과 바다가 가까이 있다고 했지요? 바로 관중은 산과 바다를 관리해서 국가의 부를 키우는 노력을 했습니다. 산에서는 철이나 구리 같은 광물을 채취하고, 바다에서는 소금을 만들어 유통시켰습니다. 두 물품을 관장하는 염철관鹽鐵官을 설치해서 철과 소금의 생산과 가격책정, 유통의 전 과정을 장악했습니다. 이렇게 국가는 중요 물품을 독점함으로써 거대한 이익을 창출할 수 있었던 것이죠. 여기서 나오는 막대한 이익은 농민에게서 세금을 적게 걷고도 나라를 유지할 수 있었으니, 다른 지역 농민들이 더 많이 제나라로 찾아오게 만드는 부수적 효과도 있었습니다.

관중의 세 번째 부국강병책은 상업우대 정책입니다. 앞서서 이야기한 광물자원 채굴에는 자본이 많이 필요했는데 때로는 상인 자본가들을 참여시켜 이익을 공유했습니다. 또 상인을 유치하기 위해 30리마다 상인을 접대하는 객잔을 설치하고 각종 우대책을 시행했습니다. 객잔에서는 상인이 마차 한 대를 끌고 와서 머물면 식사를, 두 대를 끌고 오면 말 사료를, 세 대가 오면 하인의 식사까지 제공했다니 오늘날로 보면 우수고객 우대정책을 펼쳤습니다. 그 자신이 젊어서 상인이었기에 이런 아이디어도 제공했을까요? 관중은 더 나아가 소비를 장려하는 정책을 펴기도 했습니다. 후대 동아시아 사람들은 소비는 악덕이고 절제가 미덕이라고 칭송하는데 관중이 처음 시행했던 이런 획기적 생각들은 사라졌습니다. 후대 사람 아무에게도 관심꺼리가 아니었나 봅니다.

관중을 따르는 제나라 지식인들이 펴낸 것으로 알려지는『관자管子』의 가장 중요한 관점은 백성과 이를 다스리는 군주의 자세입니다. 국가 기획자이자 경제학자로서 탁월한 안목을 갖췄던 관중은 소인에 주목했고 그들의 삶에 관심을 두었습니다. 또 이를 다스리는 군주가 법과 제도를 통해야만 부국강병을 이룰 수 있다는 통치 원칙을 만들어냈습니다. 이러한 관중의 통치학은 다수의 인민이 기본적인 생활을 가능하게 해야 한다는 묵자의 철학으로 이어졌고, 법질서를 통해 군주의 일원적인 지배체제를 구현해야 한다는 법술지사에게도 영향을 줍니다. 그래서 일부 법술지사들은 관중을 수령으로 추존했고, 나아가 그의 어록을 모은『관자』가 탄생할 수 있었습니다.

병가의 도를 구현한 손자

중국에는 전쟁을 치르는데 도움이 되는 병서들이 꽤 많이 전해집니다. 그중 중요한 일곱 권의 책을 '무경칠서武經七書'라 부르는데요. 주나라 손무가 쓴『손자』, 위나라 오기의『오자』, 제나라 사마양저의『사마법』, 주나라 위료의『위료자』, 한나라 황석공의『삼략』, 주나라 강태공의『육도』당나라 이정의『이위공문대』의 일곱 권입니다. 이는 송나라 신종 때 이들 병서를 무학武學으로 지정, 칠서라고 호칭한 데서 비롯되었습니다. 이 책들은 과거시험의 무과에서 중요한 교재로 채택되었지요.

　그 중에서도 가장 중요한 책이 『손자병법』입니다. 이 책은 클라우제비츠의 『전쟁론』과 비교되지만 전쟁론이 사례중심 전략서인데 비해 손자병법은 국가와 전쟁에 관한 철학서라고 할 수 있습니다. 작은 싸움에서 이기는 방법을 알려 주는게 아니라 국가가 살아남는 원칙을 설파하고 있기 때문이지요. 『전쟁론』은 나폴레옹을 포함해 주요 전쟁의 전략전술을 상세히 소개하고 있는데 이러한 기본적인 사상의 차이를 설명해 줍니다.

　제자백가 가운데 국가의 운명을 좌우하는 전쟁 문제를 주로 다룬 사람들을 병가兵家라고 분류할 수 있습니다. 그런데 후대 철학사에서 손자와 병가는 선진시대 사상가들을 다룰 때 잘 언급되지 않았습니다. 특히 조선시대에는 맹자사상을 추종한 성리학의 영향으로 손무를 비롯해 오기, 손빈, 사마양저 등의 병가사상은 관심 받지 못했습니다. 일부 무인들만이 과거급제를 위한 공부 주제로 삼았을 뿐입니다. 하지만 병가는 다른 사상가들과는 수단과 방법이 달랐을 뿐 강한 나라를 만들고자 하는 비슷한 고민을 했던 춘추전국시대의 중요한 사상가들이었습니다. 더구나 손자는 노자사상에 영향을 주었고 신도, 상앙, 신불해, 한비자 등 법술지사에게도 논리의 기초를 제공했습니다.

　손자병법 지은이로 유명한 손무는 제나라 사람으로 공자와 비슷한

손무(孫武, BC535~?)
산동 혜민(惠民) 사람. 군사가로 오나라 군대를 이끌고 초나라를
거의 멸망에 이르게 함. 저서로 『손자병법(孫子兵法)』이 있음.

시대에 활동했습니다. 손자병법은 한때 손무와 손빈의 공동 저작물로 후대에 알려져 왔습니다. 후한後漢시대(25년~220년)까지만 해도『손빈병법』과 함께 읽혀왔는데 어느 때부터 손빈병법이 사라졌고, 손무와 함께 손빈도 '손자'로 호칭 했기에 그렇게 된 것입니다. 그런데 1972년 산동성 임기현 은작산의 서한시대 무덤에서 죽간본『손자병법』과『손빈병법』이 동시에 출토됨으로써 논란은 종식되었습니다. 귀족의 무덤에서 두 책이 한꺼번에 나온걸 보면 서한西漢시대(기원전 202년~9년)에는 이러한 병법서가 지도자들의 애독서였던 모양입니다.

그런데 우리가 읽는『손자병법』은 손무가 쓴 원본이 아니라 동한말 위나라 조조가 정리하고 주석을 붙인 책입니다. 조조가 당대 최고의 전략가이자 탁월한 사상가였기 때문에 가능한 일이겠지요.『손자병법』은 그래서 삼국지 당시 조조의 생각이 많이 담겨있다고 생각하는 게 좋을 듯 합니다.

손자는 춘추에서 전국시대로 넘어가는 때 사람이었습니다. 전국시대로 넘어가면서 국가 간 전쟁은 더 격렬해졌고 역량을 총동원하는 극단적 전쟁시대가 되었습니다. 이런 때에는 어떻게 해야 생존할 수 있는지가 가장 중요한 과제일 수밖에 없겠지요. 적을 섬멸해 이긴다고 해서 우리편의 생존을 보장할 수 없다는 게 기본적인 사고방식이었습니다. 그렇기에 전쟁을 할 때에는 빈틈없이 계산하고 신중하게 대처하되 필요하다면 싸우지 않고 이기는 방법을 강구하라고 말합니다. 우리가 아주 잘 아는 문장 '지피지기백전불태 知彼知己百戰不殆'는 바로 지지 않는 전략의 중요성을 말해 줍니다.

엄밀하게 말해『손자병법』은 단순한 병서가 아니라 부국강병에 대한 통치철학이 담겨있는 사상서라고 할 수 있습니다. 그 첫 머리에 싸우지 않고도 이기는 부전승이 가장 중요한 덕목이라고 천명하고 있습니다. "전쟁이란 무릇 국가의 중요한 대사이고 병사들의 생사가 걸려있으며 국가의 존망이 달린 일이기에 신중하게 살펴야 한다." 만약 상대 국가와 분쟁이 있을 때에는 먼저 외교전과 협상 방법을 찾아서 문제를 해결하는 노력이 우선시됩니다. 그러다가 신통치 않을 때 상대를 공격해야 한다는 원칙을 내세웁니다. 그렇기 때문에 후대 사람들에게 중요한 사상서로 추앙받는 건 아닐까요?

손무에 관한 일화는 사마천이 기록한 게 딱 하나 나오는데, 아마도 꽤 어렵게 수집한 모양입니다. 손무가 춘추시대 사람이기 때문일 겁니다. 사마천에 의하면 제나라 사람이었던 손무는 고향에서 뜻을 펼쳐보지 못하고 오나라로 떠났습니다. 그곳에서 손무는 엄청난 군율과 법 집행의 중요성을 시범보입니다. 왕이 총애하는 여인들을 과감히 군법에 따라 처리함으로써 오나라 군을 강력하게 바꾸지요. 덕분에 오나라는 강한 군대를 가질 수 있게 되었고 오왕 합려로 하여금 이웃나라 월나라와 초나라를 공략할 수 있게 했던 것입니다. 군대에서 확립한 법집행의 엄정함은 나중에 국가경영에 반영되어 군주의 행동에도 지침으로 작용

유자(儒子)	은자(隱子)	책사(策士)	군사(軍士)
공자 자하 증자 맹자 순자	노자 양주 장자	손무 상앙 손빈 소진 장의	자로 묵자 오기 오자서
이사, 한비			

사(士)계급 사람들

하는데, 이것이 바로 법술지사들의 내세운 원칙이었던 겁니다.

솔선수범의 리더 오기

병법서라면 앞서 말한『손자병법』을 제일로 치지만『오자병법』도 빼놓을 수 없습니다. 오자병법의 저자 오기는 손무 못지않은 병법 사상가였고, 실전에서 숱하게 승리한 불패의 명장이기도 했습니다. 더 나아가 조정에서는 정책과 정치 개혁으로 나라를 부강하게 바꾼 정치가였습니다. 정치가이며 사상가인 동시에 장군으로서 실전에도 유능한 사람이었죠. 그런데『손자병법』이 매우 인기 있는 고전인데 비해『오자병법』의 위상은 참 초라합니다.『손자병법』은 세계적으로도 손꼽히는 병서로 읽히고 국내에는『손자병법』관련서적이 300여권이나 있습니다. 또 여기서 나온 문장들을 응용한 경영원칙들은 사람들에게 많이 회자됩니다. 그런데『오자병법』에 대한 관심은 아주 적지요.

그런데 고대에는『손자병법』과『오자병법』이 병서의 양대 산맥으로 인정받고 있었습니다. 사마천은 사람들이 군사에 관한 이야기를 할 때에는 손무와 오기의 병법을 같이 이야기 한다고 했고, 한비자는 집집마다 두 책을 가지고 있다고도 했지요. 아마도『오기병법』이 완전한 형태로 후대에 전해지지 못했기에 저평가 받을 수밖에 없지 않은가 싶은데

오기(吳起, BC440~BC381)
산동 조현(曹縣) 사람. 군사가로 노 · 위(魏) · 초 3국에서 벼슬을 하고 초나라에서 '변법'을 주장함.

요. 손무의 병법은 철학과 전략의 측면에서, 오기의 병법은 전술과 실천의 방향에서 꼭 읽어두는 것도 좋을 듯 싶습니다. 그만큼 실천가로서 오기의 역할이 매우 컸기 때문입니다.

오기는 사병들과 고생을 함께하고 그들을 아버지처럼 아껴주는 따뜻한 마음을 가졌던 장수로 유명합니다. 역사상 이런 사람을 비교할 상대가 있을까요? 역사에 전해지는 유명한 '오기연저吳起吮疽'의 고사입니다.

어떤 병사가 전투에서 다친 상처로 생긴 종기를 심하게 앓고 있었다. 이를 본 오기가 직접 종기의 고름을 입으로 빨아내 낫게 했다. 이 사실을 전해들은 병사의 어머니는 대성통곡을 했는데, 주변에 있던 사람들이 깜짝 놀라 왜 그러는지 물었다.

"일전에 내 남편도 오기 장군님의 수하에서 병사로 종사했었는데 그때에도 몸에 종기가 생겨 고생하자 장군님이 직접 고름을 빨아준 일이 있었지요. 그런 후 남편은 장군님의 은혜를 갚는다고 전쟁터에서 앞장서서 싸움에 임했고, 그리곤 전사했답니다. 그런데 이번에는 아들의 종기를 장군님이 빨아주었다니 아들 역시 목숨을 아끼지 않고 싸움에 나갈 것 아닙니까? 남편에 이어 아들까지 곧 죽게 생겼는데 어찌 슬프지 않겠습니까?"

세상에 그 어떤 장수가 일개 병사의 고름을 입으로 빨아 낼 수 있을까요? 그는 부하들이 목숨을 걸고 싸움에 임하게 만드는 솔선수범의 리더였습니다. 항상 부하들과 같은 음식을 먹었고 같은 짐을 졌고, 병사들과 같은 수준의 잠자리를 했답니다. 행군 중에는 말을 타고 걸었으며 병사들이 잠자리에 든 것을 확인한 후에야 자신도 잠을 청했다고도 전해집니다. 우리는 임진왜란의 영웅 이순신 장군의 명언을 기억합니다.

'살려고 하면 죽을 것이고 죽으려고 하면 살 것이다. 필사즉생 필생즉사(必死則生 必生則死)'

그런데 이 말의 출전이 『오자병법』이었다니 오기가 얼마나 투철한 사명감을 가진 장수였는지를 알게 됩니다. 오자병법에서는 필생즉사가 아닌 '요행히 살려고 한다면 죽을 것'이라는 행생즉사幸生則死로 나옵니다.

앞서 춘추전국시대에는 많은 사람들이 기회를 찾아 천하를 오갔다고 이야기했죠? 오기는 그 대표적인 인물이라 할 수 있습니다. 중원의 작은 위衛나라에서 태어난 그는 이웃 노나라로 떠나 공자의 제자인 증자曾子 문하에서 공부를 했습니다. 스승 증자는 오기가 얼마나 뛰어난 학생이었던지 이웃 제나라 귀족 집안 딸과 혼인을 맺어주기도 했습니다. 그러나 오기는 무엇이 마음에 들지 않는지 '문文'을 버리고 '무武'를 익히기 시작했습니다. 노나라에는 허례보다 실질을 숭상하는 무인의 무리가 있었죠. 바로 공자의 제자인 자로와 뒤에 나오는 묵자의 세력이었습니다. 그렇게 3년의 공부 끝에 오기는 노나라에서 등용될 수 있었습니다.

하지만 장수로서 제대로 대접받지 못하자 노나라를 떠나 위魏나라의 문후에게로 갑니다. 오기는 그곳에서 27년 동안 머물면서 제후국들과 76차례나 전투를 치렀고, 그 중 무려 64차례 승리를 거두었습니다. 나머지 12차례의 전투는 무승부였답니다. 그러니 그에게 붙여진 '상승장

軍常勝將軍'이란 별명이 아주 잘 어울렸죠. 앞에서 나온 '오기연저'의 고사도 바로 위나라에서 장수로 있을 때 만들어진 일화였습니다.

그런데 오기의 등용 인생은 위나라에서 끝나지 않았습니다. 위문후가 죽은 후 무후武侯가 뒤를 이었고 조정 내에는 그를 향한 시기와 질투가 생겼습니다. 그러자 그는 이웃 초나라로 떠났고 그곳에서 다시 등용됩니다. 이번에도 그는 부국강병을 위한 개혁을 실시하는데 농업을 일으키고 전투력이 강한 군사 양성에 힘을 썼습니다. 또 왕권강화를 위해 귀족들의 힘을 빼고 효율적인 세금제도도 만들었습니다. 그러나 그의 특기는 역시 전쟁터에서 발휘되었습니다. 나라가 안정되자 즉시 군사를 일으켜 북으로 진陳·채蔡 두 나라를 멸망시키고 한·위·조 3국의 침입을 물리쳤습니다. 제도를 만들고 전쟁터에서 실현하는 그의 실력은 초나라로 하여금 강국의 위치에 올라서게 만들었습니다.

이론과 실전을 겸비한 오자가 썼다는 『오자병법』은 『손자병법』과 같으면서도 다릅니다. 특히 이론과 실천을 잘 접목했다는데 그 의미를 둘 수 있겠습니다. 손자병법을 주석한 이는 조조曹操이고, 오자병법을 주석한 이는 조조의 책사였던 가후賈詡였습니다. 병도와 전략에 능했던 조조와 당대 최고의 전술가인 가후가 각각 손자병법과 오자병법의 주석을 했다니 재밌네요. 아마 서로 이끌리는 바에 따랐던 것이겠지요.

또 공자나 맹자 같은 유가 사람들이 제후들에게 쓰임을 받지 못했던 반면 병가에 속하는 손무와 오기는 어느 나라에 가건 각광을 받았다는데 주목할 필요가 있습니다. 원론적이고 비현실적 주장보다는 당장 쓰임새가 있는 사람을 우대하는 문화는 오늘날과 다르지 않았나 봅니다.

공자, 동양의 등불

　최근 중국정부에서 공공외교의 방편으로 세계인들을 대상으로 시행하고 있는 것이 '공자학당 Confucius Institute'입니다. 2000년대 초반부터 시작해 이미 450여개 소가 전 세계에 세워졌고 앞으로도 늘려갈 예정이랍니다. 2,500년 전 생존한 공자가 중국을 대표할 인물인 것은 틀림없습니다. 그 오랜 세월 동안 공자만큼 중국뿐만 아니라 동아시아 사회에서 꾸준한 존경을 받았던 인물도 드물지요. 하지만 최근까지 공자와 유가사상은 중국 공산당에서 배척되어 왔습니다. 문화대혁명 때에는 떨쳐버려야 할 구습이라는 명목으로 엄청난 탄압을 받았던 아픈 역사도 있습니다. 그런데 왜 갑자기 공자학당을 전 세계에 만들어 홍보에 열을 올릴까요? 어떤 이유를 들어도 공자는 중국의 대표인물에 틀림없습니다. 유가사상을 모르는 서양인이라 할지라도 공자가 성인의 반열에 오를만한 사람이라는 건 이미 알려진 사실이기 때문입니다.

신으로 추앙받는 인물, 공자

공자는 기원전 551년 노나라에서 태어났습니다. 성은 공孔이며 이름은 태어나면서부터 머리가 움푹 들어갔기에 구丘라는 이름을 붙였다고 합니다. 아버지 숙량흘은 무사武士 계급에 속하는 사람이었는데 나이 칠십에 공자를 얻었기 때문에 일찍 죽었죠. 때문에 공자는 홀어머니와 함께 지내야 했기에 몹시 궁색한 삶을 살았습니다. 그럼에도 그는 15세 무렵부터 학문에 뜻을 두고 스스로 공부에 매진해 30세 무렵에는 남을 가르칠 수 있는 수준에 이르렀다지요. 어머니마저 17세 때 돌아가셔서 거의 고아처럼 살아야 했다는데 엄청난 노력을 기울였을 듯합니다. 누구에게 배웠는지는 잘 알려지지 않지만 스스로 학문을 깨우쳤다니 참 대단하지요.

기원전 510년에는 학당을 열어 제자를 양성하기 시작했는데, 그곳은 중국 최초의 사설 교육기관이 되었습니다. 여기서는 가난한 자도 배울 수 있었는데, 말린 육포 한 덩어리면 가능했다지요. 여기서 '속수지례束脩之禮'라는 한자성어가 유래했습니다. 이전까지 학문이란 귀족들의 전유물이었는데 공자는 누구에게나 문호를 개방해서 교육이란 새로운 장을 열었지요. 그래도 자식들을 학당에 보낼 수 있었던 정도의 경제수준은 된 부모들에게나 가능했을 겁니다.

공자는 가난한 사계급 출신이라 높은 관직에 오를 수 없어 꽤 나이

공자(BC551~BC479)
곡부 사람. 저명한 교육가로 사학을 처음 세운 사람.
유가사상의 창시자.

가 들 때까지 교육자로서 살아갑니다. 나이 오십이 넘어 잠시 벼슬자리를 얻기도 했지만, 노나라는 힘없고 작은 제후국일 뿐이었습니다. 더구나 노나라 정치는 군주 정공定公이 실권을 갖지 못하고 삼환이라 불리던 맹손씨孟孫氏, 숙손씨叔孫氏, 계손씨季孫氏 세 가문이 좌지우지하고 있었습니다. 이들 세 가문은 노 환공의 후손으로 대부였기에 군주의 신하들임에도 불구하고 강한 세력을 갖고 있었지요. 그런 상황이라서 공자에게는 기회가 열리지 않았고, 세상에 나서지 못하는 절망감을 가질 수밖에 없었습니다. 앞에서도 이야기했지만 춘추전국시대에는 능력 있는 자들이 자신들을 써주는 사람을 찾아 이동하는게 당연한 일이라고 했지요?

그래서 공자도 제자들과 함께 다른 나라로 떠납니다. 쉽게 자리를 잡을 수 있을 것이라 생각했지만 결국 장장 14년이나 여러 나라를 유랑하며 떠돕니다. 처음에는 위나라에서 오랫동안 머물렀고 송, 제, 진, 채를 거쳐 초나라까지 갔습니다. 하지만 어느 곳에서도 그를 인정하고 받아주는 곳이 없어 결국 고향 노나라로 돌아와야 했습니다. 그 과정에서 산 속에 갇혀 일주일 간이나 굶은 적도 있고 실현 가능하지도 않은 일을 주장하고 다닌다는 비난을 듣기도 했습니다. 하지만 이런 고난 속에서도 제자들은 그를 떠나지 않았습니다. 다시 노나라로 돌아와서는 역사서 『춘추』를 편찬하고 교육사업에 전념하기에 이릅니다. 그의 손에 의해 만들어진 『춘추』는 중국 역사기술 방법 중 하나인 편년체의 모델을 제시했습니다. 편년체란 역사 기록을 연·월·일 순으로 정리하는 편찬 체계를 말합니다. 그는 이 책을 통해 대일통大一統10), 천명론11), 존왕양이尊王攘夷등 후대 사상가들의 가장 중요한 관념을 만들 수 있도록 했지요.

손무는 제나라를 떠나 오나라에서 능력을 발휘했고 한나라 출신 상앙은 진나라에서 개혁에 성공했는데 공자는 왜 제대로 고용되지 못했을까요? 그건 그가 내세운 사상이 현실과 잘 어울리지 못했기 때문입니다. 공자는 자신이 살던 시대를 '천하무도구의天下無道舊矣' 즉 천하에 도가 없어진 시대라고 말했습니다. 어지러운 세상, 무질서가 판을 치는 세상이라는 의미입니다.

　춘추시대 말기, 각 지역에는 패권을 가진 실력자들이 나타나고 백성들의 삶은 어려워졌습니다. 옛 질서는 하나하나 무너져가던 세상이었습니다. 강한 권력자가 있으면 이웃나라를 병합하여 영토를 넓혔고, 진晉나라는 한韓씨 위魏씨 조趙씨 세 집안에 의해 분열되었습니다. 약육강식의 시대가 본격적으로 열렸던 것입니다. 그러니 제후들이 원하던 것은 과거의 규칙이나 하늘이 내려준 불명확한 도道가 아니라 구체적인 실천전략이었지요. 그러니 그가 '안될 것을 알면서도 행하는 자'로 불렸던 이유였습니다.

　그는 주나라 기초를 세웠고 노나라의 창시자였던 주공을 흠모했습니다. 주공은 타락한 은나라를 멸망시킨 후 나이 어린 조카 성왕을 모시고 섭정으로 국가를 잘 다스린 인물입니다. 자신에게 분봉된 노나라에는 아들 백금을 보내 다스리도록 하고는 주나라 국가경영에 주력합니다. 그리고 성왕이 성인이 되자 권력을 내놓고 제후 자리에 만족하고 지냅니다. 그는 주나라 왕 - 제후 - 경대부로 이어지는 봉건제를 굳건히 한 사람입니다.

　공자는 이러한 봉건구조가 가장 이상적인 정치체제라고 생각했습니다. 그의 생각은 그가 말한 '정명론正名論'에 담겨 있지요. 공자가 제나라에 갔을 때 경공이 정치에 대해 묻자 이렇게 답합니다. "임금은 임금답고 신하는 신하답고 아버지는 아버지답고 자식은 자식답게 되는 것입니다." 당시는 주나라 이래로 내려오던 신분제가 무너지고 있는 상황이었습니다. 대부가 제후의 자리를 위협하고 대부의 신하가 대부를 공격했습니다. 이런 변화가 옳지 않다고 여긴 것이지요.

논어의 유명한 구절 중 하나인 '군자화이부동君子和而不同, 소인동이불화小人同而不和.'의 의미가 여기에 해당합니다. 여기서 군자란 당시의 지배층을 말합니다. 군君의 자子이니 말 그대로 군주의 아들입니다. 그렇다면 소인이란 지배층 이외의 사람이라 할 수 있겠죠. 위의 문장을 해석하면 이렇습니다. 군자는 소인들과 화합하면서도 같은 처신을 하지 않는 사람이고 소인은 화합하지도 않으면서 자꾸 같아지려는 사람입니다. 공자가 보기에 군자란 모름지기 세상에 정해진 규칙을 잘 지키면서 소인들을 잘 다스리는 존재여야 한다고 주장했던 것입니다.

물론 이렇게 되려면 군자들이 가져야 할 여러 조건들이 있어야겠는데요. 바로 극기복례克己復禮인데 『논어』의 「안연」편에서 제자인 안연에게 인仁을 실현하는 방법으로 설명하고 있습니다. 군자란 모름지기 몸에 있는 사욕을 이겨내고 예를 갖춘 교육적 인간이어야 한다라는 말입니다. 원래 의미의 군자는 제후를 의미하지만 군자의 범위를 조금 넓혀 공부와 수양에 주력하는 도덕인이라면 군자가 될 수 있다고 했습니다. 기존 지배층들에게 강도 높은 윤리의식을 심어주려고 했지요. 만약 당신네들이 수양하지 않고 조상덕만 보려고 한다면 소인이 될 것이고, 향후 국가통치도 어려울 것이라고 말입니다.

공자가 주장한 이런 '부동不同' 노선은 후대인들의 주요한 공격 대상이 되었습니다. 바로 묵자와 한비자 등 변법 노선의 사상가들이었습니다. 묵자는 기존 봉건체계가 귀족들의 기득권을 보호하고 피지배층을 핍박하고 있다고 봤죠. 법술지사들은 경대부의 힘을 빼고 제후에게 권력을 몰아주어야 부국강병을 할 수 있다고 했습니다. 능력 있는 자라면 신분에 상관없이 기용해야 한다는 논리를 펴기도 했지요.

춘추전국시대 사상가들의 수요처는 각국 군주들이었습니다. 치열하게 생존 경쟁하는 상황에서 능력 있는 전략가들과 탁월한 사상을 필요로 했기 때문입니다. 물론 공자도 그의 주장을 군주들이 채택하도록 애를 많이 썼습니다. 노나라에서 삼환에 시달리는 정공을 도와 벼슬자리에 있어보기도 했고, 위나라에 가서 자신의 생각을 펼쳐 보이기도 했습니다. 그런데 정작 그의 생각이 실현된 건 제자들을 통해서였습니다. 중국역사상 가장 위대한 교육기관이었던 공자학당에서 제자들과 문답식 대화법을 통해 그의 사상을 펼칠 수 있었으니까요. 그가 말한 군자는 좁은 의미로는 제후들이겠지만 넓은 의미로는 사계급을 위시한 지배층 전체였습니다. 소인이 되지 않고 군자가 되려면 치열한 자기수양이 있어야겠고, 조상을 잘 모셔야하고 학문하기를 즐기는 예禮를 갖춰야 한다고 주장했으니까요.

비록 공자는 당시에는 실현될 것 같지 않은 사상을 펼쳤고, 군주들의 선택을 받지 못했지만 제자들을 통해 자기 사상을 잘 정립한 덕에 위대한 성인이 될 수 있었습니다. 후대사람들은 공자의 생각을 꾸준히 연구 발전시켜 사상의 최고봉으로 만들었고, 민중들은 그를 신으로 추앙해 모시고 있습니다. 오늘날 산동성 곡부에 있는 그의 무덤은 공자신孔子神이 묻힌 곳이라 해서 공림孔林이라 불린답니다.

중원과 중화사상

중원(中原)이란 단순하게 보면 지리적 용어다. 오늘날 기준으로 하남성을 중심으로 섬서성 동부와 산동성 서쪽의 평원지대에 위치한 황하의 중하류지역을 일컫는다. 주나라의 수도였던 고대도시 낙양을 중심으로 펼쳐졌던 역사의 중심무대였다. 한제국시대, 수당시대, 명청시대에는 이 지역을 중심으로 주요한 역사적 사건들이 탄생했다. 그 후 한족 세력이 남쪽의 장강 유역으로 확장되고 서쪽으로도 넓어졌으므로 그 중앙의 의미로도 일컬어졌다.

중원이란 중화사상의 중심무대다. 화하족을 중심으로 외부 종족에 대해서 이적(夷狄)이라 하여 천시하고 배척했던 화이사상(華夷思想)이 꽃핀 곳이었다. 중앙에 사는 종족이 가진 문화(中華)라는 의미의 중화는 자신들이 가장 발달한 문화를 가지고 있다는 선민의식이었다. 자신들 이외의 외부인들은 남만(南蠻)·북적(北狄)·동이(東夷)·서융(西戎)으로 구분해 천자가 이민족을 교화하며 세상의 질서를 유지한다는 천하국가관이었다. 중심에는 하늘의 명을 따르는 천자가 자리하고 주변에는 중원을 지지하는 세력들, 그리고 가장 외곽에는 천자를 존경하는 이적들이 있다는 게 중원인들의 생각이었다.

이는 공자가 편찬했다는 『춘추』로부터 출발한다. 날짜순으로 기록한 간략한 서술이 특징인 춘추는 역사 평가를 사관들에게 맡겼다. 그들은 대의에 맞는 이는 옳다고 기록하고 미천한 외부인은 낮게 평가했다. 이러한 서술방법인 미언대의(微言大義)는 중국 고유의 역사서술 방식이 되었다. 그 대표적인 사례로는 사마천의 『사기』를 들 수 있다. 『사기』는 왕조의 역사를 기록한 '본기', 제후들의 이야기인 '세가', 주요 인물들의 이야기인 '열전', 그리고 '표', '서'로 구성되어 있다. 왕조 중심의 본기를 가운데에 두고 세가와 열전이 단 아래에 도열하는 모양새다. 후대의 역사가들도 이러한 서술방식을 지켰고 중화사상으로 이어졌다.

역사가뿐만 아니라 민중들에게도 중원은 마음의 중심이었다. 무협소설이라고도 부르는 무협지에서도 중원은 강호(江湖)의 중심무대였다. 강호라는 단어는 강과 호수로 이루어진 중국 땅을 의미하지만 중원과 서장(티베트), 서역(중앙아시아 혹은 인도), 신장(위그르지역)으로 구성된 새외로 구성되어 있었다. 새외는 이민족들이 살던 너무 먼 지역이었고, 무사들은 강호의 주변지역에서 때를 기다리며 그들의 실력을 갈고 닦았다. 그 주변지역은 바로 오악(伍嶽: 중악 숭산, 동악 태산, 북악 항산, 서악 화산, 남악 형산)과 삼호(三湖: 동정호, 포양호, 태호)였다. 스승을 모시고 몸을 단련하고 무예를 익히며 천하의 비기를 습득하던 영웅들은 중원땅으로 나아갈 꿈을 꾸었다. 그렇게 천하의 한가운데 있던 중원은 그들의 활동무대였다.

『삼국연의』에 나오는 영웅들은 중원을 차지하기 위해 각지에서 쏟아져 나와 동탁 토벌군대를 형성했고, 유관장 삼형제는 도원결의를 맺었다. 『수호지』에서는 강호에 살던 108명의 영웅들이 중원에 있던 양산박으로 모여들었다. 천하를 어지럽히던 부패한 무리들을 처단하고 정의를 실현하기 위해서였다.

아이러니하게도 『삼국연의』의 주요 줄거리가 확정된 건 중원을 유목민에게 빼앗기고 장강지역에 자리했던 남송 때부터다. 중화사상이 중심으로 자리 잡게 된 것도 이때부터였다. 잃어버린 고향을 그리며 옛 중원 땅을 이상향으로 삼던 학자들로부터 중화사상은 시작된 셈이다. 결국 비현실적 천하관의 모습으로 만들어진 중화사상의 본거지로 중원이 정의된 된 것이다.

모두가 평등한 세상을 꿈꾸다

　　혹시 무협지 좋아하시나요? 남자들 중에는 무협지를 즐겨 읽는 분들이 많을 텐데요. 저는 어렸을 때 무협지를 참 많이 좋아했습니다. 고교시절에는 시험공부의 무료함을 달래려는 목적에서 무협지를 꽤 많이 읽었지요. 현실에서 이루지 못하는 원대한 꿈을 책을 통해 달래 봤다고나 할까요? 무협지의 원조는 무협소설이라고 부르는 것인데, 강호江湖라는 공간에서 의협을 행하는 무사들의 이야기를 그리고 있습니다. 『삼국지연의』나 『수호지』 같은 것이 무협소설이라 할 수 있겠는데요. 이것이 20세기에 들어와 장편소설로 다양한 형태로 만들어지는 게 무협지입니다. 예술적 수준이 고대 소설에 미치지 못한다는 의미에서 무협지라는 이름으로 불리지요. 무협과 무협지는 중국 문화의 중요한 전통을 이어왔기 절대 무시할 수 없는 부분이라 할 수 있습니다. 세상이 바뀐 요즘에는 책으로 읽던 무협이 온라인 롤플레잉 게임(RPG)으로, 또 모바일 게임으로 변해 있다는 게 특징입니다.

혹시 무협지를 잘 모르는 분이 계실지 몰라서 간단히 설명을 드리면요. 가장 대표적인 줄거리는 이렇습니다. 어떤 사람이 무술에 관한 비기秘記 한권을 우연히 입수합니다. 간단히 살펴보니 이를 익히면 천하의 무공을 모두 흡수 할 만한 그런 책이었지요. 그래서 이를 들고 산속으로 들어갑니다. 그리고 20년 동안 이 비기에 나온 무술을 그야말로 완벽하게 흡수 하고나서 강호로 나옵니다. 그가 뼈를 깎는 노력을 통해 무공을 익히는 이유는 집안의 원수를 갚기 위해서입니다.

그는 어릴적 부모가 원수에게 살해당했는데, 그 와중에 유모에게 빼돌려져 가족 중 유일하게 목숨을 유지했지요. 남의 손에 어렵게 성장하면서 그는 부모와 집안의 원수를 갚아야 한다는 자신에게 내려진 숙명을 잊어버린 적이 없습니다. 그래서 어떻게 하면 원수를 갚을 능력을 확보할까 고민하던 과정에서 비기를 입수할 수 있었던 거지요. 오랜 세월이 지나 능력을 확보한 그는 강호에 나가 세상에 떵떵거리고 살고 있던 원수를 찾아 뛰어난 무공을 펼칩니다. 그 과정에는 사랑도 있고, 삶에 대한 고뇌도 있고, 나라에 대한 충성도 있는 그럴 듯한 이야기가 바로 무협의 세계입니다.

이런 무협의 세계는 오랜 유래를 갖고 있습니다. 제후들이 경쟁하던 시절, 탁월한 무력을 갖춘 무사들은 귀족들의 우대를 받았습니다. 제후에 고용되어 능력을 펼쳤던 손무, 오자서, 손빈 같은 사람들은 천하에 이름을 남겼지요. 그런데 모든 무인들이 권력자의 부름을 받은 것은 아니었습니다. 신분이 낮고 몸뚱아리 밖에 없는 사람들은 그렇지 못했지요. 국가권력이 사람들을 완벽히 보호해주지 못하던 시기에 그들은 스스로 생존법을 터득해 살아가야 했습니다. 그러다 절대 권력이 무너져 천하질서가 사라질 혼란기가 오면 많은 이들이 무사집단이 되어 생존을 모색했습니다. 그때 이야기중 대표적인 것이 『수호지』에서 그리고 있는 무사들의 세계입니다. 결국 나라가 무너지고 새로운 질서가 요구되면 치열한 경쟁을 통해 세상을 평정한 영웅이 등장합니다. 가장 대표적인 인물이 한나라를 세운 유방, 위나라 조조, 명나라 주원장 등이죠.

중국에서는 왕조 말이 되면 각 지역에서 무력을 갖춘 군벌들이 세력을 잡던 시기가 있었습니다. 5호 16국 시대에는 유목민들이 세운 수십 개의 국가들이 있었고, 당나라가 멸망하면서 5대 10국이 경쟁하던 시대도 있었습니다. 가장 최근인 20세기 초에도 군벌들이 천하를 두고 경쟁하던 시절이 있었습니다. 남방지역 세력가 장개석, 중국 공산당을 만든 모택동, 만주를 호령하던 장작림 등이 대표적인 20세기 초 군벌들이었습니다.

이들이 숭배하던 게 바로 무협의 세계였습니다. 사마천은 「무협열전」을 포함시켜 무협의 세계를 그리고 있는데요. 제자백가 시절에는 무협을 위한 철학이 있었습니다. 체계가 갖춰진 정치집단(국가)끼리의 경쟁에서 참조할만한 철학은 『손자병법』 같은 병가의 사상이겠지만 무협에 관한 가장 오래된 사상은 '묵가'였습니다.

새로운 세상을 본 묵자

제가백가 중에서 독특한 분야를 차지했으면서도 잘 알려지지 않은 사상이 묵가입니다. 묵가는 무협의 원조로 전국시대에 나름대로 규모 있는 집단을 확보했습니다. 한비자가 말하길 전국시대 당시 세력을 갖춘 무리들은 유가와 묵가뿐이었다[12]고 했지요. 여씨춘추에서도 묵자를 따르는 무리가 많아 천하에 가득 찼다고 말하고 있습니다. 그만큼 당시엔 대단한 규모의 인력이 여기에 참여하고 있었나 봅니다. 하지만 유가가 공자에서부터 순자에 이르는 동안 발전하는 흐름을 가졌던데 비해 창시자인 묵자가 죽은 후 후계자가 나타나지 못했고 후대로 이어지 못했습니다. 한나라가 자리를 잡으면서 점차 배척되었고, 오랜 세월동안 세상 사람들에게 잊혀졌습니다. 그들이 추구하는 사상이 혁명적이어서 그랬을까요, 아니면 현실성이 없어서 일까요?

묵가의 창시자인 묵자墨子는 묵적墨翟이란 이름을 가진 사람이었습니다. 본명은 다른 이름이었을텐데 신분이 낮아서인지 아니면 죄를 지어서인지 이런 이름을 가지게 되었다고 하네요. 그가 묵이라는 성을 갖게 된 것은 죄인의 얼굴에 먹물로 문신을 만들었기 때문이라는 설과 피부가 대단히 검었기 때문이라는 두 가지 설이 있습니다. 그는 공자가 세상을 떠난 지 10여년 뒤인 기원전 468~459년 사이에 노나라에서 태어납니다. 노나라는 공자가 태어나고 제자들을 양성한 곳으로 유가사상이 발전한 나라죠? 그래서 젊은 시절 묵자는 유가사상을 공부하고 공자의 영향을 받았습니다. 그 덕분에 유가사상이 가진 여러 폐단을 알게 되어 이를 비판하면서 묵가학파를 설립하게 됩니다.

유가사상의 폐단이 무얼까요? 공자가 천하를 주유하면서 제후들을

묵자(墨子, BC468~BC376)
산동 등주(滕州) 출생으로 사상가 · 교육가 · 군사가. 묵가(墨家)
학파의 창시자

설득했지만 받아들여지지 않은 것에서 보듯 유가사상은 현실성이 부족했습니다. 공자는 전쟁이 일상화되고 천하가 무너지고 있는데, 전통의 예를 지키라는 주장을 했죠. 군주들에게는 백성들을 인仁으로 대하라고 했고, 조상들을 잘 받들라고 했습니다. 그런데 가족을 중요시하고 조상을 모시려다 보니 허례허식이 많을 수밖에 없습니다. 특히 유가가 중시하는 후장厚葬 풍속에 문제가 있었습니다. 후장풍속이란 장례를 화려하게 지내고 묘실을 화려하게 꾸미는 것을 의미하죠. 여기에 부모의 상을 모시는데 3년이나 해야 했으니 이는 가진 자들이나 가능할 뿐 하루하루 먹고살기 힘든 서민들에게는 어림없는 일이었습니다. 오늘날에도 유교에서 지키는 여러 전통예절들이 형식을 중요하게 여기기에 비판받는 것과 비슷합니다.

서민 혹은 수공업자 출신이었던 묵자는 공자의 철학을 배운 후 보다 현실적인 사상체계를 만듭니다. 공자가 주장한 '인'의 개념을 가족에서 확장하여 공동체 전체를 사랑하라고 말합니다. 군주들이 사치하고 낭비하는 것을 규탄하고, 고대의 이상적인 군주 대우大禹처럼 소박한 생활을 해야 한다고 주장했습니다. 그러면서 자신들 스스로 실천을 강조했는데 제자들과 함께 솔선수범하여 농사에 주력하고 절약에도 힘썼습니다. 묵자는 기술자였기에 죄인처럼 머리를 짧게 자르고 관도 쓰지 않았으며 맨발로 걸어 다녔다고 합니다. 연을 만들어 띄우거나 커다란 수레를 만드는 등 기술자이도 했습니다.

묵자가 어떤 사람이었는지를 알려주는 가장 중요한 주장은 『묵자』의 「비공非攻」편에 있습니다. 춘추시대 말기 중원에는 먹고 먹히는 전쟁이 일상화되어 있었습니다. 그런데 군주들의 욕망을 충족시키기 위해 일어났던 전쟁으로 인해 백성들은 농사를 중단하고 전쟁터에 나서야 했으니 그 폐해가 막심했죠. 묵자는 이런 전쟁을 반대했지만 어쩔 수 없다면 해결책이 있어야 한다고 생각했습니다. 그래서 전쟁은 없앨 수 없지만 전쟁을 일으킨 나라를 응징하거나 침략을 받은 나라를 도와서 패배를 막아 내려고 했습니다. 그러면 자연스럽게 전쟁이 사라질 것으로 생각했죠. 더구나 이론적인 제안만을 한게 아니라 현장에 들어가 몸으로 보여줍니다. 그에 관해 알 수 있는 유명한 일화 하나가 전해집니다.

남쪽의 강국 초나라가 노나라의 이웃이었던 송나라를 공격하려고 했다. 초나라에는 공수반이라는 장수가 있었는데 성을 공략하는 전문가였다. 그는 성 밖에서 큰 돌을 성벽이나 성안으로 쏘아 올리는 운제(雲梯)를 제작해 송나라 성을 깨뜨리는 전략을 채택했다. 전쟁이 벌어진다면 강력한 군사력을 가진 초나라가 송나라를 이기는 것은 틀림없었을 것이다. 당시는 여전히 춘추시대라서 중원의 견제와 균형이 존재하는 때였지만 아무도 나서서 초나라가 송나라를 침략하는 것을 부당하다고 지적하지 못했다. 이미 세상은 강한 자가 약한자를 멸하고 욕심을 채우도록 변하고 있었기 때문이다.

이런 상황을 인지한 묵자는 열흘 밤낮을 걸어 초나라에 갔다. 그는 초나라 혜왕을 만나 전쟁의 부당함을 역설하고 그만두기를 설득했지만 혜왕은 말을 듣지 않았다. 그러자 묵자는 공수반과의 대결을 제안했다. 혜왕이 보는 앞에서 묵자와 공수반은 각자의 실력을 펼쳤는데 공수반이 공격하고 묵자는 수비하는 방식이었다. 결과는 묵자의 완벽한 수비로 끝났고, 이에 공수반은 묵자를 죽이면 송나라를 깨뜨릴 수 있는게 아니냐고 혜왕에게 말했다. 그러자 묵자는 "저를 죽여 봤자 별 소용이 없습니다. 저의 제자들이 이미 송나라에서 공격에 대비하고 있으니까요."라고 말했다. 이 말을 들은 초나라 혜왕은 전쟁을 그만 두도록 했다고 한다.

내 나라도 아닌 이웃 소국이 침략당할 위험에 처하자 목숨을 걸고 적국으로 가서 실력행사를 한 겁니다. 바로 묵자의 가장 중요한 철학인 '겸애兼愛'를 실천한 것이죠. 이 이야기를 실감나게 이해할 수 있는 좋은 도구가 있습니다. 바로 〈묵공墨公〉이란 영화인데요. 이는 일본사람이 쓴 동명소설과 만화를 원작으로 2006년 제작된 한중일 합작영화입니다. 전국시대를 배경으로 조나라 10만 군대에 맞서 묵가 출신의 지략가 혁리가 인구 4,000의 연나라 양성을 지키는 싸움을 그리고 있습니다. 주인공 혁리에는 유덕화가 나오고 조나라 명장 항엄중 역에 한국배우 안성기가 출연해 보는 재미를 주고 있습니다. 전쟁을 싫어하지만 세상 사람들을 사랑하기에 아무 연고도 없는 양성을 지키러 오는 혁리. 강력한 조나라군에 나름대로 방어를 하지만 결국 성은 함락됩니다. 이 영화는 묵가사상의 진면목과 그 한계를 보여줍니다.

묵가사상과 그 한계

묵자는 공자와 맹자 사이에 활동했던 사상가였습니다. 젊은 시절 유가의 학설을 배웠고 또 비판함으로써 자신의 사상체계를 수립했습니다. 일생동안 몸소 체험하고 실천하면서 묵가사상을 세상에 퍼뜨렸지요. 묵자가 세상을 떠난 후에도 제자들은 배운 내용을 실천하면서 천하의 무시못할 무리로 커졌습니다. 그렇다면 묵가는 유가사상을 비판하면서 탄생했는데도 당시의 모든 학설을 뛰어넘어 성행한 이유가 무엇이었을까요?

쉽게 말하면 유가사상은 많이 배우고 가진 게 많은 사士 계급 사람들이 추종할 수 있는 방법이었고 그 수요자가 제후들이었습니다. 하지만 묵가사상은 잘 배우지도 못하고 가진 것도 없는 하층민들의 지지를 받았습니다. 묵자가 말하길 군자는 비록 가진게 없지만 청렴해야 하고, 부유한 사람은 의리가 있어야 하며 살아있는 사람에게는 누구에게든지 사랑을 표시해야 한다고 했습니다. 군자는 언행이 일치하고 진리를 지킬 줄 알고 시비를 따질 줄 알아야 한다고도 했습니다. 그러기 위해서는 자기수양이 필수이며 친구를 사귐에 있어서도 올바른 사귐이 있어야 한다고 강조했습니다.

특히 묵가사상에서 배울 점은 말로만 가르치는게 아니라 행동으로 보여주면서 솔선수범하는 자세였습니다. 묵가의 제자들은 모두 베바지와 짧은 적삼을 입고 농사에 종사했습니다. 불필요한 예절들을 따르지 않고 늘 검소한 자세를 유지했습니다. 그러니 짧은 시간 내에 민중들의 지지를 받을 수 있는 계기가 되었죠.

지금까지 전해지는 『묵자』 53편 중 묵자의 저작이라고 인정되는 건 10편이라고 합니다. 그 중에서 중요한 대목을 셋으로 정리해 보면 이렇습니다. 첫째로 겸애兼愛와 비공非攻입니다. 공자가 말하는 인애仁愛는 나의 가족으로부터 시작해 다른 가족을 사랑하라는 이야기입니다. 하지만 묵자는 내 가족, 남의 가족 구분 하지 말고 무차별적으로 사랑하라고 말합니다. 특정 집단을 사랑하는 것에서 떠나 공동체 전체를 사랑하는 것을 강조하는 것이 '겸애'죠. 그렇게 하려면 이웃 나라를 공격하지 않고 함께 살 수 있는 세상이 되어야 한다고 본 겁니다.

두 번째는 상동尙同과 상현尙賢입니다. 여기에는 고대 신분제에 대한 일정한 인정이 담겨 있습니다. 묵자는 공자사상을 배웠고 그에 따르는 국가와 제후, 백성들 간의 구분을 필요하다고 본 것입니다. 고귀하고 현명한 사람이 우둔하고 비천한 사람을 다스려야 천하가 안정된다고 생각했습니다. 이에 반해 우둔하고 비천한 사람이 군주 자리에 있다면 현명하고 능력 있는 사람으로 바꿔야 한다고 보는게 상현의 개념이었습니다. 이는 후대 맹자의 혁성혁명론과도 이어질 수 있겠습니다.

세 번째는 묵가 사상의 특징이라 할 수 있는 절용節用입니다. 묵가는 군주들이 방탕하고 사치에 빠지는 것을 비난했고, 유가 사람들의 지나친 장례풍속에 반대했습니다. 그러면서 묵가 사람들은 스스로 실천하기를 주저하지 않았는데 농사를 중시하고 생산에 힘썼습니다. 또 맡은바 최선을 다하고 분업과 합작에도 힘썼습니다. 또 묵가는 자연과학과 논리에 관한 지식을 정리하고 이를 가르쳤습니다. 어쩌면 묵자는 그리스 고전기 인물이었던 아르키메데스와 같은 역할을 했지 않았나 싶습니다. 역학, 기하학, 대수학, 광학 등에도 연구결과를 남겼으니까요.

한비자는 전국시대를 통틀어 규모 있는 사상가 집단을 형성한건 유가와 묵가라 했습니다. 그런데 유가에 비해 묵가는 왜 세력을 유지하지 못했을까요? 묵자는 정치철학가로서 사상을 펼치기도 했지만 비교적 현실적인 방법들을 내놓으려 애썼습니다. 공자의 사상이 현실적이지 못함을 깨달았기 때문일 겁니다. 하지만 그가 내세운 비공사상非攻思想도

전국시대와 같은 극단적 경쟁시대에 적합하지 않았습니다. 점점 치열해지는 나라간 경쟁은 결국 전쟁이 아니고서는 해결책이 없음을 묵자와 그 제자들이 깨닫지 못한 겁니다. 묵자의 사상은 힘없는 소국에게나 해당할 뿐 제나라나 초나라 등 강대국들에게는 받아들이기 어려웠습니다. 이미 정치혁신을 통한 부국강병에 높은 관심을 가진 강대국들에게 싸움을 하지 말라고 설득해봤자 들어줄 이유가 없었기 때문입니다.

또 내부의 특수한 사정도 묵가가 이어지지 못한 이유의 하나였습니다. 그들은 엄격한 규율을 가진 반군사화 조직을 가졌습니다. 대의를 중요시하며 죽음을 두려워하지 않는 자세, 그리고 종교적 신앙심으로 뭉쳤습니다. 이런 조직은 똘똘 뭉쳐 단합된 힘을 가질 수 있지만 후대로 이어가기 쉽지 않습니다.(종교가 아닌 바에야 말이죠) 선대가 만들어놓은 생각을 현실에 맞게 수정하고 더 나은 학설로 발전시켜야 하는데 창시자가 종교교주처럼 되면 그게 어려워지는 법입니다. 어쩌면 그리스 피타고라스학파와도 비슷한 모습이 보입니다. 결국 묵자 이후 적절한 후계자가 탄생하지 못했고 시대의 요구에 맞는 학설이 나오지 못했습니다.

비록 묵가사상은 후대로 이어지지 못했지만 꽤 멋진 매력을 갖고 있습니다. 권력은 없지만 무력을 가진 자들이 뭉쳐 세상을 힘으로 제압해 보고자 하는 열망을 대변해주기 때문입니다. 왕조 말기에는 늘 공통적 현상이 등장합니다. 중앙조정을 좀먹는 간신배들, 지역의 탐관오리들은 백성의 고혈을 뽑아냅니다. 살기 어려워진 민초들은 고향을 등지고 유랑을 떠나고, 혈기가 넘친 사람들은 부패한 관리들을 해치우고 새로운 세상을 만들고 싶어 했습니다. 이런 사람들에게 묵가는 그 사상적 기반을 제공해 주었지요. 비록 겸애나 비공과 같은 사상은 어울리지 않지만 그들의 기본적 정신은 시대개혁의 요구를 충족시키기에 충분했습니다.

그래서 이후 유협의 풍조가 다시 등장할 때 조금씩 다른 형태로 나타났습니다. 한나라 말기에 발생했던 황건의 무리들은 이러한 묵가의 사상을 흡수했지요. 여기로부터 이어진 도교의 탄생에 묵가사상이 기여한 것입니다. 또 명나라 시대로 오면『수호지』,『삼국지연의』등 무협 소설이 등장했고 근대에 이르러 새로운 인식으로 바뀌었습니다. 근대 중국의 유명한 문인 호적胡適과 노신魯迅은 묵자에 큰 관심을 기울였고 묵자의 공헌을 높이 평가 하기도 했습니다. 근대 중국의 국부로 불리는 손문孫文은 "묵자가 주장한 겸애는 예수가 말한 박애와 같다."라고 말하기도 했습니다. 다르게 보면 마르크스가 만든 사회주의 이념과도 비슷하게 보입니다. 앞으로 더 많은 사람들에게 사랑받을만한 사상이 묵가라 할 수 있겠습니다.

중국 나라 이름 붙이는 규칙

중국 역사와 문화를 가장 기본적이면서도 쉽게 이해하는 길은 뭘까? 바로 역대 왕조의 이름을 순서대로 외워보는 것이다. 조선시대 역대 왕의 이름을 '태정태세문단세…'이렇게 외우는 것처럼 말이다. 중국 역대왕조의 이름과 그 순서는 좀 복잡하지만 이렇다. "하-상(은)-주-진-한-위진남북조-수-당-요금서하-송-원-명-청"그렇다면 이런 이름은 어떤 기준에 의해 붙여진 것일까?

중국왕조의 이름을 분석해 보면 세 가지 기준으로 명명했다는 것을 알 수 있다. 첫째 부족 혹은 종족의 명칭이나 근거지, 둘째 시조의 작위나 봉호, 셋째는 한자의 뜻이나 음양오행의 상생상극에 따라서다.

왕조의 이름을 명명하는 첫 번째 기준으로 고대시대에는 주로 지역에 근거를 두고 있다. 하(夏)나라는 시조 '우'의 아들 계가 서쪽으로 이동하여 대하지역에 정착하여 하(夏)라 칭하기 시작했다. 상(商)은 지금의 하남성 상구현 남쪽, '상'지역에 산다고 해서 '상족'으로 불렀다. 그 후 도읍지를 은(殷)으로 옮겼기에 은나라라고도 부른다. 주나라는 선조가 정착하여 번영을 누렸던 근거지 주원(周原)을 기념하여 주나라가 되었다. 진(秦) 부족의 시조는 백익인데 그의 후손 중 비자라는 사람이 말을 잘 키워 주나라 천자가 진곡일대를 하사했기에 여기로부터 시작된다. 항우와 유방이 싸운 후 세워진 한(漢)나라는 유방이 한중지역에 봉해졌기에 통일 후 국호를 한(漢)이라 지었다.

시조의 작위 기준으로 세운 나라는 대표적으로 수·당이 있다. 창업자 양견은 즉위하자마자 국호를 수(隋)로 정했는데 부친으로부터 물려받은 작위가 수국공(隋國公)이었기 때문이다. 부친이 죽자 양견이 그 작위를 계승했고, 나중에 '수왕'이 되었다. 새로운 왕조의 이름을 정할 때 수(隋)를 생각하는 건 자연스러운 일이었던 셈이다. 당나라 이연이 국호를 당(唐)으로 정한 것도 마찬가지였다. 그는 북주의 귀족이었고 어머니는 수 양제 생모의 친언니였다. 일곱 살 되던 해 아버지의 작위 '당국공(唐國公)'을 물려받았는데 617년 병사들을 이끌고 산서성 태원에서 쿠데타를 일으켜 황제가 되었던 것이다.

지역 이름을 국명을 정하던 기준은 원명청 시기에 달라진다. 몽골족이 중원을 차지함으로써 특정 지역명을 사용할 수 없었던 원 세조 쿠빌라이는 다른 이름을 구상한다. 그래서 『주역』의 건괘에 '대재건원(大哉乾元)'이 있는데 쿠빌라이는 여기서 글자를 취했다. 선조의 업적이 사상 초유의 위업이라 칭송하면서 '대원(大元)'이라 정했다고 하는데 자랑스러운 나라를 만들겠다는 기개가 느껴진다. 원나라 말기 봉기군에는 백련교 조직원이 많았는데 백련교는 '광명교(光明教)'에서 출발했다. 명나라 창업자 주원장은 백련교 신도였고, 어둠(원나라)을 이긴 밝음(명나라)이라는 의미로 '명(明)'이란 이름을 사용했던 것이다. 청나라를 세운 만주족은 원래 금나라를 이었다고 해서 후금이라고 명명했다. 그러다 2대 황제 홍타이지는 여진을 만주로 바꾸면서 국호도 금에서 청(淸)으로 바꿨다. 만주어의 금(金)과 청(淸)은 비슷하게 발음된다. 과거 금나라가 송나라를 멸한 역사를 기억하는 한족의 경계심을 풀려는 의도였다고 한다.

역사가들이 왕조 이름을 붙이는 기준도 있다. 새로운 왕조 개창자들은 이전 왕조 중에서 자신들과 가장 잘 어울리는 것들을 가져다가 쓰는 경우가 많았다. 그래서 역사가들은 전 왕조와 후대 왕조를 구분하기 위해서 왕조 명 앞에 전, 후 또는 동, 서 또는 왕조 개창자의 성 등 글자 하나를 덧붙였다. 수많은 왕조가 명멸한 중국에서는 이런 이름들이 많이 등장한다.

한나라는 유방이 202년 나라를 세운 후 왕망이 정권을 빼앗아 신(新, 8년~23년) 왕조를 건립했던 때를 기준으로 그 이전을 전한(前漢), 그 이후를 후한(後漢)이라 부른다. 또는 전한시기에는 수도가 서쪽 서안에 있었기에 서한, 동쪽 낙양에 있던 시대를 동한이라 부른다. 후한이 멸망하고 세워진 삼국시대의 세 나라는 각각 조위, 손오(동오), 촉한으로 부르는데 창건자의 성을 따왔거나 사천성에 세워졌던 다른 촉나라와 구분하기 위해 촉한으로 부른다. (유비는 스스로를 한나라를 계승했다고 생각했다.)

남북조시대에는 나라가 꽤 많이 등장하는데 중원 정권을 표방하기 위해 이전 시대에 존재했던 나라 이름을 대부분 가져다 썼다. 이전에 존재했던 나라이름을 쓰면 정통성 있는 왕조처럼 보이기 때문이다. 북조시대의 대표적인 국가들은 전진(前秦), 북위(北魏), 북주(北周), 북제(北齊) 등이 있고, 남조에는 같은 장소에 왕조만 바뀌어 동진(東晉)-유송-남제-양-진 으로 이어진다. 사마염이 위나라의 명제에게서 황제자리를 빼앗아 세운 나라를 서진(西晉), 중원을 빼앗기고 장강유역에 세운 나라를 동진(東晉)이라 부른다.

참고도서 : 장일청, 『12개 한자로 읽는 중국』, 뿌리와 이파리, 2016

제5장

전국_ 인문정신의 탐색과 심화

남방의 여유, 무위자연을 노래하다

은자의 철학

역사에는 나름대로 철학을 가지고 있으면서도 천하에 나오지 않고 숨어 지내던 사람들이 나옵니다. 이런 사람을 은자隱者라고 불렀는데요. 조선시대 선비들이 추앙해 마지않던 백이와 숙제가 가장 오래된 인물들이지요. 이 두 사람은 상나라가 멸망했다는 소리를 듣고 주나라 곡식을 먹지 않으려고 수양산에 들어가 고사리만 먹고 살다가 굶어 죽었다지요. 그러나 이처럼 강한 주장을 가진 은자만 있었던 것은 아니었습니다. 남조시대 도연명陶淵明 같은 이는 잠깐의 벼슬 후 시골에 살면서 시를 쓰는 삶을 살았지요. 대부분의 은자는 혼란스러운 정치판에 끼어들지 않을 뿐, 자신의 고귀한 정신세계를 유지하면서 삶을 이어갔습니다.

공자가 천하를 주유할 때 얻은 별명이 있었습니다. 바로 '안될 것을 알면서도 하려는 자'였습니다. 그런 말을 했던 대표적인 인물들이 장저長沮와 걸닉桀溺이라는 은자였습니다. 『논어』, 「미자」편에 그 이야기가 나옵니다.

공자가 일행과 함께 지나던 길에 제자 자로를 시켜 나루터가 어디인지 알아보도록 했다. 자로는 밭을 갈고 있던 장저와 걸닉에게 나루터가 어디인지 물었다. 그러자 장저는 저기 수레에 타고 있는 사람이 누구냐고 물었다. 자로가 공자라고 대답하자 장저는 이렇게 말했다.
"지금 세상은 무도함이 판을 치고 있는데 누가 감히 그것을 바꿀 수 있겠는가? 당신도 나처럼 세상을 피해 사는 것이 어떠한가?"

또 「헌문」편에는 또 다른 사람이 등장합니다.

자로가 석문에서 숙박했는데, 새벽에 성문을 여는 사람이 "어디에서 왔소?"라고 물었다. 자로가 "공씨로부터 왔소"라고 대답하자,
"그 안될 것을 알면서도 하려는 사람 말이오?"라고 말했다.

이처럼 난세인 춘추전국시대에는 지식인이면서도 어지러운 세상을 어찌할 수 없다는 자세로 은둔한 사람들이 많았는데, 장저와 걸닉이 이런 부류라고 할 수 있습니다. 일반적으로 은자들은 목숨만 유지하려는 개인주의자들이었고, 세상 변화를 무의미하게 생각하는 비관적 패배주의자였습니다. "지금 세상은 도저히 어찌해볼 수 없는 난세인데 목숨이나 유지하는 게 더 낫지 않겠는가?" 이런 생각을 가진 사람들은 다른 사람들처럼 출세하려 노력하지 않고, 땅을 일구며 자연과 더불어 살았기 때문에 은자라는 이름을 붙이게 되었습니다.

그런데 이들 중 나름대로 사상적 체계화를 시도했던 사람들이 있었습니다. 그들은 은둔이라는 행위에 대해 어떤 의미를 부여하려 했는데요. 그 최초의 인물은 양주楊朱입니다. 양주는 묵자의 뒷세대이며 맹자보다 앞선 시대 사람이었습니다. 앞에 나온 장저와 걸닉의 후예라고 할 수 있겠네요. 맹자는 이렇게 말했습니다. "천하에 양주, 묵적의 말이 꽉차 있다." 그만큼 맹자가 활동하던 시절 묵자의 무리와 양주를 따르는 사람이 많았다는 이야기입니다.

양주에 대해 자세한 기록이 남아있지 않지만 그의 사상은 한마디로 '경물중생輕物重生'입니다. 해석은 쉽죠? '물건을 가벼이 하고 생명을 중시하라.' 내 주변에 있는 물건을 가벼이 하면서 나 자신의 삶을 소중히 하라는 뜻입니다. 이념, 권력, 재산, 명예 등 사람들이 추구하는 것들은 양주가 보기에 모두 물건입니다. 가장 중요한 것은 자신의 생명이며 나머지는 필요에 따라 선택해서 사용하라는 의미입니다. 만약 물건을 지나치게 추구하게 되면 인간이 물건의 도구가 될 수 있기에 삶이 허무해지고 결국에는 불행에 이르게 됩니다. 현대를 살아가는 우리에게도 시사하는 바가 있죠? 물질적 탐욕이나 권력을 추구하던 사람들이 말년이 좋지 않은 경우도 많이 봅니다. 물건에 노예가 되어서 인생을 허비하는 바로 그 모습 아닐까요?

도교의 신이 된 노자

21세기 들어 한국 사회와 대중의 지적 호기심과 논쟁을 불러일으킨 사상이 있었는데 바로 노자였습니다. 그동안 가장 중요하게 취급되었던 유가사상에 이어 공중파 방송을 통해 '노자 열풍'을 일으켰던 도올 김용옥을 비롯한 수많은 연구자들 덕분이었습니다. 최근에는 서강대 최진석 교수의 노자강의도 사람들의 관심을 많이 받았죠. 그들은 저마다의 해석을 통해 과거 양생술이나 통치술, 마음의 수양론 등으로 이해해온 데서 나아가 최근에는 유토피아적 무정부주의나 자연으로 돌아가라는 페미니즘의 이론적 기초로 보는 견해까지 등장하고 있는 실정입니다.

이처럼 노자를 바라보는 여러 관점이 존재하지만 지금까지 주류로 인식되던 생각은 마음 수양 중심의 보편적 형이상학 또는 형이상학적 수양론의 결정체로 보는 견해였습니다. 이런 노자학 해석이 등장한 이유는 삼국시대 위魏나라의 왕필王弼(226~249)이라는 천재가 약관의 나이인 18세에 붙인 주석의 탓이 큽니다. 노자사상을 '개인'의 관점에서 조망하고 일반 대중에게 노자는 무욕의 삶을 설파했다고 알려왔기 때문입니다.

왕필이 활동하던 삼국시대 이후 노자사상은 도교로 발전합니다. 도교는 후한後漢 말엽에 장도릉이라는 사람에 의해 창립되었는데『도덕경』을 그 이론적 근거로 삼았습니다. 노자를 교조로 받들고 최고신인 태상노군太上老君으로 모셨습니다. 물론 장생불사를 추구하고 여러 가지 무술과 잡신들의 신앙을 추구하는 도교에서 노자는 이용된 측면이 있

노자(老子)
하남 녹읍(鹿邑) 사람.
철학가이자 사상가로 도가 학파의 창시자. 저서로『도덕경(道德經)』이 있음.

습니다. '도가'와 '도교'는 완전히 다른 것이며 노자를 받들기는 하지만 『도덕경』의 사상적 연구는 하지 않고 도를 닦고 신선술을 구하는 이론적 근거로 삼을 뿐입니다.

1993년 겨울 중국 호북성 곽점촌에서 학계를 발칵 뒤집어놓은 무덤 발굴이 있었습니다. 전국시대 초나라 무덤이었는데 묵글씨를 새긴 죽간조각 2,000여점이 출토된 것입니다. 더구나 이 발굴이 경악스러웠던 것은 피매장자가 생전에 읽었음에 틀림없는 『노자』 목간 803점이 포함되어 있었기 때문입니다. 더구나 이 죽간 노자는 1973년 12월 전한前漢시대 무덤인 마왕퇴에서 출토된 또 다른 노자인 덕도경德道經과도 달랐습니다. (흔히 『노자』를 『도덕경』이라 하는데, 마왕퇴 출토 비단에 적힌 『노자』는 '덕경德經'이 '도경道經'보다 앞에 있다.)

곽점촌 죽간 노자는 왕필본 및 마왕퇴본과 내용과 체제가 상당히 달랐습니다. 또 지금까지 발견된 각종 노자 판본들 가운데 가장 시대가 앞선 초나라 한자를 쓰고 있어 해석이 어렵다고 합니다. 아직은 여기에 대한 연구가 많지 않아 자세한 내용은 알 수 없지만 초나라 시대의 노자와 현대에 전해지는 노자사상이 다르다는 것은 많이 알려진 사실입니다.

흔히 노자는 제자백가 사상가 중에서 시대적으로 가장 이른 시기에 탄생했다고 알려져 있습니다. 사마천은 「노자한비열전」에 노자의 이야기를 신고 있는데요. 노자의 이름은 이耳, 자는 담聃, 성은 이씨라 하며 초나라 태생이라고 합니다. 고향인 초나라를 떠나 주나라 도서관 사서가 되었으며, 훗날 서쪽으로 가는 도중 함곡관에서 노자를 썼다고 전해집니다. 모두 열다섯 편의 책을 썼고 160살을 살았다고도 하고 혹은 200

살을 살았다고도 합니다. 공자가 젊었을 때 주나라에 가서 노자를 만났고 스승으로 모셨다고 하는데 그러니 공자보다는 연상이었다는 의미지요. 그런데 노자의 생존을 공자보다 100년 후로 보는 설도 있고 그 실재 자체를 부정하는 설도 있습니다. 이 밖에도 후세 도가와 도교 경전 속에 노자에 관한 전설들이 많이 기록되어 있으나 그것들을 모두 믿기 어렵다는 게 정설입니다.

노자의 저서라고 알려지는 『노자』는 전국시대 말기에 기록된 책이라고 하는데 초나라시대 죽간이 발견되었으니 기존의 인식이 틀리지 않았던 셈입니다. 노자가 공자보다 연상의 사람이었는지는 몰라도 『노자』라는 텍스트의 저자일 가능성은 별로 없는 셈입니다. 실제 노자 사상은 전국시대 사람들에게 퍼졌고 발전했습니다. 필자가 전국시대 사상가편에 포함시킨 이유이기도 하죠.

노자의 사상서인 『노자』는 도경道經과 덕경德經의 상하편으로 이루어져 있어서 도덕경이라고도 부릅니다. 도와 덕을 바탕으로 사상을 전개시킨 것이죠. 노자가 말한 '도'는 우주와 모든 존재의 근원을 말합니다. 공자가 말하는 도는 '사회에 정의가 실현되어 질서가 있다.'라고 해석되는데 비해 노자의 도는 인간 지성의 한계를 뛰어넘은 절대적이고 초월적인 세계를 의미합니다. 어쩌면 플라톤이 주장한 '이데아'의 세계와 비슷하지 않을까 싶습니다.

덕은 도가 인간세계에 작용하여 어떤 외형으로 드러나는 것을 말합니다. 노자의 도는 이성을 초월하는 것이기에 그 도가 덕으로 표출될 때에도 사람들의 인식을 초월할 수밖에 없습니다. 공자가 말하는 덕은 올바르고 훌륭한 효능을 말하는데 그 대표적인 행위는 바로 '효'라고 할 수 있습니다. 하지만 노자의 '덕'은 사람들의 올바르다, 훌륭하다는 판단을 넘어서는 초월적인 것입니다.

노자의 도덕을 가장 잘 설명하는 문장이 바로 '도가도道可道 비상도非常道'입니다. 이 문장을 풀어쓰면 '길이라 하면 늘 그러한 길이 아니다.'라는 뜻으로 인간이 길이라 정의하면 또 그것이 길이 아니라는 이야기랍니다. 인간의 이성을 초월한 존재인 '도'를 어찌 설명할 수 있겠느냐는 말지이요. 세상의 일을 옳다 그르다 판단하는 의식적인 행위 자체가 '도'에 어긋나는 행위라는 생각에서입니다. 여기서 어떤 의식도 하지 말고 자연스럽게 지내야 한다는 '무위자연無爲自然'의 사상이 나왔습니다.

그런데 노자의 『덕경』에는 이와는 상당히 다른 '도술'을 바탕으로 한 여러 가지 술법을 논의한 대목도 있습니다. 덕에는 이상적인 상덕上德과 사람들이 의식적으로 행동할 때 나타나는 하덕下德이 있다고 했습니다. 도술이란 하덕에서는 권모술수와 통하는 것이므로 병가와 법가사상에 영향을 줍니다. 술법의 주장은 '도'를 바탕으로 무위자연을 추구하는 노자의 중심사상과 모순되는 것처럼 보이지만 어지러운 천하에서 지식인의 책무를 저버릴 수 없었겠지요. 노자의 무리들은 주로 초나라 사람들이었습니다. 남방의 오랑캐 취급을 받던 초나라는 춘추시대 이후 중원 여러 나라와 경쟁을 하고 있었습니다. 노자도 자기가 태어나 살고 있는 조국의 상황을 모른 척 할 수는 없었을 겁니다.

또 자연환경에 따라 사람들의 생각은 달라지기 마련입니다. 유가사상이 북방(황하 유역) 기질을 대표한 사상이라면 도가사상은 남방(장강 유역) 기질을 담고 있다고 볼 수 있습니다. 북방과 남방의 차이는 자연과 기후에 있어서뿐만 아니라 문화전반에 걸쳐서 두드러진 성격 차이를 보여줍니다. 북방은 기후가 차고 자연조건이 거칠고 메말라 사람들은 생존을 위해 치열한 투쟁을 벌여야 합니다. 하지만 남방은 기후가 온화하고 물산이 풍부하여 비교적 여유 있는 삶을 살 수 있었지요. 이로 인해 기질적으로 북방 사람들은 억세고 투쟁적이며 현실적인데 비해 남방 사람들은 부드럽고 낭만적입니다.

이것이 사상으로도 드러나 유가사상이 보다 현실적이라면 노자사상은 초현실적 모습을 가지고 있었던 겁니다. 공자는 어지러운 현실사회를 훌륭한 덕과 올바른 예의제도로 다스려보려 애썼지만 노자는 이와 반대로 도道라는 절대적인 원리를 추구하면서 올바른 가치판단으로 세상을 만들어야 한다고 봤죠. 여기에서 노자의 무위無爲 · 무지無知 · 무욕無欲 등 무無의 사상과 자연自然의 개념이 생겨난 것입니다. 결국 공자와 노자는 실천 방법론의 차이일 뿐 어지러운 사회를 바로잡기 위한 정치철학의 모습이었다는 게 요즘 노자 철학자들이 해석이기도 합니다.

상대적 회의주의자 장자

동양철학에서 장자라는 인물의 위치는 참 독특합니다. 대부분의 제자백가 사상가들은 사회 구조를 바꿔보거나 더 나은 사회를 만드는 이상을 추구합니다. 그래서 자신의 사상을 군주들에게 알리려는 노력을 하죠. 아니면 묵자처럼 무리를 만들어 제자들을 가르치고 현실화하려 합니다. 그런데 원래 이름이 장주莊周인 그는 군주들에게 자신의 생각을 제시하지도 무리를 만들지도 않습니다. 심지어 벼슬자리를 주겠다는 제의도 마다합니다. 그저 자신의 생각을 정리해 기록으로 남겼습니다. 그것도 직설적인 표현이 아니라 온갖 이야기를 활용해 은유적으로 설명했습니다. 그가 은자隱者철학의 대표주자인 이유입니다.

　장자가 살았던 전국시대에 이르면 국가들의 경쟁은 더 극심해졌습니다. 전쟁은 끊이지 않았고 남자들은 전쟁에 끌려가 죽고, 민중들은 배고픔과 추위에 떨었습니다. 그들에게는 희망이 없었습니다. 이때 민중의 절망을 대변한 것이 바로 장자사상이었습니다. 우리는 흔히 도가사상을 노자가 만들고 장자가 이었다고 생각하지만 노자의 철학과 장자의 생각은 꽤 다릅니다. 『노자』에서 말하는 것은 공자와 맹자 같은 정치철학입니다. 말하자면 군주가 그 사상의 고객이었다는 이야기죠. 그런데 장자의 생각은 철저히 개인에게 맞춰져 있습니다. 장자는 양주가 바라본 세상의 이치를 이어받았습니다. 양주가 추구했던 철저한 개인주의자의 사상을 발전시켰죠.

　전국시대는 양주가 살았던 때보다 전쟁이 더 격화되었고 안전한 삶을 유지하기가 더 어려워졌습니다. 이러한 현실에 절망한 사람들은 농촌으로 숨어들어 작은 공동체를 유지하는 삶을 선택했습니다. 그런 때 장자는 어지러운 세상에서 마음 편히 생명을 유지하고 쓸모 있는 인간이 될 방법은 무엇일지 사유했습니다. 이러한 장자의 사상은 공동체를 유지시켜 주는 매개체였고 세상을 구원할 수 있는 진리였습니다. 따라서 후대로 가면 국가가 어려운 상황에 빠져있을 때 더욱 많은 사람들에게 추종되는 경향을 띄게 됩니다.

장자(莊子, BC369~BC286)
안휘 몽성(蒙城) 사람으로 사상가 · 철학가 · 문학가. 도가 학설의 주창자.

장주의 저술이라고 알려지는 고전『장자』는 '상대주의적 인식론'에 바탕을 두고 있다고 평가됩니다. 이는 절대적 진리란 원래 없고 상황에 따라, 정하는 기준에 따라 다르다는 인식입니다.『장자』의 특징은 자신의 주장을 우화를 통해 의견을 펼친다는 것인데요. 잘 알려진 '빈 배' 우화를 통해 상대주의를 이해해 보시죠.

　　"배를 타고 강을 건너는데 빈 배 하나가 떠내려 오다가 내 배에 부딪쳤다. 그러면 아무리 성질 급한 사람이라 해도 빈 배를 두고 화를 내지는 않는다. 그런데 떠내려 오던 배에 사람이 한 명이라도 타고 있다면 당장 비키지 못하느냐고 큰 소리를 낼 것이다."

　　동일한 상황에 대해서 사람의 인식은 얼마든지 달라지지 않겠느냐는 장자의 주장입니다.

　　'손이 트지 않게 하는 약' 이야기도 있습니다. 송나라에는 대대로 빨래만 전문으로 하는 가문이 있었습니다. 겨울철에도 빨래를 해야 했기에 찬물에 손과 발이 자주 텄지요. 그래서 연구 끝에 손발이 트지 않는 약을 발명해 사용했답니다. 그런데 이게 소문이 나서 어떤 과객이 백금을 줄테니 팔라고 했고, 옳다구나 했던 송나라 사람은 약 제조법을 팔았습니다. 약을 산 과객은 오나라로 갔고, 마침 월나라가 쳐들어왔을 때 장군이 되어 싸우게 되었습니다. 마침 전쟁이 겨울에 강변에서 벌어졌는데 장군이 된 과객은 손이 트지 않는 약을 대량으로 제조해 자신의 병사들에게 발라 주었습니다. 이 전쟁을 승리로 이끈 과객은 제후가 되어 땅을 하사받고 대대손손 귀하게 살았답니다. 장자는 이 일화에 대해 이렇게 설명합니다.

"똑같이 손이 트지 않는 약인데 누구는 제후로 봉해지고 누구는 평생 빨래하는 직업을 벗어나지 못했다. 이것은 같은 물건이라도 누구에 의해, 어떻게 사용하는가에 따라 달라지는 것이다."

쓸모없음의 쓸모 있음이란 주장도 비슷합니다. 장자의 이야기 속에는 친구인 혜시가 자주 등장합니다. 그는 명가名家의 대표인물인데요. 장자는 그의 논리적 주장을 비판하면서 그를 우화의 상대편으로 등장시키죠. 우리는 늘 쓸모 있는 인간이 되라는 말을 많이 듣습니다. 공부하고 노력해서 세상에서 원하는 사람이 되어야 한다고 말이죠. 그런데 장자는 조금 다른 이야기를 합니다. 「소요유」편에 나오는 이런 우화를 통해서죠.

혜시가 장자에게 말했다.
"우리 집에 큰 나무가 있는데 사람들이 가죽나무라고 부른다네. 키는 크지만 옹이가 많아 먹줄자를 매기기 어렵고 가지는 굽어 곱자와 그림쇠에도 맞지 않는다네. 그래서 길가에 서 있지만 쓸모가 없어 목수들이 쳐다보지도 않는다네."
그 이야기를 들은 장자가 이렇게 대답했다.
"자네의 나무가 키만 크고 쓸모가 없다고 걱정할 필요가 없다네. 그 나무는 광막한 들판에서 사람들의 그늘이 되어주고 있지 않은가? 도끼로 찍힐 염려도 없고 아무도 해치지 않으니 쓸모없다고 어찌 괴로워한단 말인가?"

여기서 말하는 가죽나무는 가짜 죽나무를 말합니다. 이는 참죽나무와 비슷하게 생겼지만 쓰임새가 없고 악취까지 나서 사람들이 가짜 죽나무라고 불렀다고 합니다. 혜시는 앞서 장자의 주장을 이 가죽나무의 쓸모없음에 빗대어 아주 강하게 비판하고 있었습니다. 하지만 장자는 나무가 키만 크고 쓸모가 없는 것 같지만 그 덕분에 살아남았다는 것을 알려주고 있습니다.

장자는 한편 나무뿐만 아니라 지리소支離疏라는 가공인물을 만들어 주장을 폅니다. 지리소는 턱이 배꼽 아래에 있고 어깨는 머리보다 높고 허리는 두 넓적다리에 끼어있는 사람입니다. 제대로 사람대접 받기 어려운 장애인이죠. 하지만 그는 바느질이나 빨래하는 일로 생업을 꾸리고 키를 가지고 쌀을 골라내는 기술도 가지고 있습니다. 덕분에 나름 먹고 사는데 지장이 없습니다. 지리소는 몸이 정상이 아니기에 징병도 면제되고 국가를 위해 해야 하는 부역도 면제되었습니다. 오히려 병자에게 나눠주는 곡식도 더 많이 받습니다. 어떻게 보면 사회에 별 가치를 제공하지 못하는 인간이지만 덕분에 천수를 누리고 잘 살 수 있게 된다는 장자의 주장입니다.

그래서 어떻게 하라는 말인가요? 장자는 궁극적으로 자아를 버리고 초월의 경지, 즉 도에 이르는 사람이 되어야 한다고 강조합니다. 오상아吾喪我(나는 나를 잃어버렸다), 심재心齋(마음으로 듣지 말고 기氣로 들어야 텅 빈 마음이 된다.), 좌망坐忘(앉아서 자신을 잊음) 등 여러 말로 표현하지만 결론은 거짓된 자아를 죽이고 참 자아를 찾아야 한다는 이야깁니다.

결국 이는 장자가 강조한 '물아일체'에 해당합니다. 물아일체는 장자의 이야기 중 가장 유명한 '호접지몽'에 상징적으로 담겨 있습니다. 「제물」편에 실려 있는 이야기는 다음과 같습니다.

어느 날 장주는 제자를 불러 이런 말을 들려주었다.

"내가 지난 밤 꿈에 나비가 되었다. 날개를 펄럭이며 꽃 사이를 즐겁게 날아다녔는데 너무 기분이 좋아서 내가 나인지도 몰랐다. 그러다 꿈에서 깨었는데 나는 나비가 아니고 내가 아닌가? 그래서 생각하기를 아까 꿈에서 나비가 되었을 때는 내가 나인지도 놀랐는데 꿈에서 깨어보니 분명 나였던 거다. 그렇다면 지금의 나는 진정한 나인가? 아니면 나비가 꿈에서 내가 된 것인가? 내가 나비가 되는 꿈을 꾼 것인가? 나비가 내가 되는 꿈을 꾸고 있는 것인가?"

참 이해하기 어려운 이야기입니다. 과연 나비와 장주는 무슨 관련이 있는 걸까요? 호접지몽은 또한 인생의 덧없음을 비유해서 쓰이기도 한다. 장자를 읽다 보면 혜시가 자주 등장하고 때로는 마치『논어』처럼 공자와 그 제자들을 주인공으로 등장시킵니다. 그 이유가 뭘까요? 앞에서 말한 '쓸데없는 일을 하려는 자'를 비판하기 위해서입니다. 공자와 그 제자들은 많이 배워 폼 나고 멋진 사람들입니다. 이들은 공자라는 간판을 앞세우고 외양을 중시하며 위선에 사로잡힌 자들입니다. 장자는 그들을 비꼬면서 '도'에 이르기 위해서는 외양이나 간판이 아니라 내면의 진심이 중요하다는 걸 강조하고 있는 것이지요. 당시의 유명한 도적이었던 도척의 이야기를 들어서 세상을 비꼬기도 합니다.

"도둑질에도 도가 있습니까?"라고 묻자 도척이 이렇게 대답했다.

"물론이다. 도 없는 곳이 세상에 어디 있겠는가? 방 안에 무엇이 있는지 잘 알아맞히는게 성(聖)이다. 털러 들어갈 때 앞장서는 것이용(勇)이다. 나올 때 맨 나중에 나오는 게 의(義)다. 도둑질이 성공할지 실패할지 아는 게 지(知)다. 훔친 것을 공평하게 나누는게 인(仁)이다."

세상을 우화로써 비꼬기를 즐겨했던 장자. 그는 허세보다는 실리를 찾고, 껍데기 보다는 자아를 찾아야 한다고 세상에 외쳤습니다.

맹자와 순자의 사상

맹모삼천지교

오래전에 방영된 텔레비전 드라마 '정도전'을 통해서 『맹자』를 처음 알게 되었다는 사람이 꽤 많습니다. 어떤 장면에서는 나라에서 『맹자』를 불태워버리라는 명령이 내려와 선비들이 이를 감추느라 애쓰는 모습이 나오더군요. 분명 조선 건국의 기획자로 잘 알려져 있는 정도전은 맹자에서 사상을 따와 조선의 국가체계를 만들었다고 합니다. 그런데 왜 나라에서는 책을 불태워버리라고 했을까요?

맹자는 공자사상을 이어받아 발전시킨 사람으로 중국철학사에서 중요하게 다뤄집니다. 탄생한 곳도 노나라 이웃인 '추鄒'라는 곳이었지요. 맹자가 누군지, 어떤 사상가였는지 모르는 사람은 많아도 '맹모삼천지교孟母三遷之敎'라는 고사성어는 모르는 사람이 별로 없겠죠? 맹자 어머니가 공동묘지 근처에서 시장으로, 다음에는 서당 근처로 이사를 가서 아들이 영향을 받게 했던 것 말이지요. 맹자의 어머니는 요즘 같으면 교육열이 아주 높은 목동이나 강남 엄마와 비슷했나 봅니다.

맹자에게는 아버지 모습이 보이지 않습니다. 일찍 사망했는지 공자나 한석봉처럼 홀어머니 곁에서 성장할 수밖에 없었습니다. 그런데 그가 양혜왕을 만나러 위나라에 갈 때 몇 개의 수레에 타고 있던 수행원이 백여 명이나 있었다고 합니다. 아버지가 큰 부를 물려주었다는 이야기는 없는데, 그가 만든 교육기관이 돈을 많이 벌었을까요? 또 맹자는 일자리를 얻으려고 군주에게 아부하지 않았습니다. 소신 있게 자기가 생각하는 말을 해서 군주들을 가르치려 들지요. 그렇다보니 군주들은 맹자의 말을 한귀로 듣고 한귀로 흘려버리는데 맹자는 이에 별 괘념치 않습니다. 벼슬자리를 했다는 이야기는 없지만 경제적으로 여유가 있었나 봅니다.

맹자는 제나라 선왕과 위나라 혜왕을 만나 그의 주장을 펼쳤는데 군주들은 이를 새겨듣지 않았습니다. 그 이유는 당시 시대적 상황과 밀접한 관계가 있었습니다. 서쪽 변방의 진秦은 상앙을 등용하여 부국강병을 꾀하고 있었고, 초나라는 오기吳起를 등용하여 전쟁을 승리로 이끕니다. 또 제선왕은 손빈을 기용하여 다른 제후들을 굴복시켰지요. 싸우고 또 싸우는 전국시대의 한가운데에 먹느냐 먹히느냐의 대결이 벌어지고 있었던 것입니다. 그런 때에 요순과 우임금, 주공 등 이상적인 시대 지

맹자(孟子, BC372~BC289)
산동 추현(鄒縣) 사람.
사상가이자 교육가로 유가의 대표 인물. 저서로 『맹자』가 있음.

도자들의 덕을 칭송하며 그들을 따르라고 했으니, 군주들에게 맹자의 말이 귀에 들어올 리가 없었겠지요. 한마디로 고객이 원하는 말을 해주지 않고 이상론을 펼쳤으니, 문전박대 당하지 않고 대화를 나눠준 것이 다행이라고나 할까요?

결국 맹자도 공자처럼 고향으로 돌아가 제자들과 함께 공자사상을 연구하고 『맹자』를 편찬하여 세상에 내놓습니다. 공자의 어록을 담은 『논어』는 제자들이 기록했기에 증자曾子를 비롯한 제자들의 생각이 일부 녹아 있습니다. 공자의 이상을 체계화하고 학문으로서 성립시킨 사람은 맹자라고 할 수 있으며 후대에 끼친 영향도 큽니다. 『맹자』는 덕치를 기본으로 하는 왕도정치 사상, 그 덕치를 가능케 하는 이상주의로 선한 본성의 추구, 이상과 현실의 차이를 메우는 수양론을 담고 있어 유가사상의 기본골격을 이루지요. 이는 나중에 송나라에서 주자학으로 발전했고 조선으로 넘어와 성리학으로 이어집니다.

맹자 사상은 대략 세 가지로 정리할 수 있습니다. 첫째는 천하의 가장 올바른 정치제도는 '왕도정치王道政治'라고 천명한 것입니다. 왕도정치는 덕에 의한 정치입니다. 덕을 갖고 있는 천자는 백성을 피붙이처럼 사랑하는 인仁을 가진 정치를 해야 한다는 의미입니다. 고대의 성왕 즉, 요순과 탕왕, 그리고 주나라 문왕이 했던 그 정치를 말합니다. 왕도정치는 항상 대비되는 패도覇道정치와 함께 논의됩니다. 제환공이나 진문공 같은 춘추시대 패자들이 무력으로 다른 제후들을 정복함으로써 천하에 군림했던 그 정치 말입니다. 패도정치를 펼치면 백성들은 무력에 의해 어쩔 수 없이 복종하지만 왕도정치를 하면 군주가 가진 덕으로 인해 자연스러운 정치가 유지된다고 본 것이죠.

맹자와 역성혁명론

여기서 연결되는 이야기가 바로 조선의 정도전과 관련 있는 역성혁명론입니다. 맹자는 공자의 정명론을 역성혁명에 접합시켜 주장했습니다. 역성혁명이란 임금된 자가 민심과 천명을 어기면 바꿀 수도 있다는 사상이지요. 그에 관한 일화가 이렇게 전해집니다. 맹자가 제나라를 방문해 선왕과 정치 이야기를 나누었습니다. 선왕이 이렇게 묻습니다.

"옛 이야기에 의하면 상나라 탕왕이 주군인 하나라의 걸왕을 추방하고 주나라 무왕이 주군인 상나라 주왕을 토벌했다고 합니다. 그런데 신하된 자가 그 주군을 죽인 일을 옳다고 할 수 있겠습니까?"

그러자 맹자는 조금도 주저하지 않고 이렇게 대답했습니다.

"저는 '인의(仁義)'를 거역한 필부를 죽였다는 말은 들어보았지만 임금을 죽였다는 말은 듣지 못했습니다."

왕도정치론에 의하면 걸왕이나 주왕은 비록 임금 자리에 있었지만 덕을 잃었기에 마땅히 자리에서 쫓겨나도 좋다고 여겼던 겁니다. 그래서 정도전은 고려 왕실은 500년 가까이 왕조를 이어왔지만 이제는 백성의 신임을 잃었기에 새로운 세상이 창조 되어도 좋다고 주장했던 것입니다.

그런데 이러한 역성혁명론을 잘 들어보면 왕이 제대로 역할을 못하면 신하들에 의해 쫓겨날 수도 있다는 의미이니 제선왕이 좋게 들었을 리 없습니다. 따라서 후대 명나라를 세운 주원장은 맹자의 이 대목을 삭제하도록 명했습니다. 왕권 강화를 위해 동분서주하던 그로서는 이 대목이 눈에 거슬렸겠죠. 이 소식이 조선에도 알려졌고 선비들은 애지중지하던 맹자를 숨겨야 했답니다.

맹자는 이상적인 정치제도가 운영되려면 군자가 올바른 인성을 갖고 있어야 한다고 말합니다. 바로 이것이 맹자의 두 번째 중요한 관점입니다. 그 유명한 맹자의 성선설性善說이지요. 맹자에 의하면 인간은 누구나 선의 가능성을 갖고 태어납니다. 그 선함이 유지되려면 사단四端 즉, 측은지심(동정심), 수오지심(수치심), 공경지심, 시비지심(옳고 그름을 구분)이 필요하죠. 이 네 가지는 사람이라면 누구나 갖고 있는 인성이라는 것입니다. 여기서 나온 것이 공통의 가치, 즉 인의예지仁義禮智가 나옵니다.

유가사상의 가장 중요한 가치가 바로 이것이죠? 이 중에서 측은지심은 인, 수오지심은 의, 공경지심은 예, 시비지심은 지와 연결할 수 있겠습니다. 맹자는 인의예지는 외부세계가 강요하는 것이 아니라 누구나 갖고 있는 것이라 했습니다. 단지 사람들이 이를 인지하고 있지 못할 뿐이라는 것이죠. 만약 진지하게 생각하고 노력한다면 누구나 요순의 경지에 오를 수 있다는 게 맹자의 핵심입니다. 그렇다면 여기서 우리에게는 어떤 노력이 필요할까요?

맹자에게 배우는 세 번째 관점은 바로 호연지기浩然之氣입니다. 이는 곧 개인이 도달할 수 있는 최고 경지 속의 정신상태를 말하는데요. 그런데 여기에는 조금 이해하기 어려운 신비주의를 담고 있고 맹자의 설명도 상세하지 못합니다. 맹자의 설명은 이렇습니다.

"기(氣)는 의(義)와 도(道)를 배합해야 한다. 호연지기는 의를 축적하여 생기는데 반드시 의로운 일에 힘쓰면서 중단하지 말아야 한다."

어떻게 의를 축적해야 호연이 생긴다는 말일까요? 의에 해당하는 사단은 수오지심인데 <u>스스로 수치임을 많이 느끼면 호연지기가 생긴다</u>는 것일까요? 이해가 잘 가지 않습니다. 후대의 많은 학자들이 맹자의 호연지기를 설명하느라 애썼는데요. 저는 관우라는 인물을 여기에 대입하면 설명이 적합하지 않을까 싶습니다. 중국 사람들은 의義, 의로움 등을 매우 중요시 여기는데요. 삼국지의 관우가 바로 의로움의 상징 인물이지요. 그는 부귀에 현혹되지 않았고, 어려운 상황에서도 주군을 배신하지 않았습니다. 조조나 원소와 같은 위세나 무력에도 굴복하지 않고 끝까지 유비를 따랐습니다. 그래서 중국인이 추앙하는 의를 실행한 상징 인물이 되었지요. 맹자가 말하는 호연지기는 관우를 대표인물로 본다면 대략 어떤 것인지를 알 수 있습니다. 이론을 만든 맹자와 이를 현실화 시킨 관우의 모습이 잘 그려지지 않나요? 물론 관우의 이미지는 후대인들이 만든 거라는 맹점이 있지만요.

유학의 체계를 세운 순자

중국을 비롯한 동양세계에서 유가사상 만큼 영향력 있는 철학사상은 없습니다. 유목민이 천하를 호령했던 금이나 원나라를 제외하고 각 왕조에서는 유가를 신봉하고 이를 국가운영의 기본 틀로 삼았기 때문이지요. 수나라 때부터 시작된 과거시험에서는 유가경전을 통달한 사람만이 급제할 수 있었고, 관리가 되어서도 필수상식으로 통용되었으니까요. 그에는 여러 이유가 있겠지만 유가사상이 공자 - 맹자 - 순자로 이어져 체계적으로 발전했기 때문이었다는 걸 무시할 수 없을 겁니다.

순자는 맹자가 살던 시대보다 더 경쟁이 치열해진 전국시대 말기에 활동했습니다. 변방 오랑캐라 칭해지던 서쪽 진나라는 더욱 강성해졌고, 중원의 여러 나라들은 합종과 연횡의 방책으로 살아남기에 급급했죠. 덕분에 학자들의 생존도 궁핍해졌는데요. 이때 제나라에서 운영했던 직하학궁이 그나마 학자들의 좋은 피난처가 되었습니다. 이름이 알려지지 않은 사상가들 상당수가 이곳에서 활동했던 것으로 전해지고 있습니다. 이곳만큼 경제적 지원을 해주는 곳이 많지 않았기 때문이죠.

이름이 순경荀卿이었던 순자는 원래 조나라 사람이었는데 나이 쉰이넘어 제나라로 갔고, 직하학당에서 대표연구자를 세 번이나 역임합니다. 그러다가 자리에서 물러나 초나라로 가서 춘신군의 후원하에 벼슬자리를 잠시 했습니다. 그러다 춘신군이 죽은 후 개인 연구에 몰두합니다. 그는 당시 유가 · 묵가 · 도덕가 사상 등을 모두 연구하여 수만 자에 달하는 글을 써서 남겼다고 사마천은 전하고 있습니다. 제자백가가 남긴 저술들은 후대로 갈수록 학문적으로 체계화되는 경향이 있는데요. 특히 전국시대 말기 사람인 순자가 남긴 『순자』 32편은 학문 · 수양 ·

순자(荀子, BC313~BC238)
유가의 대표인물. 직하학궁의 대표 학자.
초나라 난릉령(蘭陵令)을 역임함.

정치 · 문학 · 음악 · 군사 · 정치 등 다방면에 걸쳐 있습니다. 넓이와 깊이 면에서 동시대의 누구도 따를 수 없을 정도였습니다.

그런데 한번 묻겠습니다. '순자' 하면 어떤 단어가 떠오르시나요? 그렇습니다. 바로 '성악설性惡說'인데요. 맹자의 성선설과 함께 순자의 대표사상인 것으로 알려져 있습니다. 덕분에 순자에 대한 이미지는 좋지 않은 쪽으로 인식되어 있죠. 만약 순자가 살아있다면 아주 억울하다고 한탄할 만 한데요. 그가 32편의 논문으로 구성한 『순자』에서 인간의 성性이 악하다고 말한 편은 「성악」 편 딱 한 곳 뿐이거든요.

그는 '어질고 슬기로웠으며 편협하지 않았다.'라고 말하며 공자를 추종했습니다. 반면에 맹자에 대해서는 '기묘하고 모순되어 기준이 없고, 불분명하여 논리적으로 근거가 없다.'라고 비판합니다. 또 맹자가 주장한 성선설과 비교되는 성악편으로 인해 일종의 낙인이 되었습니다. 공자, 맹자, 순자 세 사람은 서양철학의 원조인 소크라테스, 플라톤, 아리스토텔레스와 비교할 만 하죠? 위대한 현인이 세상을 다스려야 한다고 주장한 플라톤, 보다 실천적이고 자연을 연구한 아리스토텔레스보다 이상론을 펼쳤던 플라톤을 더 위대한 사람으로 칭송했던 서양인들처럼 중국에서도 솔직하고 현실적인 순자보다 이상적인 맹자의 주장이 더 와닿았나 봅니다.

당나라 학자 한유韓愈가 맹자를 칭송하고 순자의 학설이 하자가 있다고 말한 이래 송나라 이후의 성리학에서는 한결같이 순자 사상을 부정하고 멀리합니다. 맹자를 유학을 세운 성인으로 삼았던 조선에서도 『순자』는 사대부들에게 금서였습니다. 하지만 유학자들의 공격은 주로 『순자』의 「성악」편과 「비십이자非十二子」편에 집중되었을 뿐인데, 『순자』

전체에 대해 진지하게 접근하지 않았습니다. 청나라시대에 이르러서야 주석을 달고 잘못된 해석을 바로잡는 일이 생깁니다. 그러나 아직 한국 사회에는 『순자』에 관심을 두는 사람은 많지 않은 듯합니다.

그렇다면 순자의 '성악性惡'이 무엇인지 정리해보겠습니다. 그는 「성악」편에서 "인간의 본성은 악한데, 인간이 선하게 됨은 인위의 덕분이다."라고 말합니다. 순자는 인간의 본성이 악한 이유를 '욕망'이라는 단어로 정리합니다. 인간은 욕망을 가진 존재라서 이를 추구하기 위해 여러 갈등이 생긴다고 본 것이죠. 욕망의 가장 대표적인 것은 식욕과 성욕인데요. 이런 욕망을 가졌기 때문에 악하다고 말한 것입니다. 인간에 대해 아주 정확하고 솔직하게 분석한 듯합니다.

만약 인간에게 이런 욕망이 없다면 제대로 생존할 수 있었을까요? 분명 이 두 가지 욕망은 지구상에서 인간이 번성하는데 크게 기여를 했습니다. 하지만 욕망을 과도하게 추구하기 때문에 분쟁이 생기고 과도한 혼란이 빚어지고 집단 내에서 무질서가 일어납니다. 이를 순자는 '악惡'이라고 본 것입니다.

순자는 이런 욕망을 없애자고 하지 않습니다. 다만 예를 기준으로 충족하자는 것이죠. 없앤다고 해서 없어질 것도 아니니 노력으로 달래보자는 말입니다. 그러기 위해 필요한 일이 성(본성)과 위(노력)를 분리하자는 주장입니다. 욕망을 가진 본성은 그대로 두되 위爲로써 스스로를 다스려 보자는 것이죠.

"배워서 능할 수 있고 전념해 이룰 수 있는 것이 사람에게 있는 것을 위僞라고 한다."

그래서 순자는 학문의 중요성을 강조합니다. 제나라 직하학당의 좨주(학장)를 세 번이나 역임한 대학자답게 우리가 무엇을 해야 하는지를 잘 알려주고 있는 셈입니다. 그래서 우리 앞에 있는 고전『순자』의 진면목은 첫머리에 있는「권학」과「수신」편에 있습니다. 순자에 출처를 둔 학문을 권장하는 명문장이 많은 까닭입니다. 권학편에는 우리가 잘 아는 고사성어 '청출어람靑出於藍'이 나옵니다. 스승을 두고 배우지만 스승보다 더 나은 사람이 되자는 아름다운 문장이죠. 그 원문은 이렇습니다.

學不可以已 (학불가이이)	학문은 그쳐서는 안 되나니
靑取之於藍 (청취지어람)	푸른색은 쪽에서 취했건만
而靑於藍 (이청어람)	쪽빛보다 더 푸르고
氷水爲之 (빙수위지)	얼음은 물에서 된 것이지만
而寒於水 (이한어수)	물보다 더 차다네

발 없는 자라가 천리를 간다는 뜻의 '파별천리破鱉千里'도 가슴에 와 닿습니다. 자라가 그것도 몸이 성치 않아 제대로 걷지 못하는 자라도 쉬지 않고 노력하면 천리를 갈 수 있을까요? 토끼와 거북이가 경주를 벌일 때 쉬지 않고 꾸준히 걷던 거북이가 먼저 목표에 도달했던 이야기와 비슷합니다. 한눈 팔지 말고 노력하고 또 노력하면 원하는 결과를 얻을 수 있다는 교훈이지요.

유가사상을 간단하게 말해야 한다면 학문과 자기수양의 철학이라고 말할 수 있겠습니다. 공자는 군자君子가 되기 위해, 맹자는 성인聖人이 되기 위해, 순자는 예를 갖춘 인간이 되기 위해 학문을 익히고 자기수양을 해야 한다고 강조합니다. 인간을 악한 존재로 보지 않고 성과 위를 분

리하여 노력하기를 강조했던 순자. 이제 유가사상을 집대성한 '순자'를
다시 보는 계기가 되었으면 좋겠습니다.

법술세로 세상을 다스리다

제나라 직하학궁

전국시대 사상가들의 활동에 주목할 만한 장소는 제나라에 있었다는 직하학궁稷下學宮이었습니다. 기원전 4세기 중엽, 전국시대 중기로 접어들었을 때 제나라는 도성 임치의 직문 아래 대규모 건물을 세우고 널리 인재들을 불러 모아 저술과 이론 활동을 하게 했는데 이를 직하학궁이라 했습니다. 사실상 백가쟁명은 직하학궁에서 대부분 진행된 것이라 해도 틀리지 않습니다. 이곳에서는 다양한 학술을 포용하고 관대하며 자유로운 분위기로 인해 고대 학술의 중심 역할을 하였기 때문이죠. 사마천이 「태사공자서」에서 개괄했던 육가의 저명한 인물들이 대부분 직하에서 활동했습니다.

직하학궁이 생기기 이전 중원에는 지리와 역사적 차이로 인해 다양한 사상들이 생성 발전하고 있었습니다. 남방의 형초荊楚 지역에서는 도가 사상이 발생했고, 관중 분지에서는 상앙의 개혁에서 알 수 있는 형명법술의 학술이 성행했습니다. 추노鄒魯 지역은 유가와 묵가의 고향이었고, 동쪽 연제燕齊 지역에서는 오행사상이 발달했습니다. 이들은 직접적으로 교류할 수 있는 기회와 조건이 만들어지지 않았기에 학술과 사상의 발전에 자극을 주지 못했습니다. 그런 때에 직하학궁의 설립은 열국의 문화와 사상이 교류하고 융합할 수 있는 최적의 환경을 만들어 준 셈이죠.

학문의 연구에는 후원자의 존재가 필수적입니다. 당시 전쟁으로 날밤을 지새우던 상황에서 온전하게 사상연구를 할 수 있는 환경을 제공했다는 건 엄청난 일이 아닐 수 없었습니다. 경제적 여유와 학술지원 풍토가 있었던 제나라였기에 가능한 일이기도 했죠. 그래서 각 나라의 학자들이 제나라로 몰려들었습니다. 예를 들면 조나라 사람인 신도와 순경, 송나라 사람 송형과 예열, 초나라 사람인 환연 등이 있었습니다.

직하학궁은 오랫동안 지속되었고(150여 년간) 규모도 매우 컸으며 소속되어 활동했던 학자가 많아 저술도 상당히 많았습니다. 하지만 대다수 인물들의 저작이 지금은 전해지지 않기에 소홀히 다뤄진 경향이 있었습니다. 기록으로 남아있는 인물들 중 가장 이름이 알려진 대표 학자가 순자荀子라고 할 수 있겠는데요. 분류해 본다면 유가에 순자 · 안촉 · 노중련이 있고 세력이 가장 컸던 도가에는 신도 · 전병 · 팽몽 · 접자 · 환연 등이 있었습니다. 송형이란 사람은 묵가 정신의 진정한 계승자였고, 명가에 속한 사람으로 윤문 · 예열 · 전파가 있었습니다. 추연과 추석이란 인물들은 음양가로 활동한 학자였습니다.

직하에서 연구한 학자들은 일상적으로 논쟁하고 교류하면서 서로의 생각을 주고받았기에 각 학파 사람들의 학술과 사상은 점차 혼재된 경향을 띠었습니다. 그래서 어떤 이는 두 학파의 학문을 추구했고 어떤 이는 여러 학파의 생각을 저술에 담기도 했습니다. 유가가 주장했던 덕정德政, 문치文治가 보편적으로 받아들여져 도가·법가·명가·음양가 제 학파가 유가의 주장을 흡수했습니다. 또 법치의 실행과 부국강병은 각 학파에서 공통적으로 인정하는 목표 중 하나였습니다. 직하의 원로 순우곤이 "학문은 특정한 것만을 고집하지 않았다."라고 말했는데 이것은 그가 학문의 경계를 두지 않고 자유로운 사상을 추구했다는 이야기입니다. 어쩌면 우리가 유가니 병가니 법가니 하고 구분하는 것도 후대 사람들의 생각이 반영된 것이라 할 수 있을 겁니다. 그만큼 직하학궁에서는 학문의 경계를 가지지 않고 자유롭게 연구했기 때문에 선진시기 학술과 사상의 발전을 선도할 수 있었던 것입니다.

스토리텔링의 천재 한비

모순矛盾이라는 단어를 아시죠? 두 개의 개념이나 명제 사이에 의미 내용이 서로 상반되는 관계를 말하죠. 이는 전국시대 초나라에서 창과 방패를 파는 상인이 "이 창은 예리하기로 어떤 방패라도 뚫을 수 있습니다. 그리고 이 방패로 말할 거 같으면 어떤 창이라도 막아낼 수 있습니다."라며 장사를 합니다. 그때 어떤 사람이 "자네의 창으로 자네의 방패를 찌르면 어찌 되는가?" 하고 물었더니 상인은 대답하지 못하더라는 이야기에서 나온 말입니다. 이는 『한비자』, 「난세」편에 있는 고사로 유가의 덕치주의를 비판한 우화입니다.

구맹주산狗猛酒酸이란 우화도 있지요. 이는 '개가 사나우면 술이 시어진다.'는 말로, 나라에 간신배가 있으면 어진 신하가 모이지 않음을 비유한 말입니다.

화씨지벽和氏之璧 이란 성어는 또 어떤가요? 이 말은 「화씨」편에 나옵니다. 초나라에 화씨란 사람이 있었는데 그는 옥을 감정하는 사람이었습니다. 그가 초산에서 옥을 발견하여 여왕厲王에게 바쳤는데 여왕이 옥을 다듬는 사람에게 감정하게 하니 보통 돌이라 했습니다. 여왕은 자기를 속이려 했다고 생각하여 화씨를 월형(발꿈치를 베는 형벌)에 처합니다. 여왕이 죽고 무왕이 즉위하자, 화씨는 또 그 옥돌을 무왕에게 바쳤는데 이번에도 보통 돌이라 해서 오른쪽 발이 잘렸습니다.

무왕이 죽고 문왕이 즉위하자, 화씨는 초산 아래에서 그 옥돌을 끌어안고 사흘 밤낮을 울었는데 사람들이 이를 발견해 문왕에게 고했습니다. 문왕은 화씨가 우는 까닭을 물었고 "나는 발을 잘려서 슬퍼하는 것이 아닙니다. 보옥을 돌이라 하고, 곧은 선비에게 거짓말을 했다고 하여 벌을 준 것이 슬픈 것입니다."라고 화씨는 말했습니다. 이에 문왕이 그 옥돌을 다듬게 하니 천하에 둘도 없는 명옥이 모습을 드러냅니다. 그리하여 이 명옥을 그의 이름을 따서 '화씨지벽'이라고 부르게 되었다고 합니다.

이 고사는 어리석은 군주들이 유능한 인물들을 제대로 보지 못함을 화씨의 구슬을 들어 한탄하고 있습니다. 한비자는 지조 있는 선비들이 얼마나 처신하기 어려운가를 우화를 통해 설명하고 있지요. 한비가 쓴 『한비자』는 이렇듯 하고 싶은 말을 스토리텔링으로 설명하고 있습니다.

제자백가인들 중 스토리텔링을 잘 하기로는 장자가 있었습니다. 하지만 방대한 그의 저서 내내 적절한 이야기를 도입해 설명하기로는 한비자를 따라갈 저작물이 없었습니다. 그래서 그랬을까요? 진시황은 『한비자』를 읽고 당장 만나고 싶다고 말했으며, 천하의 제갈량도 죽기 직전 유비의 아들 유선에게 반드시 읽으라고 권했답니다. 신중국 창시자 모택동도 이 책의 애독자였던 건 마찬가지였습니다. 『한비자』가 난세 리더십의 정수를 담고 있었기 때문입니다.

『한비자』를 쓴 한비(기원전 약 280~233년)는 전국시대 말기 사람으로 한韓나라의 왕족이었는데 순자의 제자라고 알려져 있습니다. 사마천이 기록했기 때문인데, 순자와는 학설이 달라 잘못된 이야기라는 설도 있습니다. 어쨌든 그는 법가 이론의 완성자로 통합니다. 훗날 진나라 승상이 되는 이사와 순자 밑에서 함께 공부했는데 선천적으로 말을 더듬는 장애를 갖고 있었습니다. 당시 사士 계급 사람들은 유세를 통해 정치권력을 얻어야 했는데 이러한 말더듬이는 출세에 심각한 장애요소였죠.

하지만 그는 자신의 약점을 보완하기 위해 더 높은 학문연구에 힘쓰고 문장력을 기르는 데 주력했습니다. 때문에 그의 저서인 『한비자』는 다른 제자백가의 저서들과 비교해 볼 때 뛰어난 명문이라고 후대사람들은 인정하고 있습니다. 또 거의 예외 없이 후대인들의 가필이 있었는데 한비자는 시작부터 끝까지 한비의 작품이라는 평가가 중론입니다. 그 방대함에도 불구하고 짜임새가 있고 논리적이라는 이야기죠.

한비자(韓非子, BC280~BC233)
신정 사람. 한나라의 귀족으로 순자를 스승으로 모신 법가의 대표인물. 이사 때문에 죽임을 당함.

왕족의 일원이었지만 말을 더듬는 약점을 지니고 있었기에 그는 고향인 한나라에서 중용되지 못합니다. 한나라는 전쟁야욕을 드러내는 강대국 진秦나라와 이웃하고 있었기 때문에 미래가 불안했습니다. 약소국 한나라는 언제든 망할 가능성이 높았죠. 이를 아는 한비는 한왕에게 수시로 부국강병의 묘책을 건의했지만 받아들여지지 않았습니다. 앞에서 말한 '개가 사나우면 술이 시어진다'는 '구맹주산'의 우화는 왕 주변에 있던 간신배들로 인해 제대로 된 조언을 제공하지 못하는 자신을 한탄하는 이야기라 할 수 있습니다.

결국 그가 할 수 있는 일은 학문 연구를 통한 저술활동 뿐이었습니다. 이 결과 「고분」, 「오두」, 「내외저內外儲」, 「설림說林」, 「세난說難」 등 10만여 자에 이르는 저작을 남길 수 있게 됩니다. 위대한 저작물은 작가가 짊어졌던 고난의 결과물이라 했던가요? 궁형을 당했던 사마천은 자신이 겪은 억울한 고난이 좋은 책을 만들게 했다는 의미에서 발분저서發憤著書라는 말을 썼는데요. 긴 유배시기를 겪었던 다산 정약용이 수많은 저작물을 남길 수 있었던 것도 같은 이유였습니다.

한비가 남긴 『한비자』의 핵심은 '법술세法術勢'란 말로 요약될 수 있습니다. 당시는 전국시대 말기로 모든 나라가 부국강병을 추구하면서 생존을 모색하고 있었죠. 만약 어떤 군주가 강력한 나라를 구축하려 한다면 법을 세우고 신하를 잘 다스려야 했습니다. 이때 법은 백성을 다스리는 것이고, 술은 신하를 다스리는 것입니다. 그럼으로써 군주가 세勢를 확립하는 것이 '법술세'였는데요. 이는 직하학당을 비롯한 여러 나라에서 활동한 법가 사상가들이 말한 내용들이었습니다. 한비자는 당시 법가들이 주장한 것을 집대성했다고 보는 게 맞지 않을까 싶습니다.

한비는 법에 의한 국가통치의 확립을 강조했습니다. 그래서 법치란 정해진 규칙대로 국가를 운영하는 것을 말하죠. 그 과정에서 필요한 것이 바로 신상필벌입니다.이를 가장 먼저 시행한 것으로 알려진 이는 병가사상의 원조 손무孫武였습니다. 기강을 세우고 이를 잘 따르게 하는 것이 승리의 요체라고 본 것이죠. 이를 국가차원으로 확대하면 법률을 만들고 공포하는 것만으로는 국가가 다스려지지 않으므로 법률에 근거하여 이를 잘 지키거나 어길 경우 그에 맞는 포상과 벌을 엄격하게 시행해야 한다고 했습니다. 이를 진나라에 처음 도입하고 실천했던 인물이 바로 상앙이었죠.

두 번째의 '術술'은 정나라 사람 신불해(申不害, ?~기원전 337년)가 처음 주장했는데요. 그는 정나라에서 태어났는데 후일 한韓나라의 소후를 섬겨 재상으로 일했습니다. 그리고 황로사상을 기본으로 삼아 신하들을 통제하는 방식을 강조하는 술의 정치를 주창했습니다. 신하에게 관직을 맡기되 명분에 맞게 실효를 책임지게 하고, 군주는 신하를 감독하면서 생사여탈권을 쥐어 군주의 전제정치를 강화해야 한다는 것이지요.

같은 한나라 출신이었던 한비는 신불해의 사상을 가져다 자기 것으로 만들었습니다. 한비는 「정법」편에서 술에 대해 이렇게 설명합니다.

"술이란 담당할 수 있는 능력에 따라 관직을 주고, 명분에 따라 실적을 따지며 실행권한을 장악하여 여러 신하의 능력을 심사하는 것으로 이는 군주가 장악해야 한다."

여기서 한비자는 '법은 드러내는 것이 낫고 술은 드러내지 않는 것이 낫다.'라는 책략적 사상을 강조합니다. 이 말의 뜻은 법은 문서로 편찬하여 관청에 비치하고 널리 백성에게 공포하는 것이며, 술은 임금의 마음속에 은밀히 숨겨두고 백성을 통치하고 신하들을 통제해야 한다는 것이죠. 흔히 한비자와 마키아벨리를 비교하는 경우가 많은데 바로 이 술치에 관해서 동일한 관점을 갖고 있어서입니다. 결국 한비는 '술치는 법치와 달리 성문화해서는 아니 되며 군주가 독점하고 있어야 한다.'라고 강조하고 있습니다.

세 번째의 '세勢'란 타고난 지위의 높고 낮음을 가리킵니다. 군주의 아들(왕자) 혹은 현 군주 자리를 이어서 차지하게 되는 사람이 갖는 자연적인 권력을 뜻합니다. 바로 군주가 가진 혈통의 특별함을 말하며 이는 누구나 가질 수 있는 것이 아니었습니다. 전통시대일수록 세의 영향력은 커질 수밖에 없었고 이를 절대 무시할 수 없었습니다. 민주주의가 통용되는 오늘날에도 좋은 혈통의 영향력은 여전합니다. 아버지의 후광으로 대를 이어 권력을 차지하는 경우가 꽤 많으니까요. 한비는 「공명」편에서 "요순임금 같은 경우도 세가 없었다면 제대로 다스리지 못했을 것이며 걸왕 같은 이가 폭정을 할 수 있었던 건 타고난 세가 있었기 때문이다."라고 말합니다.

한비가 말하는 결론은 이렇습니다. 국정에서 '법술세'가 모두 함께 어우러져서 운영 되어야 하며 어느 하나도 빠져서는 안 되는 것이라고 말합니다. 만약 군주가 요순 임금에 미치지 못하더라도 걸왕과 주왕 같은 폭군이 되지 않으려면 '자연의 세'와 '인위의 법술'이 잘 결합되어야 한다고 말이지요. 다시 말해 법술과 함께 인의의 세를 잘 활용하면 군주가 덕을 갖춘 성군이 아니더라도 국가는 안정될 것이며 설사 폭군이 나오더라도 걱정할 정도는 아니라고 말합니다. 현실적으로 요순과 같은 성인군주가 탄생하기는 어려우므로 자연의 세와 인위의 세를 잘 결합하는 정치만이 최상이라고 본 것이죠. 유가사상에서는 군주가 덕이 있고 현명해야만 한다고 했지만 한비의 법가이론에선 현실론을 인정한 셈입니다.

결국 그의 책을 입수한 진왕(훗날 시황제가 되는)은 그를 불러들였습니다. "한 번만이라도 그를 만나 이야기를 나눌 수 있다면 죽어도 여한이 없겠다."라는 칭찬과 함께 말이죠. 그래서 동문수학했던 이사는 왕명을 받들어 한비를 진나라로 초청했고 그의 사상을 진왕에게 들려주었습니다. 한비는 진왕에게 6국을 병합하는 계책을 건의했습니다. 먼저 먼 나라와 친하고 가까운 나라를 공격한다는 원교근공遠交近攻으로 6국의 합종을 깨고 한·조·위를 멸망시킨 다음 다른 제후국을 멸망시킬 것을 제안합니다. 이는 장의가 제안했던 연횡책과 다르지 않았죠. 그러나 진왕은 그를 믿지 않았습니다. 그가 한나라의 공자이기에 한나라를 위한 전략을 제안할 것이라는 승상 이사의 조언이 있었기 때문입니다.

결국 진왕은 한비의 죄를 물었고 이사는 사람을 보내 독약을 주면서 자살하게 했습니다. 얼마 뒤 진왕은 자신의 행동을 후회하면서 한비를 사면하려 했으나 그는 벌써 죽은 목숨이었답니다. 여기에는 조금 다른 이야기도 있습니다. 사마천은 승상 이사가 한비를 시기해서 그랬다고 기록을 남겼지만, 다른 연구에 의하면 한비가 조국을 살리기 위한 소신 발언을 했다고 합니다. 그래서 진왕의 노여움을 샀고 처형될 수밖에 없었다고 봅니다. 어찌 보면 한나라 왕족의 후예로서 망해가는 조국을 살려보려 노력하는 건 당연한 것이겠지요.

하여튼 진왕은 법·술·세를 결합한 한비의 정치모략을 모두 접수했고, 실질적인 정책으로 실행해 전국을 통일할 수 있었습니다. 이로써 한비의 학설은 후세에 영원히 남겨지게 되었습니다. 하지만 법가의 사상을 현실적으로 실천했던 인물은 상앙이었습니다. 한비보다는 윗대 사상가였지만 진나라가 전국시대를 끝내고 통일을 이룩하는데 국가 혁신책을 기초했고 이를 실천했던 겁니다. 그 결과는 일백 년 후 승상이었던 이사에게 연결되어 중국최초 통일제국을 만들 수 있었던 것이죠.

화씨벽과 황제인장

한비자가 기록한 화씨벽은 그 후 어떻게 되었을까? 이에 얽힌 이야기는 당시의 국제정세가 어떠했는지를 자세히 알려주기에 꽤 의미 있다. 초나라에서 탄생한 화씨벽은 어찌어찌해서 조나라 혜문왕이 인수했는데 이 소식을 들은 진(秦) 소왕은 얼마나 갖고 싶었던지 혜문왕에게 성 15개와 바꾸자고 제안했다. 하지만 혜문왕은 강대국인 진나라를 믿지 못했다. 진 소왕이 자신들의 국력만 믿고 화씨벽을 거져 얻으려는 속셈을 알 수 있었다. 그래서 신하 인상여를 불러 의견을 들었다. 그러자 그가 스스로 화씨벽을 가지고 진나라로 넘어가 협상해 보겠노라고 나섰다.

진나라로 넘어간 인상여는 진왕을 만나 화씨벽을 보여준 후 이렇게 협상안을 던졌다.

"여기 화씨벽에는 흠이 하나 있는데 직접 보여 드리겠습니다." 라고 말하며 화씨벽을 들고 기둥에 기대서서 분노하며 말했다.

"화씨벽은 천하가 모두 인정하는 보물입니다. 조나라 왕은 진나라를 믿고 닷새간 목욕재계를 하신 후 저를 보내셨습니다. 그러나 대왕께서는 저를 함부로 대하시고 성을 주실 생각이 없는 듯 합니다. 만일 대왕께서 신을 핍박하신다면 신의 머리를 이 화씨벽과 함께 기둥에 부딪쳐 깨뜨리겠습니다."

진 소양왕은 깨뜨리지 말기를 청하며 자신도 5일 재계를 하고 받겠다고 약속했다. 인상여는 숙소로 돌아오자마자 화씨벽을 수행원을 시켜 조나라로 돌려보냈다. 5일이 지난 후 진왕이 귀빈의 예를 갖추어 인상여를 접견하자 그는 이렇게 말했다.

"진나라에는 훌륭한 군주가 많았지만 여태 약속을 굳게 지킨 임금은 없었습니다. 신은 대왕께 사기를 당할까봐 화씨벽을 조나라에 돌려보냈습니다. 다만 지금이라도 진나라가 성 15개를 조나라에 준다면 어찌 화시벽을 진나라에 주지 않겠습니까? 신이 대왕을 속인 죄가 크니 엄벌에 처해 주십시오."

이에 놀란 진왕과 신하들은 인상여를 죽인다고 해도 화씨벽을 손에 넣기는 어렵겠다는 생각이 들어 그를 후하게 대접해 돌려보냈다. 이리하여 조나라는 화씨벽을 빼앗기지도 않았고 강대국을 상대로 외교역량도 펼쳐 보일 수 있었다. 이렇게 화씨벽이 진나라에 갔다가 무사히 돌아온 일화에서 '완벽(完璧)'이라는 말이 생겨났다.

그러나 진나라는 결국 화씨벽을 얻을 수 있었는데 기원전 228년 시황제(始皇帝)가 조나라를 멸망시킨 후였다. 시황제는 승상 이사로 하여금 황제의 도장을 만들게 했고 '새(璽)'라고 불렀는데 황제의 인장을 의미했다. 이렇게 진시황으로부터 '옥새'라는 말이 생겨나게 되었다.

제6강

농민과 유목민_ 중원을 다투다

도전과 응전, 통일과 분열의 시대

중국사에서 유목제국의 위치

우리는 동아시아 문화에서 절대적인 자리를 차지하고 있는 유교사상이 중국에서 탄생한 것을 잘 알고 있습니다. 가족을 중시하고 아랫사람이 윗사람을 공경하고, 부모에게 효도하는 아름다운 전통이 바로 유교문화의 근간이라 할 수 있겠죠. 또 조상에게 제사를 지내는 문화, 공자의 정명론에서처럼 사회 위계질서가 뚜렷하고 남자에 비해 여자의 위치가 낮은 남존여비의 문화 등도 유교의 영향이라 할 수 있습니다.

그런데, 이런 유교문화는 한국사회의 특징 아니던가요? 이상하게도 유교의 탄생지인 중국에서는 이런 문화를 발견하기 쉽지 않습니다. 물론 13억이 넘는 인구에 세계 4위의 영토를 가진 중국을 한 마디로 정의한다는 건 무리가 있습니다. 그래도 한중일 삼국 중 중국 여성의 사회적 지위가 가장 높은 건 분명합니다. 가정에서도 비교적 남녀평등을 구현하고 있고, 조상에게 제사를 드리는 가정도 많지 않습니다. 또 체면보다는 돈을 가장 중시하는 그들의 습성을 발견할 수 있습니다.

　연초에 중국인끼리 하는 인사가 뭔지 아세요? 그들 발음으로 "빠짜이"라 합니다. 한자로는 "發財"라 쓰죠. 이 뜻은 "돈 많이 버세요."입니다. 중국인은 8이라는 숫자를 아주 좋아하는데요. 8의 발음이 '빠'이고 빠자이의 빠와 같아서 그렇답니다. 돈이 세상에서 가장 중요하다는 중국인의 의식을 반영한다고 할 수 있습니다. 그래서 한중일 동아시아 3국인 간에는 이런 비유가 가능합니다. 사회주의 국가인 중국에서 자본주의적 특성을 가진 중국인이 있고, 민주주의 국가인 일본에는 집단주의적 특성을 가진 일본인이 있고, 한국인은 그 중간적 성격을 가진다고 말이지요.

　그렇다면 유교의 탄생지이지만 유교적이지 않은 중국인이 많은 건 어떤 요인에서일까요? 어떤 이는 1949년 이후 신중국 창설 이후의 공산주의 때문이라고 해석합니다. 물론 모택동과 공산주의가 중국 땅을 크게 바꿔놓은 것은 틀림없습니다. 20세기 초반 청나라가 멸망한 후, 신분이 고착화된 위계질서의 사회는 많이 바뀌었습니다. 공산 혁명 후 문화대혁명 때에는 유교사상이 물리쳐야 할 구습이라는 혹독한 비판을 받았지요. 공산주의가 남녀평등 사상을 구현하게 한 점도 분명 있습니다. 그런데 유독 돈을 밝히는 문화는 어떤가요?

　저는 여기에 또 다른 이유를 들어 봅니다. 공산주의가 중국 땅에 들어온 것은 이제 60년이 조금 넘었습니다. 사람들이 생각하고 행동하는 습성들을 모두 바꾸기에는 그리 길지 않은 시간이라 할 수 있지요. 더구나 등소평의 개혁개방 이후 문화대혁명으로 파괴되었던 문화유산이 다시 복구되고 과거의 사상들이 다시 자리잡아 가고 있습니다. 신중국

이전 중국인들이 가졌던 고유의 습성들이 다시 등장하고 있다고 봐야죠. 저는 중국에서 여성의 지위가 높은 것, 돈을 중시하는 풍토가 있는 것 등은 중원에 북방 유목문화가 오랫동안 자리 잡고 있었기 때문이라고 봅니다.

오늘날 중국인의 대부분을 차지하는 한족은 중원에 살던 토착 민족과 외부 이주민의 지속적인 교류에 의해 탄생했습니다. 특히 북방 유목민의 이동이 가장 큰 영향을 끼쳤습니다. 중국 왕조의 역사를 들여다보면 그 증거들을 발견할 수 있죠.『삼국연의』서문 첫 머리에는 이런 말이 있습니다. "천하대세 합구필분 분구필합(天下大勢 合久必分 分久必合)" 천하는 합쳐졌다가 흩어지고 흩어지면 다시 뭉치는 과정을 반복했다는 이야기입니다. 그런데 여기 분열기를 만들었던 가장 큰 원인이 바로 북방 유목민의 남하였습니다.

중국 역사시대를 한번 볼까요? 최초의 통일제국이었던 진나라가 잠깐 이어졌다가 한나라가 오랫동안 영광을 누렸습니다. 그게 서기 전 206년부터 서기 221년까지입니다. 이때를 이어 위촉오 삼국시대가 280년까지 있었고 서진의 통일시대가 312년까지 30여년 지속됩니다. 그러다 중국은 거대한 분열 시대로 이어지는데 그때를 바로 5호16국, 남북조시대라고 부르죠. 이때가 중국 역사상 최초로 유목민이 천하를 차지했던 가장 큰 분열기였습니다. 이후 유목민이 지배층을 이루었던 통일제국 수당이 이어졌고, 잠시 분열기를 거쳤다가 다음에는 한족이 중심이 된 송나라가 차지합니다. 그런데 이때에도 유목민의 위세는 여전했습니다. 요와 금이 북방을, 서쪽지역을 통구스족 서하가 차지했기 때문이죠. 그러니까 송나라는 통일제국이 되지 못했습니다. 그러다 몽골족이 멀리 유럽까지 원정한 이후 거대한 유라시아 제국을 만듭니다. 이후 역사는 한족의 명나라와 여진족이 만든 청나라가 이어집니다. 중원을 차지했던 왕조 역사를 정리해 보면 이렇습니다.

북조   : 312~581
수, 당   : 581~907
5대 10국 : 907~960
북송   : 960~1126
요, 금   : 1126~1234
몽골   : 1209~1368
명   : 1368~1644
청   : 1644~1912

흉노무사도

자세히 보면 중원을 차지했던 순수 농민제국은 북송시대인 166년과 명나라의 276년 뿐이었다는 걸 알 수 있습니다. 그렇게 되면 312년부터 1912년까지 1,600년간 유목민이 중원을 차지했던 시기가 1,100년 이상으로 더 긴 기간이었습니다. 따라서 유목민 문화가 중원에 널리 확산되었을 가능성이 아주 높겠지요? 물론 이 때 유목민은 지배층으로 군림했고 한족 농민은 피지배층이어서 모든 문화가 유목 스타일로 바뀌지는 않았겠지만 영향력이 상당했을 것은 분명합니다.

우리가 아는 대부분의 기록을 남긴 한족출신 역사가들은 유목민들이 중원을 지배했어도 중원의 거대한 문화역량에 흡수되어 유목민의 자취가 대부분 사라졌다고 기록했습니다. 또 우리는 그렇다고 학교에서 배웠습니다. 과연 그럴까요? 몽골족 원나라와 만주족 청나라가 지배했던 기간 동안 중원의 문화는 크게 바뀌었습니다. 지배층이 강제하는 유목 문화를 피지배층인 한족들이 무시할 수 없었던 이유가 컸죠. 한족 출신이 청나라 관리로 등용되려면 반드시 변발을 해야 했습니다. 여성들이 입는 전통 의상인 치파오는 만주족으로부터 유래했으며, 북경요리 중 원나라시대부터 유래한 것이 상당히 많습니다. 그만큼 중국 역사는 유목민으로부터 받은 영향이 상당히 큽니다. 우리가 중국 역사에서 유목민에 관해 제대로 다루지 않으면 안 되는 이유입니다. 그래서 중국 역사를 한 마디로 정의해 본다면 "농민과 유목민의 쟁투"라고 말해도 틀리지 않습니다.

중국인의 자랑 만리장성

중국은 오랜 역사만큼이나 유네스코에 등록된 세계문화유산 유물이 많습니다. 그 중에서 가장 유명한 것 하나만 꼽으라면 아마 대부분의 사람들이 '만리장성'이라고 말할 것입니다. 중국에 대한 가장 상징적인 유물이라 할 수 있지요. 베이징 시내에서 버스를 타고 두 시간을 달리면 관광객들이 가장 많이 찾는 팔달령 장성을 만날 수 있습니다. 저도 예전에 여기에 올라서 보니 멀리 보이는 산 구릉을 따라 오르락내리락하며 벽돌로 지은 구조물을 볼 수 있었습니다. 정말 저것을 인간이 만들었단 말인가? 하는 감탄이 절로 나오죠. 한편으로는 저 험한 곳에서 일하던 군인과 공사 인부들이 참 고생 많았겠다라는 생각까지 들고요.

중국 사람들이 말하는 가장 유명한 허풍은 바로 "달에서 보이는 유일한 구조물이 만리장성이다."라는 말입니다. 모택동은 이곳에 올라

북경 팔달령 부근의 만리장성

"장성에 오르지 않고는 사내대장부가 아니다."라는 말로 중국인의 애국심을 부추기기도 했습니다. 그런데 정말로 달에서 바라보면 만리장성이 보일까요?

　사마천에 의하면 장성이 처음 쌓여진 것은 전국시대였다고 합니다. 기원전 4세기경 초·연·진·한·조·위·제 등 일곱 나라는 각각의 목적에 의해서 성을 쌓았습니다. 외적을 방어하려고 성을 쌓은 경우도 있었고 내부에 있는 농민들이 도망하지 못하게 하는 목적에서 쌓은 성도 있었습니다. 성은 원래 외적을 막기 위해 쌓은 것 아니었나요? 그렇습니다. 성을 쌓은 가장 중요한 목적은 외적이 침입했을 때 그곳에서 농성하며 저항하려는 것이었죠. 하지만 내부인의 이동을 막기 위한 성도 있었습니다. 당시 중원에 있던 모든 나라가 경쟁을 하고 있었고 부족한 인구를 늘리기 위해 군주들은 애를 많이 썼죠. 그런데 가뭄과 홍수로 인해 흉년이 자주 발생했고, 백성들은 호구지책을 위해 다른 나라로 이동하려는 경우가 많았습니다. 자기를 써줄 군주를 찾아 여기저기 떠돌던 사士계급 사람들과 마찬가지였죠. 백성은 나라를 구성하는 가장 중요한 주체이고 노동력이 있어야 농사를 제대로 지을 수 있었기 때문에 다른 나라로 도망하려는 백성들을 필사적으로 막아야 했거든요.

진시황이 6국을 멸하고 전국시대를 끝내자 국가별로 쌓아놓은 성은 이제 필요 없어졌습니다. 그래서 각국에 있던 방어용 성벽은 허물었고, 북방 흉노족에 대항하기 위해 만들었던 기존 장성은 연결해 침입에 대비했습니다. 그리곤 대규모 군대를 배치해서 방어에 전념합니다. 성만 쌓아놓고 이곳을 지키는 군사들이 없다면 아무 의미가 없기 때문입니다. 그래서 진시황의 큰아들 부소는 북쪽 장성에서 근무하느라 아버지가 순행 중 죽었는데도 몰랐습니다. 그렇게 변방에서 삭풍을 맞으며 고생 했는데도 그에게는 불행이 닥치죠. 아버지가 죽은 후 승상 이사와 환관 조고가 음모를 꾸미고 보낸 조서로 인해 자결하게 된 운명을 맞았었죠. 그만큼 북방의 방어는 중요했던 것입니다.

후대 왕조에서도 수시로 장성을 쌓았다는 기록이 나옵니다. 심지어 유목민이 세운 나라인 북위에서도 성을 쌓았고, 역사상 가장 많은 노력을 기울인 나라는 지금 볼 수 있는 벽돌로 만든 장성을 쌓은 명나라였습니다. 백과사전에는 만리장성이 인류 최대 토목공사이며 동쪽 산해관에서 서쪽 자위관까지 약 2,700킬로미터로 뻗어 있다고 나옵니다. 지선까지 합하면 총 길이가 약 5,000~6000킬로미터에 이른다고 하지요.

우리는 흔히 장성이 중국 역사의 모든 곳에서 큰 의미가 있던 것으로 알고 있습니다. 하지만 장성은 시대에 따라 효용가치가 있을 때도 있었고 쓸모가 없어 버려지기도 했습니다. 특히 중원에 농민제국이 들어섰을 때에는 그 의미가 있었지만 유목민이 주도세력이 되면 그 필요성이 사라졌습니다. 유목민은 대규모 백성들을 동원해 장성을 쌓을 여력도 되지 않았지만 그럴 필요도 없었기 때문이지요. 더구나 북송시절에는 화북 지방 상당수를 요와 금나라에 빼앗겼기 때문에 성을 쌓고 유지할 가능성도 없었습니다. 북방에서 쳐들어오는 외적을 성 안에서 막아 싸우는 건 농민의 방식이었습니다. 오늘날 만날 수 있는 북경 부근 장성은 명나라시대에 몽골족을 막기 위해 세워진 벽돌식 성입니다. 현대 중국인에게 장성은 그저 오래전 유적 그 이상도 이하도 아닙니다. 그저 관광용으로 공산당에서 보수해서 멋지게 보일뿐이지요.

중국 왕조의 역대 제왕들은 방어를 위해 백성들의 피땀을 이용해 장성을 쌓았지만 이것이 제 역할을 해본적이 별로 없었습니다. 진시황은 장성을 쌓느라 백성들의 원성을 들어야 했고 국가경제를 피폐하게 만들었습니다. 그럼에도 나라가 망한 것은 정작 외부의 적이 아니었고 내부로부터였지요. 명나라는 비단이나 도자기를 팔아 쌓은 부의 상당부분을 장성을 구축하는데 투입했습니다. 하지만 명나라는 만주족 팔기군에게 장성이 허망하게 뚫렸고, 내부 반란에 이은 적의 침입에 멸망하고 말았던 것입니다.

달에서 보이는 유일한 구조물이라는 말도 사실은 한때 중국을 칭송했던 서구 언론이 만들어낸 말입니다. 1923년 2월 내셔널 지오그래픽 잡지는 다음과 같은 기사를 실었습니다.

"인류가 건설한 것 가운데 가장 굳센 장벽이 세워진지 20세기가 넘도록 진나라 땅을 지키고 있었다. 천문학자들에 따르면 인간이 만든 구조물 가운데 달에서도 맨눈으로 보이는 것은 만리장성뿐이다. (중략) 그것은 15년 만에 완성되었다." [13]

한번 만들어진 잘못된 이야기가 사실인 것처럼 계속 확대 재생산되고 있는 셈입니다. 물론 중국인 입장에서는 이 말을 굳이 없애야할 이유도 없는 셈이죠.

마르코 폴로와 동방견문록

몽골과 원나라를 서방지역에 알린 가장 중요한 역할을 했던 사람은 마르코 폴로였다. 그가 쓴 『세계의 기술 Divisament dou Monde』(흔히 동방견문록으로 알려져 있다)은 인류 여행사에서 가장 중요한 서적인데, 고향 베니스에서 출발해 원나라에 다녀올 동안 보고 느낀 내용을 기록해서다. 이를 평생토록 읽은 콜럼버스는 황금의 땅 '지팡구'를 가려고 남들과는 다른 방향으로 항해를 했고, 그 결과 신대륙 발견이란 성과를 거둘 수 있었다.

마르코 폴로는 1271년 교황 그레고리우스 10세의 신임장을 받고 몽골로 떠나는 부친과 삼촌 및 2명의 수사와 함께 원나라로 향했다. 2명의 수사는 중도에 여행을 포기하고 돌아갔지만 폴로 가족은 옛 비단길을 따라 사마르칸트와 파미르고원을 넘어 중국 하서지방을 지났다. 이후 1275년 원나라 황제의 여름궁전이 있던 상도上都에 도착하여 세조 쿠빌라이를 알현했다. 이후 마르코폴로는 원나라에 17년간 머물며 중국 각지에서 경험한 내용을 책에 기록했다. 그의 직접적 기록은 아니었고 그가 구술하는 내용을 함께 감옥에 머물렀던 제노아인 루스티첼로가 받아 적었다.

그런데 마르코폴로가 『동방견문록』에서 이야기하는 내용에 의심하는 견해들이 있다. 그는 중국에 다녀온 적이 없으며 선교사나 상인들을 통한 세간에 떠도는 이야기와 아랍인의 책에 기록된 내용을 베껴서 편집한 내용에 불과하다고 말이다. 의심하는 사람들이 내세우는 주장은 이렇다. 첫째, 책에는 중국의 차나 여인들의 전족, 장성에 대한 내용이 나오지 않는다는 것이다. 둘째는 한자는 물론 서양 사람들에게는 낯선 젓가락에 대해서도 언급하지 않는다. 셋째는 중국 문헌에는 마르코 폴로의 존재에 대해 전혀 기록되어 있지 않다는 것이다.

과연 마르코 폴로는 원나라를 가보지 못했던 것일까? 내용을 잘 들여다보면 서양학자보다는 중국학자들이 주로 의심하는 듯하다. 이는 몽골족이 지배하는 원나라의 특성을 전혀 간과하고 중국문명의 우월감에서 나온 말이라 보여진다. 우선 마르코폴로가 장성에 대해 언급하지 않는 건 당시 장성이 없었기 때문이다. 오늘날 보는 장성은 명나라 때 몽골족을 경계하여 만들어진 것이다. 그러니 몽골이 지배하는 원나라에서 장성이 있었을 리 없다. 과거에 쌓은 장성이 있었다 해도 관리가 전혀 되지 않았을 테니 언급할 가치가 없어서다.

두 번째로 마르코 폴로는 원나라의 지배층으로 활동했기에 중국 여인들의 전족이나 한자에 대해서 알지 못했거나 관심이 없었을 것이다. 당시 원나라는 지배층인 몽골인과 색목인, 그리고 피지배층인 중국인으로 구성되어 있었다. 몽골인은 당연히 지배층이었고 다언어를 구사하는 서양인도 지배층에 편입되어 활동할 수 있었기에 그들이 한자를 알아야할 필요는 전혀 없었다.

이런 주장들을 결합해 보면 마르코 폴로는 분명 원나라에 여행한 게 틀림없다. 오늘날에도 유목민에 대한 인식은 잘못된 게 많다. 중국의 역사기록은 농민제국 위주로 되어있고, 농민제국에 우호적으로 해석된다. 거란족 요사遼史 등에 대해서는 중국의 정통 역사서라 보지도 않으며, 명나라 주원장의 입맛대로 기록한 몽골시대 원사元史의 경우에는 24사중 가장 평판이 나쁘다. 이는 한국 역사학계에서도 동일한 입장으로 본다는 점이 안타까운 일이다.

중원문명의 젖줄 – 황하

중국을 구성하는 여러 요소 중에서 황하는 또 하나의 중요한 상징물입니다. 황하는 장강과 함께 중국의 가장 대표적인 하천입니다. 예로부터 하河는 황하를 의미했으며 어머니 강이라고 부르죠. 그러다가 다른 하천과 구분하기 위해서 황하라는 공식 명칭을 쓰고 있지요. 황하는 그 위치로 인해 유목민과의 관계에서도 중요한 역할을 했습니다. 농민제국과 북방 유목민 사이에 위치해 국경으로 기능하는 경우가 많아서죠. 이 강은 서부 청해성 곤륜산맥에서 시작하여 청해성, 사천성, 간소성, 영하회족 자치구, 내몽고자치구, 섬서성, 산서성, 하남성, 산동성 등 9개의 성 및 구를 지나 산동성 동영시에서 발해만으로 빠집니다. 전장 5,464km를 가져 중국에서는 장강 다음으로 긴 세계 5위의 강입니다.

황하가 이런 이름을 가진 것은 물 색깔 때문입니다. 본래 곤륜산맥부터 시작해서 청해성을 지날 때에는 물이 매우 맑습니다. 그런데 유가협 부근을 지나면서 부터는 황토고원을 거쳐오는 지류와 합류 하면서 물이 흐려지기 시작하지요. 그 이유는 이곳부터 황토고원이 엄청난 넓이를 차지하고 있는데 여기를 흐르는 물로 인해 엄청난 토사가 유입되기 때문입니다. 서부 대개발의 시작점이라 불리는 란주蘭州(란전우) 부근으로 오면 벌써 강물이 누렇게 변해 있습니다.

황토고원은 서쪽의 오초령 부근부터 북쪽으로는 고비사막에 이르고 동쪽 태항산맥까지 넓게 분포합니다. 황토고원의 면적은 약 40만 km² 정도이며, 해발 1,000m~2,000m 의 고원 지대입니다. 황토층의 두께는 평균 50~80m인데 이곳은 매우 건조하기 때문에 식물이 자라기 어렵습니다. 더구나 오랫동안 인간의 개발에 의해 초원이 파괴되었기 때문에

	하천명	국명	토사량(kg/m³)
1	황하	중국	44.03
2	콜로라도	미국	29.53
3	미시시피	미국	6.13
4	갠지스	인도, 방글라데시	3.60
5	인더스	파키스탄	2.24
6	나일	수단, 이집트	1.37
7	부라마푸트라	인도, 방글라데시	1.27
8	레드	베트남	1.16
9	장강	중국	0.80
10	이라와지	미얀마	0.77

〈중국의 하천〉, 일본하천개발조사회

세계의 대하천 함사농도 순위

지표가 노출되어 있죠. 봄철만 되면 한반도까지 날아오는 황사의 주된 발생지역이 된 것입니다.

이렇게 노출된 황토지대는 여름철 집중호우가 내리면 토양침식이 쉽게 일어납니다. 황하의 상당수 지류들이 황토고원을 지나면서 황토를 엄청나게 강바닥에 쓸고 내려오죠. 이렇게 황토를 포함한 강은 영하회족 자치구를 지나면서 북상하기 시작합니다. 황토고원의 중심지를 지나면서부터 이 지역에 산재한 지류들은 황토를 본류에 쏟아놓기 시작하는데요. 엄청난 토사를 함유한 강이 됩니다.

그러다 강은 내몽고자치구 포두시를 지나면서 남쪽으로 방향을 틀고 협곡을 이루며 남하합니다. 협곡을 가파르게 남하하던 황하가 갑자기 푹 꺼지는 지형을 만나는데 그곳이 바로 호구폭포(후커우폭포)입니다. 이곳에서는 엄청난 황톳물이 바닥을 쓸고 내려가는 것을 볼 수 있습니다. 이곳과 관련된 용어가 바로 등용문登龍門인데요. 잉어가 이곳을 뛰어넘으면 용이 될 수 있답니다. 폭포를 이루어 쏟아져 내리는 강물이 얼마나 험하고 무섭던지 용이 될 정도의 잉어만이 넘어갈 수 있다는 이야기겠지요. 한마디로 불가능하다는 말입니다.

황하가 호구폭포를 지나 남쪽으로 내려오다 방향을 틀어 동진하기 시작하면 평야지대에 도착하고 물은 점차 잔잔해집니다. 문제는 강의 흐름이 느려지면 강물과 함께 흐르던 엄청난 토사가 강바닥에 쌓이기 시작한다는 점입니다. 강물에 포함된 굵은 모래는 먼저 바닥에 쌓이고 가는 모래는 좀 더 멀리 흐를 수 있겠습니다. 세월이 흐르면서 하천 바닥은 점차 높아지게 되고 주변에 사는 사람들은 강물이 넘치지 않도록 제방을 높이 쌓았습니다. 그래서 사람이 사는 지역과 농토보다 강이 높은 천정천이 발생합니다. 그러다 어느 해 홍수가 일어나면 제방이 무너지고 강물의 흐름이 바뀌게 됩니다. 아주 극단적인 경우지만 한강을 비롯한 동아시아의 강들은 이런 경우가 많습니다.

역사 이래로 황하는 평균 27년에 한 번 꼴로 홍수가 발생[14]했다고 합니다. 그것도 기록에 남아있는 것을 자세히 정리했을 때인데요. 이것도 정확하다고 볼 수 없습니다. 황하의 범람이 기록되고 하천이 관리될 때에는 농민제국이 중원을 다스렸을 때뿐이었거든요. 황하의 물길이 중요해지고, 제방을 다스려야 할 때에는 농업이 중시되는 때였습니다. 중원을 차지했던 유목민들은 강을 다스리지 않았고, 당연히 중원땅에 흐르는 황하 물길에 대한 기록을 하지 않았습니다. 금나라가 북송을 공격해 황하 이북을 점령했을 때 그들은 농토를 그냥 초원으로 두었답니다. 금나라 이후의 몽골인도 마찬가지였죠. 그들에게는 농토보다는

황하. 매년 16억톤의 황토흙을 물살에 실어 하류로 흘려보내고 있다.

초원이 더 유익했기 때문입니다. 이때에는 황하가 범람을 하든지 말든
지 유목민의 관심사가 아니었습니다.

　황하 하류의 변화를 알려주는 가장 대표적인 도시가 바로 개봉開封
(카이펑)시입니다. 이곳은 황하 범람의 가장 큰 피해를 입은 도시죠. 본
격적으로 개봉이 수도가 된 것은 북송시대입니다. 당시에는 변량汴梁이
라는 이름을 가졌는데요. 907년 후량에서부터 수도가 되기 시작해 송태
조 조광윤은 이곳에서 통일제국을 이루었습니다. 이곳이 수도가 된 가
장 중요한 이유는 수운이 편리하기 때문이었습니다. 황하의 하류에 위
치하면서 수나라 때부터 설치되기 시작한 운하가 경유하는 곳이라 남
쪽에서 올라오는 물자가 흐르는 사통팔달의 물류 중심지였지요. 북송
한림학사 장택단이 그렸다는 〈청명상하도〉를 보면 당시 개봉이 얼마나
번성한 도시였는지를 알 수 있습니다.

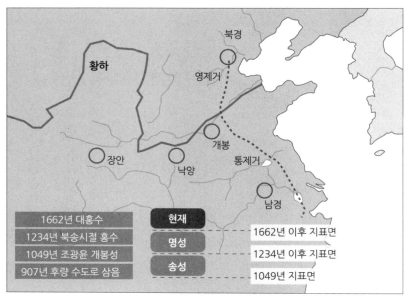

개봉성과 황하의 범람 주요 변천사

　하지만 물류 거점이란 이점은 역설적으로 홍수가 발생했을 때 큰 피해를 입을 가능성이 높다는 것을 말해줍니다. 유럽의 강처럼 토사가 없고 연중 고르게 물이 흐른다면 좋겠지만 황하는 전혀 그렇지 못하기에 그렇습니다. 개봉은 2,700년 역사속에서 전쟁과 천재지변 때문에 118번 진흙탕을 뒤집어 썼고, 궁성까지 흙에 묻힌 것은 일곱 번이었다고 합니다. 현대의 개봉시는 고대 유적지 위에 건설되어 있는 셈입니다.

　가장 유명한 홍수사태는 1234년 금나라가 이곳을 침략하여 제방을 무너뜨렸을 때입니다. 자연적인 홍수로도 강이 범람하지만 인위적인 하천파괴도 수시로 있었던 겁니다. 그래서 지금의 개봉시는 송대의 번성했던 도시 위에 명나라 시절의 궁성이 올라가 있고, 현대의 시가지가 40미터 위에 자리 잡고 있습니다. 하지만 언제 또다시 강이 범람하여 개봉이 물에 잠길지 모릅니다. 그만큼 황하는 위험한 강이라 할 수 있습니다. 최근에는 황하에 댐을 만들어 수량을 조절하고 있고, 중상류의 물 사용이 증가하여 수량이 감소 했다고 합니다. 하지만 자연이란 인간의 예측하고 대비하기에는 그 크기가 거대하다는 점을 잊으면 안 됩니다.

그렇다면 유목민과 황하는 어떤 관계가 있었을까요? 황하는 아주 난폭한 존재였습니다. 고도차가 아주 커서 배를 운항할 수 없었고 수시로 범람을 해서 농토를 쑥대밭으로 만들어놨죠. 초원에서 삶을 영위하는 유목민에게도 황하는 두려운 존재였습니다. 잔잔한 강을 건너는데도 말과 함께 하는 것은 쉽지 않습니다. 몽골군이 러시아 초원을 건널 때에도 강을 만나면 양가죽에 바람을 넣어 말과 함께 조심스레 건너기도 했습니다. 몽골군이 고려 왕조를 침략했을 때도 물길이 겨우 약 2km에 불과한 강화도를 넘지 못해 고려는 오랫동안 항쟁할 수 있었죠. 따라서 중원의 농민들에게 황하는 만리장성과 마찬가지로 유목민의 침입을 막아주는 방벽 역할을 했습니다.

동아시아 북쪽에 위치한 강들은 겨울이 되면 동결됩니다. 카스피해로 흘러드는 볼가 강, 우랄 강, 아조프해로 들러드는 돈 강, 흑해로 흘러드는 드네프르 강 등 몽골군이 건너야 했던 강들은 겨울이 되면 말을 타고 건널 수 있었습니다. 중국 사람들은 강이 얼어붙고 녹는 방식에 따라 문개文開무개武開로 구분했습니다. 문개와 무개의 차이는 강이 어떤 방향으로 흐르는가에 따릅니다. 문개는 강이 북쪽에서 남쪽으로 흐르는 강으로 겨울이 오면 상류부터 얼고, 봄이 오면 하류부터 녹습니다. 그러기에 조용히 얼고 조용히 녹아서 다시 흐르게 됩니다. 반면에 무개는 남쪽에서 북쪽으로 흐르는 강이기에 북쪽에서부터 얼고 남쪽에서부터 녹습니다. 그러기에 강이 어는 가을과 봄에 홍수가 발생하게 됩니다. 하류에 얼음이 있는데 상류에는 물이 흐르기 때문이죠. 이러한 봄철 홍수를 능신凌迅이라 부르는데요. 이때 우당탕 소리를 내며 강이 흐르는데, 이런 경우를 무개라고 불렀던 것이죠. 사나운 것을 무武라고 부르고 얌전한 것을 문文이라고 부르는게 재미있습니다.

볼가 강, 우랄 강, 드네프르 강은 남쪽으로 흐르기에 문개천입니다. 그러기에 봄 홍수가 발생하지 않죠. 그런데 황하는 처음에는 동남으로 흐르다가 북쪽으로 크게 방향을 틀어 흐르는 까닭으로 문개와 무개가 섞여 있습니다. 그러기에 봄철이 되면 능신이 수없이 발생했고, 그러지 않아도 황토와 심한 경사로 무서운 데다가 수없이 발생하는 능신과 여름 홍수를 겪어야 했습니다.

따라서 유목민에게는 동결되어 물이 흐르지 않는 겨울철이 황하를 쉽게 건널 수 있는 유일한 기회였습니다. 황하는 흐름이 크고 구불구불하며 전체적으로 봤을 때 동결되는 곳이 정해져 있었죠. 우선 강의 초입부터 난주 근처까지, 영화회족자치구의 청동협 앞에서 내몽골자치구의 바얀골까지, 그리고 하류에서 하남성 개봉을 지나 하류까지 세 군데입니다. 이곳의 대부분 지역이 겨울이 되면 동결이 이루어집니다.

유목민에게 있어서 강을 건너기 가장 좋은 곳은 오르도스 끝 부분인 소군분 근처입니다. 이곳이 가장 두껍게 얼음이 얼기 때문이죠. 그래서 겨울만 되면 유목민들이 쳐들어왔고, 중원제국과 유목민이 오르도스를 차지하기 위한 분쟁이 잦을 수 밖에 없었습니다. 만약 봄이 되어 얼음이 녹을 때까지 유목민이 강을 건너지 못한다면 그들은 독 안의 쥐가 되는 신세였습니다. 따라서 유목민은 황하의 얼음상태에 대해 세심

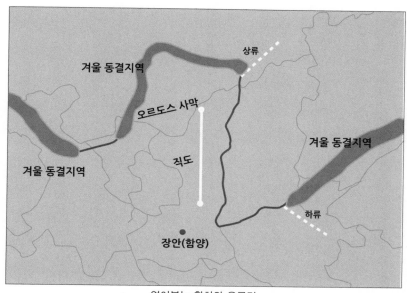

얼어붙는 황하와 유목민

한 주의를 기울였으며 신속하게 공격하고 목표를 달성한 후 돌아가기를 반복했습니다. 중원의 농민들에게 황하는 다스리기 어렵지만 다스려야 하고, 유목민을 막아주기도 하지만 겨울만 되면 쉽게 무너지는 애증의 존재였던 셈입니다.

북방 유목민, 그들은 누구인가?

그렇다면 중국인들이 피땀 흘려 장성을 쌓아야만 했던 절절한 사연은 무엇이었을까요? 사마천은 그의 책 『사기』에서 「흉노열전」이라는 한 편을 포함하고 있습니다. 열전의 하나로 기록할 만큼 흉노는 그들에게 대단히 위협적 존재였습니다. 중국 지도를 보면 황하를 중심으로 동남방은 평야지대고 서북방은 해발 1,000미터 이상 고원지대입니다. 황하가 실어다준 황토로 형성된 비옥한 동남방 평야지대에서는 농민이 논밭을 일구었고 수많은 인구를 부양할 수 있었습니다. 여기서 생산된 잉여 생산물로 인해 문자가 발명 되었고 제사 문화가 생겨나는 등 황하문명이 꽃필 수 있었죠. 청동기가 발명되고 철기시대가 도래함에 따라 지배층의 힘도 강해져 국가가 형성될 수 있었습니다.

반면 서북쪽 고원지대는 땅은 넓었지만 강수량이 충분치 않아 농사짓기에 부적합했고 양과 말을 키우는 유목민이 살았습니다. 그런데 고원지역 유목민의 삶은 늘 불안정했습니다. 기후는 변했고 수시로 추위와 배고픔이 닥쳤습니다. 더구나 그들에겐 사냥을 통한 동물 가죽과 목축을 해서 식량으로 쓰고 남은 고기 외에는 잉여 생산물이 없었습니다. 사람은 단백질로 형성된 고기만을 먹고 살 수 없는 존재입니다. 유목민에게는 절대적으로 탄수화물 즉, 곡식이 필요했고, 그것은 농민이 가지고 있었지요. 따라서 유목민은 농민에게 절대적으로 삶을 의존 해야만 했습니다.

그렇다면 각자 잉여생산물을 교환해서 문제를 해결하면 되지 않을까? 라는 생각을 하기 마련입니다. 농민에게는 잉여 농산물이 있고 유목민에게는 말, 양 그리고 사냥으로 얻은 동물 가죽이 있었으니까요. 맞습니다. 평화가 유지되면 농민과 유목민이 이것들을 국경지역에서 교환함으로써 서로의 필요를 충족할 수 있었습니다. 하지만 문제는 서로간에 교역이 원활하지 않았다는 점입니다. 농민에게는 유목민의 생산물이 반드시 있어야 하는 것이 아니었고, 국가에서는 유목민이 원하는 철기의 수출을 금지했습니다. 또 가장 좋은 생산물이면서 농민들이 원하는 상품인 말(馬)은 유목민이 수출하기를 꺼렸습니다. 철기나 말은 서로의 군사력을 강화해줄 도구이기 때문입니다.

교역은 늘 유목민에게 불리하게 작동했는데 그들이 원하는 생산품은 상대편에서 주지 않았고 교역조건도 나빴습니다. 때문에 그들은 수시로 국경지역에서 난동을 부렸고, 그때마다 농민제국은 국경을 폐쇄하는 경우가 잦았습니다. 문제는 그럴 때 유목민이 불리한 교역 상황을 알고 고분고분하게 굽히고 들어가지 않았다는 점입니다. 그들에게는 생존이 걸린 문제였고 또 그들이 가진 강력한 군사력 때문이었습니다. 그들이 만약 목숨을 걸고 싸움에 임할 경우 농민은 그들의 상대가 되지 않았기 때문이죠. 기원전 202년 산서성山西省(산시성) 대동 지역에서 한 고조 유방이 40만 대군을 이끌고도 흉노 묵돌선우에게 포위되어 항복할 수밖에 없었던 이유였습니다.

우리가 잘 아는 '천고마비天高馬肥'라는 고사성어가 있습니다. 한나라 역사서인 『후한서』에 실려 있는데요. 이 말을 풀어 쓰면 가을이 되면 하늘은 높고 말은 살찐다는 의미입니다. 그렇다면 누구의 말이 살찐다는 이야긴가요? 말이란 유목민에게는 가족이자 가장 강력한 전쟁 도구입니다. 이 고사성어는 농민과 유목민이 교역이 원활치 않을 때 가을이 되면 유목민이 말을 타고 쳐들어온다는 의미로 사용 되었습니다. 그들이 생을 유지하기 위해서는 남쪽에 있는 곡식과 다양한 물품들이 필요했죠. 따라서 유목민에게 남쪽으로 내려가서 일정기간 전쟁을 통해 지역을 약탈하는 것은 자연스러운 경제행위였습니다. 비록 일부 사람이 목숨을 잃을 가능성이 있지만 농민에 비해 강력한 군사력을 가진 유목민이라면 해볼 만한 도전이었던 겁니다.

이런 상황에 성을 쌓아 유목민을 막으려 했던 농민제국의 처절한 노력도 전혀 불필요한 작업은 아니었습니다. 평지에서는 말을 타고 빠르게 이동하는 유목민을 막아내기 어려워도 성 안에서 적을 공격하는 일은 해볼 만한 싸움이었거든요. 또 농민군이 지키고 있는 요새를 지나쳐 남쪽으로 내려간 유목민이 고향으로 돌아갈 때 얼마든지 피해를 줄수 있었습니다. 유목민은 남쪽에서 오래 머물 수 없는 그들만의 사정이 있었습니다. 봄이 찾아와 얼어붙은 황하가 녹기 전에 반드시 돌아가야 했던 겁니다.

유목민이 남쪽으로 내려와 싸우는 목적은 생존을 위해서였습니다. 어차피 농민제국을 점령한다 해도 다스릴 능력이 없었기에 그들에게는 물품만 확보한다면 전쟁은 불필요했습니다. 초기에는 전투를 통해 힘을 겨루지만 유목민과 농민측의 필요에 의해 평화를 돈을 주고 얻는 일이 벌어집니다. 한고조 유방이 흉노에 항복한 후 매년 여자와 공물을 바치는 것으로 협정을 맺었고 이는 대대로 내려오는 전통이 되었습니다. 특히 북송에서는 유목민과의 싸움 대신에 그들이 원하는 물품을 주는 유화정책을 폈습니다. 수없이 많은 전투를 벌여도 승리하지 못하자 궁여지책으로 평화를 돈으로 샀다는 이야깁니다. 전체 병력이 100만 명이 넘었다는 송나라 입장에서는 싸워봤자 승산이 없는 전쟁을 치르는 것보다는 물품으로 달래는 게 경제적으로 이득이었거든요.

그 내역을 정리해 보면 이렇습니다. 1004년 송나라는 북쪽 요나라와 여러 번의 무력충돌을 겪은 후 단연지맹澶淵之盟[15]을 맺고 매년 은 10만 냥과 비단 20만 필을 주기로 하고 평화조약을 맺었습니다. 1038년부터는 서북쪽에 있었던 서하西夏가 송나라 국경을 침입하기 시작했는데 1044년에 이르러서는 황제 이원호와 조약을 맺고 매년 은 7만 2천

냥과 비단 15만 3천필 및 차 5만 근을 주기로 합니다. 1118년과 1120년에는 여진족 금나라와 동맹을 맺고 요나라를 협공한 뒤 해마다 요나라에 주던 물건들을 금나라에 주기로 약조합니다. 이런 비굴한 조약들은 정치적으로는 치욕스러운 일이었지만 송나라로서는 어쩔 수 없는 일이었습니다. 유목민과 전투를 벌여봤자 승리할 가능성도 별로 없는데, 그 인명피해는 말할 것도 없고 비용으로 따져 봐도 전쟁비용에 비하면 아무것도 아니었기 때문입니다.

유목민의 강력한 전투력

그렇다면 유목민이 이렇게 중원과의 전쟁에서 지속적인 승리를 거둘 수 있었던 이유는 무엇이었을까요? 가장 중요한 건 말을 이용한 유목민의 전투력이었습니다. 총포가 전쟁에서 주요한 역할을 하기 이전, 말을 탄 기병은 엄청나게 뛰어난 능력을 가지고 있었습니다. 하루 종일 말을 타고서도 내장이 손상되지 않으며 전투가 벌어졌을 때 말을 탄 채 활을 쏠 수 있는 전사, 험한 환경에서 견디며 기동성과 전투력을 갖춘 군마, 이렇게 전사와 말이 결합된 팀은 현대 미군의 아파치 헬기와 비유할 수 있습니다. 둘 다 가격이 비싸고 기동성이 뛰어나며 다른 팀과 비교하기 어려운 정예군으로 뛰어난 파괴력을 지녔죠.

기마는 비록 단기로 움직인다고 해도 그 위력이 대단했습니다. 만약 그것이 열, 십, 백이 모여 전투에 동원된다면 그 몇 배의 힘을 발휘할 수 있었습니다. 칭기즈 칸이 서방지역 화레즘(Khwarezm)을 침공할 때 10만 명의 기병을 움직였다고 하는데 이는 100만 명 병사를 가진 것보다 더 위력 있는 군사력이었습니다. 과거부터 보병은 도저히 기병을 제대로 상대할 수 없었는데요. 보병에 비해 기병이 얼마나 뛰어났었는지 실제 사료에 나와 있는 것을 보겠습니다. 이는 패전한 북송에 남아 있는 기록입니다.[16]

송나라는 만주지역에서 여진족이 흥기하여 금을 세우자 거란에 맞서려고 했다. 그동안 바치던 공물에 대한 부담이 컸기 때문이다. 하지만 힘을 합쳐 거란을 물리치자 금나라는 약속과는 다르게 송의 수도 개봉을 공격했고, 이를 막을 수 없었던 송은 금과 화친을 하기로 했다. (뒤에 이 사건에 대해 자세히 나온다.) 평소대로 막대한 공물을 바치기로 한 것이다. 1126년 음력 2월, 강화를 맺은 서신을 간직한 여진족 기병 17기가 북쪽으로 향하고 있었다. 아직 금나라와의 화친 소식은 알려지지 않았고, 지역을 지키던 송나라 장군 이간은 휘하 2,000명 보병으로 그들을 막았다. 금나라 기병들은 강화 사절단 일원으로 왔다가 본국으로 돌아가는 중이라고 송나라군에게 상황을 설명했다. 하지만 송나라 조정에서 특별한 훈령을 받지 못한 이간은 길을 터주지 않았다. 오히려 120배나 많은 병력을 가졌으니 공훈을 세울 기회라고 여겨 강한 자신감으로 무장했다.

말이 통하지 않자 여진족 기병들은 뒤로 물러서 돌아가는 듯한 모습을 보여주었다. 송나라군을 피해 달아나려고 하나 보다 생각할 수 있지만 그것은 공격을 위한 도움닫기 공간을 확보하기 위한 유목민족 특유의 전술이었다. 멀리서 송 군대를 향해 몸을 돌린 17명 기병은 처음엔 천천히 달리다가 점점 속력을 내며 중앙에 7기, 좌우 날개에 5기씩 세 부대로 분열했다. 평소 훈련을 통해 몸에 있어있던 쐐기 모양의 전투 대형이었다. 이 작은 세 부대는 말 위에서 활을 쏘며 적을 교란시켰다. 그 결과 송군 보병 수십 명이 그 자리에서 날아온 화살에 전사했다. 이에 놀란 송군 2,000명은 동요하며 대열이 흩어지기 시작했고, 금군 기병은 사냥하듯 송군을 쏘아 죽였다.

이날 전투로 송군 2,000명의 병사들 중 거의 절반이 전사했다고 기록은 전하고 있습니다. 하지만 17명 금군 기병은 단 1기도 잃지 않았답니다. 이 사건은 농민제국 보병에게 유목민 기병과 싸우는게 얼마나 벅찬 일이었는지 정확히 알려 줍니다.

농민과 유목민의 싸움터 오르도스

청해성에서 출발한 황하는 동쪽으로 흐르다 은천 부근에서 북쪽으로 물길을 돌리다가 다시 동쪽으로 흐른다. 바로 이곳에서 동쪽으로 크게 도는 황하와 남쪽 장성으로 둘러싸인 고원지대를 '오르도스 Ordos'라고 부른다. 오르도란 몽골말로 '궁전'이란 뜻이며, 오르도스는 그 복수다. 이 이름은 칭기즈 칸으로 인해 생겼는데 이곳에 있는 그의 능으로 인해서다. 그렇다고 해서 그의 무덤이 이곳에 있다는 이야기는 아니다. 하지만 칭기즈 칸의 시신이 어디에 묻혀있는지 아무도 모르므로 진짜 묘가 아니다. 중국에서는 예로부터 이 지역을 '하투(河套)'라고 불렀다. '하(河)'는 황하, '투(套)'는 굽은 곡이라는 뜻이다. 이

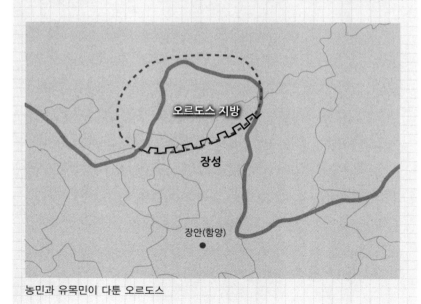

농민과 유목민이 다툰 오르도스

곳은 사막 · 초원 · 염호(鹽湖) 등으로 이루어져 있는데 현재 어얼둬쓰(鄂爾多斯)라고 표기한다.

이곳은 유목에 적합한 땅이기에 유목민들의 쟁탈 대상지였으며, 그들의 생존 거점이기도 했다. 그래서 과거로부터 농민제국과 유목민이 삶을 걸고 다투었던 곳이다. 좋은 목초지가 있어서 유목민들은 이곳에서 양과 말을 길렀다. 겨울에 황하가 얼어붙으면 유목민들이 자유롭게 이동할 수 있었고, 중원의 나라들이 힘이 세면 그들은 북쪽으로 쫓겨갔다. 전국시대에는 조나라가 진출해서 장성을 쌓았고 진시황이 흉노족과 쟁투를 벌였던 곳이기도 하다.

수나라 때에는 한족들이 진출해 차지했고 당말에는 이곳에 티베트계 탕구트 족이 서하국을 세웠으나 칭기즈 칸이 이를 멸망시켰다. 현재에도 이곳에 수많은 염호가 있어서 내몽골의 대표적인 소금과 소다 산지가 되었다. 최근 석유와 석탄이 발견되어 경제발전이 꾀해지고 있는 곳인데, 아무도 살지 않는 유령도시를 건설해 세계적인 유명세를 타기도 했다.

용병세력, 중원의 강자가 되다

앞서 중국의 역사는 중원 농민과 북방 유목민의 치열한 쟁투 역사라고 해도 틀린 말이 아니라고 말씀드렸죠? 분열과 통일을 반복했던 중국의 역사를 만든 가장 큰 영향은 유목민의 지속적 남하 시도였습니다. 그들은 때로는 평화로운 교역을 했고, 여의치 않으면 부대를 이끌고 남하해 약탈을 벌였습니다. 큰 전투에서 승리한 후에는 협상을 통해 물품을 얻는 것에 만족하고 돌아가는 경우도 있었지만 그건 그들도 힘이 달렸던 때였습니다.

만약 중원 정치가 혼란에 빠져 만만해 보이면 중원 자체를 차지하기 위해 대대적으로 이동하는 경우가 있었습니다. 이러한 시도들은 성공을 거두었고 중원 천하는 몇 번에 걸쳐 유목민의 세상이 되었습니다. 5호 16국 시대와 이어지는 수·당시대가 그 첫 번째였고, 요·금에 이은 몽골족의 원나라가 두 번째였습니다. 가장 최근 있었던 북방 유목민의 중원 점령은 만주에서 출발한 여진족의 청나라였죠. 결국 오늘날처럼 거대한 중국이 탄생하게 된 계기는 만주뿐만 아니라 몽골초원과 동투르키스탄 지역까지 점령했던 여진족으로 인해서였습니다. 그렇다면 농민과 유목민이 다투었던 주요 역사적 사건들은 어떤 게 있을까요?

한고조 유방의 치욕

사마천이 죽음 대신 치욕스런 궁형을 당했다는 건 알고 계시죠? 그렇게 된 결정적 계기는 한무제의 흉노 정벌에 있었습니다. 흉노와 한나라는 수십 년 간에 걸쳐서 치열한 경쟁을 벌였습니다. 한나라 이전 진시황도 장성을 쌓기 위해 장남 부소를 북방에 보낸 걸 보면 북방 유목민이 얼마나 골칫거리였는지 알려 줍니다. 결과적으로 한무제의 노력에 의해서 흉노 세력이 꺾이게 되었지만 이는 고조 유방이 당한 치욕을 설욕하고자 하는 강력한 의지가 있었기 때문입니다. 역사가는 이를 한 고조가 겪은 '평성의 치욕'이라 기록하고 있는데요. 유방은 흉노에게 어떤 치욕을 당했던가요? 그 당시 사정을 정리해 보겠습니다.

기원전 3세기 무렵 흉노에서는 영웅 묵돌이 나타나 동호족을 평정하고 있었고, 중원에서는 유방이 세상을 통일하고 새로운 제국을 건설합니다. 우리가 잘 아는 항우와 유방의 패권싸움 이야기죠. 결국 기원전 202년 마지막 해하전투에서 유방은 항우를 꺾고 국호를 한漢으로 정하고 스스로 황제에 취임했습니다. 그런데 중원을 통일하고 위협세력을 제거했지만 중원의 가장 큰 골칫거리인 흉노를 꺾어놓지 않고서는 권력이 유지될 수 없었습니다. 아마도 그들은 늦가을만 되면 남쪽으로 내려와 백성들을 죽이고 약탈을 했을 것이니까요. 수년간 중원에 세력

다툼이 벌어졌고 강력한 패권자가 없었으니 유목민 입장에서는 훨씬 수월했겠죠. 그래서 유방은 맹장 한왕韓王 신信(한신韓信과 다른 인물)을 대代의 땅 마읍으로 이주시켜서 흉노를 토벌하도록 명령했습니다. 하지만 한왕 신은 평소에 흉노의 기마병단이 얼마나 강력한지를 알고 있었기에 그들을 상대하기 쉽지 않다는 것을 알고 화평의 길을 선택합니다. 이렇게 되면 한나라 조정에서는 배신자 신을 그대로 놔둘 수는 없으니 토벌하려고 하겠죠? 기원전 200년 결국 한왕 신은 부장 왕황과 함께 흉노에 투항합니다.

흉노 묵돌선우는 중원을 공격할 기회를 노리고 있던 중 한왕 신이 투항을 하자 40만 대군을 일으켜 마읍馬邑과 태원太原을 공격합니다.(유목민의 군사숫자가 좀 많죠? 13세기 칭기즈 칸이 서역을 정벌하러 갈 때 군사 숫자가 10만을 넘지 않았다는 걸 보면, 천년 전 흉노 군인의 숫자도 많아야 10만을 넘기 어려웠을 겁니다.) 이에 대응하기 위해 한고조는 32만의 대군을 이끌고 태원을 지나고 태항산맥을 넘어 평성지방으로 공격해 들어갔습니다. 하지만 한의 본대는 유목민 특유의 치고 빠지는 계략에 말려들어 백등산에서 7일 간 고립당하는 처지에 빠집니다. 전형적인 유목민의 위장퇴각 전략에 걸려들었던 것입니다. 유목민에게 포위되어 건조지대에서 식량과 물의 보급을 받지 못하면서 견딘다는 건 불가능한 일입니다. 유목민은 이런 장기전에 매우 능한데 주변 목축지대에서 양과 말을 키우면서 시간을 보내면 되기 때문입니다.

결국 고조는 묵돌선우에게 항복하고 매년 물자를 공급하기로 협약을 맺습니다. 맏딸 노원공주를 묵돌에게 시집보내고 매년 보물을 바치는 것으로 항복문서에 조인했던 것이죠. 하지만 차마 맏딸을 보내지는 못하고 다른 여자를 공주라고 속여 흉노에 보내고 형제의 맹약을 맺었다고 합니다. 이때부터 한나라는 매년마다 흉노에게 무명, 비단, 술, 곡식 등을 보내주기로 했습니다. 이때부터 유목민 수장에게 시집보냈던 여자를 화번공주和蕃公主라고 했는데요. 치욕의 상징이라 할 있겠습니다. 이때 치욕을 당한 유방은 흉노와는 전쟁을 하지 말라는 유훈을 남겼고 후대에도 평성의 패배를 치욕으로 여겨서 평성지치平城之恥라는 고사 성어가 만들어져 내려오고 있습니다.

중원을 차지한 다섯 유목민

한나라 시대가 끝나고 삼국이 정립하던 시절, 유목민은 점차 역사의 주역으로 등장합니다. 조조와 원소의 기병대로 고용된 유목민은 중원 지역에 점차 자리를 잡았고, 후일 서진西晉 시대를 끝내고 그들의 세상을 만들었습니다. 이 시대를 역사가들은 북방 5개 부족이 16국을 세웠다는 5호 16국 시대라 불렀습니다. 정확히는 중원에 여러 유목민이 스무 개가 넘는 나라를 세운 역사였지요.

워낙 잘 알려져 우리에게 익숙한 소설 삼국지는 이 시대의 역사를 기록한 『삼국지』에서부터 출발합니다. 이 책은 촉나라 출신 진수陳壽가 남긴, 위서魏書 30권, 촉서蜀書 15권, 오서吳書 20권을 합하여 모두 65권으로 이루어진 역사책입니다. 그런데 진수가 역사책을 쓸 당시는 위나라가 진晉으로 바뀌어 있었습니다. 조조의 아들 조비 때에 이르러 한나라 헌제로부터 선양禪讓을 받아 위나라가 되었다가 다시 사마씨가 주도하는 진나라가 되었던 것이죠.

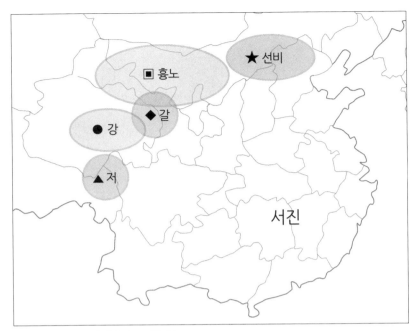

서진시대 중원에 할거한 유목민족 분포도

진나라를 창건한 사마염은 국가 통치력을 강화하기 위해 황족 27명을 왕으로 봉하는 봉건제를 다시 시행했습니다. 자신이 위나라를 손쉽게 찬탈할 수 있었던 것이 조씨 종실의 힘이 약했기 때문이라고 봤거든요. 그런데 이런 시대착오적인 정책으로 인해 내부적 혼란이 찾아오게 됩니다. 이렇게 제후왕으로 임명된 사마씨들을 통제할 방법이 없었거든요. 결국 사마염 무제가 죽은 후 대권을 두고 사마씨끼리 황제자리를 두고 권력 쟁취를 위한 투쟁을 했는데, 이를 8왕의 난이라 부릅니다. 이 난리로 인해 동원된 사람이 30만 명, 사상자가 10만 명에 달했습니다. 수도 낙양 주변에 있던 13세 이상의 남자는 거의 부역에 동원되었고 쌀값이 1석에 1만 전에 달하기도 했답니다. 이런 혼란이 16년이나 계속되었으니 나라가 망하지 않을 도리가 없습니다.

　문제는 사마씨 왕들끼리의 투쟁을 위해 전투력이 강한 유목민들을 용병으로 썼다는 점입니다. 한나라 말기의 전란으로 인구가 줄어들자 북방 호족胡族들이 중원에 옮겨와 살기 시작했는데, 그들을 흉노匈奴, 저氐, 강羌, 갈羯, 선비鮮卑의 5호라고 불렀습니다. 흉노와 갈족은 지금의 산서성에, 선비족은 지금의 요령·하북·감숙·청해성에, 저족과 강족은 지금의 섬서·감숙·사천성까지 들어와 살았습니다. 이때 중원을 차지하기 위해 경쟁하던 조조와 원소 등 군벌들은 이들을 자신의 군대로 끌어들였습니다. 이후 진나라에 이르러 8왕의 난이 벌어지자 이들은 혈육간의 내전에 동원되었죠. 결국 서진의 한족들이 죽고 죽이는 사이 중원은 유목민들이 자유롭게 활동할 수 있는 터전으로 변했습니다.

　중원에서 혼란이 벌어지는 사이 유목민들은 하나 둘 씩 나라를 세우는데요. 304년이 되면 저족 이웅이 성도를 점거하여 '성도왕成都王'이라고 칭합니다. 같은 해 흉노족의 유연은 좌국성에서 한왕이라 칭했고 진나라 회제 영가 2년(308)에는 평양平陽(산서 임분현)에 수도를 정합니다. 유연이 죽고 그 아들 유총은 영가 5년(311)에 장군 석륵을 보내 낙양을 점령하고 황제를 사로잡았습니다. 호화롭던 진나라 궁전은 이때 불타니 역사는 '영가永嘉의 난亂'이라 부릅니다. 이후 중원에는 다섯 개 오랑캐가 20여 나라를 세우고 망하기를 반복하는데, 흉노 유연이 왕이라 칭한 다음부터 남조 송 문제 16년(439)에 선비족의 북위가 화북 지방을 통일하기까지 136년 동안을 '오호난화五胡亂華', '5호 16국시대'라고 부른답니다.

화려했던 당나라의 어둠, 안사의 난

　겨우 2대에 걸친 짧은 수나라의 뒤를 이어 등장한 당나라(618~907)는 그 지배층은 유목민의 후예였지만 점차 농민제국으로 자리 잡아가고 있었습니다. 사학계에서는 당나라가 유목제국이었는지 아니면 한족의 국가였는지에 대한 논쟁이 많습니다. 하지만 즉천무후 같은 여황제가 등장한 점, 현종이 아들의 여자였던 양귀비를 취한 점 등으로 보면 유목민적 습성을 다수 가지고 있었기에 유목제국이라고 보는 게 맞을 것입니다. 특히 중국 황제 중 최고의 성군으로 추앙받는 당태종이 했던 행위를 보면 틀림없는 유목제국입니다.

　그 이야기는 이렇습니다. 당태종 이세민이 권력을 잡은 계기는 '현무문의 변'이라는 사건을 통해서입니다. 강력한 군사력을 쥐고 전쟁터를 떠돌던 이세민은 형 이건성이 자신을 제거하려는 계획을 알아챘습니다. 그래서 수도에 들어와 장안성 황제궁의 현무문에 부하들을 배치하고 궁으로 들어오는 형 이건성와 동생 이원길을 처치합니다. 그리곤 아버지 고조에게 달려가 옷깃을 헤치고 젖꼭지를 빨았답니다. 지금 기준으로 보면 체통도 없고 황망한 일이지만 이는 유목민의 전통적 풍습으로 충성을 맹세하는 행위랍니다. 야사에 전해지는 설이라지만 조금 우습죠? 어쨌든 이 사건으로 권력을 잡은 이세민은 아버지를 상황으로 올리고 황위에 올랐습니다. 또 당나라 지배층이 혈통이나 문화를 가리지 않고 인재를 썼던 '관용(Tolerance)' 정책은 세계적인 유목제국에서 공통적으로 갖고 있던 개방적인 통치정책이었죠. 멸망한 나라의 후예였지만 고구려 출신 고선지나 백제 출신 흑치상지가 전공을 세워 벼슬을 했던 사례가 이를 말해 줍니다.

강력한 통치력을 자랑하며 290년간 이어졌던 당나라의 치세는 크게 전기와 후기로 나눠봐야 합니다. 전기까지 당나라는 강력한 왕권과 군권을 바탕으로 화려한 문명을 꽃피웠습니다. 하지만 평화롭던 당나라에 갑자기 일어난 '안록산의 난'(755~763)은 나라 전체를 전란과 파괴로 몰아넣었습니다. 갑작스러운 혼란에 직면한 제국은 정치·경제·문화 전반에 걸쳐 급격한 변화가 일어납니다. 중원은 전란으로 인해 쑥대밭이 되었고 백성들은 목숨을 잃거나 농토를 버리고 떠돌아야 했습니다. 이 난리를 막기 위해 조정의 요청으로 투입되었던 위그르족 군대는 당나라 안에서 싸움을 벌일 뿐만 아니라 백성들의 재물을 약탈하고 목숨을 빼앗아가기도 했지요. 이후 당나라는 패권을 잃고 허약한 왕조만을 이어갔던 식물정권이나 다름없었습니다. 안사의 난이 끝난 이후에도 나라가 망하지 않고 1백년이 넘게 유지되었다는게 신기할 정도죠.

안록산의 난이 일어난 때의 유명 인물이 양귀비楊貴妃입니다. 원래 그녀가 당시 황제인 현종의 며느리였다는 건 잘 알려진 사실이구요. 오늘날 중국 서북방 역사도시 서안西安(시안)에 양귀비가 목욕을 했다는 화청지 유적이 남아 있는데요. 정말 이곳에서 현종과 양귀비가 흥청망청 놀았을까요? 역사는 현종이 나라를 망치게 된 것을 그녀 탓으로 돌리지만 이는 역사가들의 전형적 서술이 아닐까 싶습니다. 나라 망친 주범으로 여자에게 죄를 뒤집어씌우는 것 말입니다. 어느 황제나 총애하는 애첩은 있게 마련이었고, 나이가 많은 현종을 대신해 권력을 행사하던 그녀의 오빠 양국충이 권력을 농단한 것도 어느 정도 사실이겠지요. 하지만 안녹산이 평로절도사, 범양절도사, 하동절도사 등 동북방 지역 대부분을 다스리도록 권력을 준 현종의 실책이 가장 클 겁니다.

안록산이 755년 11월 거병할 당시 그에게는 당나라 전체 병력 48만

명중 37%인 18만 명이나 있었다고 합니다. 더구나 그가 맡은 곳이 동북방 지역이었고 병사들 대부분이 용맹한 유목출신 기병이었으니 얼마나 대단했겠습니까? 그러니 중앙 조정에서 양국충이 자리를 빼앗으려 한다는 소식을 듣고는 거병하지 않을 수 없었을 겁니다. 당연히 그가 가진 군사력의 압도적 우위도 반란을 일으킬 자신감을 키우는데 크게 일조 했겠지요.

안록산安綠山은 그 이름에서 서역인 출신이라는 분위기를 풍깁니다. 그는 이란계 소그드인 아버지와 돌궐의 무녀였던 어머니 사이에서 태어났는데 유년시절 이름은 알낙산이었습니다. 이것은 서방계의 이름을 한자로 음차한 것인데, 중앙아시아의 소그디아나에서 흔히 쓰던 알렉산드로스Alexandros 혹은 소그드어로 빛을 의미하는 로산Roxan의 음사音寫가 아닐까 추정됩니다. 알렉산드로스가 페르시아를 정벌하고 얻은 여자가 록산느Roxanne였지요. 원래 강씨였던 그는 어머니의 개가로 인해 성이 안安이 되었고 이름도 록산綠山으로 바꾸었습니다.

그는 돌궐어를 비롯한 6종의 언어에 능통하였고, 젊어서는 북쪽 변경 교역장의 통역 겸 중개인이었다고 합니다. 그러다가 장수 장규수의 양자가 되었고, 정치력과 군사적 능력을 겸비하여 동북 지방의 패권을 쥐게 되었습니다. 원래 당나라는 번진이라는 지방지배 체제를 운영했는데 과거 봉건제 방식과 비슷하죠. 번진을 다스리는 절도사는 관할하에 지역의 군사, 재정, 행정, 사법 등의 모든 권력을 장악할 수 있었습니다. 문제는 황제가 힘이 있을 때에는 절도사들을 통제할 수 있었고 영토가 넓은 땅을 다스리기에 좋았지만 후반기 들어 황제의 권위가 약해지자 문제가 되었죠. 이후 번진의 절도사들은 차츰 절도사 지위를 세습하면서, 번진 영내에서 거둔 세금을 당나라에 바치는 상공上供을 하지 않으면서 자립하려 했습니다. 고구려 후예였던 이정기 역시 마찬가지였죠. 그 계기가 안녹산의 반란이었던 겁니다.

어느 민족이든, 어느 지역 출신이든 상관없이 능력주의을 표방하던 당나라에서 통상에도 능하고 용맹함과 군사능력을 겸했던 안록산의 출세는 보장되었던 겁니다. 하지만 하늘에 두 개의 태양이 뜰 수는 없는 법. 점점 강해져가는 지방 권력을 통제하기 위해 중앙에서 칼을 빼들자 결국 강력한 군사력을 지닌 그가 중원으로 쳐들어가 권력을 얻고자 일으킨 전쟁이 바로 '안록산의 난'이었습니다. 안록산에 이어 부하였던 사사명史思明이 그 뒤를 이은 이른바 '안사난安史亂'은 영화를 누리던 당나라의 성장에 종지부를 찍었고, 당나라는 지방 군벌이 혈투를 벌이는 역사로 이어집니다.

당에 나라를 세운 고구려인 이정기

당나라 땅에 고구려 출신이 나라를 세웠었다는 이야기를 들어본 적이 있는가? 고구려 출신이라면 흔히 고선지 장군이 가장 먼저 떠오르지만, 그는 서역을 정벌하는데 큰 공을 세우지만 안록산의 난 때 비참한 최후를 맞는다. 그런데 오늘날 산동성 지역에 제(濟)라는 나라를 건국한 이정기(李正己, 732~781)란 인물이 있었다. 비록 765년부터 54년간 4대에 걸친 짧은 치세였지만 이정기와 그 자손들은 권력을 세습하는 독립 국가를 만들었던 것이다.

이정기는 고구려의 옛 영토였던 요서지방 영주 출신이었다. 이 지역 출신으로 발해를 세운 대조영도 있는 것처럼 이곳에는 고구려인이 많이 살고 있었다. 그들 상당수가 당나라에서 군인이 되었는데 이정기도 그중 한 사람이었다. 안록산의 반란이 일어나자 평로군의 수장이었던 후희일(侯希逸)의 인도로 발해만을 건너 산동성 등주에 자리 잡았다. 이정기는 후희일의 부장으로 공을 세웠고, 나중에 부하들의 추대로 절도사가 되었다. 원래 절도사는 황제가 임명해야 하지만 황제의 권위는 낮아졌고, 황제의 성인 이(李)씨와 정기(正己)라는 이름을 주면서 충성을 바랄 뿐이었다.

그가 차지한 산동반도 일대는 발해, 신라가 당나라와 교역하는 최단거리에 위치해 있었다. 더구나 남쪽지방에서 운하를 통해 올라오는 물산의 길목에 있었기에 경제적으로 유리한 곳이었다. 이정기는 차츰 산동일대를 복속시켜 치(淄), 청(靑), 제(齊), 해(海), 등(登), 래

(萊), 기(沂), 밀(蜜), 덕(德), 체(棣) 10주를 확보했다. 그는 10만이 넘는 군사력, 한반도에 버금가는 면적, 인구 540만(84만호)에 달하는 독립된 왕국의 임금이었다. 이는 당나라 조정의 위협이 될 수밖에 없었으니 주변 절도사들을 설득해 이정기에 대항하게 했다. 결국 이정기는 당나라와 전투를 벌였고 강회(江淮)에서 대승을 거두었다. 또 용교(埇橋), 와구(渦口) 등 대운하가 지나는 길목마저 점령했다. 이렇게 되면 장강 유역에서 거둔 물산이 대운하를 통해 장안으로 올라가지 못하게 되기에 당나라의 앞날은 그야말로 바람 앞에 등불이었다. 당나라의 목덜미를 쥔 이정기, 만약 수도 장안을 향해 공격을 한다면 그가 천하를 차지할 수도 있는 상황이었다. 그러나 그에게는 황제의 운이 따르지 않았던지 악성 종양으로 갑자기 죽고 말았다. 그는 비록 49년 간의 그리 길지 않은 생애였지만, 독립된 왕국을 만든 창업자였다. 그가 죽자 아들 이납이 지위를 계승했고 782년 11월 정식으로 '제'라는 이름의 국가를 선포했다. 이납이 792년에 죽자 그의 아들 이사고가 뒤를 이었고, 이사도에게 계승된 후 당나라에 복속되었다.

이정기 왕국이 존속하던 시기 발해는 54회에 걸쳐 당나라에 사신을 보냈는데 대부분 이정기의 평로 번진을 경유했다. 발해와는 활발한 무역을 통해 긴밀한 관계를 맺었는데, 특히 발해산 말이 많이 거래 되었다. 이는 당나라와의 전쟁에서 승리를 이끌기 위해서였다. 그렇다면 여기서 의문이 든다. 산동성의 제나라와 발해는 국경을 접하고 있었다는 이야기 아닌가? 신라와는 사이가 좋지 못했는데, 이정기가 고구려 유민 출신인 탓도 있었을 것이다.

참고도서 : 지배선, 『중국 속 고구려 왕국』, 더불어책, 2007

치욕 그리고 만리장성

　당 말의 혼란 이후 중원은 짧았지만 5대 10국의 분열기를 맞았습니다. 통일과 분열을 반복했던 중국역사에서는 자연스러운 일이었죠. 이후 다시금 중원을 차지하는 제국이 탄생하는데 그게 바로 북송이었습니다. 하지만 북송은 허약하기 그지없는 농민제국이었습니다. 분열시대를 끝내는 통일제국이었지만 서북과 동북쪽 지역은 차지하지 못했던 반쪽짜리 제국이었거든요. 서북부 오르도스와 감숙성甘肅省(간쑤성) 지역에는 티베트 계통의 탕구트족이 서하를 세웠고, 동북부에는 거란족이 있었습니다. 특히 동북쪽 지역은 거란족이 버티고 있어 장성 지역까지 도달하지도 못한 처지였습니다.

　이에 북송은 5대 시대 석경당이 넘겨준 연·운 등 16주를 회복하려 했으나 화북 벌판에서 거란 기마병을 당해낼 수는 없었습니다. 이에 거란군이 대대적으로 남하하여 수도 변경에서 300여리 밖까지 진군해 수도가 위험해졌습니다. 결국 북송은 거란족 요나라와 굴욕적인 협정을

　　　　　　　　　　　　　　　제6강 | 농민과 유목민_ 중원을 다투다

체결하는데 그 사건이 바로 진종 원년(1004)에 발생한 '전연지맹澶淵之盟'이었죠. 그 내용은 북송이 매년 비단 20만 필과 은 10만 냥을 보내고, 요나라 성종은 북송의 진종을 형이라고 부르도록 한 형제 관계였습니다. 형식은 북송이 취하고 실리는 거란이 얻는 모양새죠? 하지만 진종은 소태후를 숙모라고 불러야 했고 그에 따른 예를 갖추어야 했기에 중원 제국을 자처하는 북송으로서는 치욕적 협정이었습니다. 이후에도 몇 번의 군사적 충돌이 있었지만 그때마다 북송의 물질적 양보로 이어졌습니다.

그러나 북송의 운명은 이걸로 끝이 아니었습니다. 거란족은 물질을 얻는데 만족했지만 만주출신 여진족은 욕심이 많았습니다. 오늘날 만주 동부에 있던 퉁구스계로 반농반엽 생활을 하던 여진족은 1115년 족장 아골타에 의해 통일되고 금나라가 설립되었습니다. 그리고 점차 요나라의 동쪽을 침략해서 세력을 확장하고 있었습니다. 이러한 유목민족간 정세 변화를 인식한 북송 휘종은 금나라를 이용해 요나라를 물리치려는 연금멸요聯金滅遼 정책을 취하게 됩니다. 그동안 굴욕적인 요나라의 요구에 시달리던 북송으로서는 호기를 만났다고 본 것입니다.

우선 그동안 요나라에 주던 공물들을 금나라로 보내고 양국이 요나라를 협공하도록 제안했습니다. 금나라에서는 이 제안을 받아들였고 거란을 공격해 큰 성과를 거둡니다. 문제는 양쪽에서 협공을 통해 요나라를 압박하기로 했던 북송군의 전과가 미미했다는 점입니다. 금나라가 이를 항의하자 북송은 공물을 대폭 인상하여 바치겠다는 제안으로 마무리를 합니다.

문제는 이때 금나라가 북송의 약점을 제대로 알았다는 점입니다.

휘종이 그린 「도구도」. 복숭아 꽃
과 비둘기를 그린 그림이다.

그들의 군대는 숫자는 많았지만 대응할 능력이 되지 않는다고 말이지
요. 더욱이 나라의 수장인 휘종이 정치에 관심이 없어 도교에 심취했
고, 아들인 흠종에게 자리를 물려주고 태상황에 앉았습니다. 그리고선
좋아하는 그림을 그리는데 주력했다는데, 황제가 그린 그림치고는 꽤
잘 그렸죠?

그런데 아무리 부자였던 북송이라 하더라도 엄청난 비용을 북방에
지불해야 했고, 무능했지만 숫자는 많았던 군사를 유지하는데도 국력
소모가 심각했습니다. 이런 상황에 지도자의 문예 수준이 높다는게 절
대 나쁜 건 아니겠지만 국가 방위와 백성의 안위가 리더의 가장 큰 책
무라는 점에서 후대의 비난을 받을 수밖에 없었습니다.

결국 금나라군은 지속적으로 북방의 평원을 달려 내려왔고 얼마 지
나지 않아 변경성을 포위하기에 이릅니다(1126년). 이때 도성 안에는 친
위군이 3만 명밖에 없었는데 그나마도 싸움이 시작되자 대부분이 달아
나 버렸습니다. 백만 명이 넘었다는 송군은 어디로 갔을까요? 이 전쟁

의 결과는 처참했습니다. 송 흠종은 대신들을 데리고 금나라 진영으로 가서 항복했는데 하동(황하의 동쪽), 하북의 땅과 황금 1,000만 정錠, 은 2,000만 정, 비단 1,000만 필을 내놓기로 했습니다. 진짜 사건은 그 다음해에 일어났습니다. 송이 주기로 한 금은을 다 받지 않은 상태에서 금군이 철수하자 송은 나머지를 주지 않았고, 이에 금군은 다시 돌아와 변경을 폐허로 만들었습니다. 1127년 4월, 금군은 태상황 휘종과 황제 흠종, 황족 및 관리 2~3,000명을 포로로 잡았으며 약탈한 온갖 재물들을 마차에 가득 싣고 북방으로 돌아갔습니다. 이 치욕스런 사건을 역사가들은 '정강靖康의 변變'이라고 합니다. 송태조 조광윤으로부터 시작하여 167년 동안 이어졌던 북송 역사의 끝이었습니다.

장성구축의 촉진제, 토목보의 변

오늘날 리더의 중요성은 과거와도 크게 다르지 않습니다. 특정 사람만 총애하고 그들하고만 교류하며 특정 생각만 실행하려는 리더는 그가 이끄는 조직을 파멸로 이끕니다. 가장 대표적인 사례가 명나라 정통제正統帝(6대 황제)가 몽골 오이라트족에게 사로잡혔던 토목보의 변 사건이죠. 무능한 황제, 개인의 욕심 차리기에 급급한 측근들이 나라를 어떻게 망치는지 제대로 알려 주었습니다. 몽골족이 강력해서 그랬다고 하기에는 명나라측의 부실 대응이 눈에 띕니다. 얼마나 몽골에게 허망하게 당했는지 중국역사에서 가장 치욕스런 역사의 한 페이지가 될만하죠.

때는 1440년 경, 몽골족의 일족인 오이라트가 점점 힘이 세져 국경이 자주 침범 당하던 시절이었습니다. 명나라 3대 황제인 영락제는 몽골인들을 북방으로 쫓아낸 뒤 마시馬市라는 이름의 교역을 관례화 했습니다. 명나라는 몽골인들로부터 말과 가축, 동물가죽 등을 수입하고, 비단 등의 의류와 식량을 수출했습니다. 정기적으로 황제를 알현하는 일종의 조공무역 형태가 가장 많았는데요. 처음에는 50명 정도의 사절단 규모였는데, 몽골 족장 에센 때에 이르면 3,000명까지 늘어났습니다. 조공무역이란 처음부터 명나라 측의 적자였습니다. 문명이 앞선 중원이 지역에 물품을 제공해 주는 대신 형식적 책봉을 하는 관계였지요. 조선에서도 명나라에서 책봉을 받는 대신 앞선 문물을 들여왔습니다. 영락제 시절 환관 정화가 7차에 걸쳐 시행했던 해양 원정도 이와 다르지 않았습니다. 황제의 영광을 알리는 댓가로 많은 물품을 하사하고 돌아왔거든요.

그런데 명나라에서는 이게 점차 문제가 커졌습니다. 무역을 적자상태로 유지하기에는 국력소모가 심각했습니다. 여기에 북방 유목민뿐만 아니라 서역 위그르 상인들까지 가세해 무역량이 늘어났고, 때로는 밀무역도 성행합니다. 정화의 원정이 영락제가 죽고 나서 성과 없이 끝나게 된 것도 이런 이유였죠. 이에 문제의 심각성을 깨달은 명 정부는 오이라트 부족에 대한 무역을 제한했고, 1448년 사례감 왕진은 실제 인원에 대한 조공무역만 허용했으며, 말 값도 오이라트가 제시한 가격의 20%만 지급하게 됩니다.

이렇게 되면 유목민들에게는 전쟁 밖에 선택지가 없습니다. 그들에게 꼭 필요한 물품을 구하지 못한다면 생존에 위협을 느낄 수밖에 없지요. 결국 오이라트는 전 부족민이 연합해 변경 지역인 대동지역을 침략했습니다. 이에 명나라는 대응을 하는데, 환관 왕진은 영종에게 황제가 전쟁에 나가 정벌할 것을 권합니다. 그래야 황제의 권위가 선다나요? 결국 전쟁이 무엇인지 잘 몰랐던 영종과 숫자만 많았지 허약한 명나라군은 토목보土木堡에서 몽골족에게 포위되었습니다. 한 고조 유방이당했던 비슷한 장소에서 비슷한 방법으로 포위되었던 것이죠. 결국 전쟁을 지휘했던 환관 왕진은 황제의 근위병에게 살해되었고 황제 영종은 몽골군에 사로잡혔습니다. 이 사건을 '토목보의 변'이라고 부릅니다.

진짜 황당한 사건은 뒤에 일어납니다. 전쟁이 끝났어도 황제가 돌아오지 않자 자리를 비울 수 없었던 명나라는 대종 경태제를 세우고 영종을 상황上皇으로 정했습니다. 말은 상황이지만 황제의 몸값을 지불하지 않겠다는 속셈이었죠. 몽골족 입장에서는 몸값을 받으려고 황제를 사로잡았건만 "그놈 쓸모없으니 맘대로 해라."라고 하니 얼마나 황당했겠어요? 이에 화가 난 몽골의 에센은 하북 지방을 본격적으로 침략하여 약탈하고 북경을 포위했습니다. 하지만 높은 성으로 둘러싸인 명나라는 저항했습니다. 결국 에센은 퇴각하고 1450년 영종은 조건 없이 명나라에 송환되었답니다. 몽골인들 입장에서 보면 하북 지방을 충분히 약탈했기에 그들의 목적을 달성했기 때문이었을 것입니다.

결국 이 사건 이후 북경 조정에서는 남경천도설이 대두됩니다. 북경이 지리적으로 볼 때 자연적인 방어물도 없고 방어에 유리한 위치가 아니라는 결론이 나왔기 때문이지요. 하지만 병부시랑 우겸이 "남쪽으로 도망하여 멸망한 남송의 예를 못 보았느냐! 북경은 천리天理이므로 사수하여야 한다."라고 강력히 주장하여 조정을 안정시켰습니다. 대신에 명나라는 이때부터 온 국력을 모아 장성을 대대적으로 축조하기에 이릅니다. 오늘날에 보는 벽돌식 장성은 이때 만들어지게 됩니다.

중원을 차지한 몽골과 여진

칭기즈 칸의 몽골족

서기 12~13세기에 걸쳐 중원을 놓고 치열한 쟁투를 벌이던 농민제국과 북방 유목민 간의 최종 결과는 몽골족의 승리로 끝을 맺습니다. 북송을 괴롭히던 이들은 탕구트족의 서하와 거란족의 요나라였지만 뒤이어 등장한 여진족 금나라에 밀렸죠. 그러나 금나라도 황하유역을 자기 땅으로 한 이후에는 소강상태에 머뭅니다. 그들에게는 대륙정벌의 의지가 없었죠. 기후와 지리적 조건이 생소한 남방지역을 정벌할 이유도 없고 잘못하면 모든 걸 내놓을 수도 있는 모험을 감행해야 할 이유도 없었을 겁니다. 그런데 우리가 잘 아는 것처럼 북방초원에서 출발한 몽골인들은 서역을 정벌했을 뿐만 아니라 중국대륙 전체를 그들의 휘하에 포함시켰습니다. 그들의 힘과 자신감은 어디에서 나온 것일까요?

1206년 몽골초원을 통일한 칭기즈 칸은 점차 외부로 눈을 돌렸습니다. 초원에서 수많은 부족으로 나눠져 경쟁하던 시절, 그가 속한 몽골에서는 주변 강대국 금나라의 지배 방식에 큰 고통을 겪었습니다. 금나라는 초원의 부족들이 서로 통합할 경우 힘이 강력해지기에 분할 지배 정책을 취했죠. 부족끼리 서로 싸우게 하고 가혹하게 약탈했으며 정기적으로 각 지방을 순회하면서 군사력으로 성장할 수 있는 장정들을 죽여 없앴습니다. 이렇게 오랜 세월 동안 금나라의 지배하에 고통당했던 것을 지켜보았던 칭기즈 칸은 통일세력을 갖게 되자 첫 번째 외부 정벌 대상을 금나라로 정하게 되었던 것입니다.

1211년 3월 칭기즈 칸은 부족회의인 코릴타를 열고 금나라를 치겠다는 결의를 합니다. 지금까지 금나라로부터 당한 수모를 갚을 기회가 왔다는 것을 강조하고 국민의 힘을 합치기 위한 행사였죠. 드디어 10만 명의 몽골군은 고비사막을 넘어 남쪽으로 진군하기 시작합니다. 몽골군 지휘관들은 지금까지 강력한 군사력을 보유하고 있던 금나라에 대해 두려움을 이기고 승리할 수 있는 유일한 방법은 용맹함을 적들에게 보여줌으로써 초전부터 박살내는데 있다고 생각했습니다.

싸움이 시작된 후 금나라 군대는 돌격하는 몽골 군대에 불덩이 기름을 퍼부었지만 그들은 이에 개의치 않고 목숨이 다할 때까지 싸움을 계속했습니다. 이전과는 달라진 몽골군대의 용맹함에 금나라군은 점차 두려움을 느껴서인지 전열은 흩트려지고 뒤에 도착하는 우군 쪽으로 도망치기 시작했습니다. 그러자 금나라군은 대혼란을 일으켰고 뒤

칭기즈 칸(成吉思汗, 1162~1227)
몽골 제국을 건설한 탁월한 군사전략가이자 제왕.

따라오는 몽골 기마병에게 짓밟히거나 죽임을 당했습니다. 하지만 몽골군이 금나라 수도인 중도中都(오늘날의 베이징)에 이르렀을 때 그들을 가로막고 있는 건 높은 성벽과 해자로 둘러싸인 성이었습니다. 어쩔 수 없이 주변지역 약탈을 통해 1차 목표만 달성하고 몽골고원으로 돌아갔습니다.

이후 1215년까지 햇수로 5년에 걸친 이어진 금나라 공략을 통해 몽골인은 중원정벌에 대한 자신감을 갖게 되었습니다. 잡다한 유목민들을 모아 몽골이라는 공통 의식을 갖게 하였고 자신들과 다른 전력을 가진 세력들을 무찔러 이길 수 있는 전투력도 확보하였습니다. 금나라에 점령되어 있었던 요나라의 제국 운영 방식도 흡수했고 뛰어난 인재들을 몽골 지휘 체계 속에 포함시켰습니다. 자체 기술 개량은 물론 선진 기술 도입과 한족 기술자 활용을 통해 전쟁 수행 능력이 크게 향상되었죠. 몽골군은 투항한 금나라 야전군에게서 투석기나 대포, 초보적인 로켓 등 선진 공성攻城 기술을 전수 받았습니다. 결국 이때 몽골인들이 확보한 전투력은 칭기즈 칸의 손자인 쿠빌라이 시대에 이르러 초원 벌판이 아니었던 중원 남쪽지역에서 승리할 수 있었던 원동력이 됩니다.

제국의 황제, 쿠빌라이

원나라 세조 쿠빌라이khubilai(1215년~1294년)는 칭기즈 칸의 손자이지만 그와는 또 다른 업적을 세운 인물입니다. 칭기즈 칸과 그의 뒤를 이은 우구데이(窩闊台) 칸, 귀위크(貴由) 칸, 몽케(蒙哥) 칸은 동서양을 가로지르는 엄청난 땅을 정복했고 그곳을 안정시켰지만 그들은 유목군주였습니다. 백성들에게 풍요로운 물자를 제공하기 위해 끝없이 정벌하는 게 유목군주가 해야할 과제였습니다. 하지만 쿠빌라이는 유목군주가 아니라 제국황제였습니다. 그는 몽골제국 시스템을 중국 방식으로 뜯어 고쳤습니다. 혈통, 종교에 상관없이 능력에 따라 인물을 기용하고 통상을 우대하는 몽골식 정책을 이어가면서도 송나라의 풍요로운 경제 시스템을 이어받아 더욱 활성화시켰죠.

쿠빌라이가 칸에 오를 수 있던 기회는 명석하고 탁월한 군주로 인정받고 있던 형 몽케가 갑작스럽게 사망했던 덕분에 주어졌습니다. 칭기즈 칸의 넷째 아들 톨루이의 둘째로 태어난 쿠빌라이는 칸이 되기 어려운 운명이었죠. 장남으로 칸의 자리에 올랐던 몽케는 지혜로웠고 지도력도 출중했습니다. 또 몽골족의 후계구도에 의하면 막내에게 아버지의 유산을 물려주는게 원칙이었기에 둘째였던 쿠빌라이는 또 후순위였습니다. 톨루이의 셋째 아들 훌라구가 자신의 땅을 개척하기 위해 아랍 원정을 떠났던 게 그 이유였습니다.

그런데 천자의 운명은 중국 전통상식대로 하늘이 정해주는 걸까요? 형 멍케는 대칸으로서 자신의 치적을 쌓기 위해 남송정벌을 서둘렀지만 그에게는 기회가 주어지지 못했습니다. 군대를 이끌고 사천성에서 남송 군대와 싸우던 도중 열병에 걸려 급작스럽게 사망했기 때문이죠. 몽케 칸이 죽자 칸 자리에 누가 오를 것인지가 몽골족 전체의 관심거리로 떠올랐습니다. 몽케 칸의 자식들은 아직 어렸고 몽골족 전통에 따르

쿠빌라이(忽必烈, 1215~1294)
몽골제국 제5대 칸이자 원나라의 시조.

면 막내 아리크부카가 다음 순위였습니다. 만약 아리크부카가 칸이 된 다면 북중국을 영지로 가지고 있던 쿠빌라이의 운명도 막다른 골목으로 몰릴 처지였죠.

그러나 쿠빌라이는 자신의 운명을 개척할 줄 아는 야심만만한 남자였습니다. 이대로 있다가는 갖고 있던 영지도 모두 잃고 목숨을 내놓아야 할 가능성도 있었습니다. 결국 그는 자신을 지지하는 사람들을 모아 황하 강변의 개평부에서 코릴타를 열었습니다. 그리고 스스로 칸 자리에 올랐죠. 전통에 의하면 칸을 선출하는 코릴타는 몽골 고원에서 친족들의 참석하에 열려야 하지만 동생이 칸이 될 것이 뻔했기에 일종의 반역을 꾀한 겁니다. 이렇게 되면 결과는 누가 전쟁터에서 어떤 전략으로 싸움을 승리로 이끌 것인가로 최종 결판이 날 상황이었습니다. 어차피 같은 전쟁 스타일을 갖는 몽골족 군대를 써야했으니까 말이지요.

이때 쿠빌라이의 세상을 보는 통찰력은 탁월했습니다. 병참의 중요성을 깨달았던 것이죠. 그때까지 몽골군에게 병참은 고려의 대상이 아니었습니다. 초원에서는 병참부대가 없어도 전쟁하는데 지장이 없었고 현지조달이 가장 중요한 방법이었습니다. 하지만 중원에서는 달랐고 고원의 몽골군도 달라져 있었습니다. 이미 중원에서 물품 공급에 의존하는 풍요에 젖어 있었거든요. 결국 고원으로 가던 운송마차들은 명령에 의해 제자리를 지켰고 이 전쟁은 쿠빌라이 측의 대승으로 끝났습니다.

칸 자리를 얻기 위해 동생 아리크부카와 싸웠던 쿠빌라이의 전략은 남송 핵심지역이었던 형주지역 공략에서도 그대로 실현되었습니다. 그동안 썼던 몽골식 전격전을 버리고 장기전에 돌입했습니다. 초원지역에서는 물량투입을 통해 빨리 점령하는게 옳았지만 물이 많은 형주는 다르다고 본 것이지요. 결국 그저 멀리 토성을 쌓고 주변에서 지내면서 시간을 보내는 방법을 썼습니다. 무리하게 공격해서 소모전을 치를게 아니라 기다리면서 병참선을 끊어놓는 방식이었죠.

결국 5년 간이나 성을 지키던 남송 장수 여문환은 쿠빌라이 군대에 항복했습니다. 그의 입장에서는 정치의 난맥상을 보이던 남송 항주 정부나 몽골족 쿠빌라이 정부나 마찬가지였습니다. 이후 뛰어난 장수로 명성이 자자하던 여문환이 몽골측으로 돌아서자 다른 지역에서 저항하고 있던 수많은 장수들이 몽골군에 투항했습니다. 이는 남송 중앙정부의 급속한 몰락으로 이어졌고 쿠빌라이는 파괴되지 않은 온전한 남송 문명을 얻을 수 있었습니다. 북방 몽골초원 유목민들이 사상 최초로 중국 대륙을 그들의 땅으로 만든 순간이었습니다.

최후의 승리자 여진족

'토목보의 변' 이후 명나라는 북방 유목민을 막기 위해 경제력을 쏟아 부어 장성을 쌓았습니다. 하지만 그 장성은 제 역할을 못했는데 동북방 만주에서 일어난 새로운 유목세력 여진족의 진군을 막을 수 없었거든요. 또 이민족의 진군 이전에 내부에서 일어난 농민 반란에 명나라의 명운은 다했기 때문이죠. 중원에 들어온 마지막 유목민은 요하 부근에서 반농반목 생활을 하던 여진족이었습니다.

그들이 힘을 얻게 된 것은 아이러니하게도 명나라의 경제성장이었습니다. 명나라 경제는 영락제 이후 뛰어난 황제가 없어 정치가 혼란한 가운데서도 외부 은의 유입으로 크게 성장했습니다. 화폐가 풍부해지자 생산과 유통이 촉진되었기 때문입니다. 명나라 경제가 흥청망청하게 돌아가자 이웃 만주지역 여진족에게도 경제적 이득이 흘러갔습니다. 비교적 좋은 품질의 동물가죽이 만주에서 생산되었는데 명나라 귀족들의 이를 매우 좋아했기 때문이죠. 하지만 이 여파로 미개하게 살던 여진족은 경제 활황에 힘입어 창업자 누르하치努爾哈赤를 중심으로 통일을 이루었고, 결국 그 아들 홍타이지皇太極 시대에 이르러 중원을 흡수할 실력을 만들었던 겁니다. 결국 중원은 여진족에 의해 다시 한 번 유목민 천하가 되었습니다.

병자호란에서 인조에게 치욕을 주었던 상대방인 홍타이지, 중국식 묘호가 청태종이었던 그는 여진족을 중원의 지배자로 만든 주인공이었습니다. 만주벌판 여기저기에 흩어져 생활하던 여진족을 하나하나 복속시켜 후금을 창업한 아버지 누르하치는 강력한 군사력을 확보했죠. 그는 여진의 이름도 만주滿洲로 바꾸었고 팔기군 제도를 만들었습니다. 팔기군 제도는 유목민족 특유의 연합군사체계로 평시에는 유목 등 생업에 종사하다가 전시에는 군대로 편성됩니다. 하지만 누르하치의 역할은 거기까지였습니다. 강력한 군사적 능력으로 민족을 뭉치게 하고 주변을 평정했던 과거 흉노족의 묵돌선우 같은 유목민 영웅 중 하나였죠. 만약 아들 홍타이지의 강력한 국가개혁이 없었다면 그들은 얼마

홍타이지(黃太極, 1592~1643)
후금 제2대 황제. 여진족을 통일하고 청나라를 창건하였다.

제6강 | 농민과 유목민_ 중원을 다투다

여진족 팔기군의 갑옷. 각 세력의 연합체로서 강력한 군사력을 확보했다.
(사진출처 : 바이두)

못가 스스로 무너지는 유목민의 전형이 되었을 가능성이 높았습니다.

홍타이지는 정권을 잡은 후 강력한 개혁으로 중원을 점령하고 만주족이 지배하는 천하를 만들 기반을 닦았습니다. 그가 시행했던 국가개혁의 첫 번째는 강력한 권력 획득이었습니다. 누르하치가 죽었을 당시 만주족은 부족 연합체였죠. 누르하치는 절대 권력을 갖지 못했고 팔기군 지휘권도 각 부족장들이 갖고 있었습니다. 누르하치의 여덟 번째 아들로 태어난 홍타이지는 험난한 권력투쟁을 거쳐 권좌에 올랐는데, 그는 지략에 능했고 주변 세력에 대한 설득과 위협, 계교와 모략이라는 전통적 수단을 잘 활용했습니다.

홍타이지가 시행한 두 번째 개혁은 국가체계의 정비였습니다. 만주 지역에는 한족들이 많이 거주하고 있었는데 그들을 포용해서 유교식 관료제를 도입했고 과거제도를 실시했습니다. 군사력에서는 만주가 우위에 있더라도 한족 관료들을 양성해 나라를 이끌 수 있는 사람들을 양성하기 위함이었죠. 이는 과거 몽골족이 거란족을 흡수해 국가 체계를 다진 것과 유사한데요. 또한 법 집행에서 민족차별을 없앴고 한족으로 하여금 농사에 주력하게 해서 경제력 확보에 힘썼습니다. 또 누르하치 시대에 창제된 만주문자를 개량하고 독자적 기록문화를 만들어 만주인의 자긍심을 높였습니다.

개혁조치의 세 번째는 능력 있는 자가 후계자가 된다는 체계를 유지시키고 강화시킨 겁니다. 장자승계 방식은 중원 농민정권에서는 일반화된 방식이었으나 홍타이지는 능력 있는 자가 권좌에 앉아야 한다는 유목민 사고를 유지시켰습니다. 그의 이런 생각은 이후 청나라의 후계자 선정방법에 큰 영향을 끼쳤습니다. 홍타이지(태종) 이후 순치제 – 강희제 – 옹정제 – 건륭제로 이어지는 150년 간 청나라의 번영은 이러한 능력 있는 군주의 등장과 무관하지 않습니다. 이전 왕조인 명나라의 장남 승계방식이 무능한 황제의 탄생으로 이어진 것과 비교하면 큰 차이가 있는 셈이죠.

이후 과정은 장성을 넘어 만주족의 중원침입, 이자성의 농민반란에 이은 명나라의 최후, 산해관을 지키던 오삼계의 배신 등으로 이어집니다. 명나라가 청나라로 이어지는 과정을 보면, 명나라 내부의 문제점으로 인해 스스로 무너진 듯하지만 홍타이지의 내부개혁이 없었다면 불가능했을 겁니다. 그들이 충분히 준비하고 있었기에 넓은 땅과 많은 인구를 가진 중국대륙을 자신들의 땅으로 만들 수 있었던 것이죠. 그렇게 보니 중원을 그들의 세력범위에 두었던 몽골과 만주족의 공통점은 자신들의 개혁으로 거대한 땅을 충분히 다스릴 역량을 가지고 있었다는 점입니다. 그렇지 못했던 흉노나 거란, 금나라의 세력에 비해서 말이죠.

여전사 쿠툴룬

　여성의 사회적 지위가 농경사회에 비해 비교적 높았던 유목사회 몽골제국에는 꽤 여러 명의 여인들이 활약했다.『몽골비사』나 라시다 앗 딘의『집사』에는 몽골사회에서 강력한 영향력을 가졌던 여인들이 다수 등장한다. 황제들의 어머니라 불리는 테무친의 아내 보르테(孛兒帖, 1161년~1236년경)나 제국을 일으켜 세운 소르칵타니 베키(唆魯合貼尼妃, 1194년~1252년)가 대표적이다. 하지만 여성의 힘이 강하다고 해도 전사로 참여해서 활약한 사람은 별로 없다. 단 한 사람을 빼고는 말이다. 그녀의 이름은 카이두(海都)의 딸 쿠툴룬이다. 그녀의 이야기는 기록과 전승으로 전해지고 있으며 몽골에서도 여성 영웅으로 칭송되고 있다. 최근 모바일 게임으로 만들어져 사람들에게 사랑받는 중이다.

　카이두는 몽골제국 2대 칸이었던 우구데이의 손자로 쿠빌라이가 스스로 대칸이 되어 원나라를 차지했던 때 인물이다. 당시의 몽골제국은 가장 서쪽에 킵차크 칸국, 뭉케의 아들 훌레구가 세운 일 칸국, 동쪽의 쿠빌라이 휘하의 원제국으로 나누어져 있었다. 그 중앙의 중앙아시아 지역은 차카타이 칸국과 우구데이 칸국이 있었는데 이때 카이두는 차가타이 칸국을 제압하고 일시적으로 패권을 쥐었다. 하지만 그의 패권은 다시 차카타이 칸국에 의해 패해 우구데이 가문은 그를 끝으로 역사속에 사라진다. 마르코 폴로가 원나라에 왔다가 돌아가지 못하고 오랫동안 원나라에 머물렀고, 나중에 바닷길로 갈 수밖에 없었던 이유도 중앙아시아의 카이두 때문이었다.

쿠툴룬은 카이두의 두명의 딸 중 하나였다. 카이두에게는 40명 혹은 24명의 아들과 두명의 딸이 있었는데 쿠툴룬은 키가 크고 늘씬한 용맹한 전사로 여러 전쟁에서 공을 세웠다. 그리고 전쟁에서 돌아오면 국가의 사무처리도 잘했다. 그녀는 키가 크고 워낙 용감해서 왕국내에서 그녀를 거꾸러뜨릴 사람이 없었다. 아버지는 그녀를 시집보내려 애썼지만 그녀는 늘 이렇게 말하곤 했다. "나를 힘으로 쓰러뜨릴 수 있는 사람이 아니라면 남편으로 맞아들이지 않겠어요."

어쩔 수 없이 아버지는 그녀의 말에 동의했고 전국에 이 소식을 공표했고, 젊은이들이 그녀와 겨루기 위해 모여들었다. 시합은 몽골식 씨름을 하는 것이었는데 100마리 이상의 말을 걸고 해야 했다. 수많은 젊은이가 도전했지만 그녀는 모두 이겼고, 1만 마리 이상의 말을 획득했다. 그러던 어느날 매우 잘생긴 왕자가 말 1,000마리와 시종들을 데리고 도착해 그녀와 겨루고 싶다고 말했다. 카이두는 매우 기뻐했고 그가 잘 생긴 왕자라는데 큰 기대를 했다. 그리고 딸이 그 젊은이와 결혼하기를 바랐기에 딸에게 일부러 져주라고 말했다. 모여 있던 다른 사람들의 생각도 같았지만 그녀는 일부러 져줄 마음이 없었다.

시합은 시작되었고 서로 밀고 당기는 경쟁이 벌어졌다. 어느 순간 쿠툴룬은 청년을 넘어뜨려 바닥에 내팽개쳤고 시합은 끝났다. 결국 1,000마리 말의 주인은 쿠툴룬이 되었고 젊은 왕자는 부끄러운 얼굴을 들고 고향으로 돌아갈 수밖에 없었다. 이후 아버지는 남편감을 구해주고자 노력했으나 잘 되지 않았기에 그녀와 함께 전쟁터를 누볐다. 하지만 언제까지 딸을 처녀로 남겨둘 수는 없는 법, 결국 아브타쿨이라는 남자가 선택되었다. 그녀는 결혼 후에도 아버지의 전쟁에 계속 참전했다. 일부 이야기에 의하면 카이두는 그녀의 능력을 높이 사서 사망 직전에 그녀를 다음 칸으로 지명하려 했다. 물론 가문 내에서는 그러한 지명에 대해 반대가 많았고 그녀 자신은 칸 보다는 부대의 지휘관으로 남기를 원했다. 자세한 내막이 무엇인지는 아무도 모른다. 하지만 그녀는 강한 힘을 가진 여전사였다는 사실은 분명하다.

제7강

중원과 유목민_ 오랑캐는 없다

중원의 변화_ 남방에 전해진 중국풍

중원인들의 이동

앞 강에서 말씀드린 것처럼 중국 역사는 분열과 통일 과정을 지속적으로 반복해 왔습니다. 그 분열의 가장 큰 원인을 북방 유목민들이 제공했다고 말씀드렸는데요. 그들은 힘이 생기면 수시로 남쪽지역을 침략했고, 세력이 강해지면 전 부족이 이동해 중원에 국가를 세웠습니다. 지중해 지역을 석권했던 로마제국이 멸망하게 된 가장 큰 이유도 게르만족의 이동에서 찾을 수 있죠. 그들은 왜 고향땅을 버리고 이동했을까요?

현생 인류인 호모사피엔스가 아프리카에서 탄생한 후 인류는 지구 전체로 퍼졌습니다. 그들이 이동하게 된 가장 큰 이유는 간단히 말해 먹고살기 위해서였습니다. 예나 지금이나 지구상에 살아가는 인류에게 안정된 삶은 보장되지 않습니다. 식량은 늘 부족했고 주변 경쟁자들의 위협도 끊이지 않았죠. 더구나 기후는 끊임없이 바뀌어 어느 겨울 동물들이 떼죽음을 당하는 추위도 닥칩니다. 2010년 몽골에는 영하 40℃의 혹한이 닥쳐 동물 450만 마리가 떼죽음을 당한 사건도 있었다고 합니다. 이는 몽골에 있는 가축의 거의 절반 가까이 죽은 거랍니다. 오늘날에도 이러니 과거에는 어땠을까요?

만약 이런 일이 일어나면 과거 몽골 사람들은 가족을 살리기 위해 목숨을 걸고 떠날 수밖에 없습니다. 그것이 바로 유목민 남하의 가장 큰 이유라 할 수 있죠. 그들은 끊임없이 남하를 시도했고, 역사상 중요한 사건으로 기록되었습니다. 4세기 이후 서유럽에서 있었던 게르만족의 남하도 북쪽 훈족들의 이동으로 인해서였습니다. 정확히 밝혀진 것은 없지만 아마도 기후 변화 때문에 훈족들도 남쪽으로 이동할 수밖에 없지 않았을까 싶은데요. 고향을 버리고 떠난다는 건 쉬운 일이 아닙니다. 그 어느 곳에서도 그냥 땅을 내주지 않으니까요.

유목민이 이동하는 경로에 살던 사람들은 자신들의 삶을 유지하기 위해 서로 싸울 수밖에 없습니다. 결국 힘이 약한 사람들은 싸움에 지고 죽어야 했지요. 이 과정에서 살아남은 이들은 황폐해진 고향을 떠나 각지로 흩어져야 했습니다. 북쪽으로는 갈 수 없으니 서쪽이나 동쪽, 특히 남쪽으로 이동을 하게 됩니다. 아무래도 발달한 농업기술을 갖고 있던 사람들에게는 개척할 땅이 가장 중요했고, 서남쪽에는 아직 개발되지 않은 황무지들이 많았습니다. 덕분에 이러한 중원인들의 인구이동은 변방 지역을 중국인의 땅으로 만든 계기가 되었습니다.

맨 처음 거대 인구가 이동한 건 한나라 말 삼국 분열기였습니다. 한나라시대 전성기에는 대략 6,000만 명 정도의 인구가 있었다고 하는데

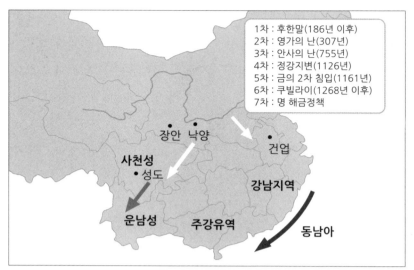

1차 : 후한말(186년 이후)
2차 : 영가의 난(307년)
3차 : 안사의 난(755년)
4차 : 정강지변(1126년)
5차 : 금의 2차 침입(1161년)
6차 : 쿠빌라이(1268년 이후)
7차 : 명 해금정책

장안 낙양
건업
사천성
• 성도
강남지역
운남성 주강유역 동남아

중원인들의 남하

요. 그러다 동한말이 되면 황건적의 난[17]으로 절반 이상의 인구가 사망하는 사태가 벌어집니다. 전쟁으로 농토가 황폐화 하자 살아남은 사람들은 피난 보따리를 들고 남쪽 장강 유역으로, 서남방 촉 지역으로 떠났습니다. 당시 장강 유역은 제대로 개발되지 않았던 숲과 늪지대였는데 이들로 인해 농토로 개발되기 시작합니다. 이때 이동했던 사람들이 바로 촉과 오나라의 주도세력이었습니다. 오나라의 권력가였던 노숙이 그 대표적인 인물이라 할 수 있죠.『삼국연의』에서 유비나 제갈량이 끊임없이 북벌을 추구한 건 그들이 통일에 대한 사명감이 있어서가 아니었습니다. 제갈량은 고향이 산동성이었고 유비는 하북성이었습니다. 누구나 고향으로 돌아가고 싶어 하지 않던가요? 위나라를 공략해 정벌한 후 금의환향하고 싶은 건 그 어떤 인물에게도 평생의 꿈이었습니다.

중원에 있었던 대규모 인구 이동의 두 번째는 서진이 멸망하던 영가지난이었습니다. 북방 유목민이 한족 지배세력을 몰살하고 그들의 나라를 세우자 많은 사람들이 남쪽으로 이동했습니다. 그리고 사마씨 후예를 왕으로 세운 게 동진이었고, 남조의 시작이었습니다. 이때부터 장강 유역이 본격적으로 개발되기 시작했습니다.

다음은 당나라 현종 시대에 있었던 안사의 난이었습니다. 이렇게 중원인들이 남하하자 그동안 늪지대와 초원, 산간이었던 지역들이 농토가 되었고 사람이 살 수 있는 곳으로 변모했습니다. 남조시대 문인들이 늘 북방통일을 꿈꾸었던 것도 제갈량과 같은 이유였습니다. 조상들이 살던 터전으로 돌아가고 싶어 했던 것이죠.

북송이 멸망하는 정강지변의 사태가 벌어진 후에는 장강유역이 경제적인 면에서 황하 유역을 넘어서는 계기가 되었습니다. 북방지역은 건조해서 농업생산력이 높지 않은 반면 장강 유역은 풍부한 강우량과 함께 기름진 농토가 많이 생겨난 이유도 컸습니다. 드디어 남송 때부터 장강 이남 지역이 역사의 중요한 역할을 담당하는 시대가 된 것이죠. 결국 이러한 중원인의 이동은 중원문명이 변방으로 퍼지는 계기가 되었습니다. 원나라시대가 되면 운남성이 중원문화에 흡수 되었습니다. 운남성에는 남송 때에 대리국[18]이라는 왕조가 있었고 민족적 차이도 크고 고유 문자도 있었지만 거대한 중원인의 이동에는 당해낼 재간이 없었습니다.

명나라 시대엔 복건성이나 광동성 사람들이 더 남쪽으로 내려가 동남아시아 화교의 출발이 되었고, 오늘날 싱가포르의 중국인들을 만들었습니다. 중원인의 이동은 초기에는 전쟁이 가장 큰 원인이었지만 명나라 말기에 이르러서는 인구폭발이 그 동력이 되었습니다. 이처럼 중원지역에 뿌리를 두고 있는 사람들을 객가인客家人이라 부르는데, 오늘날 유명인 중에는 홍콩의 최대 갑부인 리카싱, 싱가포르의 창업자 이광요 등이 있습니다.

결국 이렇게 중원인으로부터 시작된 한족은 거대한 중국 인구의 92%를 형성했으며, 그들은 동일한 언어, 동일한 문화를 유지하고 있습니다.(당연히 그들을 혈통이 같은 하나의 민족이라 볼 수는 없습니다.) 지금도 중국인의 인구 이동은 계속되고 있는데요. 대부분 경제적 이유 때문입니다. 사천성 사람들은 티베트로 가고 서안 사람들은 신강위그르 자치구로 이동합니다. 시골 농민들은 동남부 공장지대로 이동해 농민공이 되었습니다.

오늘날 독립운동이 벌어지는 신강위그르 자치구에는 한족이 40%를 넘게 차지합니다. 티베트에도 마찬가지죠. 운남성에는 소수민족이 살고 있지만 그곳에서도 그들은 정말 소수입니다. 만주족은 과거 300만 명을 헤아렸다지만 이제는 거의 흔적이 사라졌습니다. 북방 유목민의 이동으로 말미암은 중원인의 확산은 오랜 세월을 두고 중국의 확장으로 이어졌습니다.

중원에 들어온 유목문화

중원과 유목의 문화가 합쳐지는 이야기가 처음 기록에 나오는 건 전국시대 조나라에서였습니다. 전국시대는 한·위·조·제·연·진·초 이렇게 일곱 나라가 쟁투를 벌였던 역사이지 않습니까? 지리적으로 북방 유목민과 직접적으로 접해있던 나라는 서쪽에서부터 진秦, 조趙, 연燕 세 나라였습니다. 이들 입장에서 북쪽 유목인들은 늘 골칫거리였습니다. 중원 국가들과의 경쟁도 힘겨운데 유목민들은 겨울만 되면 남쪽으로 쳐들어와 피해를 입히곤 했기 때문이지요. 특히 조나라는 그 위치상 북방 오르도스지역과 황하 건너편의 대청산大靑山 등지에서 흉노와 치열한 전투를 벌여야 했습니다. 그래서 장성을 쌓아 막아보기도 했지만 그것만으로 해결되지 않았습니다.

그래서 조나라는 큰 결심을 합니다. 날래고 빠른 유목민을 이기기 위해서는 조나라의 병력도 이에 맞설 수 있도록 체계를 바꿔야 한다고 깨달았기 때문이죠. 당시 조나라 군대는 중원의 다른 나라와 마찬가지로 보병과 전차가 혼합되어 있었는데요. 병사들의 옷은 당연히 긴 형태였고 갑옷과 투구가 무거워 민첩하지 못했습니다. 여러가지 전략적 개혁을 모색하던 조나라 무령왕은 비의라는 신하의 도움을 받아 복장을 개혁합니다. 호랑이를 잡으려면 호랑이굴로 들어가라는 말처럼 오랑캐를 이기기 위해 오랑캐의 옷 즉 '호복胡服'을 입도록 한 것입니다.

치마 스타일의 긴 옷을 버리고, 바지를 입는 것이죠. 간단하죠? 하지만 그게 그렇지 않았습니다. 아무리 조나라가 북방에 있다 해도 주나라의 봉건국인데 당시의 예악禮樂을 무시할 수는 없었죠. 당시까지도 복식이란 신분과 지위를 나타내는 것이기에 사람에 따라 옷을 달리 입었습니다. 그런데 긴 옷을 버리고 호복 바지를 입는다는 건, 신분 구별을 없애겠다는 이야기와 다르지 않았기 때문이죠. 당연히 귀족들이 따르지 않았습니다.

복장 개혁이 지지부진하자 무령왕은 호복개혁에 가장 많은 반대를 한 숙부를 찾아가 설득했습니다. 지금은 예법보다 군사력을 키워 흉노를 물리치고 천하에서 자리를 잡아야 한다고 말이지요. 결국 무령왕은 복장 개

호복기사. 오랑캐 옷을 입고 말을타다.

혁을 실시했고 이어 군대 편제를 '보병+전차' 시스템에 '기병'위주의 방식으로 바꿉니다. 그리곤 북쪽 유목민을 향해 반격을 시작했습니다. 결국 오르도스 지역의 북방민족이었던 임호林胡와 누번樓煩을 물리쳤고 국경선을 1,000리(약 390km)나 북으로 밀고 올라갈 수 있었습니다. 이게 기원전 265년의 일이었습니다.

결국 조나라는 내부개혁을 통해 준비가 되자 유목민에 대해 승리를 거둘 수 있었죠. 이를 통해 군사 문화가 바뀐 건 틀림없는 일입니다. 본격적으로 중원에 유목민의 습성이 도입된 것은 5호 16국 시대부터입니다. 후일 여진족과 몽골족이 중원을 점령한 이후에는 본격적으로 일반 주민들의 복장도 목축을 하는 사람들이 주로 입는 폭이 좁은 모양으로 바뀝니다.

사람들의 외모에 큰 변화를 제공한 건 거란족이 남긴 변발입니다. 우리는 변발이 몽골족의 풍습이라고 알고 있지만, 북방지역 유목민의 일반적 습성이었던 듯합니다. 거란족은 다른 유목민처럼 머리의 정수

변발은 북방지역 유목민의 일반적인 머리 스타일이었다.

리 부분은 깨끗이 밀어버리고 양옆의 머리만을 남겨 아래로 길게 늘어뜨리는 변발 문화를 갖고 있었습니다. 이는 현실적인 자연조건에 기인합니다. 그들은 건조한 지역에 살면서 머리카락을 충분히 감을 수 있는 물을 구하기 어려웠고, 물이 흐르는 강을 만난다 해도 초원의 강은 너무나 차가웠던 사정이 있었습니다. 그래서 유목민은 귀찮은 머리를 아주 밀어버리는 방식을 택했던 겁니다.

중원에 들어온 유목문화 중에서 가장 일상적인 건 침대와 의자의 사용이었습니다. 과거 농민들은 침대를 사용하지 않았죠. 그런데 중국 북방의 건조한 기후에서는 침대의 사용이 훨씬 편리합니다. 음식문화에도 유목민의 영향은 많습니다. 사람들이 즐겨먹는 술도 막걸리와 약주 같은 탁주에서 증류주인 배갈로 바뀌어갑니다. 현재 북경지역 명물 음식인 과일꼬치 '탕후루'는 거란족의 음식이었습니다. 탕후루는 거란이 북방을 점령했던 요나라에서부터 유래했습니다. 거란족은 산사나무 열매나 딸기, 포도 같은 과일들을 설탕물에 묻혀 나무 꼬치에 꽂아 먹는 요리를 즐겨 먹었는데, 이 요리가 지금까지 남아 중국인들의 사랑을 받는 것입니다.

한국인들이 즐겨먹는 음식에도 유목민에서 유래한게 있는데 대표적으로 '순대'입니다. 순대는 소나 돼지의 창자를 깨끗이 씻고 그 속에 여러 가지 재료를 혼합하여 삶거나 찐 음식중 하나라고 할 수 있는데요. 겨울이 긴 북방지역 사람들이 즐겨먹던 음식이었습니다. 한반도에 순대가 전해진 건 몽골 점령기라 할 수 있는데, 몽골 이전 거란이나 흉노족 사람들도 먹었을 가능성이 있습니다. 북방 유목민들에게는 추운 겨울을 대비하는 게 중요한데 짧은 여름동안 재배할 수 있는 야채를 잘 보관하여 부족하기 쉬운 비타민을 흡수하는 방법이 순대였습니다. 야

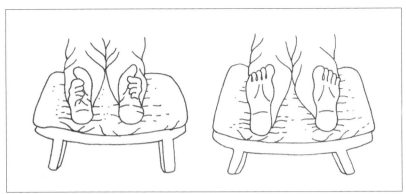
전족한 발(좌)과 일반 발

채와 갓잡은 동물의 피를 잘 섞어서 소나 양 등의 내장에 채우면 오래 보관하고 먹을 수 있는 음식이 되었던 것이지요.

근대 초까지 중국 여성들을 옭매었던 전족 풍습도 몽골인들로 인해 생겼다는 주장이 있습니다. 일부 중국인들은 남송 때 주자학이 성행하면서 전족도 유행하게 되었다고 믿고 있는데요. 여성들을 섹시하게 보이도록 만들기 위해 전족을 했다구요. 과연 그랬을까요? 여자들의 발을 어릴적부터 꽁꽁 동여매어 못 자라게 함으로써 뒤뚱거리며 걸을 수밖에 없었던 건 한족들의 움직임을 둔하게 하려했던 몽골인들의 전략이었답니다. 몽골여성들은 전족을 하지 않았는데요. 오로지 한족 여성들에게만 강요했습니다. 청나라에서는 만주족 여자들의 전족 금지령을 자주 내렸습니다. 남자들에게 섹시하게 보이도록 전족을 하게 했다는 주장보다는 유목민들이 한족을 압박하기 위해 만들었다는 말이 설득력이 있어 보입니다. 그만큼 소수의 유목민이 다수의 한족을 통치하기 쉽지 않았던 때문입니다.

유목민의 친구, 말

퀴즈를 하나 내보겠습니다. 지구상에서 말을 가장 사랑하는 사람들은 어느 나라 사람일까요? 주말마다 과천 경마장을 가득 채우는 한국 사람들일까요? 지구상에는 말이 삶의 가장 중요한 수단인 사람들이 여전히 있습니다. 그런데 말에 대한 사랑과 자부심을 국가적으로 표현하는 사람들이 있습니다. 바로 중앙아시아의 투르크메니스탄인입니다. '투르크인의 땅'이라는 국가이름을 갖고 있는 이곳 사람들이 얼마나 말을 사랑하는지는 이 나라의 화폐 한쪽 면에 말 그림이 등장하고 있다는 것을 보면 알 수 있습니다. 또 축구협회 로고에도 말이 있고 국가 상징그림에도 빠지지 않고 등장합니다.

이 나라에서는 외국에서 국빈이 방문할 경우 자신들의 말을 제공 한다는데요. 그들이 줄 수 있는 가장 좋은 선물이랍니다. 하긴 개인들에게는 선물할 수 없겠네요. 가져가는 운송비도 만만치 않고 이를 먹이는 비용도 엄청날 테니까요. 그들이 자랑스러워하는 황금빛 털이 인상적인 그 말의 이름은 아할테케Akha-Teke 입니다. 키 150~163cm로 전 세계 말 중에서 큰 종에 속하는데 스피드도 있고 체력도 뛰어나다고 하네요.

이 말이 얼마나 뛰어난지를 알려주는 재미있는 에피소드가 있습니다. 구소련 시절인 1935년, 26명의 투르크메니스탄 기병들이 이 말을 타고 수도인 아스카바드에서 모스크바까지 4,330Km나 되는 거리를 84일 만에 완주 했답니다. 이 말들은 사흘 밤낮을 가리지 않고 달리면서 물 한방울 조차 마시지 않고 360km나 되는 키질쿰 사막을 횡단하는 저력을 보여주었습니다. 이 사막은 붉은 모래라는 뜻을 가지고 있는데, 건조하기로 악명이 높고 13세기에 칭기즈 칸이 화레즘을 공격하기 위해

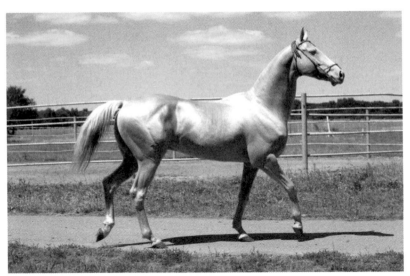

투르크메니스탄의 말-아할테케.(그림출처:구글)

전격적으로 건넌 것으로 유명하죠. 힘든 환경에서 적응하기 위해 지구력이 길러졌고, 사막의 색깔에 맞게 황금색을 가졌기에 말 그대로 황금마인 셈입니다.

이렇게 멋진 말에 대해 슬라브인 독재자 스탈린이 별로 좋아하지 않아 절멸시키려 했다니 이 소식을 들은 투르크메니스탄 사람들은 얼마나 마음이 아팠을까요? 때문에 1952년만 해도 이 말은 투르크메니스탄 전체에 고작 25마리 정도만 순혈종이 남아있었다고 합니다. 스탈린이 죽고 소련 정부의 관심에서 점차 멀어지자 말은 점차 늘어나기 시작해서 지금에 이르렀습니다. 구소련이 멸망하고 투르크메니스탄이 독립하였는데 한때 독재자였던 니야조프 대통령의 유일한 업적으로 아할테케에 대한 엄격한 혈통 관리 및 보호로 인정받고 있다나요?

아할테케 중 가장 유명한 말은 알렉산더가 동방원정에서 타고 다녔다는 애마 부케팔로스입니다. 원래 영웅들은 어릴때부터 범상치 않은 에피소드를 남기고 있는데 알렉산더를 영웅으로 만들어주는 스토리에 이 말이 등장합니다.

"어느 날 말상인이 아버지 필리포스왕에게 말 한 마리를 팔았는데, 이 말은 사람이 등에 오르기만 하면 뒷발로 일어서서 사람을 떨어뜨렸다. 궁에 있는 내로라하는 장수들이 이 말을 다뤄보려고 노력했지만 아무도 길들이지 못했다. 자존심이 상한 필리포스왕은 말을 죽여버리라고 명령했다. 이때 열두 살이던 아들 알렉산더가 자신도 한번 말을 길들여 보겠노라고 나섰고, 모두가 걱정스러운 눈으로 바라보고 있는 사이 알렉산더는 말을 반대방향으로 돌려세우고 말에 올라탔다. 알고 보니 햇빛의 정면에 서 있던 말은 자신의 그림자가 움직인 것을 보고 놀라서 거칠게 행동한 것이었다."

알렉산더는 말이 예민해진 것을 알아차리고 돌려세워 말에 올라탔던 것입니다. 알렉산더가 말에 올라타자 엄청난 속도로 달려갔고, 한 바퀴를 돌아온 알렉산더에게 필리포스왕은 이 말을 선물로 주게 되었다고 하죠? 물론 이 에피소드에 나오는 말과 알렉산더가 전쟁터에서 타고 다니던 말이 동일한 것인지는 알 수 없지만 뛰어난 명마였을 것은 틀림없습니다. 부케팔로스라는 이름은 '소머리'라는 뜻이며 실제 폼페이 유적에서 발견된 모자이크 그림에도 뿔이 그려져 있습니다. 제가 나폴리 국립박물관에서 이 그림을 실제 봤을 때 얼마나 감동이었던지요!

키가 큰 아할테케에 비해 몽골인이 사용한 말은 매우 작습니다. 키도 작고 다리도 짧아서 볼품이 없죠. 제주도 말 목장에 가면 작은 말을 볼 수 있는데 과거 원나라 속국이었던 시절 제주도가 말의 목장이었던 때가 있었기 때문에 그렇다고 하죠? 영국에서는 작은 말을 포니pony라고 불렀는데 몽골말은 키가 120~140센티미터 정도 합니다. 경마에서 흔히 쓰이는 서러브레드Thoroughbred의 키가 155~170센티미터 정도인 것과 비교하면 참 왜소하죠? 몽골인은 왜 이렇게 작은말을 사용했던 것일까요? 그들도 큰 말이 멋있다는 것을 알았을 것이고, 중앙아시아에서는 충분히 큰 말을 얻을 수 있었을 텐데 왜 그러지 않았을까요?

말은 중종, 경종, 포니의 세 가지로 나눌 수 있습니다. 중종은 다른 종과 피가 섞이지 않았다는 전제 하에 주로 몸집이 크고 무거운 짐을 잘 끄는 특징이 있습니다. 페르슈롱Percheron 종, 클라이즈데일Clydesdale 종, 샤이어shire 종이 여기에 속합니다. 주로 프랑스와 영국이 원산지이죠. 우리가 경마장 등에서 쉽게 볼 수 있는 경종은 아랍Arabian 종, 서러브레드Thoroughbred, 앵글로 아랍Anglo-arab 등이 있습니다. 우리가 흔히 서양말을 아라비아 말이라고 부르는 이유가 바로 이것이죠. 체격이 그리 크지 않으면서 속도가 빠르고 기품이 있습니다. 세계적으로 유명한 말들은 대부분 아랍종의 피가 섞여 있습니다. 프랑스에서 아랍종과 서러브레드를 교잡하여 만든 종이 앵글로 아랍종으로 체질이 튼튼하고 뛰어나 승마용으로 적합합니다.

말은 용도에 따라 우열이 달라집니다. 우리가 흔히 경마장에서 볼 수 있는 타원형 경기장에서는 서러브레드 종이 강자죠. 만약 서러브레드종과 몽골말이 함께 달린다면 2,000미터를 달릴 때 200미터나 차이가 납니다. 도저히 경주의 상대가 되지 않는 거죠. 칭기즈 칸의 군대를 처음 본 유럽 기사들이 몽골말을 '쥐와 같은 말'이라고 한 게 외형만을 보고 말하는게 아닙니다. 실제로 작고 볼품없고 빠르지도 않았기 때문입니다. 중국 내몽골 자치구에서는 이러한 몽골말 경주가 벌어지기도 하는데요. 같은 종끼리 하는 것이니 공정한 셈입니다.

하지만 달리기 경주를 하는게 아니라 유라시아 대륙을 가르는 군사 원정을 떠난다면 몽골말과 같은 작은 말이 최고입니다. 그 이유는 이렇습니다. 몽골말은 가슴이 떡 벌어지고 근육도 매우 발달되어 있으며 다리도 굵고 튼튼합니다. 몽골고원의 더위와 한겨울 영하 40도의 추위에도 밤을 밖에서 지낼 수 있습니다. 겨울에 눈이 내려 풀이 보이지 않으면 앞발로 눈을 헤치고 마른 풀을 찾아 먹습니다. 물과 풀을 찾지 못하는 사막지역을 넘을 때도 몽골말은 정신력이 강해 버틸 수 있죠. 몽골 원정군이 지나는 곳은 고산 지대나 스텝지대, 풀 한포기 없는 사막도 있었기 때문입니다. 그들은 거칠고 험한 지역을 오랫동안 지낼 수 있는 지구력이 장점입니다.

반면 서러브레드는 곡식을 먹여서 키워야 하는데 하루에 네 되에서 다섯 되의 곡물이 있어야 합니다. 아랍종이 아라비아 반도에서 자란 것은 아랍의 오아시스에서 재배한 보리를 먹였기 때문입니다. 아라비아 말은 오랫동안 달리지도 않습니다. 사막 전투에 대비해 빨리 달려서 적을 약탈하기 위한 목적이었기 때문에 먼 거리일 필요가 없었습니다. 서러브레드를 타고 전투를 치렀던 중세 기사들도 마찬가지였습니다. 무거운 갑옷을 입은 기사를 태우고 짧은 거리만을 힘차게 달릴 수 있으면 되었기 때문입니다.

작지만 강력한 몽골말

그렇다면 몽골, 다른 말로 중국인이 흔히 쓰던 지역명인 '막북'지방에 살던 유목민은 왜 작은 말을 고집했을까요? 왜 그들은 왜소한 말을 타고 멀리 서역까지 원정하게 되었을까요? 몽골인들도 말을 교배시키면 더 나은 종이 탄생할 수 있다는 것을 알고 있었습니다. 암말에 수탕나귀를 교배시키면 지구력이 좋은 노새가 태어나고, 암컷 노새에 말의 수컷을 교배시키면 더 좋은 품종이 탄생했습니다.

하지만 몽골인은 말이 변화될 수 있다는 것을 알면서도 말의 크기를 키우려 하지 않았습니다. 또 중앙아시아를 정벌하게 되면 좋은 말을 발견할 수 있었으므로 그 말들과 몽골말을 교배시키면 키가 크고 좋은 말이 나올 수 있다는 것을 알면서도 그들은 하지 않았죠. 이것은 유럽 사람들과는 다른 생각입니다. 유럽에서는 아랍의 대형화된 말에 관심을 가져왔고 군사용, 승용, 경마 등에서도 대형말의 수요가 있어 왔습니다.

몽골사람들이 말의 대형화에 힘을 쏟지 않았던 이유는 그들이 살고 있던 지리적 환경의 영향이 큽니다. 유라시아 대륙 북부에 펼쳐진 스텝 대초원은 비가 적게 내리고 토질 때문에 수목이 자라지 못합니다. 풀이나 관목이 자랄 수 있는 때는 비가 내리는 봄에서 여름까지입니다. 몽골고원에서 그나마 풀이 풍부해 지는 것은 여름 한철인데 일 년 중 겨우 한 두 달일 뿐입니다. 이렇게 시간이 짧으니 풀도 길게 자라지 못합니다. 우리나라 같은 온대기후에서는 가을이 되면 겨울을 나기 위한 여러 가지 일들을 합니다. 그 중에는 가축들을 위해서 긴 겨울동안 먹을 수 있도록 건초를 마련해 두는 일을 하죠.

몽골말. 한겨울 영하 40도의 추위에도 밖에서 밤을 지낼 수 있다.

하지만 몽골초원에서는 이런 일이 불가능합니다. 그들이 구할 수 있는 풀은 짧은 것 뿐이어서 가을에 베어둘 수 없습니다. 조금씩 풀을 베어 말려두기는 하지만 그건 어리거나 병든 가축을 위해서죠. 그렇다면 몽골에서 사는 동물들은 겨울을 어떻게 날까요? 겨울이 다가오면 유목민은 겨울목초지로 이동하여 동물을 방목합니다. 비교적 바람이 약하고 눈이 적게 쌓이는 곳에서 지내는 것이죠. 몽골에서 자라는 동물들인 양, 말 등은 추운 겨울밤에도 바깥에서 그냥 지냅니다. 또 눈이 살짝 덮인 초원에서 앞발로 눈을 헤치고 마른 풀을 찾아 뜯어먹습니다. 그래서 이곳에 사는 동물들은 모두 강인합니다. 그렇지 못한 약한 개체들은 영하 3~40도까지 내려가는 추운 몽골의 겨울을 지날 수 없습니다. 그래서 가을이 되면 겨울을 날 가능성이 없는 약한 개체들을 잡아서 양식으로 준비해 두는 것이죠.

이러한 동물들의 강인한 특성은 대외원정에서 엄청난 힘을 발휘합니다. 막북지방의 유목민들은 다른 지방을 침략하러 나설 때 말의 사료를 가지고 다니지 않았습니다. 이동하면서 그 지역에 있는 목초를 활용할 수 있기 때문이죠. 또 병사 일인당 4~5마리의 말을 준비하는데, 전투에 지친 말을 교대시키기 위함이고, 일부는 병사들의 식량을 조달하기 위한 방편도 됩니다. 군마들의 마초도 준비하지 않고 병사들의 식량도 매우 간단하므로 그들에게는 병참이란 게 없어도 됩니다. 그러니 몽골고원에서 수천 리 떨어진 헝가리 초원까지 원정이 가능했던 것입니다. 전쟁에 대해 이해하는 사람이라면 이런 경쟁력이 얼마나 대단한 것인지 깨달을 수 있습니다.

몽골의 작은 말은 현지에서 조달하는 거친 먹이도 소화할 수 있고, 겨울 추위와 사막의 더위도 견딜 수 있었습니다. 낙타만큼은 아니어도 사막을 건너는 동안 갈증을 참아내는 능력도 있었습니다. 그러니 몽골인들이 중앙아시아에서 발견했던 허우대 멀쩡하지만 강인하지 않은 말을 채용할 리가 없죠. 그래서 몽골인들은 말의 크기를 키우지 않았던 것이고, 어떤 환경에서도 적응할 수 있는 동물이 필요했던 것입니다.

농민제국과 유목민이 모두 원했던 말

몽골인이 자신들에게 적합한 말을 키워 전쟁에 활용한 것처럼 과거 전쟁에서 말은 가장 중요한 존재였습니다. 춘추전국시대에는 전차를 주로 이용했지만 점차 말을 잘 쓸 수 있도록 재갈, 안장, 등자가 차례로 개발되었죠. 재갈은 고삐를 장착하기 위해 말에게 물리는 쇠 장식을 말하는데, 서방 유목민족인 스키타이가 처음 썼다고 알려져 있습니다. 스키타이로부터 재갈의 전파로 기마술이 획기적으로 발전했습니다. 여기에다 기수가 말을 탈 때 말 잔등을 보호하고 사람에게는 편하게 탈 수 있는 말갖춤도 점차 완성되어갔습니다. 말갖춤에는 안장, 굴레, 말다래, 말목다래, 밀치, 등자 등이 있는데 안장은 등자를 매달아 말에 오를 때 편리 하면서도 기마전騎馬戰에는 필수적인 장비죠. 마지막으로 안장에 등자를 달게 됨으로써 두 손이 자유로워졌고 이로 인해 활을 쏘고 양손에 무기를 들 수 있었습니다.

그런데 말을 키운다는 건 정말 어려운 일입니다. 특히 군마의 경우에는 특유의 훈련도 있어야 하기에 더 큰 노력과 비용이 필요했죠. 말은 원래 순하고 지구력이 부족한 동물이라서 보통 말 한 마리가 군마로 거듭나기 위해서는 다음과 같은 훈련을 거쳐야 합니다.

1. 본능적인 공포심을 없애는 훈련
2. 근력, 지구력, 순발력, 속도 등을 늘리기 위한 체력 훈련
3. 승마자의 명령에 반응할 수 있도록 하는 훈련

이러한 훈련과정을 모두 거친 군마는 당연히 어마어마한 가격을 자랑하게 됩니다. 조선시대 기록에 의하면 상등마 한필 가격은 쌀 20석이었다고 합니다. 이것을 오늘날로 환산하면 800만 원 정도 한다네요. 여기에 먹이 등 유지비용도 많이 소요되었습니다.

더 큰 문제는 말은 지역적 한계를 가지고 있는 동물이라는 점입니다. 대체로 말은 건조한 초원지대에서 잘 태어나고 성장하는데요. 그래서 북방지역에서 좋은 말이 생산될 수밖에 없었습니다. 『삼국지』 위지

동이전에는 부여에서 명마名馬, 고구려에서 소마, 예에서 과하마果下馬가 산출되었다는 기록이 나옵니다. 또 오르도스 등 중원과 고비사막 사이의 초원지대에서도 좋은 말이 생산되었죠.

말은 전쟁에서 중요한 역할을 하기에 중원에서도 말은 꼭 필요한 존재였습니다. 때문에 유목민이 필요로 하는 남쪽의 물산과 중원 사람들이 필요로 하는 북쪽의 말은 좋은 교역 대상이 될 수밖에 없었습니다. 당나라 때 산동지역을 점거했던 이정기의 세력은 발해로부터 말을 구입했습니다. 산동지역에서 나오는 풍부한 농산물과 소금을 주고 말이지요. 남조 송나라에서는 고구려 장수왕에게 말 800필을 구입했다고 기록하기도 했습니다.[19] 남쪽에 위치한 송나라 입장에서 북위와 전쟁하기 위해서는 말 구입이 필수였다는 이야기입니다. 명나라 때 몽골인과의 주요 교역통로였던 대동지역에서는 말 가격을 두고 수시로 다툼이 일어나기도 했습니다. 이로부터 명나라 최대의 치욕사건이었던 '토목보의 변'이 발생하게 되었죠.

운남성, 사천성과 티베트간의 무역로는 차마고도茶馬古道로 유명한데요. 티베트에서 필요로 하는 차를 주고 대신 말을 들여오는 길이라 해서 이런 이름이 붙여졌습니다. 당나라 문성공주가 티베트로 시집을 간 이후부터 이런 무역로가 생겼다는데, 중원인들이 얼마나 말을 원했는지를 알 수 있습니다.

여자와 돈을 들여 평화를 얻다

화번공주 세군과 해우

한 고조가 묵돌선우에게 치욕을 당한 팽성전투에서 많은 재물과 함께 공주를 보내야 했다고 앞 강의에서 이야기했죠? 이후 중원은 왕족의 딸이나 후궁을 이민족 우두머리의 아내로 보내는 통혼정책을 지속했습니다. 그래야만 북방 국경의 평화가 보장되었기 때문이죠. 이렇게 정략적으로 이민족에게 보내진 여인들을 '화번和蕃공주'라고 합니다. 흉노족에 출가했던 왕소군이 가장 유명하고 그밖에도 세군공주(오손), 해우공주(오손), 의성공주(돌궐), 문성공주(토번), 함안공주(위그르) 등이 있죠. 이들 외에도 당나라 때에는 18명이나 되었다고 하니 특별한 일이 아니라 늘 있었던 풍습이었던 듯 합니다. 비교적 편안한 삶을 살던 여인들이 화번공주로 선택되어 북방으로 떠나야 했을 때 얼마나 슬펐을까요?

오손왕의 아내로 보내졌던 세군細君은 하늘 끝 먼 곳으로 시집온 신세를 한탄하며 "항상 고향 생각에 마음 아프니, 고니가 되어 고향에 돌아가고파."라고 애절하게 토로했답니다. 세군은 한무제의 형이었던 강도왕의 딸이었습니다. 우리는 한무제 당시 한나라가 국력이 강력해 흉노를 멸망시키고 북방을 안정시켰다고 배웠지만, 그 당시에도 화번공주를 보내야 할 정도였습니다. 역사에서 배우는 것과는 조금 다르죠? 비련의 여인들 이야기가 오늘날까지 남아 있는 것은 누군가가 글을 써서 남겼기 때문인데요. 아무에게도 알려지지 않은 슬픈 사연은 더 많았을 겁니다.

세군이 시집을 간 오손왕은 나이도 많았고 말이 통하지 않았습니다. 그래도 왕의 마음은 넓었는지 어린 남방의 여자가 와서 늘 고향생각이나 하고 있는 걸 보자니 마음이 아팠던 모양입니다. 그래서 오손왕은 자신의 뒤를 이어 왕위에 오른 손자에게 세군을 취하게 합니다. 비록 나이가 많지만 이미 한 남자의 아내가 되었는데 그 손자를 다시 남편으로 섬기라고 하니 힘들었나 봅니다. 이를 받아들이기 어려웠던 세군은 한 무제에게 소식을 알렸습니다. 하지만 무제가 보내온 답변은 이랬답니다. "그 나라의 풍속을 따르라. 나는 오손과 함께 흉노를 멸하고자 한다." 말은 그럴 듯 한데요. 여자를 보내 평화를 사려는 속셈은 여전했습니다. 결국 세군은 남편의 손자인 잠추岑陬의 아내가 됩니다. 사실 이는 유목민의 풍습으로 보면 잘못된 건 아닙니다. 아비의 첩을 아비가 죽으면 아들이 취하는 건 유목민의 당연한 관습이었거든요. 손자에게 여인을 물려주는 것도 유목민 입장에서 보면 그리 나쁘다고 볼 수도 없습니다.

그런데 세군은 오래 살 운명이 아니었는지 일찍 죽었고 한나라는 바로 해우解憂라는 여자를 잠추의 아내로 보냅니다. 잠추가 죽자 해우는 그의 종형제인 비왕의 아내가 되고, 비왕이 죽자 이번에는 잠추의 아들 니미의 아내가 되었습니다. 남편이 죽더라도 여자는 가까운 친척의 아내가 되는 것이죠. 결국 해우는 비왕의 아내가 되어 3남 2녀를 낳았고, 니미의 아내로서는 아들 한 명을 낳았습니다. 여인으로서는 아주 큰 역할을 한 셈이죠. 그 공로를 인정받아서일까요? 큰아들과 막내아들이 병사한 뒤 그녀는 한나라로 돌아올 수 있었습니다. 스물의 앳된 나이에 오손으로 보내진 해우는 일흔이 되어서 한나라 땅을 밟을 수 있었으니 오손에서 그녀를 고향땅에 갈 수 있도록 배려한 것이죠. 기원전 51년의 일이었습니다. 그녀가 돌아왔기에 먼저 갔던 세군의 이야기도 전해질 수 있었던 것입니다.

비련의 여인 왕소군

화번공주로서 가장 잘 알려진 이는 서한 원제 때 여인 왕소군이었습니다. 그녀는 원래 양가집 딸로 태어나 후궁으로 궁궐에 들어갔습니다. 그런데 궁궐에는 얼마나 많은 궁녀들이 있었을까요? 그녀들은 황제의 사랑을 얻기를 고대하고 있었지만 그냥 하염없이 세월을 보내며 늙고 있었겠지요. 그러던 기원전 33년, 흉노 호한야선우呼韓邪單于에게 보낼 여자를 고르는데 왕소군이 선택되었고 북방으로 시집을 가게 됩니

왕소군(王昭君, BC52~BC19)
호북 흥산(興山) 사람.
궁녀로 '4대 미녀'의 한 사람. 나중에 호한야선우에게 시집감.

다. 이후 아들 하나를 낳았고 호한야선우가 죽자 본처의 아들인 복주르선우에게 재가하여 두 딸을 낳았습니다. 여기까지는 세군과 해우와 비슷하죠. 정기적으로 북방으로 보내졌던 수많은 여인들은 그곳에서 아이들을 낳고 생을 보냈을 것입니다.

그런데 왕소군은 다른 여인들과는 다르게 궁궐을 떠나면서 흥미진진한 내용을 남겼습니다. 우리가 잘 알고 있는 화공과 초상화 이야기이지요. 당시 궁녀들이 얼마나 많았는지 황제가 볼 수 있도록 초상화를 그려 제출하게 했답니다. 그런데 궁녀들은 황제의 총애를 한번 받는 게 일생일대의 과제였겠지요? 그래서 다들 궁중 화공에게 뇌물을 주어 본인들의 얼굴보다 예쁘게 그리려고 노력했답니다. 오늘날로 치면 원래 얼굴보다 예쁘게 '뽀샵(사진 수정 기술)' 처리를 했다고 해야겠지요. 형편이 여의치 않아서 그랬을까요? 왕소군은 화공에게 뇌물을 바치지 않았고 그 때문인지 그녀의 얼굴은 추하게 그려졌습니다. 덕분에 황제의 성은을 얻는 행운은 누리지 못했습니다.

기원전 33년이라면 무제(기원전 156~기원전 87)가 죽은 지 50년이 넘었을 때인데, 여전히 한나라는 흉노에 여인을 보내야 했습니다. 흉노족은 여전히 힘을 쓰고 있었나 봅니다. 한무제가 흉노를 쳐부숴, 북흉노는 북쪽으로 떠났고, 남흉노는 사라졌다던 우리가 아는 역사는 어디 갔나요? 이때 『중국철학사』의 저자인 풍우란馬友蘭 이 말한 게 생각납니다. "역사란 쓰여진 역사가 있고 실제 역사가 있다."[20] 한무제 이후에도 북방 유목민의 영향력은 여전했다는 게 진짜 역사일 가능성이 있다는 이야기죠. 바로 후대사람들은 사마천이 쓴 이야기만 알고 있을 뿐 북방 흉노가 여전히 맹위를 떨치고 있었다는 걸 어림짐작 할 뿐입니다.

어쨌든 북방에 보내야 할 궁녀 중 한명을 선택 하려 할 때, 기왕이면 못생긴 궁녀를 고르려 했답니다. 황제의 성은을 입을 가능성이 없으니 북방에 보내면 되겠다고 본 것이죠. 그래서 왕소군이 못생기게 그려진 덕분으로 선택되었고, 드디어 떠나는 날이 되었습니다. 마지막으로 황제에게 하직 인사를 하려는데 너무 절세미인이더라는 이야기입니다. 화가 난 원제는 화공 모연수를 참형에 처했다고 합니다. 품어보지도 못한 아름다운 여인을 흉노에 보내야 하니 얼마나 배가 아팠을까요?

그런데 이 이야기를 보면 실상과는 조금 다르게 그렸다는 걸 알 수 있죠? 앞장에 나오는 세군의 경우처럼 공주나 그에 필적하는 신분의 여인을 이민족에 보내지는 게 관례였기에 왕소군도 아마 신분이 높은 여자였을 겁니다. 당연히 후궁은 아니었을 것이고 원제가 아까워할 이유도 없는 것이지요. 그런데 역대로 이런 화번공주들은 수없이 많았을 텐데 왕소군이 가장 유명해진 것은 무슨 이유일까요?

역시 스토리의 힘입니다. 후대 문인들이 그녀에 대해 많은 이야기를 만들어냈기 때문이지요. 위의 이야기가 실제인지 누군가의 창작인지는 모르지만 동한 때 『서경잡기』라는 문헌에 전해집니다. 또 수많은 문인들이 그녀의 이야기를 다양한 방식의 글로 남겼습니다. 특히 시문학이 발달했던 당나라 때 문인들이 많았는데요. 이태백, 백거이, 동방규가 그들이구요. 시와 상관없을 듯싶은 송대 정치가 왕안석, 석숭 등도 왕소군을 기리고 있습니다. 아래는 중국의 '시선詩仙'이라 불린 이태백이 쓴 「왕소군王昭君」이란 시의 일부입니다.

昭君拂玉鞍 (소군불옥안)   소군이 백옥 안장 떨치고

上馬啼紅顔 (상마제홍안)   말에 올라 고운 얼굴 울고 있네

今日漢宮人 (금일한궁인)	오늘은 한나라 궁중여인이나
明朝胡地妾 (명조호지첩)	내일 아침이면 오랑캐의 첩이 되겠네.

오랑캐 땅으로 떠나는 왕소군의 모습을 잘 보여주고 있습니다. 그런데 우리에게 가장 잘 알려진 왕소군에 관한 글은 '춘래불사춘春來不似春'입니다. 이 시는 당나라 동방규가 쓴 '왕소군의 한'이라는 뜻의 「소군원昭君怨」에 나옵니다.

漢道初全盛(한도초전성)	한나라의 법도가 처음엔 융성하여
朝廷足武臣(조정족무신)	조정엔 무신들로 가득했네
何須薄命妾(하수박명첩)	어찌 이리 박명한 아녀자의 신세던가
辛苦事和親(신고사화친)	괴롭고 쓰라려라, 화친의 일이여
掩淚辭丹鳳(엄루사단봉)	눈물을 삼키고 궁궐과 작별하고
銜悲向白龍(함비향백룡)	슬픔을 머금고 흉노 땅으로 향하네
(중략)	
擧頭惟見日(거두유견일)	머리 들어 해만 바라볼 뿐
何處是長安(하처시장안)	그 어느 쪽이 장안이던가
胡地無花草(호지무화초)	오랑캐 땅에는 꽃도 풀도 없으니
春來不似春(춘래불사춘)	봄이 와도 봄이 온 것 같지 않구나
自然衣帶緩(자연의대완)	옷에 걸친 허리띠 느슨해지는 것은
非是爲腰身(비시위요신)	그 몸 가늘게 가꾸려 함이 아니라네

봄이 왔지만 아직 추위는 가시지 않았다는 의미의 '춘래불사춘'이란 말은 여기서 유래했습니다. 중원의 시인묵객들이 보기에 왕소군의 사

연은 글로 읊으면 참 좋은 소재가 되었나 봅니다.

삼국시대 여인 채문희

남은 생이 얼마 되지 않은 상황에서 고국으로 돌아올 수 있었던 해우는 왕소군이나 세군보다는 운이 좋았다고 해야 할까요? 여기 또 흉노에 시집을 갔지만 돌아왔던 또 한명의 여인 채문희가 있었습니다. 원래 채염이란 이름이 있지만 문희라는 자가 있어 채문희라고 불립니다. 원래는 소희昭姬였으나 후일 서진의 권력자였던 사마소 때문에 소昭자를 피휘하는 바람에 문희가 되었다고 전해집니다. 그녀는 화번공주는 아니었지만 흉노땅에 시집을 갔다가 돌아와 자신이 지은 시를 남겼습니다. 고향을 그리며 지었다는 「호가십팔박胡笳十八拍」은 그 곡조가 서글프고 내용이 처량하기로 후세에 이름나 있습니다. 동시에 혼란한 시국에 대해 통탄하며 쓴 「비분시悲憤詩」는 중국 시가역사상 최초의 자전체 형식의 오언장편 서사시로 불리고 있습니다. 그래서 사서(후한서)에는 그녀에 대해 "박식하고 재질이 뛰어난 동시에 음률에도 능하다"라는 평가를 내리고 있다지요.

왕소군의 이야기는 『금조』라는 책에도 실렸는데요. 이 책을 지은이는 동한말의 뛰어난 학자였던 채옹이었고, 바로 채문희의 아버지였습

채문희(蔡文姬, 177~239)
개봉(開封) 사람으로 채옹의 딸. 문학가로 박학하고 시부에 능함.
작품으로 『호가십팔박(胡笳十八拍)』이 있음.

니다. 채옹은 위나라 창업자 조조와는 그의 스승이 되기도 했고 막역한 친구사이였답니다. 동한말 혼란기에 벼슬자리를 한다는 건 언제든 목숨을 잃을 가능성이 높았습니다. 결국 채옹은 동탁의 휘하에 있다가 죽임을 당했고, 하동지역에 살던 위중도라는 자에게 시집을 갔던 채문희는 남편이 죽은 후 고향에 돌아옵니다.

하지만 아름다운 외모를 가진 여인은 온통 전쟁터로 바뀐 천하에서 그녀의 미모에 홀린 남자들에 박복해질 운명이었습니다. 고향(오늘날 개봉)을 침입했던 흉노족에게 납치된 채문희는 아름다운 외모로 인해 좌현왕에게 바쳐졌고, 그곳에서 12년을 살면서 1남1녀를 낳았습니다.

그 사이 원소의 무리를 관도전투에서 혁파하고 7년 동안 북방지역을 평정하고 있던 조조는 안정을 추구하며 인재들을 모으기 시작했습니다. 그때 조조는 오랜 친구였던 채옹이 후손을 남기지 못하고 죽은 것을 애통해 하고 있었고, 마침 채옹의 딸 문희가 흉노에 잡혀가 살고 있다는 소식을 듣게 되었답니다. 조조는 즉시 흉노에 사신을 보내 거금을 지불하고 그녀를 데리고 돌아오게 했습니다. 이때 조조가 지불한 금액이 황금 천 냥과 백옥 한 쌍이었다는데 어마어마한 금액이었지요. 어릴 적부터 알고 있던 채문희의 뛰어난 글재주를 살려주고 싶었던 조조의 마음이 담겨 있었습니다.

낙양으로 돌아온 그녀에게 조조는 동관 근처 남전 땅에 장원을 세우고 살도록 배려했고 둔전도위 동사라는 자에게 시집을 보냅니다. 그런데 그녀의 운명에 남편복은 지지리도 없었나 봅니다. 첫남편은 죽었고, 흉노 남편에게서는 떠나왔고 새로 얻은 남편도 법률에 저촉되어 사형죄를 받았기 때문이죠. 남편은 조조의 도움으로 비록 사형은 면했지만 오래 살지는 못했습니다. 결국 그녀는 조조의 명을 받들어 아버지의 생전 저작들을 빠짐없이 모아 정리했습니다. 건안 문학의 완성에는 조조 삼부자인 삼조와 건안칠자 외에도 채문희가 있었던 셈입니다. 이때에 왕소군의 이야기도 정리되었겠죠?

그런데 채문희는 12년이나 함께 산 이민족 남편이나 아이들과는 정이 없었을까요? 물론 고향을 그리워하며 시를 지을 정도였고 막대한 재물을 보낸 조조의 성의를 무시할 수는 없었을 것입니다. 하지만 아무리 납치되어 강제로 결혼해야 했더라도 자식들과의 생이별은 힘든 일이었나 봅니다. 그 애통한 마음을 표현한 장문의 시가 바로 「비분시」입니다. 동탁의 낙양 침입부터 해서 흉노까지의 일을 시로 표현하고 있는데요. 그 2장에는 자녀와 헤어질 때의 마음이 담겨 있습니다.

흉노 땅에서 12년을 살았으니 둘째는 겨우 10세 정도였을 것입니다. 그러니 이 어린 것을 어찌 떼어놓고 고향으로 올 수 있었을까요? 아이들은 떠나려는 어머니의 목을 끌어안으며 울부짖습니다. "사람들이 말하길 어머니는 떠나야 한다는데, 다시 돌아올 날이 있을까요? 늘 인자하던 어머니가 지금은 어째서 달라지셨나요? 우리는 아직 어린데 왜 생각해주지 않으시나요?" 이를 글로 적는 문희의 눈에서도 눈물이 쏟아집니다.

이 시를 읽어보면 그녀가 과연 고향으로 돌아오고 싶었을지 의문이 듭니다. 결국 채문희는 평생 자식들에 대한 그리움과 근심을 품고 살았겠지요.

세군·해우·왕소군·채염, 그들 말고도 나라를 위해 희생물이 되어야 했던 수많은 여인들이 있었습니다. 그들이 아니었다면 북방 유목민을 달랠 재간이 없었고, 더 많은 희생을 치러야 했겠지요. 『한서』에서는 선제宣帝(기원전 91~49)이후 여러 대에 걸쳐 북방 변경지대에서 전쟁이 일어나지 않고 소와 말이 들판에 가득 했다고 합니다. 왕소군과 같은 여인들이 흉노로 시집을 갔기에 평화로운 관계를 유지했던 덕분이었지요. 이는 비단 한나라만의, 북방 흉노족만의 일이 아니었습니다. 유목민이 주도세력으로 창업된 당나라에서도 주변세력을 달래기 위한 화번공주가 있었던 건 마찬가지였습니다.

토번으로 시집간 문성공주

당나라는 중국 왕조 중 비교적 군사력이 강한 국가이기는 했지만 주변세력을 모두 제압할 수 있었던 건 아니었습니다. 특히 서부지역 토번왕국(티베트)으로 인해 상당한 곤란을 겪었습니다. 당시 토번의 송첸캄포松贊干布는 청장고원 일대 여러 부락을 통일한 후 라싸를 중심으로 강대한 왕국을 건설했습니다. 이후 그들은 지금의 실크로드 길목을 잡을 수 있게 되었고, 결국 당나라와의 패권전쟁은 피할 수 없었습니다. 여기에 등장하는 인물이 바로 문성공주입니다.

문성공주는 토번왕 송첸캄포에게 시집을 가게 되는데 그 일화가 상당히 미화되어 전해집니다. 송첸캄포가 당나라와의 밀접한 우호관계를 맺기 위해 634년부터 두 번이나 사신을 보내어 혼인을 요청했다고 말

송첸캄포(617~650)
토번 제33대 찬보(讚普). 재임 중 내란을 평정하고 문자 등을 만듦. 당나라와의 관계를 강화함.

이지요. 당시는 역대 황제 중 '가장 이상적이고 모범적인 황제'로 평가 받고 있는 태종(599~649)의 시대였습니다. 『정관정요貞觀政要』속에서 태종은 위징과의 대화를 통해 성군의 자질을 뽐냅니다. 고구려와의 전쟁에서 패한 것도 여러가지 수사로 아름답게 그려지는 형편이거든요. 그러니 토번과의 전쟁 결과 어쩔 수 없이 공주를 보내야만 했던 사정을 제대로 표현하기는 자존심 상할 문제였을 겁니다.

태종 14년(640) 송첸캄포는 20만 대군을 이끌고 토욕혼을 물리치고 당나라 변경 송주松州(지금의 사천성 송번현)를 침략합니다. 이에 대응한 당나라군에 토번군이 패했고 송첸캄포가 신하의 예를 갖추고 사죄를 했다는 기록이 있습니다. 그럼에도 문성공주가 토번으로 시집을 가야 했던 것은 토번이 서남지역에서는 여전히 강성한 국가였기 때문에 서남의 변방을 안정시키기 위해서는 그들과의 경제적 문화적 협조가 필요하다고 판단했다는 군요. 토번에서 하도 결혼을 요청하고 그들이 경제적, 문화적 지원을 필요로 하니 도우려고 했다고 말이지요. 근데 과연 그랬을까요?

그러나 실상은 문성공주도 평화를 위해 어쩔 수 없이 이민족에게 보내졌던 화번공주의 한 명이었습니다. 641년, 당나라 종실이었던 문성공주가 어마어마한 혼수 지참물을 가지고 토번으로 시집을 간 것을 보면 알 수 있습니다. 공주는 출가하면서 각종 가구·그릇·패물·비단은 물론, 곡물 3,800종, 가축 5,500종을 가져갔고 각종 장인 5,500명도 함께했습니다. 여기에 고대의 역사·문학·각종 기술서적 및 의약품·곡물·누에알 등도 지참했습니다. 독실한 불교 신자였던 문성공주는 동불상도 함께 가져갔다고 하지요. 과연 선의만으로 단순한 물품제공을 떠나 이런 기술적 지원을 할 수 있었을까요? 아마도 송첸캄포는 강력한 군사력을 바탕으로 부족했던 토번국의 획기적 발전을 위해 이러한 물품들을 당나라에 강력히 요구했던 듯 합니다.

문성공주 일행에 대해 얼마나 기대가 컸던지 청장고원 일대에 살던 토번인들은 각종 편의를 제공했으며 송첸캄포는 그녀를 영접하기 위해 청해성까지 달려 나왔답니다. 결국 송첸캄포의 이런 희망은 큰 결실로 돌아왔습니다. 문성공주와 함께 토번에 들어간 기술자들의 도움으로 야금·농기구제조·방직·건축·도자기제조·방아·술 제조·제지 등의 기술을 신속하게 습득할 수 있었거든요. 급류가 많은 강가에 물레방아를 설치해 수력으로 방아를 찧는 방법을 알게 되었고, 여인들에게는 방직과 자수 기술이 전수되었습니다. 천문과 역법의 전수에 따라 중원의 음력 십이지간과 육십갑자에 따라 일시를 계산하는 방법이 이때부터 시작됩니다. 문성공주가 데리고 간 악대는 토번 음악의 발전에 큰 기여를 했는데, 이들이 가져간 간 악기는 지금도 50여개나 보존되어 있다고 합니다.

문성공주는 독실한 불교신자였기에 그 멀고 험한 길에 불상을 가지고 갔는데요. 송찬캄포는 기존의 샤머니즘보다는 불교가 통치에 유리하다고 보고 400여개에 이르는 사원을 신축하게 됩니다. 이때부터 티벳 불교가 크게 번성하게 되는데 이때 세워진 최초의 불교사원인 방대한 규모의 라싸 대소사는 바로 문성공주의 배려로 건축된 것이죠.

이밖에도 문성공주가 시집을 가면서 남긴 사건들이 지금은 중국 사람들이 좋아하는 전설로 바뀌어 있습니다. 청해성에는 일월산日月山이 있는데, 문성공주가 이곳을 지나면서 서쪽을 바라보고 하염없이 고향 생각에 잠겼다고 하지요. 후일 이 소식을 들은 당 태종은 그녀를 위로하기 위해 특별히 황금으로 일월보경日月寶鏡을 주조해 그녀에게 보내주었다고 하구요. 이때부터 이 산은 '일월산'으로 불려지게 되었다는 겁니다. 일월산을 지나면 만나게 되는 하천이 도류하倒流河인데 이 강은 서쪽으로 흘러 청해호로 들어갑니다. 중국의 거의 모든 강은 동쪽으로 흐르지만 거꾸로 서쪽으로 간다고 해서 이름이 붙여진 것이죠. 문성공주는 이 강을 건너면서부터 가마를 버리고 말을 타고 초원으로 가야 했습니다. 익숙치 않은 말을 타야 했으니 얼마나 힘들었을까요? 그녀는 점점 멀어지는 고향쪽을 보며 울음을 터뜨리고 말았습니다. 이때부터 세상의 모든 강이 동쪽으로 흐르지만 문성공주의 울음소리를 들은 강이 서쪽으로 흘렀기에 거꾸로 흐르는 이 강을 도류하라고 했답니다.

안타깝게도 화번공주 운명이었던 문성공주의 결혼생활은 순탄치 않았습니다. 정확하지는 않지만 당시 송첸캄포는 나이가 많았던 것으로 알려지고 있습니다. 그들이 부부로 함께 산 기간은 불과 3년 정도였다고 하지요. 아마도 그 아들과 다시 결혼하지 않았을까 싶네요. 문성공주는 40년간이나 토번에서 살았고 많은 전설과 업적을 남겼습니다. 비록 고향을 떠나 멀리 시집을 가야할 운명이었지만, 다른 여인들에 비해서는 대접받으면서 비교적 행복한 삶을 살지 않았을까 싶습니다.

영화 〈뮬란〉의 실제 인물 '화목란'

역사에 등장하는 여인들은 팜므파탈의 모습으로 그려져 나라를 망하게 한 가장 중요한 원인으로 작용하는 경우가 많다. 서주의 포사, 동한의 초선, 당나라의 양귀비 등이 대표적이다. 또는 화번공주처럼 나라를 위해 희생하는 존재로 그려 지기도 하며 때로는 강인한 품성을 지녀 악녀의 모습으로 후대에 전해지고, 황제가 된 여인도 있었다. 한고조의 아내 여태후, 당나라에서 황제가 된 무즉천이 그 여인들이다. 이들 여인의 이야기는 역사를 구성하는 중요한 스토리텔링의 소재가 된다.

여인이지만 강인한 본성을 지닌 인물의 대명사가 바로 화목란(花木蘭)이다. 우리는 영화 〈뮬란(Mulan)〉을 통해 이 여인의 존재를 알게 되었지만 중국 내에서는 교과서에 실려 있을 만큼 유명한 인물이다. 남장한 화목란이 아버지를 대신해 전쟁터로 나가 큰 공을 세운다는 이야기로 장편 서사시 「목란사(木蘭辭)」로 전해진다. 그러니까 상세하게 묘사된 소설이 아니라 간단하게 시로 전해지기에 그녀가 태어나고 죽은 시기도 정확하지 않을뿐더러 심지어 성이나 이름마저 확실하지는 않다. 하지만 성은 위(魏)씨고 이름은 목란이며 북위 효문제 때 살았다는게 현재까지 인정받는 학설이다. 지금까지 알려진 줄거리를 정리해 보면 이렇다.

화목란은 퇴역 군인의 딸이었다. 어느 날 전쟁이 일어났다는 소식이 들리고 조정에서는 대규모 징집령을 내렸다. 한 집에서 한 명은 전쟁에 나가야 하는데 아버지는 이미 늙었고 남동생은 아직 어렸다. 더구나 아버지는 장수였기에 피해갈 방법이 없었다. 고민하던 딸 목란은 남장한 채 동생의 이름으로 아버지를 대신해 입대하기로 마음먹었다. 그리고 시장에 나가 말과 안장을 사고 부모님께는 마음으로만 하직 인사를 하고 군대에 들어갔다. 이를 뒤늦게 알게 된 부모는 목란을 찾았지만 이미 멀리 떠난 후였다.

군에 입대한 화목란은 용감하게 전투에 참여했다. 치열한 전장에서 수많은 전우들이 죽어나갔지만 목란은 큰 전공을 세우며 12년의 전쟁터에서 살아남았다. 마침내 전쟁은 끝났고 전공을 세운 화목란은 조정에서 벼슬을 내리겠다는 명을 받는다. 하지만 고향 부모를 찾아 뵙는게 가장 큰 희망이었던 목란은 벼슬자리를 마다하고 고향으로 돌아온다. 그녀가 고향으로 돌아오자 온 식구들이 나서 잔치를 벌였다. 갑옷을 벗은 그녀도 예전에 입던 옷으로 갈아입고 예쁘게 화장을 했다. 이를 본 12년간 전쟁터에서 함께 했던 동료는 그가 여자라는 사실에 깜짝 놀란다.

유목민에 대항한 영웅들

중원 북방지역에 사는 사람들에게 유목민은 평화로운 삶을 위협하는 가장 위험한 존재였습니다. 평화가 보장되지 않는 가을 무렵이면 언제 어떻게 나타나서 약탈을 할지 두려웠기 때문입니다. 그래서 평소 성을 쌓고 유지하는 일에 큰 관심을 기울였습니다. 물론 한나라나 당나라 때에는 장성 보다는 방어용 성이나 보루 같은 것이었겠지요. 선비족이 세웠던 북위 시절에도 성을 쌓았다는 이야기가 있지만 그들의 수도였던 대동大同(다퉁)에도 성벽은 없었습니다. 농민제국이었던 명나라 때 와서야 오늘날과 같은 장성이 만들어지게 되었지요.

그런데 중국의 상징과도 같은 장성에 관한 이야기가 전설처럼 내려옵니다. 아마도 백성들을 교화시키기 위한 정치적 목적에 의해 이런 설화들을 장려한 의도가 보이지만요. 가장 유명한 설화는 맹강녀의 전설입니다. 그 내용은 이렇습니다.

진시황 때 맹강녀(孟姜女)란 여인이 있었다. 아버지 성 맹(孟)과 어머니 성 강(姜)을 하나씩 따서 지은 이름이 맹강녀다. 장성을 축조하느라 나라에서는 남자들을 징발했고 맹강녀의 남편도 북쪽으로 일하러 떠났다. 그런데 노역에 끌려간 남편이 1년이 다 되어도 돌아오지 않았다. 추운 겨울이 왔는데도 얇은 옷밖에 준비해주지 못한 마음에 그녀는 천리 길도 마다하지 않고 남편을 찾아갔다. 그런데 장성 공사 현장에 도착해 보니 남편은 고된 노동에 지쳐 그만 얼마전에 죽었다는 소식만 접하게 되었다. 시신마저 장성 벽에 묻혀 찾을 수 없다는 슬픈 이야기만 듣게 되었다.

남편이 고생하다 죽었다는 소식에 애통한 마음을 가눌 길 없던 맹강녀는 장성 아래에서 며칠 동안 대성통곡을 했다. 그러던 어느 날 성벽 800리가 무너져 내렸는데 그 속에서 수많은 유골이 발견되었다. 그녀는 쏟아져 나온 유골을 뒤져 남편을 찾아냈고 그를 양지바른 곳에 묻었다. 그런데 마침 그곳을 지나던 책임자가 그녀의 미모에 반해 첩으로 삼고자 했다. 슬픔에 젖어있던 맹강녀는 이렇게 조건을 걸었다. 남편의 제사를 잘 지내준다면 첩이 되겠노라고… 하지만 맹강녀는 남편의 제사가 끝나자 지금의 산해관(山海關) 앞 바다에 뛰어들어 자살을 하고 만다.

이 이야기는 당나라 때 완성 되었다고 합니다. 정작 시중에 널리 퍼진 것은 명나라 때 와서였습니다. 그러니 시대배경이 진시황 때라고 하는 것도 믿을 수 없습니다. 아마도 한 남편만을 섬기는 열녀로 추앙하기 위해 후대에 만들어진 게 아닌가 싶은데요. 여기에 중대한 국가사업에 목숨을 바치면서까지 일하는 충성심을 강조하려는 의도도 숨어있습니다. 국가를 위해 한 목숨을 바친 남편과 그를 끔찍하게 사랑했던 여인 '맹강녀', 나라에서 보면 이만한 열녀가 따로 없지요. 오늘날 만리장성의 동쪽 끝이 바다와 만나는 곳에 산해관이 있는데 이곳에는 맹강녀 사당이 있어서 그녀를 기리고 있습니다. 수없이 많은 문인들이 그녀를 칭송했기에 이를 새긴 비석들도 많이 서 있구요. 그 뒤로 이야기는 각종 희곡이나 소설의 소재가 되어 서민들의 사랑을 받게 되었습니다.

금나라와 대척에 섰던 명장 악비

맹강녀 이야기는 정치적 목적을 위해 만들어진 허구일 가능성이 있지만 실제로 북방 유목민에 대항해 나라를 지키기 위해 애쓰던 인물들은 있었습니다. 그 대표적인 사람으로 오늘날 국민적 영웅으로 추앙받은 '악비岳飛'가 있습니다. 어린이날 어느 초등학교에 방문한 시진핑 국가주석은 초등학생이 쓴 "정충보국精忠報國"이라는 글자를 보고 이렇게 말했답니다.

"나는 어렸을 때부터 이 네 글자를 가슴에 새겨두고 되새겼다."

이 글자는 남송시대 장군이었던 악비의 고사로부터 나온 문구인데요. 그는 중국의 4대 명장이라 불릴 만큼 국민적 영웅이라 할 수 있습니다. 그는 남송 초기의 무장이자 학자이며 서예가였습니다. 북송이 멸망

악비(岳飛, 1103~1142)
하남 탕음(湯陰) 사람.
군사가·전략가, 금나라에 대항한 영웅. 진회 등에게 죽임을 당함.

할 무렵 의용군에 참전해 전공을 쌓았으며, 송나라가 항주로 쫓겨간 후 금군과의 전투로 큰 전과를 올렸습니다. 하지만 허약한 남송 정부는 금나라와 비굴한 협상으로 전쟁을 하지 않으려 했습니다. 온갖 재물로 유목민을 회유했던 북송시절의 정책을 답습했지요. 이에 대항해 악비는 끝까지 항전을 주장하다가 무능한 고종과 재상 진회에 의해 피살되었습니다. 병자호란에서도 남한산성을 포위한 후금군에 대해 주전파 김상헌의 명분론과 화전파 최명길의 실리론이 대응했던 것과도 비슷했습니다. 후대사람들은 끝까지 항전을 고집했지만 젊은 나이에 억울하게 죽은 악비를 위대한 영웅으로 추앙하는 것이죠.

악비는 가난한 농가에서 태어났지만 군대를 통해서 출세를 합니다. 처음 요나라 정벌에 참여했고 금나라 전투에도 참전했습니다. 송군이 유목민에게 처절하게 패배하는 과정에서도 그의 공적은 컸던지 계속 승진합니다. 1129년 겨울 금군은 남송을 끝장내려고 쳐들어왔고 악비는 적에 패해 흩어진 군사들을 모아 대항전을 계속했습니다. 국가가 제대로 지원해주지 못하는 상황에서도 탁월한 지휘능력으로 전공을 올렸던 것이죠. 1134년에는 지금의 안휘성安徽省(안후이성) 일대에서 금군을 물리쳤고, 여러 지역을 수복하여 절도사로 임명되었습니다.

그는 자신의 군사적 성과를 바탕으로 군대를 통솔하여 북벌을 계획합니다. 고종과 진회 등이 추진한 실질적 항복에 반대하여 잃어버린 북쪽 땅을 회복하겠다는 비장한 뜻을 세웁니다. 하지만 고종과 재상 진회는 금나라와의 화의를 통해 현상유지에 주력하지요. 1140년 금군은 다시 남침을 단행했고 남송 조정에서 믿을 수 있는 사람은 또 악비뿐이었습니다. 그는 북상하여 군대를 나누고 정주, 서경, 하남부 등지의 넓은 지역을 공격하고 장수 양흥 등을 보내 황하 이북 깊숙이 침투한 유격군을 조직하여 금군의 후방을 교란시켰습니다. 금의 왕자이자 도원수 완안종필完顏宗弼(올술(兀述))은 악비의 병력이 흩어진 틈을 타서 대군을 이끌고 반격했지만 악비의 군대는 이를 물리쳤습니다. 악비의 군사들이 얼마나 용감했던지 그들은 늘 적은 군사로도 금군의 주력을 대파하는 승리를 거둡니다. 하지만 남송 조정은 악비에게 군대를 이끌고 돌아오라는 명령을 내렸습니다. 그리고 그가 반란을 획책하고 있을지도 모른다는 죄명을 씌워 파직시켰습니다.

임진란시절 선조에 의해 파직되어 백의종군 했던 이순신 장군을 보는 듯하죠? 무능한 왕과 그 옆의 간신들 때문에 용감한 장수들이 제 힘을 쓰지 못하는 것은 어디에나 있는 모양입니다. 결국 그는 옥에 갇혔고, 감옥에서 모반죄로 처형되었습니다.

그는 사후에 곧 명예가 회복되었습니다. 고종이 죽고 효종이 즉위한 후 악비의 누명은 벗겨졌고 충무忠武라는 시호를 받았습니다. 이순신 장군과 시호가 같죠? 악비는 민족 영웅의 대명사이자 명나라 때 왜구를 물리쳤던 척계광戚繼光과 함께 중국사에서 가장 걸출한 장수의 하나로 꼽힙니다. 그는 유목민 기병을 이길 수 있는 방법을 정규군과 유격군의 연합전략에서 찾아냅니다. 지형의 익숙함을 무기로 삼아 연결과 협력 전술을 구사하여 적을 물리친 것이죠. 악비의 군대는 백성들의 사랑을 받았고 그의 군대는 '악가군岳家軍'이라고 불렀습니다. 악가군이 지나갈 때면 백성들은 의복과 음식을 들고 나와 군대를 격려했답니다. 악가군은 상벌이 분명하고 기강이 엄격했는데 악비 자신이 부하를 자기 몸처럼 아끼고 솔선수범한 영향이 컸습니다. 흡사 부하의 고름을 빨아주었던 전국시대 위나라 장수 오기와 같았던 모양입니다.

악비는 수비만 하고 적을 공격하지도 못하면서 승리를 바라는 조정

대신들을 성토하면서 적극적인 진공으로 승리를 거두어야 한다고 주장했습니다. 실제 그 자신이 전쟁터에서 실력을 보여주기도 했지요. 북방 이민족에게 침략을 당하면서도 공격적 전투를 기본 전략으로 채택해 승리할 방도를 찾았던 유일한 장수였습니다. 그러니 오늘날까지 중국인들의 높은 추앙 대상이 되고 있는 것입니다.

명나라 영웅 정성공

외적을 막아내는데 공헌을 한 또 한사람으로 정성공鄭成功(1624~1662)이란 인물이 있습니다. 우리나라 사람 중 그의 이름을 아는 사람은 별로 없지만 중국인들에게는 역사상 위대한 인물 가운데 한 사람입니다. 만주족의 침략에 망해가는 명나라를 붙잡아보려고 애썼고, 대만을 중국 영토내에 처음 편입시킨 공헌이 있기 때문입니다.

정성공은 1624년 무역업을 하던 중국인 아버지와 일본인 어머니 사이에서 일본에서 태어났습니다. 그의 아버지 정지룡은 말이 무역업자지 해적이나 다름없었습니다. 타이완 해협을 무대로 명나라 선박과 무역을 위해 오가는 각국의 배들을 털었고, 때로는 직접 각국을 상대로 무역을 하면서 엄청난 부를 축적했습니다. 옛날에는 원래 그랬습니다. 고

정성공(鄭成功, 1598~1652)
복건 천주(泉州) 사람. 명말의 항청명장으로 나중에 네덜란드 식민주의자들을 물리치고 대만을 수복함.

대 그리스인들도 선원이며 무역업자이며 해적이었는데, 동인도 회사를 운영하던 네덜란드인들도 마찬가지였지요.

결국 정지룡을 제압할 수 없었던 명나라 조정에서는 그에게 수군을 지휘하는 관직을 내림으로써 그를 회유합니다. 영국 엘리자베스 1세 여왕이 해적 드레이크를 자국의 해군으로 임명한 것과 다르지 않았죠. 이로써 일본에서 태어난 정지룡의 아들 정성공은 중국인이 되었고 남경南京(난징)의 태학에 들어가 공부를 할 수 있게 되었습니다.

그런데 이 무렵 명나라는 운명을 다 하고 있었습니다. 농민 반란이 끊임없이 발생하고 있었고, 북방의 움직임도 심각했습니다. 그러니 일개 해적도 당해내지 못하는 지경에 이르렀겠죠. 결국 만주족에게 북경을 함락당하면서 명나라는 멸망했는데, 이때 명나라 조정에 버금가는 군사력과 권력을 확보하고 있던 정지룡은 홀로 일어섭니다. 어차피 만주족은 해군이 없었으니 명의 황손인 주율건을 황제로 옹립하고 자신의 근거지인 복건성에서 해볼 만한 싸움이라 본 것이죠. 그러나 정작 만주족 군대가 복건성을 공격해 오자 정지룡은 제대로 싸워보지도 않고 청나라에 귀순합니다.

그러나 아들 정성공은 아버지와 달랐습니다. 아버지의 투항 권유를 무시하고 명나라의 국권 회복을 위해 군사력을 모았습니다. 그는 금문과 하문의 두 섬을 근거지로 해서 강력한 세력을 만든 후 명의 연호를 사용하면서 청 조정에 대항했습니다. 그 무렵 청나라는 서부 지역과 남부의 패권에 몰두하느라 정성공에게 효과적으로 대응하지 못했습니다. 정성공은 그 기회를 이용해 남경까지 진격할 수 있었죠. 하지만 육지에서의 싸움은 청군을 당할 재간이 없어 본토를 포기하고 당시 네덜란드가 점거하고 있던 대만 섬 공략에 나섭니다.

1661년 2만여 명의 군사를 이끌고 섬에 상륙한 후 수개월에 걸친 공격 끝에 네덜란드군을 몰아내고 대만의 주인이 되었습니다. 이후 복건성에 있던 자신의 세력들을 이주시키고 이곳을 거점으로 본토 수복을 꾀했습니다. 하지만 안타깝게도 이듬해인 1662년 서른셋의 젊은 나이에 세상을 떠납니다. 이어서 그의 아들 정경이 청나라에 대항해 싸웠으나 1681년 그의 죽음과 함께 대만의 정씨 세력은 청나라에 정복되어 끝나고 말았습니다. 결국 삼대에 걸친 정씨의 활약은 청나라에 큰 영향을 미치지는 못했지만 중국인의 자존심을 세웠고 대만을 확보하는 성과를 냈습니다.

이후 정성공은 대만을 중국 영토로 개척한 인물이자 전설 속 영웅이 되어 백성들 마음속에 살아났고 개산성왕開山聖王이라는 호칭을 얻습니다. 청나라 조정에서도 이런 사람은 나라에 충성하는 인물의 상징이라 해서 충절忠節이라는 시호를 내렸고 대만에 그의 사당을 세우게 했습니다. 잊혀져가던 그의 이름이 다시 높아진 것은 제국 열강의 침략으로 중국이 위험에 처하던 20세기에 들어와서였습니다. 정성공의 나라에 대한 충성심과 대만 회복에의 공헌으로 백성들의 높은 추앙 대상이 되었던 것이죠. 오늘날 중국인들이 대만을 하나의 중국으로 생각하는 건 정성공으로부터였다고 보면 틀리지 않을 것입니다.

아편전쟁의 인물 임칙서

뉴욕 맨하탄의 가장 번화한 구역을 차지하고 있는 차이나타운은 무

뉴욕시 맨해튼 차탐광장에 있는
임칙서 동상

려 10만 명의 중국인이 거주하고 있습니다. 이곳에는 중국인에게 가장
유명한 두 명의 인물 동상이 서 있습니다. 과연 누굴까요? 한 명은 쉽게
알아 맞출 수 있겠죠? 바로 공자이구요. 또 한 명은? 아편전쟁의 영웅
임칙서林則徐랍니다. 우리에게는 조금 생소하지만 중국인들에게는 공자
급으로 추앙하는 인물이라는 의미라 할 수 있겠죠? 그는 흠차대신으로
임명되어 영국군에 맞서 아편을 불태우고 영국군을 공격했습니다. 하
지만 대포로 무장한 영국군에는 힘이 모자랐죠. 결국 이 사건은 남경조
약으로 끝을 맺었고, 청나라가 홍콩을 넘겨주고 종이호랑이로 전락하
는 시발점이 되었습니다.

　인류 문명에서 중국의 비중은 아편전쟁 이전과 그 이후로 나눠보는
것도 큰 의미가 있습니다. 역사적으로 중국 문명권은 언제나 서방에 비
해 풍요로웠고 강력했습니다. 특히 통일제국을 유지하고 있던 당나라,
명나라는 물론 청나라 전성기에는 세계 최강의 국가였음에는 이론이

없었지요. 물론 멀리 떨어져 있기에 직접적 경쟁은 하지 않았지만, 당시 존재했던 다양한 문물들을 비교해 보면 이를 부정하기 어렵습니다.

하지만 아편전쟁(1839~1842 1차, 1856~1860 2차) 이후 중국 문명은 서방의 침입에 밀려 초라한 시절을 보내야 했습니다. 강희제, 옹정제, 건륭제를 거치면서 세계 최강의 국력을 자랑했던 청나라는 외부에 시선을 돌리지 않았습니다. 그들에게는 유럽인처럼 다른 세계로 나아가 재물을 벌어와야 할 이유가 없었기 때문이지요. 때문에 영국과 네덜란드 등의 무역요구에도 크게 응하지 않았습니다. 하지만 영국에게는 그들이 필요로 하는 풍요로운 물품들을 중국이 가지고 있었기에 반드시 교역을 해야 했습니다. 이는 영국의 대 중국 무역에서 심각한 적자를 초래하게 됩니다. 도자기나 비단 등을 사려면 대응 물품이 있어야 하는데 그걸 영국은 갖고 있지 못했고, 화폐인 은으로 지불하자니 그것도 쉽지 않았죠.

그래서 영국이 생각해낸 대응 물품이 인도에서 재배한 아편이었는데, 이를 중국에 파는 것이었습니다. 이후 영국은 아편을 이용해 엄청난 이익을 챙겼고, 그들이 원하는 중국제 물건들을 가져가는 반면에 중국에는 아편 중독자로 인한 엄청난 폐해가 생겼습니다. 이를 알게 된 청나라 조정에서는 아편사용을 금하는 조치를 내리고 임칙서를 '흠차대신欽差大臣(황제가 특정한 사건을 처리하기 위해 임시로 둔 관직)'으로 임명해 광동으로 내려 보냈습니다.

임칙서는 복건성 사람으로 아버지는 서당에서 글을 가르치는 훈장이었습니다. 어릴적부터 공부를 열심히 했던지 과거에 급제하고 27살 때 한림원 서길사로 발탁되었습니다. 이후 조정에서 중요한 역할을 담당하였고, 아편관련 회의에서 영국에 강력 대응해야 함을 역설하게 됩니다. 때문에 청 황제 도광제는 임칙서를 흠차대신 겸 수군절도사로 임명하여 광주 해구의 아편 밀입국 사건을 조사하게 했습니다. 급히 광주로 내려간 그는 아편을 밀수하여 이익을 보는 자들을 잡아들였고, 아편을 몰수하는 등 영국 상인들에게 엄한 제재를 가했습니다.

영국은 아편 소각에 대한 보복을 위해 병력을 동원하였고 1840년 6월 영국 함대가 광주 주강 어구에 도착하게 됩니다. 하지만 이때 임칙서의 방비가 엄하자 잠시 광주를 포기하고 북경과 가까운 천진을 공격하게 됩니다. 대포에 철갑을 두른 영국함선에 비해 목선만을 가지고 영국에 대항했던 임칙서의 용감함에 사람들은 경의를 표했던 것이죠.

어리석은 북경의 대신들은 북경과 가까운 천진이 함락되자 강화파 대신들이 들고 일어나 임칙서를 공격했고 결국 관직을 박탈당하고 귀양을 떠났습니다. 하지만 영국은 물러가지 않았고 1842년 영국은 군함을 몰고 장강을 거슬러 남경까지 오르게 됩니다. 공포에 휩싸인 청나라 정부는 영국과 화의를 맺었으며 중국 근대사의 치욕스런 첫 번째 조약인 '남경 조약'을 체결하게 됩니다. 이 사건부터 중국의 내리막길은 시작되었던 겁니다.

임칙서는 북방 이민족에 대항했던 인물은 아니었지만 전혀 다른 형태의 이민족과 싸운 영웅이었습니다. 그래서 서양의 상징적 장소인 뉴욕 차이나타운에 동상을 세워 기리고 있나 봅니다. 그런데 악비와 정성공 등 중국인들이 사랑하는 영웅들의 공통점은 원하는 바를 이루지 못하고 아쉽게 죽었다는데 있군요. 영웅이 되려면 그래야 하는가 봅니다.

완벽한 인간보다는 애쓰다가 사라지는 영웅에게 더 정을 느끼는게 아닐까 싶습니다. 이순신 장군이 마지막 전투에서 장렬하게 전사했기에 한국인의 영웅이 된 것처럼 말이지요.

햄버거의 유래

오늘날 전 세계인의 한끼 식사가 된 햄버거는 몽골인들로부터 유래한다. 몽골 전사들이 유럽의 중심 헝가리까지 정벌한 적이 있는데 이들이 먹던 식량이 변해서라고 한다. 그 이야기를 정리해 보자.

북반구의 고위도 지역에서는 가을이 되면 겨울나기를 준비한다. 겨우내 먹을 식량을 미리 준비하고 야채를 섭취할 수 있도록 김장을 담그고 무잎을 말려 시레기로 만들었다. 유목을 주업으로 삼는 지역에서는 짐승들이 겨울에 먹을 수 있도록 목초를 준비했다. 하지만 많은 수의 동물들을 계속 유지하는 것은 무리가 있기에 몽골지역의 경우 9월 말에서 10월 중순경이 되면 가축 중에서 연약해 보이는 놈들을 골라 도축을 한다. 다음해에 새끼를 낳을 수 있는 건강한 개체를 남기고 나머지는 미리 도축하여 사람이 겨울을 날 식량으로 삼는 것이다.

이렇게 도축한 동물을 잡아 뼈를 발라내고 세로로 길게 자른 고기를 3~4개월 이상 바싹 말린다. 양 한 마리를 잡아 차가운 곳에 두면 얼고 녹는 과정에서 수분은 빠져나가고 나중에는 불과 3~4kg 정도로 줄어들게 된다. 이렇게 건조시킨 고기를 가루로 빻은 것이 보르츠다. 동해에서 잡힌 동태가 강원도 인제 용대리 덕장에서 겨우내 말려지는 것과 흡사하다. 그 후 몽골 병사들이 휴대할 수 있도록 소나 양의 방광에 담겨진다.

원정을 떠난 몽골군은 병사 한 명당 보르츠(Borcha)를 가득 넣은 동물 방광을 두 개씩 휴대하고 다녔다. 그리고 휴식시간 되면 더운 물에 조금씩 풀어 마시는 것으로 식사를 해결했다. 시간 여유가 있을 경우에는 소금, 후추, 양파, 파 등으로 간을 해서 먹기도 하고 불에 구워먹는 경우도 있었다.

이런 몽골인들의 식사 습관을 본 상인들은 타타르 스테이크로 알려진 이 음식을 독일 함부르크(Hamburg)로 가져갔다. 이곳에서 타타르 스테이크는 생고기 보다는 양념을 한 후 불에 구워먹게 되었는데 이것이 함부르크 스테이크가 되었다. 이 음식은 미국으로 건너가 다시 변형되어 다진 고기를 빵 사이에 넣어 먹는 햄버거(Hamburger)로 만들어지게 되었다.

제8강

사상의 변천_ 학문에서 종교로

창조의 시대에서 해석의 시대로

4강과 5강에서는 춘추시대 관중부터 전국시대 한비자까지 주요 철학자들을 다뤄봤습니다. 그렇다면 진한시대 이후 중국철학은 어떻게 변화했을까요? 앞서 말씀드린 풍우란 선생은 철학의 발전 시기를 공자에서부터 서한 초 회남왕 유안의 시대까지를 '자학시대', 무제 동중서의 시대부터 청 말 강유이의 시대까지를 '경학시대'로 나누고 있습니다. 또 서양역사가들이 고대, 중세, 근대로 나누는 것처럼 중국철학을 나눈다면 고대는 자학시대, 즉 창조의 시대이고 중세는 경학시대(문헌과 고증의 시대)로 근대철학은 이제 싹트고 있다고도 말합니다. 그가 이렇게 시대를 구분하는 이유는 고대에는 여러 철학사조가 탄생해 활발히 활동한데 비해 중세가 되면 이전 것을 뛰어넘거나 새로운 사조가 탄생하지 않아서랍니다. 서양 중세에서는 고대에 탄생한 철학이 변화발전은 했지만 새로움이 없었고 중국 경학시대에도 마찬가지라고 본 것이죠.

자학시대에는 수많은 사상들이 탄생해 서로 경쟁하며 성장한데 비

제8강 | 사상의 변천_ 학문에서 종교로

해 한무제 이후 2,000년 동안 진행된 경학시대에는 패권을 차지한 유가사상과 도가사상이 주도했다고 할 수 있습니다. 춘추와 전국에 걸쳐 큰 세력을 이루었던 묵가사상은 유가의 탄압에 의해 사라졌고, 법가는 유가에 흡수되었습니다. 음양오행을 다루던 음양가는 유가에, 그리고 도가사상에도 영향을 주었습니다. 공자를 중심으로 하는 유가사상은 여러 경전을 선정해 종교적 성격으로 변했고, 실제 종교에 흡수된 건 도가사상이었습니다. 도교는 유가, 도가, 묵가, 병가 등의 사상들을 흡수해 중국 고유의 종교로 탄생했지요. 한대 이후 철학의 변화와 도교에 대해 정리 해보려 합니다.

경학시대의 도래

춘추와 전국을 관통하는 자학시대에는 다양한 사상이 탄생해 비교적 자유롭게 발전했습니다. 수많은 나라가 치열한 경쟁을 벌인 덕분에 사상가들에게는 그들을 지원해주는 정치세력들이 있었거든요. 때문에 각자의 신념에 따라 '도道'의 개념을 정립하고 세상 사람들에게 전파할 수 있었습니다. 특히 앞선 시대의 철학적 사고관에 대한 비판을 통해 자신의 철학 신념을 강화하는데 주력했는데요. 공자와 같은 노나라 출신이었던 묵자는 유가의 허례를 비판하면서 하층민들의 생각을 대변하려 했고, 맹자는 또한 묵가의 무리들을 경계했습니다. 남방지역 초나라의 장자는 북방 유가세력들을 비판하면서 자신만의 논지를 폈습니다. 제나라 직하학당에 모여 연구했던 학자들은 내부의 치열한 논쟁을 통해 다른 사상을 흡수하고 또는 버리는 과정을 지속했습니다.

전국시대 말기에 이르면 각국의 경쟁은 더 치열해졌지만 정치적 우열의 차이가 뚜렷해지고 있었습니다. 춘추시대만 해도 변방 오랑캐에 지나지 않던 서쪽 진나라가 상앙의 혁신 이후 백 년에 걸친 국가개혁으로 강력한 국가로 성장했기 때문이지요. 반면 다른 제후국들은 신분적 봉건제의 틀에 갇혀 정체하고 있었죠. 이때 약소국 한韓나라에서 태어난 한비는 이런 시대변화를 빨리 깨닫고 망해가는 조국 현실에 적합한 사상을 정립했지만, 자신의 조국에서는 뜻을 펼칠 수 없었습니다. 도리어 한나라의 멸망을 촉진하고 이웃 진나라의 전국통일에 사상적 기반을 제공했을 뿐이었죠.

고조 유방이 세운 한漢대에 들어와 회남왕 유안劉安은 학자들을 모아 사상의 백과사전적 책을 펴내는데, 황로사상 연구서『회남자』였습니다. 황로黃老는 전설상의 제왕이었던 황제와 도가의 시조인 노자를 가리킵니다. 황제는 화하족의 시조이며 법치의 상징적 존재이고 노자는 무위정치를 주장했으니, 회남자는 도가철학의 무위자연無爲自然과 법술세法術勢의 법가철학을 접목해 군주를 위한 정치철학을 제공해 주는 책입니다. 결국 제자백가 사상을 집대성했다고 볼 수 있는『회남자』가 탄생함으로써 새롭고 창의적인 사상이 탄생했던 자학시대는 끝을 고합니다.

기원전 2세기 한무제 시대부터 2,000년이 넘는 시간동안 동양 철학자들은 독자적인 사상을 창조하기보다는 역사적 권위를 지닌 고전의 주석을 다는 작업을 자신의 주요 과제로 삼습니다. 남북조시대의 현학추구, 송 시대의 주자학과 명나라의 양명학 등 대부분 기존 사상을 기둥 삼아 여기에 살을 붙인 사상들이 나옵니다. 덕분에 더 이상 새로운 철학사조는 탄생하지 않았죠.

또한 그저 학술을 위한 텍스트의 개념에 가까웠던 일부 서적들은 역사적, 정치적, 심지어는 종교적 권위를 갖는 존재가 되기도 했습니다. 대표적으로 유가의 13경[21]과 주자학에서 선정한 사서삼경, 도교에서 경전이 된 『노자』 등이 있습니다. 덕분에 한쪽이 오르면 한쪽이 내려 가야 하는 시소처럼 주류 사상이 되지 못한 철학서는 이단이 되거나 금서가 되어버렸는데, 이 때문에 상당수의 고전들이 파괴되어 소실되는 지경에 이르렀습니다. 대표적으로 유가의 공격 대상이었던 『묵자』와 『장자』의 일부, 조선에서의 『노자』 등이 있습니다. 이런 경향은 서양에서도 마찬가지였습니다. 그리스 고전기의 플라톤 철학이 기독교철학으로 흡수된 후 이에 반하는 내용을 주장했던 데모크리토스Democritos의 저작물[22]이 모두 사라진 것도 같은 현상이라 할 수 있습니다.

이러한 예를 통해 분명히 드러나는 것은 학자들이 비교적 자유롭게 활동할 수 있었던 자학시대와는 달리 이때에는 이미 확고해진 권위의 범주 내에서 연구를 수행해야만 했다는 사실입니다. 다양한 학술적 논쟁들이 사라지고 권위를 확보한 몇몇 사상만이 연구할 가치가 있는 대상으로 확립되었기에 벌어진 일이었습니다. 학술서가 경전이 되고 그 속에 담긴 철학들이 성인의 말씀이 되어버린 시대에는 이전까지 보지 못하던 새로운 학술은 자리 잡기 어려웠습니다. 조선에서 유가에 대한 다른 해석을 했다고 많은 선비들이 사문난적[23]으로 몰렸던 일, 청나라 강옹건 황제시절 문자옥[24]이 시행되었던 일들이 이런 현상으로 인해서 라고 할 수 있습니다.

동중서와 유가사상

춘추전국의 경쟁시대가 끝나고 한나라가 들어선 후『회남자』가 탄생한 건 시대적 요청이 있었기 때문입니다. 본래 한나라 지배자들은 남쪽 초나라 출신들이었기에 노자의 도가 사상을 가장 존숭하였지요. 때문에 장생불사를 추구했던 도가의 술사들에 관심을 갖고 있었죠. 나중에 남조에서 현학사상이 발전한 것도 같은 이유라 할 수 있겠습니다. 또 진나라 멸망과 한나라 건국 과정에서 발생한 전란으로 수많은 백성들이 죽었고, 농지는 피폐해졌기에 국가에서는 무위의 정치를 할 수 밖에 없었습니다. 덕분에 '오랜 전란에 지친 백성들을 쉬게 해야 한다.'라는 기치를 가지고 무위無爲의 정치를 기본원리로 삼게 됩니다. 바로 노자 사상의 기본 원칙이죠?

이 덕분이었는지 문제文帝부터 시작해 아들 경제景帝까지 한나라는 부흥하게 되었는데 이를 역사가들은 '문경지치文景之治'라고 부릅니다. 이때에 쌓아둔 경제 여력은 무제 시절에 이르러 강력한 제국을 만드는 동력이 됩니다. 동한말에 조조도 동일한 상황을 맞아 이런 정책을 통해 경제를 회복시켰는데요. 황건적의 난리에 의해 국토가 황폐해지고 백성의 숫자가 급감한 상황을 맞이했던 거죠. 이런 때는 국가가 특별한 정책을 펼칠 수 없으니 그저 황무지가 된 농토를 개간해 먹고 살게 해주기만 해도 된다는 거였습니다. 서한초 문경시대와 동한말 조조시대에

동중서(董仲舒, BC179~BC104)
하북 조강(棗江) 사람. 사상가로 독존유술을 주장함.
지은 책으로『춘추번로』등이 있음.

가장 잘 어울리는 사상체계가 바로 황로사상이었던 거죠. 조조의 위나라 시대에 약관 20세의 천재 문필가 왕필에 의해 도덕경이 편집 및 주석되었던 것도 이런 결과라 할 수 있습니다.

　문경지치의 결과 나라는 점차 안정되었고, 기원전 141년 즉위한 무제 시대에 이르면 변화의 조짐이 보였습니다. 오초칠국의 난[25]을 거치며 황제의 권위는 높아졌고 흉노에 대항할 만큼의 국방력도 커졌습니다. 바로 이런 때 필요한 것이 황제의 통치를 뒷받침할 사상체계였는데, 이를 동중서란 인물이 제공합니다. 당시에는 황로사상이 가장 큰 축을 이루고 있었는데, 무제는 보다 적극적인 정치를 위한 사상적 기반이 필요했습니다. 그는 조관, 왕장 등 유가사상을 추존하는 무리들을 가까이했고, 유학를 가르치는 학교인 명당明堂을 설립하려 했지요. 하지만 황로학을 충실히 따르던 두태후의 반대에 부딪쳐 명당 설립은 보류되었지만, 유학을 배운 사람이 관직에 나갈 가능성은 높아졌습니다.

　당시에는 수많은 유가의 경전 중 하나의 경전에 힘을 쏟아서 일가를 이룬 사람이 많았는데, 아직 저변이 넓지 않고 그 방향이 통일되지 않아서였습니다. 신공이란 사람은 『시경』을 복생이란 학자는 『서경』을, 고당생은 『예기』를 공부하는 등 다양했죠. 그 중에서 무제의 눈에 들어온 사람은 『춘추』를 전공한 동중서였습니다.

　서한시대 역사서인 『한서』에서는 동중서가 왕을 보필할 인재로 '이윤과 여망에 못지않으며, 진시황의 분서 이후의 학문을 계승하며 육경의 문구를 낱낱이 분석했기에 후대 학자들이 통일적 체계를 세우는데 기여했다.'라고 전하고 있습니다. 또 이렇게도 칭송하고 있는데요. '은나라의 도가 어지러워지자 주나라 문왕이 『주역』을 해설했고, 주나라의 도가 피폐해지자 공자가 『춘추』를 지어 건곤과 음양을 이었고, 한나라가 흥하고 진나라가 학문을 멸한 것을 동중서가 『공양춘추』를 연구하여 비로소 음양의 학설을 천명했다.'라고 말입니다. 후일 사마천은 이와 비슷하게 500년 주기로 자신이 역사서를 지은 사명감을 표현했는데요. 문왕으로부터 500년 후 공자가, 그로부터 500년 후 자신이 태어난 것을 빗댄 것이죠.

동중서는 경제 때 박사의 직위를 받아 처음으로 관직에 올랐는데 본격적으로 이름을 알린 것은 무제 때입니다. 무제가 정치의 올바른 지침에 대해 널리 대책을 구하자 동중서가 이에 응해 '천인삼책天人三策'을 올린 것이 채택되었습니다. 이로 인해 무제는 오경박사를 두고 명당과 태학을 설립해 유교 국교화를 만들 수 있었습니다. 하지만 무제가 유가사상을 국가운영의 중심철학으로 삼긴 했지만 여전히 가장 큰 관심사는 진시황처럼 장생불사의 추구였습니다. 또 법가 계통을 이은 장탕 등의 인물을 중용하는 등 여전히 다양한 사상이 활용되고 있었던 것이죠. 또 동중서는 무제에 의해 높은 벼슬자리를 하지도 못했던 듯 합니다. 같이 『춘추』를 공부했던 공손홍의 시기를 받았고 나중에 탄핵 당해 파직을 당합니다. 결국 그는 낙향하여 학문과 교육에 열정을 바쳤다고 합니다.

그렇다면 생전에 높은 지위를 얻지도 못했고, 당시 유가인들의 우두머리가 되지도 못했는데, 동중서는 우리가 아는 것처럼 '중국에서 유가사상의 절대 위치를 만들었다.'로 전해진 것일까요? 그것은 바로 『춘추春秋』를 통해 공자와 유가사상을 당시 여러 사상 중 최고의 자리로 올려놓았기 때문입니다. 동중서의 저서 『춘추공양전』에는 그 핵심 사상이 들어 있다고 할 수 있겠는데요. 이는 간략하게 서술된 춘추에 주석을 단 해설서인데 후대 유학자들에게 절대적인 영향을 끼칩니다.

춘추는 일반적인 역사서라기 보다는 철학서에 가까운데요. 같은 사안이라도 어떤 한자를 선택하느냐에 따라 그 본래의 뜻이 달라지게 되죠. 역사서이지만 공자의 생각이 많이 담겨있다는 이야기입니다. 당연히 기록하는 사관의 의도에 따라 역사의 방향이 결정되는 것입니다. 물론 공자 스스로는 역사기록이 엄중한 사실이고 비평이나 설명은 철저히 삼갔다고 말했지만, 시험문제에서 출제자의 의도가 없을 수 없듯이 사관의 의지가 담길 수밖에 없습니다.

예를 들면 이렇습니다. 사람이 죽었을 때 대상이나 명분에 따라 '시弑'와 '살殺'을 구분했고 다른 나라를 쳐들어가면 '침侵', '벌伐', '입入', '취取' 등을 선택해 쓸 수 있다는 겁니다. 어떤 나라를 침입했다와 토벌했다는 뜻이 아주 다릅니다. 사관은 자신의 판단에 따라 글자를 선택하게 되는데 이러한 기록 방식을 춘추필법이라고 하죠. 정해둔 가치에 따라 선과 악, 친함과 멈을 구분했다는 이야기입니다.

여기에 해당하는 가장 유명한 사례로 촉한정통론을 들 수 있습니다. 공자의 '대일통大日統'이라는 말의 의미를 가져와 한 시대에 두 개 이상의 왕조가 같이 있다 하더라도 오직 천하에는 하나의 정통만이 있다는 걸 정통론이라고 하는데요. 동한이 끝나고 삼국이 정립하던 시절 어느 나라가 한漢나라의 대의를 이었다고 할 수 있을까요? 삼국지를 편찬한 진수는 위나라를 정통의 관점에 두고 썼습니다. 그런데 동진東晉의 습착치習鑿齒는 『한진춘추』를 쓰면서 촉한정통론을 들고 나왔죠. 당시의 상황에서 보면 위나라가 비록 한나라로부터 선양을 받았지만 조비가 황위를 찬탈한 것이라고 본 것입니다. 이것이 후일 송나라에 이르면 소동파와 구양수에 의해 위정통론으로 바뀝니다. 다시 남송시기 주희에 이르면 의리와 대의명분에 입각한 성리학을 만들면서 촉한정통론을 강화시킵니다. 이건 바로 동중서부터 시작한 춘추에 대한 해석으로부터 출발한 것입니다.

동중서는 여기에 추연[26]의 음양오행 사상을 추가해 춘추의 사상을 설명합니다. 이렇게 서한시대에 이르면 음양가 사상은 유가에 흡수되었습니다. 동중서가 말하는 음양오행陰陽五行은 이렇습니다.

"자연(天)의 기운을 합하면 한 몸이지만 음양으로 나뉘고 사계절로 갈리고 오행으로 배열된다. 오행은 첫째 나무(木), 둘째 불(火), 셋째 흙(土), 넷째 쇠(金), 다섯째 물(水)이다. 나무는 오행의 시작이며 물은 끝이며 흙은 중앙이다. 이는 하늘이 안배한 질서인바 나무는 불을 낳고, 불은 흙을 낳고, 흙은 쇠를 낳고, 쇠는 물을 낳는다. 여기서 행(行)이란 운행한다라는 의미이며 다섯 가지 움직임이 다르므로 오행이라 부른다."[27]

이것을 천하에 적용하면 세상을 음과 양으로, 위와 아래로, 정통과 이단으로 구분하여 위계질서를 세우는 것입니다. 특히 흙을 중심으로 네 요소가 감싸고 있는 형세죠. 천하를 중심으로 두고 주변을 오랑캐로 여기는 중화사상이 여기에서 탄생했다고 할 수 있습니다. 또 중원을 다스리는 황제를 '천명을 받은 임금은 하늘의 뜻이 인정한 분이다.'라고 말하며 하늘을 대신하여 나라를 다스리는 천자天子를 잘 받들어야 한다고 천명합니다. 황제를 중심으로 천하의 모습이 유지되며 신분체계를 굳건히 하는 봉건 전제국가를 잘 표현하고 있죠. 이러니 황제들이 좋아하지 않을 리 없었겠지요?

이 때문에 권위를 가지고 천하를 통치하고자 했던 한나라 황제들에게, 유가사상 이외의 제자백가들을 몰아내고자 했던 유학자들에게 동중서의 춘추 해석은 아주 유용했을 것입니다. 오늘날 공자가 논어에서 말한 것과 후대의 유교가 많이 달라졌다고 말하는 사람들이 많은데요. 이 시작은 동중서의 춘추해석부터가 아닐까 싶습니다. 당연히 공자는 자신이 성인이나 신이 될 거라고 여기지 않았고 유가사상이 종교 형태로까지 발전될 줄은 생각하지도 않았을 것입니다.

동중서에 의해 유가사상은 음양오행과 결합됨으로 하늘에서 내려준 권력을 다스리는 천자, 이를 중심으로 돌아가는 천하를 말하게 되었고 국가 사상체계로 자리 잡게 되었습니다. 이후 중국 사람들에게는 내도외유內道外儒, 곧 속으로는 개인문제에는 도가를 따르고 겉으로 또는 세상일을 처리하는 데는 유가사상을 내세우는 경향이 생기게 되었습니다.

중국의 과거제도

과거제도는 587년 수나라 문제 때에 처음 시행되었다. 남북조의 긴 혼란을 정리하고 북주 정권을 빼앗아 자리에 오른 문제는 지방 귀족들의 힘을 빼는데 고심했다. 당시만 해도 지방 유력 귀족들이 천자의 권리를 무시하는 일이 빈번히 발생했다. 귀족들의 이러한 오만방자한 태도를 참지 못한 문제는 지방정부의 세습적 권한을 인정하지 않았고, 고급관리를 중앙정부에서 파견하는 식으로 운영하려 했다. 그러자면 고급관리가 필요했는데, 귀족의 자제가 아니면서 황제의 통치를 실현시킬만한 실력자가 있어야 했다.

그 방안으로 학문을 배운 사람들을 뽑기 위한 과거제가 실시되었다. 매년 중앙정부는 전국에서 희망자를 모아 시험을 치른 뒤 각종 과목에 급제한 사람에게 수재(秀才), 명경(明經), 진사(進士) 등의 직함을 주었다. 그리고 자리가 생길 때마다 지방 각지의 관리로 임명했다.

과거제도는 유학을 배운자라면 누구나 응시할 수 있었던 합리적인 신분상승 방법이었다. 시험은 흔히 삼사일시(三史一詩)라 해서 3개의 역사 문제와 시를 지어내는 방식으로 시행되었다. 그래서 『천자문』, 『사서오경』 등의 경서와 『사기』, 『자치통감』 등을 통달한 자라면 답을 쓸 수 있도록 했다. 하지만 시험이란 것도 돈이 꽤 드는 일이라서(공부를 하는데도 돈이 들고 시험을 보는데도 돈이 꽤 많이 든다.) 누구나 응시할 수 있었던 것은 아니었다. 아무래도 집한 형편이 나은 사람

민화. 조선시대 「소과응시도」 부분.

들이 유리했던 것은 틀림없었다. 수·당시대는 유목민이 주인인 나라였기에 과거시험이 철저하지 않았고, 본격적으로 '사대부'라는 사인이 등장하는 송나라에 와서 자리를 잡았다.

시험은 향시라 부르는 학교시(學校試) 또는 동시(童試)와 중앙에서 주최하는 회시와 과거시(科擧試)로 구분된다. 원래 학교시는 과거에 포함되지 않았으나 명나라 때부터 과거에 앞서 치르는 예비시험의 성격으로 추가되었다. 지방정부 차원에서 진행하는 향시를 치러 합격하면 '거인(擧人)'이 되었고 회시에 합격하면 '공사(貢士)', 전시에 합격하면 최종적으로 '진사(進士)'라는 학위를 받을 수 있었다. 진사가 되면 예비 공무원이 되었고 자리가 나면 관료로 임명받을 수 있었다.

남경에 20세기 초까지 있었다는 향시 시험장에는 거의 1만 명이 동시에 시험을 볼 수 있었다. 시험장이 거대한 인삼밭처럼 보이는데 이곳을 '공원(貢院)'이라고 불렀고 지붕 아래에 벌집처럼 생긴 독방이 1만여 개 있었다. 시험을 보려는 사람은 이곳에 들어가 2박 3일 동안 스스로 먹고 자면서 시험을 치렀다고 한다. 때로는 이곳에서 죽는 사람도 생겼다. 시험 감독관도 시험장 안에 들어가 나올 수 없도록 되어 있었다.

중국에서는 과거에 응시하는 수십만 명의 사람 중에서 유능한 인물을 골라야 했기에 아주 복잡한 제도를 만들었다. 하지만 왕조 말에 가면 늘 부패함에 물들어 제대로 운영되지 못하는 경우도 있었고, 뽑아놓고도 관료로 임명하지 않아 사회문제가 되기도 했다. 하지만 시험으로 사람을 고른다는 건 간단하면서도 나름대로 합리적 제도다. 과거제는 여러 문제점에도 불구하고 동양의 전통적 관리 등용 방법으로 오랫동안 유지되어 왔던 것이다.

참고도서 : 미야자키 이치사다, 『과거, 중국의 시험지옥』,
역사비평사, 2016

신비주의 사조와 선종의 세계

시대의 혼란과 새로운 사조의 탄생

학문은 후원자의 존재나 스스로 창출할 경제적 능력이 없으면 살아 남을 수 없습니다. 이전 스승들의 책을 읽고 연구하고 글을 남긴다고 해서 그 자체로 경제적 생산을 할 수 없기 때문이지요. 그래서 고전시대 학자들 대부분은 국가의 녹봉을 받는 관리였거나 은퇴자였고, 그렇지 못했던 공자나 플라톤 같은 이는 교육자로서 자리를 잡았던 것이죠. 아니면 남송의 주희나 조선의 이황선생처럼 땅을 가진 지주로서 스스로 경제적 능력을 가졌거나 말입니다. 춘추전국 시대에 다양한 사상이 탄생할 수 있었던 건 그만큼 경제적 지원을 해주는 후원자들이 다양했다는 의미입니다. 제후, 상인, 무사집단 등 다양한 성격을 가진 사람들의 후원에 의해 그들이 원하는 사상들이 탄생할 수 있었죠.

그런데 통일제국 한나라시대에 이르면 여러 지원 세력들은 사라졌고, 권력자에 의해 음양과 법가사상을 흡수한 유가에 집중적으로 지원이 이루어지게 된 것입니다. 국가 통치수단으로서의 유가와 법가사상이 지배자들의 마음에 들었던 때문입니다. 덕분에 서한과 동한을 거치면서 공자는 최고 성인 자리에 오릅니다. 동중서와 마융, 정현 등이 집대성한 이른바 '양한경학兩漢經學'에 힘입은 바 크죠.

지금까지 우리는 동중서와 무제 때문에 유가사상 이외에는 모두 탄압받았다고 배웠는데요.(저도 학창시절 그렇게 배운걸로 기억합니다.) 풍우란 선생은 이 부분에 대해서는 의견 표명을 하지 않고 있습니다. 제가 보기에도 동중서 때문에 다른 제자백가 사상이 탄압받고 사라진 게 아니라 후원자가 없기 때문에 다양한 사상들이 더 이상 생겨나지 않았던 게 아닐까 싶습니다. 기존 사상 중 노장사상은 여전히 국가적 지원도 있었고, 민중들의 지원도 있었기에 꾸준히 살아남은 걸 보면 알 수 있지요.

동한말에 이르면 대규모의 농민봉기가 일어나면서 통치계급은 사분오열되었고 각 지역의 지주호족들은 군대를 모아 자립하기 시작했습니다. 우리가 삼국지를 통해 잘 아는 원소, 원술, 조조, 유비 등이 이런 사람들이었지요. 이런 상황은 한나라의 몰락으로 이어졌고 220년이 되면 위魏·촉蜀·오吳 삼국이 정립하는 국면이 됩니다. 그 뒤 위나라가 촉을 무너뜨리고 다시 서기 265년 사마씨司馬氏가 위나라를 대신해 서진西晉을 세웠지만 317년에 이르면 중원에는 흉노·갈·선비·강·저 등의 다섯 이민족이 서로 나라를 세우고 무너뜨리는 일을 반복하는 5호16국五胡十六國시대가 됩니다. 또 남쪽에는 중원에서 피난한 지배층들이 번갈아 나라를 세우는 여섯 왕조의 혼란시대가 열립니다. 이 시기는 589년 수

　　　　　　　　　　　　제8강 | 사상의 변천_학문에서 종교로

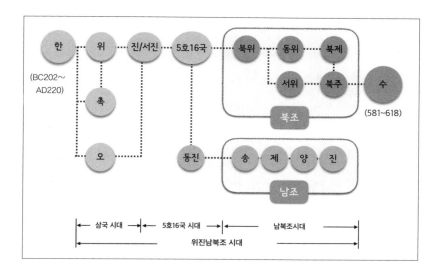

나라의 통일로 막을 내리는데 이 시기를 앞 시대와 합쳐 위진남북조 시대라고 부릅니다. 동한의 멸망부터 계산해 보면 무려 369년 간 중국 최대의 혼란 시기라 할 수 있겠습니다.

이러한 정치사회적 혼란은 중국사회에 큰 영향을 끼쳤고 그에 따라 엄청난 사상 변화가 일어났습니다. 그것은 바로 유가사상의 몰락과 도교·불교의 대두입니다. 사회가 변하니 그것을 뒷받침하는 사상체계도 변하게 된 것인데요. 이때의 사상을 흔히 현학玄學과 선학禪學(또는 불학佛學)이라 부릅니다. 현학에서 종교차원으로 변한게 도교이고 불학은 인도로부터 전래된 불교에 중국 전통문화의 토양에서 발아한 중국 고유의 사상체계라 할 수 있습니다.

위진魏晉시대와 남북조를 걸쳐 성행했던 현학은 노장사상이 중심이 된 새로운 사조였습니다. 이 흐름은 사회구조의 변화를 통해 지식인들의 의식이 바뀌면서 시작되었습니다. 본래 한나라는 기존 관리들의 추천을 통해 신진 관리를 등용하는 선거제選擧制를 채택해 시행했는데요. 물론 추천 기준은 유학적 소양을 얼마나 가지고 있는가 였습니다. 그러나 집안끼리 서로 추천을 거듭하면서 명문 귀족이 문벌화하고 이에 따라 귀족들의 권한이 점차 강화되었습니다. 또 동한에 들어서면서 광무제의 호족 우대정책에 따라 그들이 정치·경제·문화를 모두 손에 넣게 되었는데요. 이들 명문 귀족들은 더 이상 벼슬을 얻기 위한 유학 공부에 집착할 필요가 없어졌습니다. 또 한나라 말 이후 정치혼란 속에서 학자의 역할이 축소됨으로 보다 자유로운 본성을 추구하는 경향으로 나타났습니다.

이 시기의 학문 사조를 여는데 크게 기여한 인물은 노자를 철학적으로 해설한 『노자주老子注』와 송대 역학에 큰 영향을 준 『주역주周易注』를 저술한 왕필, 음악 자체는 슬픔이나 기쁨 같은 감정과 관련이 없다는 의미에서 '성무애락론聲無哀樂論'을 주창한 혜강, 『장자』를 철학적으로 해설한 곽상 등이 있습니다. 특히 우리나라에서 『도덕경』으로 알려져 있는 고전을 주석한 사람은 겨우 20세 약관의 왕필王弼이었습니다.

왕필이 태어난 226년은 조비가 헌제로부터 선양을 받아 위魏나라를 설립한지 몇 년이 지난 해였습니다. 조조가 사망한 뒤 아들 조비는 마치 기다렸다는 듯이 황제 자리에 오릅니다. 그러자 다음 해인 221년 유비가 촉한을 선포했고, 뒤이어 손권은 오나라를 건국합니다. 본격적으

왕필(王弼, 226~249)
하남 초작(焦作) 사람. 현학가(玄學家)로 어려서부터 이름을 날림. 상서랑 (尙書郎)을 맡았으며 저서로 『노자주(老子注)』, 『주역주(周易注)』가 있음.

로 삼국이 정립해 경쟁을 하던 시기였죠. 제자백가 시대에 많은 사상가들이 등장할 수 있었던 것도 이러한 국가간 경쟁으로 인해 가능했던 것 아닐까요?

왕필이 젊은 나이에 탁월한 학문적 업적을 만들 수 있었던 건 대대로 내려오는 집안 전통 때문이었습니다. 오래 전부터 유표劉表가 지배하는 형주에 터를 닦고 있었던 왕씨 집안은 역학易學 방면에 조예가 깊었다고 합니다. 여기서 유표는 우리가 잘 아는 삼국지 주인공 유비·관우·장비 삼형제가 몸을 의탁했던 사람이죠? 그의 휘하에는 천여 명의 지식인들이 운집하여 형주학파를 형성하고 있었습니다. 전국시대의 군자들처럼 학자들을 모아 지원했다는 이야기이죠. 그 후 조조가 형주를 점령하였고 이곳에 있던 많은 지식인들이 헌제가 있던 허창許昌(쉬창)으로 근거지를 옮깁니다. 이들로 인하여 새로운 문화의 르네상스 시대가 열렸는데 흔히 '건안풍골建安風骨'[28]로 불리는 사조를 형성하게 됩니다.

이러한 바탕하에서 왕필은 집안 대대로 내려오는 역학을 공부하고 새로운 생각들을 정립해 나갔습니다. 산재해 있던 노자 관련 문헌들을 정리하고 여기에 자신의 생각을 붙였고, 주역周易의 연구에도 힘을 쏟았으나 끝내지 못했죠. 겨우 스물셋의 나이에 병을 얻어 요절했기 때문입니다. 대체 어떤 병이었기에 젊은 천재를 잃게 만들었을까요? 사람의 죽음이란 특별한 일은 아니지만 그와 동시대 지식인들이 한 행동을 알게 되면 그의 세계관이 무엇이었던지를 알게 해 줍니다.

남북조의 현학

위진과 남북조 당시의 대표 사상가들은 죽림칠현竹林七賢[29]이라고 불렸는데, 그들이 주로 연구하고 나눈 것은 『노자』, 『장자』, 『주역』의 삼현三玄이었습니다. 한자 현玄이란 기본적으로 '어둡다'라는 뜻이지만 더나아가 '애매하다, 알 수 없다, 미스터리, 신비주의'라는 뜻으로 통용됩니다. 알맹이는 없으면서 장황하게 허세만 부리는 말과 글을 가리키는 '현학적'이라는 말이 여기서 유래했죠. 이는 『노자』제1장에 등장하는 말인데, 세 고전 모두 그 뜻이 애매모호하기로 유명하지 않습니까? 예를 들면 노자에서 말하는 '도가도 비상도'라는 말, 장자의 '호접몽' 이야기는 해설을 들어도 잘 이해하기 어려운 게 현실입니다. 주역의 64괘 해석은 또 어떻습니까? 그러고 보면 세 권의 책을 검다는 뜻의 '삼현三玄'이라고 붙인 게 일리가 있어 보입니다.

비교적 국가체계가 안정되었던 한나라시절에는 국가 통치철학으로서 유가사상이 쓰임새가 있었지만 남북조의 혼란기에는 그렇지 못했습니다. 주도권 다툼으로 날을 새우는 정권, 승리를 위해서라면 친족들끼리 싸웠던 서진시기에 학자들은 생존을 위해 몸부림쳐야 했습니다. 죽림칠현의 첫 번째 주자였던 완적은 살아남기 위해 늘 술에 취해 있거나 미친척을 하기도 했습니다. 항상 사람을 의심하고 믿을 수 없었던 사마씨 정권 아래서는 목숨을 부지하기 어려웠기 때문입니다. 혜강이라는 사람은 현실의 질서 뿐만 아니라 이런 질서를 만든 주공이나 공자까지 부정함으로써 정권에 밉보이지 않으려 애를 썼습니다. 이때 탄생하는 것이 훗날 도교가 탄생하는데 기여하는 장생불사를 위한 약물복용 문화였습니다. 어쩌면 왕필도 약물복용의 부작용으로 죽었을지도 모릅니다.(당시에는 오석산[30])이라는 약이 대유행했다고 합니다.)

서진이 멸망하고 중원의 귀족들이 강남으로 피난한 상태가 되자 현학자들 및 현학의 영향을 받은 자들은 점차 개인의 보신과 영달에 힘을 쏟습니다. 그들은 허무주의에 빠져 자연을 즐기고 미신에 관심을 두게 되었습니다. 그들이 강남의 자연으로 대표되는 죽림에서 나눈 이야기들은 흔히 '청담淸談'이란 말로 설명됩니다. 청담은 세상의 세세한 일을 말하지 않는, 세속을 떠난 맑고 깨끗한 담화談話라는 의미입니다. 말하자면 현실정치의 골치 아픈 일들 보다는 맑고 형이상학적인 주제의 대화를 많이 나누었다는 이야기죠.

그런데 사회지도층 인사들이 이렇게 세속적인 일들을 말하지 않고 허무한 대화만 계속하면 어떻게 될까요? 말은 청담이라고 하지만 결국 도탄에 빠진 백성들은 나몰라라 하고 구체적 방안은 없는 허무한 이야기만 나누게 됩니다. 결국 쾌락에 빠질 수밖에 없고 보신주의만 만연하게 됩니다. 이러한 지배귀족들의 허무주의는 점차 남조의 국력을 약화시켰으며 후일 북주의 뒤를 이어 일어난 수나라에 의해 중원이 통일되는 비극이 초래됩니다. 사상 최초로 유목민 주도의 통일제국이 탄생하게 된 것이죠.

한편 노장사상에 대한 연구는 또 다른 방향인 종교화로 흘러갔는데요. 바로 도교의 탄생입니다. 종교는 민중들이 억압을 받거나 먹고살기 어려운 난세에 탄생하기 마련인데 동한말과 양진의 혼란기는 가장 적기였던 셈입니다. 도교의 탄생에는 인도에서 들어온 불교가 큰 기여를 했습니다. 종교가 갖추어야 할 기본 교리나 문답 등에 관해서 체계적인 지식을 얻을 수 있었기 때문입니다.

수당의 불학[31]

경학시대에 접어들면서 새로운 사상은 탄생하지 않고 기존 사상의 융합 내지는 변화가 따른 것으로 볼 수 있었죠? 그런데 여기에 중원에서 창조되지 않은 전혀 새로운 사상이 끼어듭니다. 바로 불교인데요. 이를 중국 철학의 범주내에 포함시켜야 하는가에 대해서는 여러 의견이 있겠지만 풍우란 선생은 철학사의 큰 물줄기로 보고 있습니다. 남북조 후기 이후 송대 초에 이르기까지 일류 사상가들은 모두 불교에 관심이 있었고, 그들이 불학가佛學家였기 때문이라고 말합니다. 그렇게 말할 수 있는 이유는 이렇습니다. 남북조시대의 대표국가인 북위와 남조의 양 나라는 불교국가였고, 당나라는 불교가 국교였습니다. 그렇다면 국가의 관직에 있던 학자들은 비록 그들이 승려가 되지 않더라도 불교에 대해 정통하지 않을 수 없었습니다. 불교에 기반하여 국정을 수행 하려면 전통 유가사상의 통치원리와 불교에서 추구하는 민생원리를 합할 수밖에 없는 것이죠. 본래 불교는 인도의 산물이지만 중국 고유의 유학사상이 가미되어 만들어진 것이 불학이라 할 수 있습니다. 예를 들면 인도 사회는 계급 구별이 엄격해 어떤 사람은 불성이 없어 성불할 수 없다고 여겼지만 중국인은 '누구나 요순이 될 수 있다.'라는 관점에서 봤던 것이죠.

분명 이러한 불학을 중국 철학사에 포함시키지 않을 경우 이후 주자학과 양명학의 탄생을 제대로 설명하기 어려워집니다. 많은 학자들이 불학을 추구했고, 남북조시대와 수당을 거치면서 깊이 연구된 불학은 기존의 중국 사상계에 새로운 변화를 일으켰습니다. 불학의 영향을 받은 송명의 도학자들은 사람들이 수행을 통해 유가의 부처가 되도록 계몽활동을 했습니다. 불교처럼 산속에 들어가 면벽 수도하는게 아닌 출

산서성 운강석굴. 북위시대 지어진 중국에서 가장 큰 석굴 사원이다.

가하지 않고 삶 속에서 성취하도록 했던 것이지요.

불교가 중국에 전래된 시기는 다양한 설이 있지만, 대체로 기원전 1세기 중반에서 기원후 1세기 중반 사이에 실크로드를 통해 중국에 들어온 중앙아시아인들에 의해 전래되었다는 것이 통설입니다. 불교 전래 초기에는 주로 소승불교의 경전들이 번역되었지만 후대로 갈수록 대승불교의 경전들이 더 환영을 받게 됩니다.

불교는 한나라시대에 중원에 들어왔지만 본격적으로 흥성하기 시작한 것은 남북조시대부터입니다. 위진시대 이후의 혼란기에 사람들은 새로운 사상에 눈을 뜨게 됩니다. 이미 기세가 꺾인 유학이나 새로운 종교로 자리잡아가던 도교가 모두의 마음을 달래주기는 어려웠겠죠. 이런 상황에 불교는 지배층이나 민중들에게 모두 크게 환영을 받습니다. 심지어 북위 같은 유목 세력에게도 정신적 지주로서 역할을 하는데요. 자신들이 알던 샤머니즘에 비해서 상당히 수준 높은 철학적 사고를 가진 불교를 받아들이는 게 훨씬 좋았던 것이죠. 기존 유학자들에게도 불교는 신선한 사상적 원동력을 제공했습니다. 인간의 삶을 고통의 바다로 간주하고 죽어서 왕생극락하기 위해 간절히 기도하거나 해탈 열반하기 위해 경건히 수행하는 태도는 배워볼만한 것이었습니다. 기존 유가는 물론이거니와 도교에서는 이런 사상이나 수행법 등을 볼 수 없었으니까요.

민중들이 불교에 매료되었던 가장 큰 이유는 혼란한 세상에 마음의 휴식처를 제공하고, 죽음 이후에 관해서 해답을 주었기 때문입니다. 전쟁을 통해 수없이 죽어나가는 주변 사람들로 인해 슬픔을 감출길이 없었는데 불교는 망자들의 명복을 빌어주고 남은 자들의 슬픔을 보듬어 줄 수 있었습니다. 불교를 통해 비로소 진정한 종교란 무엇인지 알게 되었던 것이죠.

지식인들에게 불교의 매력은 유학과 도교에 비해 마음에 대한 탐구와 마음을 다스리는 구체적인 방법론이 풍부하다는 것이었습니다. 기존 유학에도 인간의 마음에 대한 탐구가 없다고는 할 수 없지만 종교로서 불교와는 비교 될 수 없었습니다. 대부분의 불교 종파에서는 인간의 마음을 치밀하게 분석하고 어떻게 하면 탐진치貪瞋痴[32]로부터 벗어나 무욕과 자비와 지혜를 얻을 수 있는가에 대해 구체적인 방법을 제시하고 있지요. 이 부분은 특히 지식인들에게 큰 호소력이 있었습니다. 때문에 불교는 유가와 도가사상과의 결합을 통해 중국만의 새로운 불학

낙양에 있는 백마사

으로 탄생하게 됩니다.

불교에 대한 황제들의 비호도 무시할 수 없었는데, 황실의 전폭적 지원에 의해 사원 건축과 불상 조성이 활발하게 이루어졌습니다. 중국 3대 석굴로 알려져 있는 돈황, 운강, 용문석굴이 모두 북위 때 만들어졌습니다. 동한과 북위의 수도였던 낙양에 있는 백마사가 대표적 불교 건축물인데요. 이는 국가적 지원이 없었다면 불가능했습니다. 또 남조 양나라 무제는 불교를 숭상하기로 유명했던 황제였습니다. 양나라의 경우 불교 사원이 무려 2,846곳, 승려의 수가 8만 명이 넘었다고 합니다.

당나라시대에 이르면 불교의 위세는 더 강력해지는데 도교와 함께 양대 산맥으로 권력을 양분하게 됩니다. 얼마나 큰 세력을 가졌던지 당말기에 이르면 전국에 사찰 수가 4,600여 개, 암자가 4만여 개에 이르렀다고 합니다. 이는 한무제 시절의 유학처럼 정권의 이데올로기로서 쓰임새가 있었기에 황제들의 적극적인 지원을 받아서입니다. 물론 모든 황제가 다 불교를 선호했던 것은 아니었고, 도교와 유학세력의 반발 또한 만만치 않았습니다. 간혹 중화주의에 입각하여 불교를 오랑캐의 종교로 몰아붙이며 가혹한 탄압을 시행한 황제들도 종종 있었습니다. 그러나 전체적인 대세는 불교를 옹호하는 쪽이었죠.

당시 활약한 가장 유명한 승려로는 신강 출신의 구마라집(鳩摩羅什, 344~413)이 있었습니다. 신강성 일대에서 태어난 그는 7세 때 출가했고 학덕을 국내외에 떨쳐 국사로 모셔졌습니다. 수많은 인도 경전을 번역했고 제자가 3,000명 가까이 되었다고 합니다. 그가 번역한 74부 584권에 달하는 불경은 중국 종교사와 사상사에 지대한 영향을 끼치게 됩니다. 그로부터 시작한 중국 대승불교는 천태종과 선종 등 여러 흐름으로 이어졌다고 볼 수 있습니다.

한족 승려로 이름을 날린 이는 당태종 때의 현장玄奘으로 인도로 가서 당시 최고의 불교대학이자 학문기관이라고 할 수 있는 나란다 대학에서 십여 년 동안 공부했습니다. 이후 귀국하면서는 수많은 경전을 가지고 돌아와 황제의 지원을 등에 업고 번역사업을 펼쳤습니다. 덕분에 그는 구마라집과 더불어 역대 최고의 불경 번역가로 칭송받게 되죠.

또 그가 남긴 여행록인 『대당삼장법사서역기大唐三藏法師西域記』는 후대 이야기꾼들에 의해 살이 붙어 명나라 때 소설 『서유기西遊記』로 변신했습니다. 사대기서의 하나이자 중국 최고의 신마소설神魔小說인 서유기는 불교에 대한 열정의 결과 탄생했는데요. 아무래도 민간에서 현장의 여행에 관한 전설들이 재밌는 이야기꺼리로 유통되었던 영향일 것입니다. 여기에는 불교 사상뿐 아니라 도교철학도 상당히 많이 담겨 있어 불교가 중국에서 어떻게 도교와의 융합을 통해 변화했는지를 잘 보여줍니다.

중국 철학사에서 불교 내지는 불학은 남북조와 수당시대에 걸쳐 정치 지배층의 이념으로 크게 각광받았습니다. 그러다 송대로 넘어가면서부터는 신유학에 의해 정치철학으로서의 자리는 내 놓습니다. 그럼에도 불교가 신유학에게 끼친 영향은 지대합니다. 자기수양과 정치철학으로서의 유학사상을 종교 차원으로 끌어올리게 만들었기 때문이죠. 이후 국가차원으로의 지원은 끊어졌지만 점차 민간 신앙으로서의 역할은 무시할 수 없는 수준이 됩니다. 이미 확고하게 중국인의 종교로 자리잡은 도교와 함께 양대 산맥이 되었던 것입니다.

현장(玄奘, 600~664)
하남 언사(偃師) 사람. 고승으로 인도에 가서 불경을 구해서 돌아옴.
『대당서역기(大唐西域記)』를 지음.

불교를 신봉했던 양무제 소연

양무제 소연의 초상.

중국역사에서 불교를 가장 철저하게 신봉했던 황제는 양나라 무제였다. 그는 스스로 불가에 귀의하겠다는 의지를 보이기도 했을 정도였다. 그는 백제 무령왕과의 인연도 깊은데 그가 재위했을 시절 무령왕도 전성기를 보냈다. 그의 치세는 50년에 이르렀는데 전반기와 후반기가 극단의 경향을 띄었다. 재위 전반에는 아주 훌륭한 정치를 펼쳐 남조 역사의 고질이 되어버린 귀족간의 권력쟁탈전을 진정시키고 문예부흥을 꾀했다.

스스로 거친 식사와 검소한 면옷을 입었고 목편으로 만든 모자를 썼다. 새벽 2시에 일어나 공문서를 읽을 정도였고 손에 동상이 걸릴 때까지 글씨를 썼는데 문학에 뛰어났고 서예에도 일가를 이루었다고 한다. 스스로 남긴 저서도 대단히 많을 뿐만 아니라 유학을 중흥시키고 학문을 장려하여 남조 문화의 황금기를 열었다. 하지만 후반기에 들어 정치 난맥상을 보였는데 불교에 지나치게 의존하는 경향을 보였다. 당시 양나라에는 승려와 노비가 인구의 절반을 차지했다는 기록이 있을 정도로 도성인 건강(建康)에 사원과 승려가 많았다고 한다. 특히 무제는 동태사를 건립하여 세 차례나 대규모 시주를 했고 자신을 사찰의 노예라 일컬으며 동태사에 재물을 주고 자신을 환속시켜 줄 것을 주장했다.

심지어 속세의 인연을 끊고 부처에 귀의하겠다는 요구를 하기도 했다. 이러한 불교에의 지나친 의존은 국가 재정의 궁핍을 가져왔고 민심 이반을 초래했다. 훗날 갈족 출신의 후경의 난이 발생해 건강성이 함락된 뒤 유폐되어 86세의 나이로 사망했다.

신유학과 주자학

신유학의 태동

당나라에서 들어서면서 도교와 불교의 영향력은 더 커졌습니다. 유학사상에도 불교의 영향이 끼어들어 불학이라 지칭되는 학문들이 많이 연구되었지요. 한편 신유학이라 불리는 송명 도학파가 이때부터 시작되었습니다. 그 선구자는 한유韓愈(768~824)였습니다. 전국시대 법가사상의 집대성자 한비자를 한자韓子로 못 부르는 이유가 바로 이사람 때문입니다. 원래 한비를 한자로 불렀는데, 유학자들이 한유를 한자로 불렀기에 둘을 구분하기 위해 한비가 한비자가 된 것이랍니다. 한비자를 좋아하는 저로서는 조금 아쉽다는 생각이 드네요.

한유는 도교와 불학에 밀려 힘을 쓰지 못하고 있는 유학을 다시 세우기 위해 애썼습니다. 그러면서 유학의 체계를 세우기 위한 '도통론道統論'을 주장했는데요. 한유가 원도原道라는 글에서 이렇게 말했습니다.

"요임금께서 이 도를 순임금께 전하시고 순임금께서는 우임금께 전하셨으며 우임금은 탕왕에게 전하시고 탕왕께서는 문왕·무왕·주공께 전하셨으며 문왕·무왕·주공께서는 공자께 전하시고 공자께서는 맹자께 전했다. 그런데 맹자께서 돌아가신 후에 이 도를 전해 받은 사람이 없었다."

말하자면 유학의 핵심 계통도를 정리했다는 이야기인데요. 맹자를 공자의 핵심 계승자로 정한 것도 한유에 의해서였습니다. 이 도통론은 후일 남송의 주희에게 전해졌는데 그는 공자와 맹자 사이에 증자曾子와 자사子思를 끼워 넣었습니다. 그리고 이를 합리화하기 위해 유가 경전 중에서 사서四書를 편성해 이를 중시하게 됩니다. 즉『논어論語』,『대학大學』,『중용中庸』,『맹자孟子』를 사서로 분류하고 편성한 뒤 공자·증자·자사·맹자를 각각의 저자로 연결시켰습니다. 그런데 대학과 중용은 본래 예기의 제31편과 제42편으로 증자와 자사가 쓴 게 아니었습니다. 주희가 인위적으로 이를 발췌하여『논어』,『맹자』와 함께 사서로 정리했던 것이죠. 이어 주희는 사서에 주석을 가하여『사서장구집주四書章句集注』를 펴냈는데 이 책은 나중에 천하의 모든 사람들이 익히는 교과서가 되었습니다. 나아가 과거시험을 준비하는 유생들의 모범 교재로 확정되었습니다.

어쨌든 한유가 제창한 후 송명시대의 도학자들에게 전해졌고 도학道學이란 말도 신유학의 새 이름으로 정해지게 됩니다. 한유로부터 시작하는 큰 물줄기가 생긴 셈입니다. 당나라시대 유학의 큰 흐름은 도교와 불교로부터의 영향과 각 학파간의 혼합이었습니다. 신유학을 도학파라고 부르는 이름에서도 알 수 있듯이 도가 사상이 상당한 영향을 주었다고 볼 수 있죠. 한나라시대 동중서와 같은 금문경학파에 의해 음양가의 사상이 유학에 흡수된 것처럼 역易의 내용이 도교와 유학에도 포함되었습니다. 한유와 같은 시대의 이오(772~841)에 이르면 불교의 수양방법이 유학에 도입됩니다.

제자백가 시절의 유가사상은 자기수양과 국가경영을 위한 수단을 제공하는 철학이었다고 말할 수 있습니다. 그런데 동중서가 음양오행사상을 유가에 포함시키면서부터 천하에서 통하는 원리를 다루기 시작합니다. 또 당송시대로 넘어오면 도교, 불교 사상의 원리를 흡수하고 역易의 내용이 강화되어 전국시대 유가와는 이질적인 철학사상이 탄생하게 됩니다.

한유(韓愈, 768~824)
하남 맹현 사람. 당나라 시대 문학가 · 사상가 · 정치가.
고문(古文) 운동의 주창자.

제8강 | 사상의 변천_ 학문에서 종교로

천지창조의 에너지원 '기'

고대 중국에서는 '金, 木, 水, 火, 土' 다섯 가지 물질이 전체 세계를 구성한다고 생각했다. 또 모든 물질 속에는 '기(氣)'가 들어있기에 아무것도 없는 세계에서 기가 충만해 세상이 만들어졌다고 본 것이다. '기(氣)'란 무엇인가? 이는 형상이 없으므로 그것을 볼 수도 없고 만질 수도 없지만 모든 생명과 물질의 동적 에너지다. '氣'자는 원래 '三'라고 썼는데, 공기의 흐름을 본뜬 것이다. 원래는 호흡을 뜻하는 숨, 공기가 움직이는 바람을 뜻하는 가벼운 의미였지만 도가에서 우주의 생성 변화를 기의 현상이라고 정의했기에 의미가 변했다.

원래는 호흡을 하는 숨[息], 공기가 움직이는 바람[風]을 뜻하는 가벼운 의미에서 시작하였으나 도가에서 우주의 생성 변화를 기의 현상이라고 하는 데서부터 여러 가지 어려운 뜻을 가지는 철학용어로 쓰이게 되었다. 도교에서는 교리의 이상적 관념인 '도(道)'를 '기(氣)'로 정의하고 있다.

주자학의 근간이 되는 당송 유학

대륙에서 탄생한 유학사상은 남북조시대 이후 한반도에 전해졌지만 고려시대 중기 이후에 들어온 주자학이 고려와 조선에 가장 큰 영향을 주었다고 할 수 있겠습니다. 고려 충렬왕 때 집현전 태학사로 있던 안향安珦(1243~1306년)이 충선왕을 보좌하여 원나라에 다녀온 후 주자학은 본격 보급되기 시작했습니다. 이후 조선에 들어와서 이황과 이이에 의해 성리학으로 발전하게 된 것이죠.

오늘날 우리가 만나는 주자학은 당송시대 도학자들의 학문을 집대성한 것이라고 볼 수 있습니다. 그런데 이들이 주장하는 '무극'과 '태극', '이理'와 '기氣'등의 용어가 이해하기 참 어렵습니다. 남송시절 주희와 육상산이란 사람이 '무극이태극'이라는 구절을 놓고 치열하게 논쟁을 벌이기도 했답니다. 조선에서 이황과 기대승의 '사단칠정' 논쟁이 유명했던 것처럼 말이지요. 그만큼 추상적인 의미로 쓰였기 때문입니다.

원래 '극極'은 지붕 위의 가장 높은 대들보를 가리키는 보통명사인데, 점차 끝을 가리키는 추상명사로 쓰였습니다. 거기에 지극히 크다는 의미의 '태'와 없을 '무'자를 붙여 철학명사가 되었지요. '이理'는 원래 옥의 결을 가리키는 글자이고 옥의 결을 다듬는다는 동사이기도 한데, 여기서 발전해서 조리와 원칙을 가리키는 말이 되었습니다. '기氣'는 아지랑이가 피어오르는 걸 형상화해서 만든 글자입니다. 그러니까 이理는 원칙이고 기氣는 거기서 나온 형상이라는 설명이 된 것이죠.

남송 사람 주희朱熹(1,130~1,200년)는 주돈이의 '태극도설'을 골간으로 삼아 소옹이 논한 수數, 장횡거가 논한 기氣, 정호와 정이 형제가 말한 형이상학形而上學 및 이기理氣의 구분들을 융합해 주자학을 세웠습니다. 원래 이런 개념들은 공자에 이어 전국시대 유가사상에서는 다루지 않았습니다. 반고를 천지를 창조한 신으로 인정 하기는 했지만 유학자들은 '괴력난신'은 말하지 않는다던 공자의 생각을 이어받아 천지 창조나 우주의 질서에 대한 관심이 없었죠. 그런데 음양오행 사상이 유학에 들어오고, 불교와 도교의 영향을 받아 새로운 철학사조가 연구된 것입니다. 그래서 어떤 이들은 주희의 주자학은 공자가 말하지 않은 내용들을 너무 많이 집어넣었기에 크게 변질되었다며 공자사상과는 전혀 다른 것이라 폄하 하기도 합니다. 하지만 철학도 시대의 필요에 따라 변하는 것 아닐까요? 주자학을 이해하기 위해서는 주희보다 앞선 이들이 말한 각각의 주장에 대해 간략하게나마 정리할 필요성이 있겠습니다.

주돈이의 태극도설

태극도설太極圖說은 북송의 주돈이周敦頤가 『역경』을 바탕으로 우주의 생성, 인류의 근원을 설명한 그림과 그것을 해설한 249자의 글입니다. 이렇게 어렵고 방대한 주제를 이렇게 짧은 글에 녹이려니 후대인들이 얼마나 머리 아팠을까요? 저도 이것을 정리하느라 꽤 힘들었습니다. 제대로 이해가 되는지 한번 설명해 보죠. '태극도' 설은 일단 그림에 나

주돈이(周敦頤, 1017~1073)
호남 도현(道縣) 사람. 철학가로 이학파(理學派)의 개산비조.
저서로 『태극도설(太極圖說)』이 있음.

오는 게 전부입니다. 5개 층의 순서에 따라 무극이태극無極而太極·음정양동陰靜陽動·5행五行·건곤남녀乾坤男女·만물화생萬物化生의 전개를 나타냅니다. 우주를 이루는 도道는 이렇게 구성된다는 주장이죠. 맨 위층은 무극이며 둘째 층은 음양을 품고 있는 태극으로 검은 색은 음을, 흰색은 양을 나타냅니다. 셋째 층은 오행을 나타낸 것이며 다음 원은 남녀의 교합을 의미합니다. 마지막 원은 만물이 살아 움직인다는 말입니다. 그러니까 무극에서부터 시작해 음양과 오행의 이치를 이루고 다시 하나의 태극으로 돌아간다고 설명하고 있습니다.

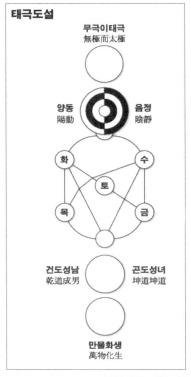

주돈이의 태극도설

여기에 나오는 무극과 태극太極은 무슨 뜻일까요? 태극은 우리나라 국기에서 채택하고 있을 만큼 동양 세계에서 보편적 사상이지만 설명이 아주 어렵습니다. 당나라 공영달이라는 사람이 해석한 태극은 '천지가 분화하기 전의 원기'랍니다. 그러니까 태초가 아직 열리기 전, 즉 반고가 아직 태어나기 전에 있었던 어떤 기운이라고 봐야겠습니다. 어쩌면 서양인들이 말하고 있는 '최고의 궁극자(The Supreme Ultimate)', '궁극적 원리(Ultimate Principle)'의 설명이 더 쉬워 보입니다.

그럼 무극이란 말은 뭘까요? 이는 노자와 장자에 나오는 말인데요. 주희의 해석에 의하면 무극의 '무無'는 소리 · 냄새 · 방향 · 형체 등이 없다는 뜻이랍니다. 그래서 무극과 태극은 형태는 없지만 이치가 있는 것이라고 해석했습니다. 어떤 형체도 없지만 이치를 담고 있는 것! 절대의 경지를 말하고 있는 것이죠. 똑같을 수는 없지만 어쩌면 완전무결한 기독교의 '신'이라 할 수도 있고 불교의 '극락'일 수도 있겠습니다. 그래서 주돈이는 무극과 태극이 함께 있는 '무극이태극'이 우주의 시작이라 본 것이죠. '태극도설'은 우주의 생성변화와 인간의 윤리도덕을 혼연일치 시켰다는데 의미가 있습니다. 자연의 세계와 인류의 가치를 종합적으로 해석하고 그 원리를 찾아 내려 했다는 것이죠. 결국 이 사상은 주희가 태극을 '리'와 동일시하면서 중요시했기 때문에 유교사에서 중요한 위치를 차지하게 됩니다.

장횡거의 기氣론

내륙 섬서성陝西省(산시성) 출신인 장횡거張橫渠는 젊어서부터 재주가 뛰어났는데 특히 병법을 좋아했다고 합니다. 그러다 재상 범중엄으로부터 중용 읽기를 권면 받고는 그때부터 학문에 뜻을 두었습니다. 나이 서른일곱에 진사에 합격해 벼슬을 했는데, 워낙 진지하게 공부를 한 그는 기록습관이 몸에 배었다고 하네요. 높은 벼슬을 하지는 못했지만 밤새워 연구하고 기록하기를 즐겼던 그의 학문 연구자세는 본받을 만합니다.

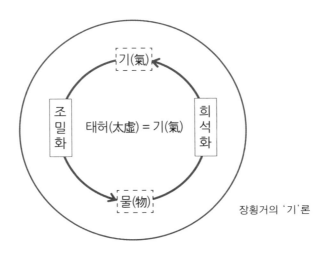

장횡거의 '기'론

　그가 연구한 '기氣'가 무엇인지 알아보죠. 기는 아지랑이가 피어오르는 모습에서 나왔다고 했죠? 주돈이는 태극을 우주를 구성하는 궁극원리라고 봤던 반면 장횡거는 '태화太和'를 우주의 본체로 삼았습니다. 그렇다면 태화란 뭘까요? 글자 그대로 해석하면 '가장 잘 어울릴 수 있는' 또는 '가장 잘 화합하는'의 뜻이라 할 수 있는데, 장횡거는 여기에서 '크게 조화를 이룬다'는 의미로 사용한 듯합니다. 우주에는 만물이 크게 조화를 이루며 구성되어 있는데 때로는 움직이다가 정지해 있다가 하며 변화가 일어납니다. 이렇게 모든 만물이 이뤄지게 되는 변화를 가리켜 '기氣'라고 부릅니다. 변화 가운데 조화를 이루는 것, 바로 태화라 할 수 있겠습니다.

장재(張載, 장횡거 1020~1077)
섬서 미현(郿縣) 사람. 철학가로 정호(程顥)의 외숙. 저작이 『장자전서
(張子全書)』에 편입되어 있음.

　　　　　　　　　　　　　제8강 | 사상의 변천_ 학문에서 종교로

그런데 여기에 '도道'가 끼어듭니다. 원래 도가에서 말하는 '도道'란 인위적인 노력을 하지 않고도 그 안에 담긴 본성이라고 말할 수 있습니다. 그러니까 그 실체를 볼 수 없다는 이야기인데, 바로 태화라는 말이 도가 밖으로 드러난 모양새랍니다. 본래 도는 형체도 없고, 느낌도 없으며, 그침도 없이 한없이 텅 빈, 말하자면 '커다란 비움'이란 뜻입니다. 그래서 도의 본래 모양은 '태허太虛'한 것이랍니다. 이런 이유에서 장횡거는 하늘과 땅의 모든 사물이 비어 있는 한가운데(虛中)로부터 흘러나온다고 보았습니다. 그러니까 태허는 우주만물의 본체이고 그 구성원리는 태화입니다. 여기서 장횡거는 비어있는 우주의 본체를 기氣라고 불렀습니다. 이것이 '기'론입니다. 근본은 비어있고 외부는 변화하는 기가 둘러싸고 있는 우주의 모습을 상상해 봅니다.

그렇다면 장횡거는 왜 우주의 본체를 거론하고 있을까요? 그는 인류의 가치는 무엇이며 어떻게 행동해야 하는가를 설명하기 위해서 태허와 기를 말하고 있습니다. 그는 우주 만물이 모두 같은 '기'로 이루어져 있으므로 인간과 사물은 한 몸처럼 조화를 이루며 살아가야 한다고 보았습니다. 그러므로 하늘과 땅을 부모 모시듯이 받들어야 하고 세상 사람 모두를 형제로 간주해야 한다고 한 것이죠. 그러기 위해 살아 있을 때 사회의 일원으로서 또 우주의 일원으로서 자기에게 부여된 사명을 다하면 된답니다. 또 죽음에 이르러서는 평안히 그것을 받아들이면 된다는 것이죠. 이는 도가사상의 무위자연과 비슷하면서도 사회를 교화해야 한다는 의미에서는 불교사상과 비슷하기도 합니다. 음양오행에 바탕을 둔 유가사상에 도가와 불교가 융합했던 당시의 모습을 반영하고 있다고 할 수 있겠습니다.

정호와 정이 형제의 형이상학

'형이상학'하면 누가 떠오르나요? 아마도 고대 그리스 철학자 아리스토텔레스라는 이름이 맨 먼저 나올 겁니다. 자연학의 후속서란 뜻의 'Metaphysica'가 한자말 형이상학이 된 것인데요. 이는 아리스토텔레스의 저작물을 번역하던 일본 사람들이 적당한 단어를 찾다가 유학 용어인 이 단어를 가져오게 되었는데요. 그러다 보니 형이상학은 아리스토텔레스의 철학사상처럼 보이니 주객이 전도된 셈입니다. 원래 이 단어는 북송시대 정호程顥가 주창한 말이었거든요. 엄밀하게 말하면 아리스토텔레스의 형이상학Metaphysica은 '자연학'에 대치되는 '지혜학'이라고 붙이는 게 정확할 듯 한데요. 그렇다면 '형이상학'의 본래 뜻은 무얼까요?

그보다 먼저 중국 철학사에서 빼놓을 수 없는 정호, 정이 두 형제에 대해 간단히 정리해 보겠습니다. 중국 사상을 공부하다 보면 두 사람의 이름이 동시에 거론되기 때문인데요. 둘은 이정자二程子로 불리기도 합니다. 이들은 학문하는 분위기의 집안에서 태어났기에 어릴적부터 시와 서화 등 여러 분야 교육을 받았고, 본래 뛰어난 자질 덕분에 탁월함을 인정받았습니다. 당시에는 과거시험이 대단히 중시되었던 터라 많은 사람들이 문장 짓는 일에만 열중하고 있었습니다. 하지만 형제는 과거시험을 위해 글을 짓고 시를 읊는 것 보다는 도학사상에 관심을 두었

정호(程顥, 1032~1085)
낙양(洛陽) 사람. 철학가·
이학가. 주돈이의 학생으로
정주학파의 창시자.

정이(程頤, 1033~1107)
낙양(洛陽) 사람. 정호의
아우로 둘을 함께 '이정'
이라고 부름. 저명한 이학
가이자 교육가.

습니다. 정호가 열여섯 살 되던 해에 주돈이를 만나 교육을 받았고, 소강절邵康節로부터 불교와 도교 사상을 전수 받는 등 당시 최신 학문에 뜻을 두었죠. 하지만 유교 경전에도 소홀히 하지 않아 육경六經[33]을 깊이 연구하게 됩니다. 결국 유학사상에 바탕을 두고 도교 및 불교 철학을 결합하여 우주의 원리와 도에 관한 사상체계를 정립하게 됩니다. 그리고 이는 주희에게 전해져 주자학의 중요한 근간이 되었습니다.

정호는 주역의 사상을 계승하여 이론을 만들었지만 주돈이의 태극 대신에 음양의 두 기운을 우주 만물의 본체로 삼았습니다. 그의 사상은 '건원일기乾元一氣'라는 말로 설명되는데 '하늘의 기운'이라는 뜻입니다. 하늘의 기운에는 땅의 기운도 포함되어 있는데 하늘의 기운은 땅의 기운이 되며, 땅이라 말하면 그 안에는 이미 하늘을 내포하고 있답니다. 이게 무슨 말일까요? 우주를 구성하는 원리로 보면 하늘은 땅과 구분할 수 없고 음과 양은 나눌 수 없습니다. 양은 음이 되고 음은 또 양이 됩니다. 바로 음양의 기운이 작용하여 조화를 이룬다는 음양 화합의 원리로 설명하고 있습니다.

앞에서 장횡거는 '도'를 비어있는 태허라고 했는데요. 정호가 말하는 '도'란 하늘과 땅에 의해 만물이 생성되고 변화하는 원리라고 설명합니다. 땅에 있는 사물은 하늘에 의해 만들어 진 존재라는 것이죠. 즉 하늘이란 절대 존재에 의해 모든 사물이 만들어지게 되는 형이상形而上의 것을 '도'라 부른다고 말합니다. 그리고 한 걸음 더 나아가 이 도에 의해 나타나는 현상계, 즉 형이하形而下의 것을 '기'라 부른다는 것이죠. 여기서 형이상과 형이하라는 말이 탄생했습니다. 우주의 원리를 말하는 형이상을 도라고 설명하고 이것에 의해 탄생하는 세상만물이 형이하라는 말이죠.

한편 동생 정이는 형과는 조금 다른 이기이원론理氣二元論을 주창했습니다. 그가 보기에 우주는 음양이 조화를 이룬 혼연일체의 경지도 아니고 음양의 두 기운에 의해 만물이 탄생하는 것도 아니었습니다. 세상만물이란 일정한 규칙에 의해 늘어서 있는데 그 규칙이 바로 이와 기라고 설명하고 있습니다. 즉, 우주 가운데 만물이 생성하고 변하는 건 기의 작용에 의해서지만 여기에는 변하지 않는 이의 원리가 있기 때문이랍니다. 이라는 건 모든 사물이 있는 곳에 존재하는 근본 원리입니다. 말하자면 플라톤이 주장했던 이데아와 비슷한 논리입니다. 눈에 보이지 않지만 모든 것을 지배하는 근본 원리가 있다는 것이죠. 겉으로 보이는 건 기의 작용에 의해서고 그 안에는 만물의 이치에 해당하는 이가 숨어 있다. 그런 말입니다.

여기서 한발 더 나아가 정이는 사람이 노력하면 이러한 우주의 원리를 깨달을 수 있다고 말합니다. 유가사상의 기본 원리인 자기수양을 여기에 접목시킨 것이죠. 그래서 정이는 이를 추구하는 것, 즉 궁리窮理를 강조합니다. 여기서 그 유명한 격물치지格物致知에 관한 사상이 탄생했는데요. 정이와 주희가 이 말의 중요성을 강조했기에 유명해졌습니다. 이는 본래 사서중 하나인 대학에서 밝힌 도를 실천하는 8조목의 하나였습니다[34]. 사물의 도리를 아는 것格物과 지식을 얻는것致知중 어떤게 우선할까요? 이에 관해서는 정설이 없어 후대 여러 학파간에 논쟁이 있었다고 하는데요. 여기서 주자학과 양명학을 구분하는 기준이 되기도 합니다. 이게 과연 무슨 쓸데없는 논쟁을 한 것 같지만 나름 의미가 없지는 않습니다. 현장이 중요하냐 아니면 지식이 중요하냐의 논쟁과 비슷하죠. 어쨌든 정이가 처음으로 격물과 치지에 관해서 정리를 했고, 이

격물의 정신이 궁리라고 말했습니다. 지식을 얻는 것, 즉 학문을 열심히 하는 건 세상의 이치를 깨닫는 것과 같으니 끊임없이 정진하라는 메시지를 세상에 남긴 것입니다.

주자학

이제 신유학의 가장 중요한 연구자인 주희朱熹까지 왔습니다. 앞에서 서술한 것처럼 주희는 당송시대의 도학을 집대성한 학자였습니다. 그래서 그의 이름을 딴 주자학이 된 것이죠. 그는 자신의 교의를 '도학', '이학', '성학' 등 여러 이름으로 불렀는데요. 특히 '도학'이라는 호칭은 역설적으로 주희 말년에 당국이 '위학'으로 경멸하며 위험한 사상으로 낙인을 찍는 바람에 사회적으로 정착될 수 있었답니다. 후세 연구들은 정씨 형제와 주자의 이름을 딴 '정주학', '성리학'등으로 불렀는데, 이것이 조선으로 넘어와 조선 유학을 성리학으로 부르게 되었습니다.

세상의 모든 학문은 당대의 정치 사회적 환경과 별개로 다루어질 수 없습니다. 성인으로 인정받는 사람의 언행중에는 후대의 기준으로 볼 때 전혀 합리적이지 않은 것이 있는데, 이 또한 당시의 상황으로 인해서였다는 걸 이해할 필요가 있죠. 주자학은 주희라는 탁월한 학자의 연구에 의해 형성된 것이지만 그 배후에는 그것이 만들어질 수밖에 없었던

주희(朱熹, 1130~1200)
복건 우계(尤溪)에서 태어남. 유학의 대가로 시인 · 사상가 · 철학가. 이학의 집대성자.

상황이 있었던 겁니다. 즉 주자학은 중화인의 정치적, 문화적 아이덴티티가 녹여진 결과물이었고 주희가 중원에서 멀리 떨어진 복건성의 한적한 곳에서 태어난 사실과도 관련이 있습니다. 중원의 광활한 땅을 잃고 남쪽으로 정권이 내려와 있던 송나라와 그 속에서 무사안일만을 일삼던 사대부들의 무능도 큰 기여를 한 셈이죠.

당말과 오대의 혼란기를 정리하고 중원을 차지한 송나라의 가장 중요한 특징은 사회 지도층이 기존의 귀족에서 사대부라는 신흥 세력으로 대체되었다는 겁니다. 귀족과 사대부의 차이는 그들의 신분과 역할에 있습니다. 전통 귀족들은 대를 이어 국가 권력에 참여할 수 있었습니다. 가장 대표적인 9품중정제 같은 경우 지방 호족들이 자신들의 자녀들을 관리로 추천 등용할 수 있었죠. 이렇게 되면 특정 집안이 관직을 독점하는 경우가 생기고 필연적으로 황제권은 약해질 수밖에 없습니다. 이에 비해 사대부는 경제적으로는 지방 호족과 비슷하지만 관직에 나가기 위해서는 반드시 과거시험을 통과해야 했습니다. 황제가 만든 제도에 순응하는 사람만이 관직에 나갈 수 있었으니 당연히 황제의 독재체제가 강화될 수밖에 없었습니다.

과거에는 집안이나 문벌에 의해 관직을 얻을 수 있었다면 송대에 이르면 개인의 후천적 능력에 의해 사회적 지위가 결정되는 시대가 되었던 것이죠. 바로 이러한 사대부들에 의해서 탄생한 문화의 총체를 한마디로 '송학'이라고 불렀습니다. 특히 유학사상에 입각한 학문을 연구한 사람들이 도학파였는데, 위에서 언급한 주돈이와 정씨 형제 등이 대표 인물이었습니다. 이들이 학문을 연구한 이유는 첫 번째로 자신들을 얼마나 높여 인정을 받을 것인가, 둘째는 인정받은 자로서 사회발전에 얼마나 기여할 것인가 하는 실천 방법론으로 인해서였습니다. 그

래서 『대학』에 나오는 수기치인修己治人의 논리가 가장 어울리는 방법이
었던 것이죠.

그런데 실제 현실은 어떠했나요? 수신제가하고 나라를 다스리면 세
상이 평화로울 수 있다고(修身齊家治國平天下)고 주장했건만, 송나라는
중원을 금나라 여진족에게 빼앗기고 남쪽 항주로 쫓겨날 수밖에 없었
습니다. 더구나 금나라에 대해서는 신하의 예를 취하는 굴욕적인 강화
조약을 감수해야 했죠. 이러한 상황을 인정하지 못한 일부 사대부는 적
극 항전을 주장했는데 주희의 아버지인 주송도 악비를 지지하는 항전
파의 한 사람이었습니다. 이러한 상황인데도 대부분의 사대부들은 나
약하게도 금과의 화친을 주장해 관철했고, 자신의 영달에만 관심을 두
었습니다. 또 기존 유학을 기준으로 볼 때 이단 사상인 '선禪'을 추종하
는 사대부가 상당한 숫자에 이르렀습니다. 주희 자신도 10대에 참선 경
험을 가졌을 정도로 선은 송대 사대부 사회의 큰 흐름이기도 했습니다.
주자학의 형성에는 이러한 당시 시대상황이 반영되었다고 할 수 있습
니다.

주희는 송 조정에서 화전 논쟁이 치열하던 때에 복건성의 외진 지역
에서 태어났습니다. 아버지 영향을 받아 북쪽 유목민에 대한 항전파로
성장했고 19세에 과거에 급제합니다. 조정에서 관리로 일하는 한편 정
호 · 정이 형제의 학파를 잇는 스승에게서 학문을 배웠습니다. 덕분에
후일 두 정씨 형제의 이기론을 정리하는 업적을 세우게 됩니다.

그렇다면 주자학이 내세우는 철학사상은 어떤 것일까요? 중국 사상
가 대부분이 그렇지만 자신의 사상을 깔끔하게 정리한 논문 같은 것은

없습니다. 주로 경서의 주석과 편지형식이나 좌담의 발의 등으로 그 뜻을 해석할 수 있는데요. 주자학을 가장 간단히 정리하면 정씨 형제가 주창한 이와 기에 의한 세상의 원리라 할 수 있습니다. 주희는 이기론으로 원리들을 설명했는데 오늘날의 학문분야로 정리해 보면 존재론, 자연학, 윤리학, 종교철학, 정치철학 등에 걸쳐 있습니다.

유학사상의 가장 기초가 자기수양이었죠? 우주는 가장 근본 원리인 이와 외부에 표출되는 기에 의해 형성되어 있는 것처럼 인간 또한 이.기에 의해 형성된 존재였습니다. 바로 인간에게 내재된 이를 '성性'이라고 하는데 인·의·예·지·신의 5가지로 나눌 수 있습니다. 이들은 본래 인간이 갖추고 있는 것인데, 현실의 인간관계에서는 완전히 발현되지 못하는 경향이 있다는 것입니다. 따라서 이를 극복해야 하는 게 모든 인간의 과제가 되었죠. 그게 바로 공자가 말한 극기복례克己復禮였습니다. 그래서 끊임없이 학문을 연마하고 자신에게 내재된 성을 발현시키는 노력 하라고 말하는 게 유교사상의 주요 교의라 할 수 있습니다.

하지만 주희는 이렇게 노력해서 인격을 완성한다 해도 수기치인의 두 항목을 완전히 만족할 수 없다고 봤습니다. 그것이 현장에서 실천 이론으로 완성되었을 때에만 존재 가치가 있다는 것이죠. 그래서 그는 관료로서 지방에 부임해 민생 안정에 전력을 기울였습니다. 또 고향에 세운 서원을 통해 사대부를 양성하는 교육에 힘을 쓴 것도 그가 말한 사회적 실천의 한 방법이었습니다. 주자학은 주희의 생존 당시에는 그저 지방학의 일종이었을 뿐 각광을 받지 못했고 말년에는 '위학'이라는 비난을 받기도 했죠. 만약 그가 이론만을 정립했다면 후대 문인들에 의해 널리 알려지지 못했을 겁니다. 공자와 비슷한 삶의 궤적을 가졌던 주희의 삶 전체가 후대인들에 의해 존경을 받았기에 그가 주장한 학문이 높은 사회적 지위를 가질 수 있었던 것이죠. 후일 원·명·청에 걸친 600여년 간 주자학은 국가 교학의 자리를 차지하게 됩니다.

하지만 주희의 학문이 주자학으로 인정되는 순간부터 권위화는 시작되었기에 절대불가침의 종교적 권위가 부여되었습니다. 조선에서 수많은 이단논쟁이 벌어졌던 것도 이러한 권위화의 결과입니다. 주희는 자기의 불완전함을 끊임없이 자각해서 지속적으로 변화해야 한다는 주장을 했는데도 말이지요. 어쩌면 공자도 자신이 종교로서의 유교에서 성인으로 인정 받을줄은 몰랐을 겁니다. 한편으로는 과거제도로 편입된 주자학으로 인해 사대부들의 입신영달 수단으로 변질된 것도 주희가 바라던 일은 아니었습니다. 이로 인해 주자학을 활성화시킨 양명학이 사대부들에게 사상적 관심을 끌게 한 것도 부정할 수 없는 사실이었습니다.

새로운 시대의 대변자 양명학

중국 철학의 변천과정은 양명학을 약간만 다루고 정리할까 합니다. 양명학은 그 중요성에 비해 우리에게 알려진게 별로 없는데요. 한반도에서 그 역할을 제대로 하지 못했기 때문입니다. 주자학 일변도로 조선에서 유학이 정착된 후, 명으로부터 들어온 양명학은 당시 유학계에 의해 극심한 비판을 받았습니다. 양명학을 수용하고자 노력했던 학자들은 이단異端 내지 사문난적斯文亂賊이라 하여 배척받았지요. 이황, 류성룡 등과 같은 유학의 거두가 앞장서서 비판하니 조선처럼 보수적인 사회에서 살아남기 어려웠을 것입니다.

　남송에서 확립된 주자학은 몽골 침략기에 정체상태를 겪습니다. 몽골인이 주도하는 세상에 미미하게 명맥을 유지하던 원의 사대부들이 학문적 영향력을 가질 수 없던 때문이었습니다. 아이러니하게도 주자학을 새롭게 부각시킨 것은 명나라 시대의 양명학자들에 의해서였습니다. 조선에서 이기이원론과 이기일원론이 다뤄진 것처럼 세상을 바라보는 관점에 관한 치열한 논쟁이 명나라에서 일어났기 때문이지요.

　새로운 학문이 탄생하는 데는 사회문화적 변화의 영향이 큽니다. 명나라에서 양명학이 탄생하는 것도 이전과는 다른 환경변화로 인해서입니다. 그 변화의 원동력은 상업이었습니다. 창업자 주원장이 설계한 명나라의 모습은 농업위주의 자급자족적 국가였습니다. 그런데 중기 이후 전란이 사라지고 평화가 찾아오자 농업 생산성이 급격히 향상되어 자급자족의 수준을 넘어섰습니다. 또 수공업 제품의 생산도 활발해졌는데 덕분에 지역간 제품교역을 해 주는 상인의 역할이 커졌습니다. 재화가 늘어나고 사회에 부가 쌓이니 사람들은 사치스런 생활을 하게 되었고 지금까지 신분에 따른 제약이 많았던 사회가 점차 자유로워졌습니다. 오늘날까지도 유명한 진상, 휘상 등 유명 상인들이 이때 탄생했는데 그들은 신분을 뛰어넘은 사람들이었습니다. 사농공상士農工商이란 엄격한 사회체계가 점차 무너지는 양상을 보였던 겁니다.

　이러한 사회분위기를 포착한 유학자 왕양명王陽明은 "종사하는 업종은 다를지라도 도는 같다.(異業同道)"라는 획기적인 사민평등 주장을 폈습니다. 모든 사람은 선천적으로 도덕적인 자각능력을 갖고 있기 때문에 어떤 직업을 갖고 있든지 누구나 성인이 될 수 있다고 본 것이죠. 이는 중국 전통의 군건한 신분제 사회를 감안한다면 획기적인 주장이었습니다.

주자학에서는 이기론理氣論에 입각하여 사회를 신분에 따른 귀천으로 구분하고 그 속에 내재하는 불평등은 당연한 것으로 받아들였습니다. 성인이 되려면 일정한 신분을 가진 이가 격물치지格物致知의 수양을 통해야 한다고 말했던 것이죠. 주자학에서는 '사물의 이치를 끝까지 파고 들어가면 앎에 이른다.'라고 봤습니다. 그런데 왕양명은 '사람의 참된 양지良知를 얻기 위해서는 사람의 마음을 어둡게 하는 물욕物欲을 물리쳐야 한다.'고 주장했던 겁니다. 이를 철학적으로 표현한 것이 이른바 양지론良知論입니다.

말장난 같지만 어떤 이가 학문을 닦아 성인이 될 것이지를 생각해 보면 두 학파의 주장을 이해할 수 있습니다. 주자학과 대비되는 양명학을 간단히 설명하면 '지행합일知行合一'이라 할 수 있습니다. 주자학에서는 유학은 사대부 계층이 하는 것이고 양명학은 그 대상을 한정 짓지 않았습니다. 그러니 지식을 얻는 것을 먼저하고 후에 실천이 따른다는 주자학의 관점을 이해할 수 있는 것이죠. 높은 신분을 가졌고 경제적으로 여유로운 계층에서는 사물의 이치를 깨달을 때까지 연구할 수 있습니다. 반면 생활인으로 살아야 하는 그 누군가에게 수양과 실천은 분리될 수 없는 것입니다. 다만 그 욕구를 제거해야 양지를 얻을 수 있으며, 일하면서도 수양하고 실천하면서도 수양이 되는 방법이 유학의 본뜻이

왕양명(王陽明, 1472~1529)
여요(余姚)사람. 사상가·문학가·철학가·군사가 만능 대유라고 불림.
양명학을 설립함.

라고 주장하는 것입니다.

양명의 제자들은 여기서 한걸음 더 나아가 신분 계층의 변동이나 재물과 색에 대한 추구 등 인간의 자연스러운 욕구를 긍정하는 단계에까지 이르렀습니다. 이렇게 쉽게 이해하고 행동할 수 있는 철학을 제시하는 양명학자들 앞에는 상인이나 수공업자들이 구름처럼 모여들었습니다. 심지어 농사꾼, 소금장수, 도공 등 사회에서 천대받던 사람들까지도 양명학자로 활동하는 경우도 있었다고 합니다. 당연하게도 이러한 자유로운 생각의 전파는 전통 사회를 유지하려는 지식인들로 하여금 사회 질서를 무너뜨리는 주범으로 비판하게 만들었겠죠. 굳건한 신분제 사회였던 조선에서 양명학이 발을 붙이기 어려웠던 것도 이러한 이유 때문이었습니다.

제9장

도교_ 민중의 마음을 달래다

도교는 무엇이고 어떻게 탄생했는가?

중국의 고유 종교 도교

중국에는 많은 사람이 살고 있고 넓은 땅만큼 다양한 종교가 자리 잡고 있습니다. 그 중에서 역사적으로 독립된 교단을 갖춘 대형종교는 불교, 도교, 이슬람교, 천주교, 개신교 등 다섯 개이지요. 이 중에서 네 개는 외국에서 들어온 것이고 오직 도교만이 중국 고대 문화와 종교에 근원한 토박이 종교입니다. 비록 불교로부터 종교적 체계를 잡는 도움을 받았지만 중국 민족의 전통 신앙적 특징을 가장 잘 표현하고 있는 종교라 할 수 있죠. 때문에 신중국 창설과 문화대혁명 이후의 종교탄압에도 불구하고 도교는 그 명맥을 잘 이어 왔습니다.

초월적 존재인 신에게 기도를 하고 정기적으로 예배를 드리는 서양식 종교방식은 아니더라도 중국인에게 도교는 삶의 일부분입니다. 어쩌면 종교형식의 도교는 아니더라도 전통문화의 하나로 여겨지는 도교

문화에 대한 이해는 필수라고 여겨집니다. 중국 어디를 가나 만나는 도교사원, 화산과 태산 등 신성시하는 산 등, 중국인들의 문화속에 깊숙이 자리 잡은 도교 습관 때문이죠.

우리나라에도 도교의 영향은 상당히 널리 퍼져 있습니다. 민족문화의 근저에 도교사상이 깔려있지 않나 하는 생각이 들 정도이지요. 정신과 육체의 결합을 중시하는 한의학의 발달에도 도교가 크게 기여했습니다. 가장 권위 있는 한의학 서적인『동의보감東醫寶鑑』은 도교철학을 전면에 내세우고 있고, 잘 살펴보면 도교 · 유교 · 불교가 함께 녹아들어 있다는 것을 알 수 있습니다.

그렇다면 거리에서 "도를 믿으십니까?"라고 묻는 사람들이 믿는게 도교일까요? 엄밀히 말하면 이들은 도교에서 파생된 신흥종교 신자들이라고 할 수 있습니다. 도교가 통일된 교리체계도 없고 워낙 포용적이기 때문에 분파도 많고 다양한 방식의 실천법도 많기 때문이죠.

중국을 여행하면서 도교사원에 가본적 있으신가요? 중국 어디를 가도 도교 사당은 쉽게 발견할 수 있는데, 특히 대만이나 남방지역에 많습니다. 북방지역에서는 산중에 많지만 도시에서는 보기 어려운데요. 사회주의가 도입된 이후 문화대혁명으로 인해 종교 파괴가 꽤 진행되었기 때문입니다. 그러다가 최근에는 대부분 복원되고 있기도 합니다. 거대 도시 홍콩 시내 한가운데에 있는 도교사원에서의 느낌은 좀 색다르더군요. 높이 솟은 현대식 빌딩 사이에 향을 피우고 복을 비는 사람들의 모습이란!

도교는 전통 샤머니즘을 기반으로 노장 철학과 유교의식, 불교 교리 등이 결합되어 있는 종교입니다. 전통적으로 중국인들은 복福 · 녹祿

· 수壽를 인간에게 가장 중요한 세 가지로 봤습니다. 복은 행복, 녹은 재산, 수는 장수를 뜻하죠. 그런데 아무리 재산이 많고 행복하게 살면 뭐 하겠어요? 건강하게 오래 살지 못한다면 다 소용없는 것이라고 중국인들은 생각했고, 오래 사는 것이 최고의 가치라고 인식되어 하나의 사상으로 형성되었습니다. 그래서 도교에서는 심신수련, 신에 대한 기도 등을 통해 장생불사하고 도를 터득해 신선神仙이 되는 것을 최고 목표로 합니다. 그 다음 목표는 병을 다스려 신체를 건강하게 하고 잡신들을 제거하는 것이죠. 아울러 자신의 부귀영화 추구를 넘어 세상을 구제하려는 노력도 병행하는데 여기에 수련과 선행의 두 측면이 온전하기를 강조합니다.

도교에서 말하는 신선은 살아있는 사람은 아니지만 일반적인 귀신과 달리 현실 활동을 하는 사람입니다. 그의 목숨이 무한히 연장된 상태로 자유롭게 천상과 지상을 오고가며 신통력을 발휘합니다. 그들이 얼마나 오래 살았는지에 대해 전해지는 재미있는 이야기가 있는데요. 세 노인이 만나 자신들이 얼마나 나이를 먹었는지 자랑하기를 즐겼답니다. 먼저 한 노인이 말합니다.

"내가 나이를 얼마나 먹었는지 나도 잘 알지 못한다네. 단지 내가 어렸을 적에 천지를 만든 반고씨와 친하게 지냈던 생각이 날 뿐이지."

그러자 두번째 노인이 이렇게 말합니다.
"바다가 변하여 뽕밭이 될 때마다 내가 숫자를 세려 나뭇가지 하나씩을 놓았는데 지금 내가 놓은 나뭇가지가 벌써 열 칸 집을 가득

채웠다네."

그러자 다른 한 노인이 여기에 지지않고 말했습니다.

"내가 신선들이 먹는 복숭아를 먹고 그 씨를 곤륜산 아래에 버렸는데 지금 그 씨가 쌓여 곤륜산과 높이가 같아졌다네. 내 나이로 본다면 두 사람이란 것은 하루살이나 아침에 나왔다가 저녁에 죽는 버섯과 무엇이 다르겠는가."

들어보면 허풍이 쎄도 참 기가 찰만한 노인네들입니다. 이 노인들은 진짜로 죽지 않고 살아온 신선이었을까요? 먼저 반고는 누구인가요? 그는 천지창조 설화의 주인공인데 태어나 키가 자라면서 하늘과 땅이 나누어지기 시작해서 1만 8,000년이 지났습니다. 그러니 이 노인네의 주장에 의하면 최소한 1만 8,000살인 셈입니다.

둘째 노인은 바다가 변해서 뽕밭이 되는 시간을 세야하니 엄청난 시간이 필요한 셈입니다. 그렇게 놓은 나뭇가지가 열칸 집을 채우려면? 셈 불가한 시간이 되겠죠. 세 번째 노인도 참 기가차 찹니다. 신선들이 먹는 복숭아를 먹고 그 씨를 곤륜산 만큼 쌓으려면? 세째 노인이 가장 오래 되었다는 걸 자랑스럽게 이야기하는 셈입니다. 여기서 말하는 곤륜산은 상상속에 존재하는 산으로 알려져 있죠. 그런데 곤륜산이라 이름 붙은 산은 실제 존재하는 곳이랍니다.

이처럼 신선사상과 관련 있는 단어는 반고, 뽕나무, 복숭아 등이 있는데요. 복숭아와 인연있는 신선이 바로 우리에게 잘 알려진 '삼천갑자 동방삭'이라는 이름으로 불리는 '동방삭東方朔 [35)'입니다. 그는 분명 한무제 시절 활동한 인간이었는데 죽지 않고 신이 되었다고 알려져 있습니다. 그러니까 신선이란 존재는 누구나 노력하면 될 수 있는 존재였던 것이죠. 다른 종교에서는 수행을 하면 해탈하고, 신을 믿으면 천국에 가는 것이었는데 반해 도교에서는 신선이 되는 것을 목표로 두었던 것입니다.

신선이 되기 위해 도교에서는 다양한 수행 방법을 도입했는데, 정신적 수행으로 노자의 철학을 실천하고 의학적인 연구도 합니다. 서양에 연금술이 있다면 중국 도교에는 연단술이 있었습니다. 이로 인해 세계 역사를 바꾼 물질 중 하나인 화약이 탄생하게 되는데요. 장생불사를 위해서 단약丹藥 연구에 몰두하던 연단술사들이 초석에 목탄과 유황을 섞어 강력한 불꽃을 낸 것이죠. 남조의 갈홍이 지은 『포박자』에는 단약 제조에 초석과 유황을 사용했다는 사실이 나옵니다. 결국 후대인들의 시행착오를 거쳐 11세기에 이르러 전쟁에 사용될 수 있는 무기가 되었는데요. 도교 경전인 『도장경道藏經』에는 '불'로 만든 '약'이라 하여 '화약火藥'이라 불렀다고 하는데, 화약의 이름이 여기서 유래합니다.

수명을 연장하는 약 보다는 무엇보다 건강하고 윤리적인 행동(공과격 참조)을 통해 수명을 연장하는 일을 실천하는 일도 중요합니다. 고대로부터 내려오는 애니미즘[36]Animism과 주술신앙이 강력하게 영향을 끼쳤고 주역에 나오는 팔괘八卦나 음양오행사상도 흡수했습니다. 시대가 변함에 따라 각종 신앙들을 흡수 통합해가면서 형성된 신앙체계였습니다. 그러다보니 때로는 체계화되지 않고 서로 모순되는 경우도 종종 발생했지만 그 나름의 독특한 종교체계로 민중들 속에 자리를 잡았습니다.

또 북위와 당나라에서는 국가 종교로 정해지는 등 역사시대 내내 큰

무령왕릉에서 발견된 진묘수. 무덤 입구를 지키는 역할을 하는 동물이다.(국립공주박물관 소장)

영향을 끼쳤고 주변 나라에도 전해졌습니다. 우리나라에서도 도교사상의 흔적을 꽤 많이 발견할 수 있는데, 고구려 강서대묘 벽화에 그려진 현무도나 공주 송산리 6호분 벽화에도 있습니다. 특히 백제 무령왕릉에서 발견된 무령왕릉 지석[37]과 진묘수가 도교사상의 대표 유물이라 할 수 있습니다. 백제 금동대향로에도 도교의 이상향을 새겨놓은 그림이 발견되었지요. 이런 것들은 도교가 교단으로 확립되기 전에 민간신앙 차원에서 도입되어 만들어진 것입니다. 이후에도 중국 도교의 영향은 지속적으로 사회 전반에 자리 잡는데 국가차원의 종교로 지원된 불교에 비해 민간신앙으로 뿌리 내립니다. 역사시대 내내 중국과의 교류로 인해 전해진 도교사상의 영향은 사회전반에 숨어있는 관습으로서 무시할 수 없는 수준이라 할 수 있겠습니다.

금동대향로의 윗부분. 도교의 이상세계를 그리고 있다.(국립중앙박물관 소장)

신선에 관한 기원은 전국시대 형荊나라와 초나라, 동방지역의 연과 제나라로 올라갑니다. 남방문화의 대표저작인『장자』에는 신인神人[38], 지인至人, 진인眞人, 성인聖人에 관한 글들이 나옵니다. 초나라 대표시인 굴원은 자신이 신선이 되어 하늘을 날아다닌다는 이야기를 시에 읊습니다. 연과 제나라는 바닷가에 있어 항해의 어려움을 이겨내기 위해 다양한 상상력이 발휘되었고 그 과정에서 봉래·방장·영주의 삼신산 이야기가 탄생하게 되었죠.

이러한 신선전설과 이를 실천할 방사들이 등장하게 되었는데요. 방사들은 고대에 방술이라는 기술과 기예를 구사한 사람들을 말하는데 술사, 방술사, 도사 등으로 불렸습니다. 진 시황제가 방사들의 권유에 따라 동해에 존재한다고 믿어진 삼신산에 '불사약'을 구하러 사람들 보냈다고 하지요? 서복이라는 사람이 대표적인데 수천 명의 아동을 데리고 삼신산으로 떠났지만 돌아오지 않았다고 전해집니다. 이러한 방사들에 속았다는 걸 안 후에 취한 행동이 바로 '분서갱유'의 '갱유坑儒'였던 겁니다. 한나라로 넘어와서도 장생을 추구하는 문화는 이어져 한 무제시대에 이르면 방술사의 무리가 수만 명에 이르렀다고 합니다.

여기서 우리는 도가사상과 도교를 헷갈리는데, 분명 도가와 도교는 구분 되어야 합니다. 전자는 철학유파이고 후자는 종교와 교단이기 때문입니다. 비록 도가의 시조라 일컬어지는 '노자'가 도교에서는 '태상노군'이라는 이름의 신으로 추앙받고 있고 『도덕경道德經』이 최고 경전이긴 하지만 분명히 다릅니다. 도가에서는 장생불사를 추구하지 않으며 귀신과 푸닥거리를 반대합니다. 노자는 '하늘처럼 오래살 수 있다.(天長地久)'를 인정 했지만 인체가 재앙과 화의 근원이라고 주장합니다. 장자도 삶의 유한함을 인식하고 정신적 해탈과 자유를 추구했습니다.

그러나 도가 내부에는 도교가 추구하는 내용이 상당히 많이 포함되어 있습니다. 특히 도가에서 추구하는 '도道'의 개념은 우주만물의 근원이며 최고의 법칙이죠? 이 말의 뜻을 자세히 보면 초월적 존재인 '신神'을 이야기하는 게 아닐까 싶을 정도입니다. 그러므로 도교에서는 도가에서 말하는 도의 개념을 철학적 주장을 넘어 전지전능한 신의 대명사로 파악했습니다. 그러기에 도가철학이 도교의 이론적 근거를 제공할 수 있었던 겁니다.

도교의 태동

도교가 종교로서 본격적으로 만들어진 것은 2세기 초 태평도太平道와 그보다 조금 더 늦은 오두미도五斗米道로부터입니다. 동한말 장각 삼형제가 주축이 되어 황건적의 난을 일으킨 세력이 바로 태평도였습니다. 거록 지역에 살던 장각이라는 인물은 의술에 정통했는데, 평소 착한 성품을 지녀 가난한 사람들을 무료로 치료해 주곤 했습니다. 그러다가 당시 유행한 황로도黃老道를 받들며 제자를 기르기 시작했습니다. 황도로란 동한 말기에 유행했던 황로숭배의 일반 명칭이었습니다. 황로사상은 황제黃帝와 노자老子를 받들자는 기치를 내걸고 있는데 서한 초기 유안의 『회남자』에서부터 시작해서 동한말까지 이어진 주요 사상이었습니다. 장각은 사상적으로는 황로도를 받들고 장생불사의 실천방안으로는 의술로 교단을 조직하기에 이른 것이죠. 그것이 바로 태평도였습니다.

장각이 전도를 한지 10여년 만에 태평도는 여덟 주에 걸쳐 퍼져 나갔는데 지금의 하북, 하남, 산동, 강서, 호북 등에 해당하는 광범위한 지역이었습니다. 또한 군사행동이 가능하도록 '방方'이라는 통일된 조직을 만들었는데 그에 소속된 인원수가 10만에 이르렀습니다. 한편 한나라는 말기 증상을 보이고 있어 백성들의 삶이 도탄에 빠지고 있었죠. 결국 군사조직으로 발전했던 태평도의 봉기는 자연스러운 수순이었고, 그들은 "창천은 죽었다. 황천이 서야 한다."라는 구호를 내세웁니다. 이때 태평도의 신앙은 '황黃'을 숭상하였기에 그 무리는 모두 황색띠를 착용하여 표지로 삼았는데, 당시 사람들은 이들을 황건적이라고 불렀습니다.

황건을 두른 태평군의 무장봉기는 전국에 미쳤고 20여년 동안 관군에 수없이 패배하면서도 다시 일어났습니다. 그러는 사이 봉기군은 조조 등 귀족 세력에게 제압당했고 태평군은 사라졌습니다. 하지만 이로 인해 부패한 동한 왕조도 따라서 붕괴했고 위·촉·오 삼국이 형성되는 계기가 되었습니다.

오두미도는 장각이 태평도 조직을 만들던 비슷한 시기에 사천성에서 섬서성 남부의 한중 분지에 걸쳐 형성되었습니다. 이 종교집단은 215년 조조에게 항복할 때까지 30년 동안 한중을 중심으로 독립적인 종교 왕국을 이루고 있었습니다. "도를 행할 때 다섯 말의 쌀을 낸다." 라는 말에서 유래된 오두미도는 조조에 의해 지배된 후에도 중원지역 의 태평도 무리와 섞이면서 화북 지방에 자리 잡습니다. 이것이 후일 중 국 고유의 종교로서 도교道敎로 발전됩니다.

도교에 내려오는 전통에 의하면 오두미도의 창시자는 사천성 곡명 산에서 수도하던 장릉(또는 이름에 도道를 넣어 장도릉)이라는 사람이라고 되어 있습니다. 그런데 실제 교단을 확립한 건 장릉의 손자인 장로였기 에 할아버지 장도릉이 교주라고 추켜세운 게 아닌가 싶습니다. 장로는 사천성에서 한중으로 들어갔고 그 곳에서 이미 독자적인 교세를 만들 고 있던 장수張修로부터 권력을 빼앗았습니다.

장수는 태평도의 장각과 동시대 인물로 초기 오두미도를 확립한 인 물이라 할 수 있습니다. 그의 가장 큰 업적은『노자』를 교도들이 반드시 익혀야 할 경전으로 삼았다는 점입니다. 즉 도교가 세속의 미신을 추앙 하는 민간 종교에서 조직을 갖춘 큰 종교로 발전할 수 있는 사상적 기 초를 만들었다는 이야기입니다. 또 장수에 의해 종교의식이 정립되는 데 지도자의 이름을 사군師君이라 불렀고 제사를 관장하는 제주의 역할, 천·지·인 삼관 숭배사상을 만들었습니다. 특히 한중과 파군의 미신숭 배사상을 종교 교리에 다수 포함시켰습니다.

장수에 의해 만들어진 오두미도를 빼앗은 장로는 사군을 자칭하여 정권과 교권을 자신에게 집중시키고 자신의 아래에 제주를 두어 교단 을 운영하게 했습니다. 말하자면 종교와 정치가 일체화된 왕국을 만들었던 셈입니다. 이로써 그가 조직화한 오두미도는 전란이 끊이지 않던 다른 지역에 비해 한중과 파 지역을 비교적 안정된 사회로 만들었습니다. 한 지역의 패권자를 자칭했지만 그렇다고 다른 지역을 넘보려 하지도 않았던 것도 그가 정권을 오래 유지한 이유입니다. 마침 한나라 조정은 무너지고 있었고 조조는 다른 지역 정벌에 힘쓰고 있었기 때문이기도 했습니다.

도교의 성장

도교가 본격적으로 성장하게 된 계기는 두 사람의 역할이 크다고 볼 수 있겠습니다. 이론적으로 도교를 확립한 남조의 갈홍葛洪(284~363)과 실천조직을 만든 북위의 구겸지寇謙之(미상~448)였습니다. 갈홍은 동진시대 사상가이자 의학자였습니다. 스스로를 포박자로 불렀는데 그 이름을 딴『포박자』를 저술했고『신선전』도 대표 저서 중 하나죠. 그는 이 저서들을 통해 신선이 되는 방법을 체계화했다는 평가를 받고 있습니다. 그는 도교이론을 연구했지만 유학도 체계적으로 공부해 내부적으로는 육신을 단련하고 외부세계에는 유학으로 응해야 한다고 주장했죠. 도교에서 차용한 유가의 경전은『주역』이 대표적입니다. 공자가 즐겨 읽었다는『역』은 본래 점치는데 쓰였고 복서卜筮는 원래 술수의 일종이었으므로 음양가의 경전이기도 했습니다. 이를 이용해 점을 치고, 음양 사상을 활용해 장생불사의 길을 구하는 경우도 많았습니다.

어릴 때부터 비범한 재능을 갖고 있던 갈홍은 아버지가 일찍 죽어 가난하게 살았지만 땔감을 팔아 종이를 사고, 책이 있는 곳이면 어디든지 달려가 베껴왔습니다. 그래서 유학은 물론 제자백가 사상을 두루 공부하는 등 당시의 주된 사상에 통달했습니다. 하지만 당시의 사상이 자신의 생각과 맞지 않자 새롭게 시작한 것이 바로 의학과 연단술 연구였습니다. 그가 연단술에 관심을 두게 된 것은 전통신앙인 장생불사 사상을 접하면서 부터였습니다.

그의 대표저서인 『포박자抱朴子』에 의하면 인간세상이 태평하기 위해서는 개인의 장생불사와 무한한 부귀가 있어야 한답니다. 장생불사하는 존재 즉, 신선이 되기 위해 우선 수행을 통해 신체를 단련하고 다음으로 금단을 복용하여 성선을 이루어야 한다고 주장했습니다. 이는 당시 개인적이고 방탕한 생활을 누리던 당시 봉건 귀족층의 요구와 맞아 떨어졌습니다. 『포박자』에서 말하는 금단39)은 아주 진기한 물자를 필요로 하기 때문에 크게 부귀한 자만이 겨우 실험할 수 있는 것이었기 때문이죠.

갈홍은 조상덕을 얻기 위한 제사를 지내는 것에 관심을 두지 않았습니다. 귀신을 잘 모신다고 해서 장생불사를 얻을 수 있는게 아니며 스스로 노력하면 신선이 될 수 있다고 주장했습니다. 이를 위해 갈홍은 신선이 실제로 존재한다고 말합니다. 인간보다 하등한 식물이나 동물들도 모습을 바꾸는 게 가능하며 거북이나 학이 수천만 년의 수명을 가지는데, 이보다 뛰어난 인간이 노력하면 신선이 될 수 있다는 논리였습니다. 이를 위해 실제로 존재했다는 신선들을 모은 『신선전』을 저술해 이

갈홍(葛洪, 284~363)
강소 구용 사람. 도사 · 연단가(煉丹家) · 의약학가. 저서로 『포박자(抱朴子) · 내편』이 있음.

를 증명하기 위해 노력했습니다.

또 한명의 남조 출신 도교 사상가는 도홍경(456~536)이었습니다. 그는 사족 출신으로 갈홍의 『신선전』을 읽고 장생에 뜻을 세웠죠. 온갖 책을 두루 읽었고 여러 도사들로부터 배운 후 구독산에 은거하고 도교를 연구했습니다. 후일 양梁나라를 세운 소연과는 친구로 지냈지만 정치에 나가지 않았습니다. 그도 갈홍처럼 엄청난 저작을 남긴 저술가였으며 금단 제조를 위해 노력했죠. 하지만 개인적인 수련을 중시하고 의료적인 시술을 권장하였지만 종교조직의 활동가는 아니었습니다. 하지만 당시의 여러 학설을 두루 수집하여 이론을 정비했고 유·불·도 삼교의 회통을 주장하여 도교의 발전을 이끌었습니다.

도홍경이 도교사에 공헌한 가장 중요한 일은 신선의 체계를 구축한 것입니다. 원시천존을 최고의 존신으로 위치시키고 신선의 층위를 일곱으로 구분했습니다. 이는 각지의 도사들이 신봉하는 신령을 종합하여 이를 고대 중국 우주 이론과 봉건제의 귀족등급과 같이 만들어놓은 셈입니다. 후대에 가면 이러한 신선의 단계들은 변화하지만 도교가 현실에 기반한 종교라는 것을 알려줍니다.

남조에서 도홍경이 도교를 발전시켰다면 북조에는 도교 최초의 교단도교教團道教의 창시자인 구겸지寇謙之(365~448)가 있었습니다. 서진이 멸망한 후 5호16국 시대의 북방지역에서는 태평도와 천사도(오두미도의 정식 이름)의 세력들이 명맥을 유지하고 있었습니다. 통일된 교단을 만들 수 있는 역량이 없었고 사상체계의 확립도 부족한 상태였죠. 이때에 새로이 영수가 된 구겸지는 구舊천사도를 혁신하여 조직화된 교단인

제9강 | 도교_ 민중의 마음을 달래다

신新천사도의 확립에 큰 노력을 기울입니다. 스스로 태상노군太上老君(노자)으로부터 '천사天師'의 위를 수여받고, 도교의 개혁을 명령 받았다고 주장했습니다. 오두미도를 이끈 장로의 후계자로서 자신이 천사의 지위를 계승했다고 선포했습니다. 또 도교의 여러가지 의례와 의식을 정리하였으며, 유교와 불교에 대비해 처음으로 자신들의 종교를 도교라고 칭하기도 했습니다.

유목민인 탁발선비가 세운 북위에서는 불교와 도교를 동시에 숭배했는데 태무제에 이르면 도교로 편중되기 시작했습니다. 그 이유는 태무제의 권신 최호崔浩(?~450)의 비호로 인해서였습니다. 당시 탁발씨 정권에서는 다수를 차지하는 한인들을 다스려야 했는데 한인 명문가들의 힘을 빌어 통치를 공고히하려 했습니다. 최호는 도교를 열심히 믿었고 한인 명문가의 자손이자 천사도의 수장이었던 구겸지를 사사하게 됩니다. 최호의 협조 아래 태무제에게 중용된 구겸지는 국사國師의 지위에 올랐고 국정의 자문에도 참여합니다.

태무제의 지원 아래 천사도는 크게 성행하여 수도 경성에 대규모의 도량이 건설되기에 이릅니다. 이 도량은 5층의 단을 쌓았고 도사 120명이 거주하며 기도할 수 있는 규모였습니다. 매일 6시면 예배를 드렸으며 달마다 날을 정해 수천 명 분의 음식을 마련해 사람들에게 대접했습니다. 이전 오두미도에서는 신도들에게 쌀을 걷어 경제적 기반을 마련했지만 이때에는 국가의 지원으로 그럴 필요도 없었습니다. 상층 도사들의 생활은 안정되어 있었고 종교활동은 국가 재력에 의해 유지될 수 있었죠.

천사도의 천사로서 구겸지가 했던 가장 중요한 업적은 불교의 조직 운영 방식을 차용해 교리를 체계화한 것입니다. 도관의 등급을 정하고 경을 외우고 계율을 지키며 때에 맞추어 예배를 올리도록 했습니다. 민간의 신도들은 자신이 거처하는 곳에 제단과 사당을 지어 아침저녁으로 예배하고 학습할 수 있도록 했습니다.

이후 당나라와 송나라에서도 국가차원의 도교 숭배가 이어졌습니다. 특히 당나라에서는 노자를 신봉했는데 당의 황실은 노자의 성을 이씨李氏로, 이름을 이耳로 확정하면서 그를 동성 시조로 추존했습니다. 자신들은 태상노군의 후예로 그 내력이 평범하지 않음을 주장해 황족을 신격화시키는데 노력했던 것이지요. 당나라에서 불교도 발전했지만 이는 민중의 종교였고 황족들에게는 도교가 더 중요했던 겁니다. 특히 현종은 도교를 매우 숭상하였기 때문에 그의 치세에 가장 융성한 발전을 이룰 수 있었습니다. 태상노군 사당을 전국에 설치했고 존호를 추가했습니다. 현종은 자신이 직접 도덕경을 주석하고 반포하여 천하 백성이 모두 학습하도록 장려 하기도 했습니다.

송나라에서는 진종과 휘종이 특히 도교를 존숭하였는데 이때부터 옥황상제가 최고의 신으로 등극했죠. 원래 옥황대제는 도교 천신의 하나였는데 전통적 천신인 호천상제와 합쳐져 옥황상제가 되었답니다. 이전까지는 원시천존이 최고의 신이었는데, 이때부터 옥황상제로 바뀌게 됩니다.

도교의 주요 신

　　도교는 중국의 전통적인 샤머니즘에서 출발해 이론화를 거치고 신
선사상을 받아들였기 때문에 신앙의 대상이 아주 많습니다. 특히 다양
한 출신을 가진 신들이 많은데, 하늘에서 세상을 다스리는 존재(삼청신
등), 자연신(용왕, 동악대제), 사상.철학적 지도자(노자 등), 전설적 영웅(관
우, 제갈공명 등), 영원히 죽지 않는 삶을 얻은 신선(동방삭 등)이 있습니
다.[40] 우리가 좋아하는 소설의 주인공 손오공도 신으로 추앙 받으니 재
미있죠?

　　그 중에서 잘 알려진 몇몇 신에 대해서 소개해 볼까 합니다. 먼저 삼
청신입니다. 중국 도교사원에서 가장 많이 볼 수 있는 건 3청신을 모
신 그림이나 동상입니다. 가운데 옥청 원시천존이 있고 좌측에 태청 도
덕천존, 우측에 상청 영보천존이 모셔져 있습니다. 이들 삼청은 삼천
경이라는 곳에 사는데 각각 옥청, 태청, 상청에 산다고 해서 이런 이름

도교사원에 모셔져 있는 3청신

이 붙여졌습니다. 서울의 삼청동도 이곳에 삼청정이 있었기에 붙여졌다고도 하구요. 또 물이 맑아서 그렇다는 설과 함께 이야기 됩니다. 어떤게 맞을까요? 우리나라에도 도교문화가 많이 있었다는 증거가 될 수 있을 겁니다.

원시천존 : 도교 교리에 따르면 천상세계는 36층으로 나누어져 있다고 합니다. 그 중에서 가장 높은 곳에 원시천존이 살고 있는데, 이는 고대 신화의 반고였습니다. 세상을 창조한 반고 즉, 원시천왕은 태원옥녀와 결혼해서 천황天皇(천상계의 황제)을 낳고 천황은 지황地皇(지상계의 황제)을 낳고, 지황은 인황人皇(인간계의 황제)을 낳았다고 합니다. 따라서 이 반고지인(원시천왕)이야말로 세상의 모든 것을 창조한 도교의 최고신 '원시천존'일 수밖에 없습니다.

영보천존 : 우주의 시작인 혼돈을 상징하는 신입니다. 혼돈 상태야 말로 모든 사물이 태어나는 근본이라 여긴 까닭에 이런 추상적 의미로 설정되었습니다. 우주가 생성될 즈음 태극의 두 기운이 태동하는 '두 가 닥의 새벽정기'가 형상화 되었답니다. 그는 도에 정통해 세상 사람들을 교화하는 데 많은 힘을 쏟는 존재입니다. 대체로 양손에 우주의 원리인 태극을 상징하는 음양경을 가지고 있는 모습으로 그려집니다.

태상노군 : 주나라 사람으로 알려진 실제인물 노자가 추종된 천신 입니다. 그가 썼다고 알려져 있는 『노자』가 도교의 가장 중요한 경전이 되었기 때문에 천신으로 모셔진 이유입니다. 갈홍이 쓴 「신선전」에 의 하면 원래 노자는 인간이 아니었다고 합니다. 신장이 약 3미터에 몸은 황색이고 코는 새의 부리와 비슷하며 눈썹의 길이는 17센티, 귀가 23센 티미터나 되었다고 하죠. 역사적으로 실제 인물이었는지 아닌지는 정 확하지 않지만 도교에서는 아주 큰 역할을 하고 있는 셈입니다.

옥황상제 : 다른 종교와 비교하여 도교가 가진 특징 중 하나는 최고 신의 위치가 절대적이지 않다는 점입니다. 때로는 그 지위가 바뀌기도 하는데, 5세기경에는 태상노군(노자)이 최고신이었다가 6세기에는 원 시천존이 최고신이 되었습니다. 그러다가 옥황상제가 등장하는 11세기 에는 송나라 진종에 의해 최고신으로 떠받들어 졌습니다. 그 이후 민중 들이 즐겨 읽었던 『서유기』 등 여러 소설과 다양한 설화에 옥황상제가 천상을 지배하는 최고신으로 등장했습니다. 오늘날에도 도사는 원시천 존을, 민중들은 옥황상제를 최고신으로 여깁니다.

옥황상제가 민중들에게 사랑받는 가장 큰 이유는 그가 가진 역할 때문입니다. 옥황상제에게는 그를 떠받드는 조왕신이 있는데, 이는 각 가정의 부뚜막에 살고 있는 신입니다. 이 신은 부뚜막에 살면서 일 년 동안 식구들의 생활을 자세히 관찰했다가 연말이 되면 하늘에 올라가 옥황상제에게 보고하는 역할을 가졌습니다. 이 보고서를 받은 옥황상제는 그 내용에 의거하여 선행이 많으면 이듬해에 행운을 주고 악행이 많으면 벌을 내립니다. 이걸 '공과격'이라고 하는데 이 결과는 개인의 수명에 직접적 영향을 미칩니다. 그러니 사람들이 옥황상제를 높이고 따를 수 밖에 없었던 겁니다.

공과격[41)

공격(攻格) = 플러스	점수	과율(過律) = 마이너스	점수
부모님의 이름을 드높였다.	50점	부모님을 노하게 했거나 윗사람을 조롱했다.	10점
1년 간 쇠고기와 개고기를 먹지 않았다.	5점	다른 사람을 위협했다.	3점
1년 간 동물을 죽이지 않았다.	20점	독약을 만들었거나 사람을 죽였다.	100점
친구를 위기에서 구했거나 형제에게 선행을 권했다.	100점	종업원을 학대했다.	30점
선배를 존경하고 좋은 친구를 사귀었다.	1점		

이 공과격 점수가 중요한 이유는 이를 높이 쌓으면 신선이 될 수 있다고 했기 때문입니다. 300번 선을 쌓으면 지선(하급 신선), 1,200번 쌓으면 천선(상급 신선)이 될 수 있으며 1만 번을 쌓으면 옥황상제가 된다고 했습니다. 결국 옥황상제도 원래는 인간이었는데 1만 번의 선행

을 쌓아서 되었다는 이야기죠? 하지만 여기서 조심할 점도 있는데요. 단 한 번의 악행(살생, 음주, 살인 등)을 하면 그동안 쌓은 선행이 물거품이 된다고 합니다.

서왕모 : 옥황상제를 다른 이름으로 동왕공이라고 하는데요. 이와 상대되는 개념으로 여성격인 서왕모가 있습니다. 절세미녀의 모습으로 그려지기도 하고 『산해경』에는 표범의 꼬리와 호랑이의 이빨을 가진 맹수의 모습을 하기도 했습니다. 서쪽의 성스러운 곤륜산에 거처하고 있는데 신선들에게 영향력이 매우 큽니다. 신선들은 반드시 아침저녁으로 문안인사를 드려야하는데, 그녀가 신선이 되는 방법 중 하나인 장생을 담당하는 반도(3,000년에 한번 열린다는 신선한 복숭아)의 소유자이기 때문입니다. 서왕모와 인연이 있는 사람이 바로 한무제와 당시 관리였던 동방삭이었습니다. 한무제가 불로장생을 위해 사당을 짓고 제사를 드리자 서왕모가 내려와 선도칠과仙桃七果을 주었고, 무제가 씨앗을 숨기려 했답니다. 그러자 서왕모가 이렇게 말했습니다.

"그 열매는 3,000년이 지나야 열매를 맺으니 그걸 심어봤자 의미 없다오. 당신 생애에는 따먹을 수 없으니 말이오." 그러면서 옆에 있던 동방삭을 보고서 "저자가 내 궁전에 와서 몇 차례나 복숭아를 훔쳐갔노라."라고 말했답니다. 그래서 동방삭이 삼천갑자(60x3,000=180,000년)를 사는 신선이라는 신화가 생긴 것이죠.

용왕 : 상상속의 동물이지만 용만큼 전 지구상에 다양하게 숭배되는 동물도 드물 것입니다. 한자 '용龍'은 일찍이 갑골문에서 발견될 만큼 오래되었는데 뿔과 큰 입, 수염을 지닌 머리와 뱀을 닮은 긴 몸의 형

상을 갖고 있습니다. 영어의 '드래곤dragon' 이나 라틴어 '드라코draco' 는 그리스어 '드라콘δρακων' 에서 비롯되었죠. 중국에서 용은 농사에 도움이 되는 구름을 일으키고 비를 내리는 상서로운 존재입니다. 주로 물과 관련 있는 역할을 하는데 우리나라에서는 바람과 구름의 조화를 다스리는 수신·해신의 존재로 여겨졌습니다. 지중해 지역과 유럽 신화에서 용은 동아시아와는 달리 물과 관련 있는 역할이 주어진 게 아니라 인간 세계와 대립되는 죽음의 세계를 지배하는 존재로 인식되었죠. 그래서 뱀의 형상을 닮은 히드라Hydra나 키마이라Khimaera와 같은 괴물의 존재가 신화 속에서 나타나기도 했습니다.

도교에서 용은 용왕의 형태로 숭배되는데 물을 관장하는 수신이자 해저 세계를 다스리는 바다의 신으로 숭배되었습니다. 농경지역에서는 우물을 지배하는 용신이 있다고 해서 용왕굿이나 용신제를 지냈습니다. 물이 풍부한 연못이나 우물은 용못(龍沼)이나 용우물(龍井)이라고 부르기도 했구요. 또 바다의 신이었으므로 어민이나 뱃사람들에게도 용궁에 사는 용왕은 중요한 존재가 되었겠죠. 그래서 어민들에게는 특히 중요한 자연신으로 숭배되어 마을마다 정기적으로 안전과 풍어를 기원하며 용왕제를 지냈다고 합니다. 만약 난파하는 배가 생기면 용왕의 노여움을 샀기 때문이라고 여겼습니다. 음양오행설에서 흔히 '좌청룡'이라고 부르는데 동쪽의 색깔이 청색이므로 이렇게 부르는 관습이 생겼다고 하네요.

그런데 이렇게 인간들에게 숭배 받는 존재이지만 『서유기』에서는 손오공에게 보물을 빼앗기는 존재로 나옵니다. 여기에 나오는 용왕은 4형제인데 동해용왕 오광에게서는 여의봉을, 남해용왕 오흠에게서는 봉황 깃털로 장식한 보랏빛 금관을, 북해용왕 오순에게는 연꽃 실로 짠

신발을, 서해용왕 오윤에게서는 황금 쇠사슬로 만든 갑옷을 빼앗았답니다. 삼장법사를 만나기 전 손오공은 세상에 두려울 것 없는 존재였나 봅니다. 사해 용왕들이 모두 그의 밥이었으니 말이지요.

동악대제 : 중국인들은 고대로부터 산을 신성한 존재라고 여겨왔습니다. 신들이 산 위에 사는 존재들이라는 것을 믿고 있었기 때문이죠. 사람이 도를 닦으면 될 수 있다는 '신선'이라는 존재도 선仙은 인人과 산山을 합성한 문자라는 것을 알 수 있죠. 그래서 추상적인 존재인 천상의 신뿐만 아니라 자연 그 자체도 신이 되었는데, 그 대표적 존재가 바로 태산泰山의 다른 말인 동악대제죠.

중국 도교에서는 예로부터 신성시하며 제사를 지내는 오악五嶽이 있습니다. 전국시대 이후 오행사상의 영향으로 생긴 것이지요. 하남성의

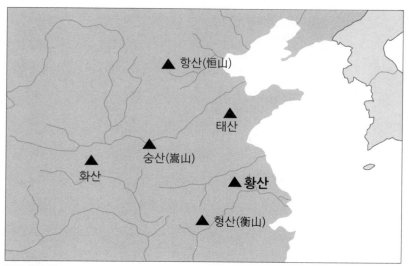

중국의 오악

숭산嵩山을 중심으로 동쪽 산동성의 태산泰山, 서쪽 섬서성의 화산華山, 남쪽 호남성의 형산衡山, 북쪽 하북성의 항산恒山이 그 주인공입니다. 그 중에서 전통적으로 가장 중시하는 산이 바로 태산인데 다른 말로 동악대제라고도 하죠. 산이 황제를 넘어 신의 반열에 오른 셈입니다. 예로부터 태산은 천신이 내려와 사자의 영혼이 모여 드는 명부가 있는 영산이라고 여겨졌습니다. 그래서 진시황을 비롯한 역대 황제들은 이 곳에 올라 하늘에 제사를 드리는 관습을 지켜왔죠. 도교가 성립된 후 이곳에는 동악묘가 세워졌고 탄생일이라는 3월 28일에는 성대한 제사를 지낸다고 합니다. 하나의 산도 신으로 추앙하는 도교는 알면 알수록 흥미롭고 재미있습니다.

소림사와 쿵푸팬더

무술수련으로 유명한 소림사(少林寺)는 오악 중 중악이라 불리는 하남성 숭산에 있다. 호북성(湖北省, 후베이성) 무당산과 함께 무협소설의 성지로 자주 등장하고 중요하게 다뤄진다. 오늘날 이곳에는 무술학교가 있어 많은 학생과 승려들이 무술을 연마하고 있는데, 중국인 특유의 비즈니스 감각으로 사업화의 노력을 기울이고 있기도 하다. 특히 소림사 자체를 브랜드화하여 많은 돈을 벌고 있다고 한다. 불교 사찰인 소림사가 무술로 유명한 이유는 무엇일까?

원래 이 절은 495년 무렵 북위 효문제에 의해 창건되었는데 인도 고승 발타를 존경하여 그를 위해 지었다. 또 선종의 창시자인 달마대사가 이 절에서 수련했다고도 전해진다. 불교는 중국에 들어와 고유 신앙과 접목하면서 중국식 종파인 선종이 탄생했는데 경전을 중심으로 하는 교종과 비교하면 참선과 수행을 중심으로 하는게 특징이다. 그 수행의 방법으로 무술이 중시되고 있는 것이다.

이 절에서 무술이 성행하게 된 것은 이곳 승려들이 당나라 초기 이세민(훗날의 당태종)을 도와 왕세충을 토벌하는데 혁혁한 공을 세웠기 때문이다. 후일 당태종은 승려들을 승병으로 양성할 수 있도록 허락했고, 이로써 소림 무술의 명성은 세상에 널리 퍼지게 되었다. 명나라 때에도 숭산 소림사의 무술 승려들은 여러 전쟁에 참여하였기에 국가의 보호하에 무술 양식을 정립할 수 있었다. 덕분에 소림 무술의 전통을 이어갈 수 있었던 것이다.

소림사의 무술은 이 절이 위치해 있는 숭산과 관련이 깊다. 이곳은 도교에서 신으로 모시는 5대 산중에서 중악으로 모시는 곳이다. 이곳은 중국 전통의 수도였던 낙양 부근에 있기에 고대로부터 30여 명의 황제와 150여명의 저명한 문인들이 이곳에 올랐고, 신선이 모여 산다는 신령한 땅으로 여겨졌다. 시황제는 이곳에 중악묘를 지었고 한무제도 봉선(奉禪, 제사)을 올리기 위해 올랐다. 당나라 무측천은 이곳에서 봉선을 하면서 중악을 신악(神嶽)이라 부르기도 했는데, 북송 이후 중악 숭산이라는 이름으로 이어지고 있다.

따라서 소림사는 불교사찰이지만 도교와의 혼합적 성격을 갖고 있는데 승려들의 수행방법으로 무술을 선택했다고 볼 수 있다. 즉 양생(養生)을 위해 생명을 보존하고 체질을 증강하며 질병을 예방하는 방법으로서의 무술이다. 중국 무술은 싸움의 수단이 아니라 양생을 위해 몸을 건강하게 유지하는 수련의 방법으로 발전되어왔다. 최근 격투기와 중국 무술의 대결이 가끔 화제에 오르는데, 대부분 무술인들의 패배로 귀결된다. 이는 수련방법으로서의 무술과 싸움 수단으로서의 격투기가 다르기 때문이다.

미국 헐리우드에서 제작된 애니메이션 영화 〈쿵푸팬더〉는 자이언트 팬더(Panda) 포가 쿵푸를 힘겹게 배우고 새로운 적들과 싸우는 과정을 그렸다. 팬더라는 중국 상징 동물과 쿵푸라는 무술을 결합한 영화다. 무협소설의 기본 줄거리인 무술을 익히고 중원에 들어가 원수를 갚는다는 이야기와 같은 흐름을 따르고 있다. 흔히 중국 무술을 쿵푸로 부르지만 원래 쿵푸는 무술(武術)을 뜻하는 '우슈'와 같은 말이다. 홍콩과 대만에서는 쿵푸로 중국 본토에서는 우슈라 부른다. 오늘날 우슈는 우리나라의 태권도나 일본의 유도처럼 정식 스포츠가 되었다.

도교와 연결되는 중국 문화

중국의 전통 명절

이제 중국의 전통명절에 대해 알아보려 하는데요, 여기서도 도교문화의 흔적을 발견할 수 있는데요. 풍부한 스토리텔링의 나라 중국답게 명절 하나에도 옛 이야기가 숨어 있습니다. 중국 전통 명절 중에서 가장 중요한 3개를 말한다면 춘절, 단오절 그리고 중추절입니다. 전통명절은 음력을 기준으로 하기에 춘절은 음력 1월 1일, 단오절은 5월 5일, 중추절은 8월 15일입니다. 한반도에서는 이름은 다르지만 춘절과 중추절을 전통명절로 하고 있죠? 그런데 춘절은 북방에서 시작되어 남방으로 전해진 듯한 느낌을 갖게 됩니다. 오곡이 들어 있는 납팔죽을 먹는 것이나 조왕신에게 제사지내는 것 등을 보면 잡곡이 많이 나고 날씨가 추운 북방지역 풍습처럼 여겨지기 때문이죠. 특이한 점은 춘절이 1월 1일이라고 해서 그날만 기념하는 게 아니라 년말부터 시작해서 한 달

가량 춘절기간이 됩니다.

　　춘절의 시작은 음력 12월 8일에 먹는 납팔죽을 먹습니다. 우리나라에서 동짓날에 팥죽을 먹는 것과 비슷하죠? 납팔죽은 중국 사람들이 겨울에 주로 먹는 전통음식으로 알곡, 두류, 견과류 등을 넣어 만듭니다. 주로 북쪽지역에서 산출되는 과일과 곡물들인데 풍성한 수확을 상징합니다. 12월 23일이 되면 조왕신(조신竈神=조왕竈王)에게 제사 지냅니다. 조왕은 집집마다 있는 부엌을 담당하고 있다는 신입니다. 조왕신은 전래의 가택신 신앙에서 비롯된 여러 가신 중 하나죠. 가택신은 가족의 번창을 돕고 여러 액운으로부터 가족을 보호하는 역할을 합니다. 가신 중에서 대표적인 것은 성주신, 삼신, 조왕신이 있습니다.

　　성주신은 집안의 평안과 부귀를 관장하는 최고의 가택신이고 삼신은 육아를 관장합니다. 조왕신은 삼신과 함께 육아의 기능이 있으며 본질적으로 화신이기 때문에 부엌의 존재가 되었고, 그래서 부녀자들의 전유물이었습니다. 부인들은 아궁이에 불을 때면서 나쁜 말을 하지 않았고, 부뚜막에 걸쳐 앉거나 발을 디디는 것이 금기사항이었습니다. 조왕신이 살고 있으니 항상 깨끗하게 유지해야 했습니다. 중국의 이런 풍습은 우리나라에도 전해져 성주신을 모시면서 조왕신에게도 지성을 드렸습니다.

　　12월 30일이 되면 연말 밤에 먹는 연아반을 먹고 자정까지 놀다가 폭죽놀이를 시작합니다. 중국인의 폭죽 사랑은 아주 유명합니다. 때로는 화재가 나기도 하고 도가 지나쳐 환경오염 수준까지 이르렀답니다. 이게 너무 과도하게 흐르자 최근 대도시 지역에서는 폭죽놀이가 금지되었다고 하는데, 아마도 시골에서는 여전히 폭죽이 사용되는 것으로 보입니다. 1월 1일 아침이 되면 차례를 지내고 세배를 합니다. 중국에서도 세뱃돈을 자녀들에게 주는데 이때에는 반드시 빨간 봉투에 담아 주어야 합니다. 그래야 아프지 않고 건강하게 지낼 수 있다는 의미랍니다.

두 번째로 다룰 중국 명절은 단오입니다. 단오는 그 역할이나 계절로 보아 남방지역 전통 문화였던 것이 틀림없습니다. 단오절은 음력 5월 5일인데 더위가 본격적으로 시작되는 계절이죠. 단오를 지내는 이유는 덥고 습한 날씨로 인해 퍼지기 시작하는 각종 질병을 예방하려는 액막이의 성격이 짙습니다. 단오에는 사람들이 모여 배를 타고 경주를 벌이는 용선경기를 하고 종자(대나무밥)를 먹는 풍습이 있습니다.

여기에는 역사적 유래가 있는데요. 전국시대 초나라 명사였던 굴원屈原의 이야기로부터 출발합니다. 굴원은 『초사楚辭』를 쓴 작가로 유명한데 혼란했던 전국시대에 불우했던 자신의 신세를 주옥같은 언어로 표현했습니다. 그의 작품들을 후세사람들은 초사라고 불렀습니다. 굴원은 귀족이자 정치가였는데 초나라에 닥치는 위기를 보고 쓴 소리를 마다하지 않았습니다. 이대로 가면 나라가 망할 것이라며 고했지만 왕은 말을 듣지 않았고, 멀고 먼 강남지역에 유배를 보냈습니다. 유배지에서 나라를 걱정하며 시간을 보내는 사이 이웃 강대국 진나라가 초의 수도 영에 침입해 점령했습니다. 이 소식을 들은 굴원은 멱라강에 몸을 던졌답니다. 이날이 바로 기원전 278년 음력 5월 5일이며, 그의 우국충정을 기리는 날이 된 것입니다.

굴원이 강에 투신했다는 소식을 들은 백성들은 애통해 하며 급히 배를 내어 굴원의 시신을 찾아 나섰습니다. 그리고 멱라강가에 다다르자 굴원을 찾는 한편 물고기들이 시체를 해치지 못하도록 음식물을 강물에 던졌답니다. 이후 사람들은 굴원에 대한 애도의 표시로 제사를 지내면서 강에 배를 띄우고, 대나무통에 찹쌀을 넣어 강에 던지게 되었습니다. 이것이 바로 단오날 즐겨먹는 대나무밥이 되었습니다.

요즘 종자는 찹쌀 속에 대추, 땅콩, 고기 등을 넣고 대나무 잎이나 갈잎으로 싼 후 쪄서 만드는데 미식가들의 입맛을 자극하고 있다고 합니다. 사람들이 배를 타고 달려갔던 용선경기는 개인의 체력을 증진하고 집단의 결속력을 강화시키는 행사로 발전해 중요한 수상스포츠로 성장했습니다. 오늘날 물과 관련 있는 남방지역 즉, 상해나 홍콩 등지에서 국제 용선 경기가 자주 개최되죠.

중국의 명절 세 번째는 중추절인데 우리의 추석에 해당하죠. 중추절은 가을이 오는 7,8,9월의 중간에 있는 명절이라는 의미입니다. 중추절은 달과 관련이 높은데 농업사회인 중국에서는 오곡이 풍성한 것은 월신月神이 부드러운 달빛으로 변해 인간 세계에 복을 내린 때문이라고 했습니다. 그래서 가장 밝고 크고 둥근 8월의 보름달을 향해 감사의 제사를 드렸던 것이죠. 달에게 제사를 드리는 것을 배월拜月이라고 하는데, 보름달이 환한 마당이나 누각 등에서 향로, 초, 월병, 과일 등을 간단히 차려놓고 절을 합니다. 우리와 다른 점이 있다면 여자들이 제사를 주관한다는 점입니다. 특히 이때 월신 항아姮娥에게 제사를 지내는데, 재미있는 이야기가 전해집니다.

"옛날 옥황상제 아들들의 장난으로 하늘에 열 개의 태양이 떠올랐다. 때문에 강은 마르고 땅은 불타 들어가 사람들이 살 수 없는 지경에 이르렀다. 보다 못한 옥황상제가 예(羿)를 보내 아들들의 장난을 멈추게 했다. 하지만 옥황상제의 아들들은 막무가내였고 말을 듣지 않았다. 화가 난 예가 명사수의 솜씨를 발휘하여 아홉 개의 태양을 쏘아 하늘에서 떨어뜨렸다. 그나마 하나의 태양이라도 남게 된 것은 그의 부인인 항아와 땅위의 사람들이 애걸하였기 때문이다.

　이 소식을 들은 옥황상제는 대노하였다. 장난을 멈추게 하라 하였는데 아들 아홉을 죽인 꼴이 되었기 때문이다. 그 벌로 예와 항아는 인간 세상으로 보내졌다. 이를 동정한 서왕모(西王母)가 예에게 하늘나라로 돌아갈 수 있는 약을 건네 주었다. 그런데 어느 날 밤 항아가 혼자 몰래 그것을 먹어 버렸다. 혼자서 하늘나라로 올라가던 항아는 남편을 속인 죄로 비웃음을 받을까 두려워 달로 달아났다. 그리고는 거기에 광한궁(廣寒宮)을 짓고 월신이 되었다고 한다."42)

　월신 항아가 달로 달아난 날이 중추절이어서, 이 날 달을 향해 제사를 지내는 풍속이 생겨났다고 전해집니다. 옥황상제, 서왕모가 등장하는 전형적인 도교 이야기죠? 달을 여신으로 모시는 중국인들의 문화가 느껴집니다.

　또 집집마다 월병을 먹는데요. 여기에도 유래가 있습니다. 원나라 말 한족들이 나라를 전복시키려고 일을 꾸몄는데 거사일를 전할 방법이 없었답니다. 그래서 전염병이 돈다는 소문을 퍼뜨리고 중추절에 월병을 먹으면 화를 피할 수 있다고 알렸습니다. 월병을 산 사람들이 그 속에 적힌 '중추절 밤에 거사한다. 뜻 있는 자는 일어서라'는 내용을 발견하고는 힘을 모아 원나라를 몰아냈다는 이야기입니다. 누군가 지어 낸 이야기인 듯 하지만 월병을 먹게된 계기를 잘 설명해 줍니다.

월병.(출처 바이두)

춘절, 단오, 중추절은 한반도에서도 동일하게 지키는 명절입니다. 춘절은 우리의 설날에 해당하고 단오와 중추절은 이름을 동일하게 씁니다. 비록 우리네가 설날에 놀이를 즐기고, 단오에는 청포물에 머리를 감고, 중추절에는 송편을 먹지만 비슷한 풍속을 지닌 건 분명합니다. 다만 중추절은 한반도의 계절과 잘 맞지 않습니다. 중추절은 그 이름을 보면 가을의 중간이어야 하는데 곡식이 여물지 않습니다. 중추절이 서양의 추수감사절과 같은 성격을 갖기에는 무리가 있지요. 단오와 중추절은 중국 남방지역, 특히 호남성과 호북성 등 장강 중류지역에서 유래했기 때문이 아닐까 싶습니다. 한반도에서도 중추절은 신라의 명절이었다고 합니다. 한반도 동남쪽에 치우쳐 있던 신라의 명절이 우리나라 전체에 퍼진 건 그들이 패권을 잡았기 때문이지요. 그런데 신라에서는 어떤 과정을 거쳐 중추절을 받아들이게 되었을까요?

제10강

문학_ 시대의 소명에 답하다

인문학과 시의 세계

중국 정치인과 문담

중국의 정치와 경제계 등을 주름잡는 지도자들의 인문 수준은 다른 나라 사람들을 압도합니다. 그 장대한 역사속에 있었던 이야기들을 제대로 알지 못하면 지도자의 반열에 절대 오를 수 없습니다. 모택동이 역사학에 상당한 조예가 있었다는 것은 잘 알려진 사실이구요. 공산당의 특징인 끝없는 토론과정 속에서 그가 갖춘 인문 경륜은 드러나기 마련인데, 모택동의 후계자들은 충분한 자격을 갖추고 있다고 봐야 할 겁니다. 그 어마어마한 경쟁을 뚫고 최고 지도자에 올라선 인물들이라면 더욱 그렇습니다.

그러다 보니 현대 정치가들은 연설할 때 고사나 한시를 인용하여 주장을 펼치기를 즐겨하죠. 이때 중국의 시성이라 불리는 이백이나 두보 또는 굴원 등이 가장 많이 사랑 받는 시인들입니다. 중국 정치인들이 시를 활용하는 수준은 그저 시를 좋아하는 정도가 아닙니다. 발언해야 할 상황과 적합한 것을 적절하게 고르고 상대방 국가와의 외교관계까지 고려하는 수준입니다.

서울에서 열린 '2015 중국 방문의 해' 개막식에 국가주석 시진핑이 축하 메시지를 보낸 일이 있었습니다. 여기서 그는 통일신라시대 학자 최치원의 시를 인용했다고 관영 신화통신이 보도해서 화제가 되었습니다. 시 주석은 축사에서 중 · 한의 문화 교류는 유구한 역사를 갖고 있다면서 최치원의 시를 이렇게 인용하고 있습니다.

"최치원은 '동쪽 나라에 있는 화개동은 호리병 속의 별천지다.(東國花開洞, 壺中別有天)'라고 말했다."

'화개동'은 지리산 칠불사 · 쌍계사 계곡 일대를 가리키는데 이곳에 흐르는 물은 화개장터를 거쳐 섬진강으로 흘러듭니다. 시 주석이 말하는 의미는 한반도가 멋진 곳이기에 가볼만한 곳이라는 칭찬이죠. 실제 이 연설문이 알려지자 경남 하동군에는 수많은 중국 관광객이 다녀가는 명소가 되었다고 합니다.

그런데 시 주석이 최치원을 한 · 중 교류의 상징으로 언급한 것은 이번이 처음이 아니었습니다. 2013년 6월 중국을 방문한 박근혜 대통령과의 정상회담 때에는 최치원의 시 「범해泛海」를 인용했고 2014년 7월 있었던 서울대 특강에서는 최치원을 한 · 중 관계를 상징하는 인물로 거론하기도 했죠. 시를 정치외교에 사용하는 건 시진핑 주석뿐만이 아닙니다. 2006년 4월 후진타오 전 주석이 미국을 방문하여 백악관에서 만찬을 진행했는데, 행사 사회자가 그를 대만 총통으로 소개했고 부시

대통령은 소매를 잡아 끄는 결례를 범하기도 하는 등 논란이 많았습니다. 이날 오후 후진타오는 부시 대통령이 주최한 오찬에서 자신이 받은 치욕을 멋진 시 한편을 읊음으로써 상대에게 펀치를 날렸습니다. 바로 두보의 시 「망악望嶽」의 한 구절이었죠.

會當凌絶頂(회당능절정)　반드시 정상에 올라
一覽衆山小(일람중산소)　더 낮은 산들을 둘러보리라.

이 의미심장한 구절은 공식 행사에서 자신에게 치욕을 안긴 미국에게 우회적으로 불만을 표시한 것으로 받아들여졌습니다. 또 중국 외교부 추이톈카이 부부장은 지난 2010년 천안함 사건 당시 한국정부가 보낸 특사 천영우 당시 외교통상부 2차관에게 다음과 같은 글귀를 액자에 담아 선물로 주기도 했습니다. 바로 북송 때 명문장가 소동파의 유후론 한 구절입니다.

"천하에 큰 용기를 가진 자는 갑자기 큰일을 당해도 놀라지 않으며 이유없이 당해도 노하지 않는다. 이는 그 품은 바가 심히 크고 그 뜻이 원대하기 때문이다.(天下有大勇者, 猝然臨之而不驚, 無故加之而不怒, 此其所挾持者甚大, 而其志甚遠也)"

물론 정치인이 한시를 이렇게 자유자재로 읊을 수 있다고 해서 그 혼자 한 것이라고 볼 수는 없습니다. 영국의 처칠 전 수상은 연설할 때 적절하게 위트를 잘 섞어 말하기로 유명했죠. 그런데 처칠과 같은 정치 지도자들에게는 연설을 도와주는 비서관이 반드시 존재했습니다. 꼭 필요한 내용을 꼭 필요한 곳에서 연설하기 위해서는 공식 비서관이 좋은 글로써 리더를 돕는 게 당연합니다. 마찬가지로 중국 정치가에게는 그를 돕는 문담文膽이라는 비공식 비서가 있습니다. 바로 지도자의 연설문 작성을 전담하는 참모를 부르는 이름이죠. 담膽은 쓸개를 말하는데 중국 지도자는 자신의 연설문을 작성하는 참모를 쓸개처럼 중요하게 여겨 문담이라고 부른 것입니다. 이 말에도 전해지는 유래가 있는데요. 바로 후한 때 고준과 황보문이란 사람의 고사입니다.

동한 초기 왕망 정권을 몰아내려고 전국에서 반란군이 일어났는데, 그중 한명인 장수 고준에게는 책사 황보문이 있었다. 당시 천하를 거의 다 평정하고 있던 광무제는 고준을 토벌하기 위해 장수 구순을 파견했다. 난공불락의 성채에 칩거한 고준은 싸움에 응하지 않은 채 협상을 위해 책사 황보문을 협상장에 보냈다. 하지만 구순은 황보문이 당당하게 나오자 협상에 응하지 않고 단칼에 살해 해버렸다. 그리고 "고준의 군사가 지나치게 무례해 참했으니 항복 아니면 죽음 뿐이다."고 고준에게 전했다. 이 소식을 들은 고준은 의외로 저항하지 않고 곧바로 투항했다.

난리가 평정된 후 광무제가 구순에게 강력하게 대처한 연유를 물었다. 그렇자 구순은 "황보문은 고준의 심복이자 책사입니다. 그가 강경하게 나옴은 항복할 마음이 없어서입니다. 만약 소신이 황보문을 죽이지 않았다면 고준의 책략이 성공했을 겁니다. 하지만 고준은 자신의 쓸개(膽·담)로 여기던 참모를 잃게 되자 곧바로 항복한 것입니다."라고 답했다.

참으로 다른 나라는 범접하기 어려운 중국식 유래가 아닐 수 없습니다. 현대 정치가에게도 기라성 같은 문담이 있습니다. 장개석에게는 문장가 천푸레이가 있었고 모택동에게는 정치비서 톈자잉이 있었다죠. 개혁개방의 설계가 등소평에게는 필명 황푸핑皇甫平이 있었습니다. 최근 유명한 문담 중 왕후닝은 장쩌민·후진타오·시진핑 3대를 이어서 활약하고 있습니다. 시진핑의 문담은 왕후닝에 그치지 않고 류허 중앙재경영도소조 주임과 리수레이 베이징 기율 검사위 서기도 담당하고 있습니다.

시의 탄생

중국 인문학을 공부하다 보면 그 광대함과 재미에 빠져듭니다. 삼국지, 초한지 같은 재미있는 소설도 읽어야 하고 사마천『사기』을 읽지 않고는 그 장대한 역사의 시작을 가늠하기 어렵습니다. 그런데 빼놓을 수 없는 또 한분야가 있으니 바로 시詩와 사詞입니다. 앞에서처럼 현대 중국 지도자들이 자신의 발언에서 시를 빼놓지 않는 이유도 있고, 대중 메시지에서도 시를 활용하는 경우가 흔해서입니다. 현대 중국인에게 시와 사는 그냥 삶의 일부처럼 여겨집니다.

흔히 당시송사唐詩宋詞라 해서 당나라 이전까지는 시가 유행했고 사는 송대에 흔해졌습니다. 한자로 기록하는 중국의 전통 시는 글자 수에 제한을 두어 운율을 맞추려했고, 송나라에 이르러 글자 수를 조금은 자유롭게 하도록 변했는데 그것을 사라고 부릅니다. 한국인에게 중국 시는 접근이 어려워 잘 알려지지 않았습니다. 한글로 번역을 해도 본래의 맛이 안 나기 때문입니다. 세계적인 여러 문학 작품들은 다른 문자로 번역되어 퍼져 나가지만 한시 만큼은 본래의 의미로 정확히 번역이 어렵다는 평가를 받습니다. 특히 한시의 단어들이 감추고 있는 의미가 너무 많아 번역할 때 주석을 달지 않으면 그 본래 의미를 이해하기 어렵습니다.

그렇다면 중국문학의 큰 줄기의 하나인 시의 출발점은 어디일까요? 중국문학의 역사는 『시경』에서 출발합니다. 공자는 14년간 천하를 주유한 후 노나라에 돌아와 역사서 『춘추』를 쓰고 중국 최초의 가요집 『시경』을 엮었다고 합니다. 공자는 고대로부터 민간에 유행하던 노래의 가사를 수집했고 311편을 『시경』에 담고 있죠. 예禮와 악樂을 군자가 반드시 해야 할 것으로 설파했던 공자이니 시에다 음을 붙여서 노래로 불렀지 않았을까요?

시경에 먼저 나오기에 가장 유명해진 이는 바로 「관저關雎」라는 시입니다. 관저는 물수리 라는 뜻입니다.

> 關關雎鳩 在河之洲 (관관저구 재하지주)
> 끼룩끼룩 물수리 강가에서 노닐고
> 窈窕淑女 君子好逑 (요조숙녀 군자호구)
> 아름다운 아가씨 군자마음 흔드는데
> 參差荇菜 左右流之 (참차행채 좌우류지)
> 들쑥날쑥 어리연꽃 이리저리 흐르고
> 窈窕淑女 悟寐求之 (요조숙녀 오매구지)

엄숙하게만 느껴지는 『시경』이라는 시집에 남녀 간의 사랑을 나누는 시가 첫 머리에 실려 있다니 놀랍습니다. 더구나 우리가 알고 있는 공자가 이런 사랑의 노래를 책에 실었다는게 우리의 기존 관념을 깹니다. 하지만 사람을 읊는 시중에 사랑노래만큼 좋은게 어디 있던가요? 민중들 사이에서는 이 시가(아니면 노래가) 널리 유행했음을 알 수 있습니다.

예전에 도올 김용옥 선생이 방송에서 했던 논어 강의를 듣는 중에 이 시가 소개된 적이 있었습니다. 마침 도올선생의 아내가 출연했는데 그녀는 최영애 교수로 연세대학교에서 중국학을 가르치던 분이었죠. 공자가 시경을 펴냈으니 후대 학자들이 시경에 실린 시들에 대해 주석을 달지 않았겠어요? 대체로 지금까지 시경에 나온 시에 대한 해석은 매우 엄숙해서 군자가 해야할 예禮 중심으로 해석되고 있습니다. 송나라 이후 학자들은 이 시를 연애시로 보지 않고 군자의 거룩한 행동 중 하나라고 설파했던 것이죠.

하지만 도올과 최영애 선생은 이 시를 남녀가 자유롭게 연애하던 이야기를 시로 읊은 것이라는 자유로운 해석이 필요하다고 강조하고 있었습니다. 우리가 역사를 배울 때 당시로 돌아가지 못하고 지금의 관점으로 그때를 평가하는 것과 다르지 않죠. 공자가 살았던 때는 송대와 조선처럼 엄숙한 선비들의 세상이 아니었습니다. 자유롭게 연애할 수 있고 그를 시로, 노래로 남길 수 있었습니다. 아마도 이 시 「관저」는 시가 아니라 노래였을 것입니다. 음악의 명인이었던 공자는 거문고나 비파 등 당시 악기를 뜯으며 이 노래를 불렀을 것입니다. 요즘 관점

으로 보면 조금 체통이 떨어져 보이기는 하지만 훨씬 편안하고 자연스
럽지 않은가요?

시성 굴원

중국 문학계의 시작을 다룰 때 초나라 정치가이자 문인이었던 굴
원屈原을 빼놓을 수 없습니다. 그에 관한 기본 자료인 『사기』에는 그의
생몰연대가 정확히 기록되어 있지 않은데요. 사마천은 그의 흔적을 찾
아 초나라 옛땅으로 여행을 떠날 만큼 좋아하는 인물이었습니다. 후대
인 중에도 그를 추앙하는 사람이 아주 많아 중국 문학의 시조로 모셔지
고 있을 정도이지요. 특히 초나라가 있던 장강 중류지역의 민중들에게
는 신적 존재가 되었는데요. 초나라 수도가 진나라에 의해 함락되었다
는 소식을 듣고 굴원이 멱라수에 투신한 날이 음력 5월 5일인데, 이 날
이 단오절이 되었습니다. 때문에 이날은 중국에서 문학의 날로 지정되
었기도 합니다.

굴원은 초나라의 왕족이었으며 젊어서부터 학식이 뛰어나 초 회왕
의 신임을 받았고 26세에 내정과 외교를 담당하는 관리가 되었습니다.
하지만 여러 법령을 입안하는 과정에서 궁정의 정적들과 충돌하여 국
왕 곁에서 멀어지기도 했습니다. 이때 수도에서 먼 지방으로 유배되어

굴원(屈原, BC340~BC278)
하남 사람. 시인이자 정치가로 낭만주의 시가의 기초를 다짐.
저서로 『이소(離騷)』가 있음.

만들어진 시가 바로 「이소離騷」인데 중국 문학 사상 가장 오래된 장편 서정시입니다.

> 아! 저 신하의 무리들 안락만 추구하니
> 가는 길은 험하고 좁고 어둡네.
> 어찌 내 자신의 재앙을 겁내리오.
> 임금의 수레 무너져 엎어질까 두렵구나.

굴원이 살던 전국시대 말기는 최고의 격동기였습니다. 주나라는 이미 멸망해 사라졌고 제齊, 초楚, 연燕, 조趙, 한韓, 위魏, 진秦의 전국칠웅戰國七雄이 각축을 벌이고 있었습니다. 그중 초나라는 남방의 넓은 영토와 풍부한 자원, 아름다운 자연환경 속에서 높은 문화수준을 갖고 있었죠. 그러나 관중평원에 자리 잡은 진나라가 개혁을 통해 대국으로 성장하고 있는 와중에도 초나라는 여전히 봉건제도를 유지하고 있었습니다. 귀족들은 자신들의 기득권을 지키기 위해 왕을 견제했기 때문에 왕권은 미약했습니다.

이런 상황에 서쪽 강대국 진나라는 점차 외부에 영향력을 확장시키고 있었는데, 이를 견제할 방법이 없었습니다. 이때 굴원은 동쪽 강국 제나라와의 긴밀한 관계유지를 통해 국력을 유지하자는 제안을 냅니다. 당시 용어로 말하자면 합종책을 제안한 것이죠. 하지만 회왕과 중신들은 진나라 장의가 주장한 연횡책을 선택했고 제나라와의 관계를 끊었습니다. 결국 권력투쟁에서 밀린 굴원은 남방지역으로 유배될 수밖에 없었습니다. 이후 초나라는 진나라의 강력한 군사력에 굴복하고 나라를 잃을 수밖에 없는 처지가 되었습니다. 전국시대가 막을 내리고 있었던 것이죠.

사마천이 '발분저서發憤著書'라는 말를 통해 고난이 그에게 명작을 만들 수 있는 힘을 주었다고 말한 것처럼 굴원은 유배지에서 천하에 이름날 작품들을 지어냈습니다. 굴원의 대표작인 『어부사漁父辭』는 남방에서 머물며 집필한 작품입니다. 장강에서 고기잡이 어부를 만나 대화를 나누고 얻는 깨달음을 시로 남겼죠. 그는 어려움에 처한 초나라의 현실을 주로 읊었는데요. 굴원의 작품을 포함한 초나라 문학을 '초사楚辭'라고 부릅니다.

『시경』이 북방문학을 대표한다면 초사는 남방문학의 얼굴이었습니다. 북방이 현실적이면서 사실적인 기품을 품었다면 남방은 상상력과 낭만주의, 그리고 이상주의적 색채를 띠었죠. 그 대표인물이 굴원이었는데 그는 이 시의 마지막에 세상의 모범이 되고 자살로서 간諫하겠다는 결의를 밝히고 있는데, 실제로 멱라수에 몸을 던져 행동으로 옮겼습니다. 그래서 그의 작품은 후대 문학사에 길이 이름을 남기게 된 것입니다.

항우와 사면초가

사면초가(四面楚歌)라는 말은 사기 「항우본기」에 나오는 아주 유명한 시의 일부다. 초나라 항우가 유방과 싸우던 막바지, 전쟁은 점차 한나라 유방편으로 기울고 있었다. 총애하던 장수 범증마저 항우를 떠났고 수많은 군사들은 목숨을 잃었다. 결국 항우는 굴욕적인 강화를 맺고 동쪽으로 돌아가던 도중, 해하에서 한나라 명장 한신의 군사에게 포위를 당하고 말았다. 군사력이 줄어 포위를 빠져나갈 길은 없고, 군량도 점차 고갈되었다.

그러던 어느 날 밤, 고향을 그리워하는 구슬픈 초나라 노래가 사방에 들려왔다. 한신이 항복한 초나라 병사로 하여금 고향노래를 부르게 한 것이다. 전쟁에 패하고 포위된 것도 서러운데 주변에서 들리는 초나라 노랫소리. 항우는 이렇게 한탄한다.

"초나라 이미 유방에게 넘어갔단 말인가? 어찌 이리 초나라 포로가 저렇게 많은가?"

대세가 이미 넘어간 것으로 생각한 항우는 진중에서 마지막 연회를 베풀었다. 그리고 이렇게 시를 남겼다.

力拔山 氣蓋世(역발산 기개세)
힘은 산을 뽑고 세상을 덮은 만큼 기개는 드높은데
時不利兮 騅不逝(시불리혜 추불서)
때가 이롭지 못하니 애마 추도 나아가지 않는구나

騅不逝兮 可奈何(추불서혜 가내하)

추가 나아가지 않으니 어쩔거나

虞兮虞兮 可奈何(우혜우혜 가내하)

우여, 우여, 어쩔거나

그리곤 자신의 운명을 탄식하며, 그가 총애하던 우미인(우희)에게 유방에게 가서 목숨을 보전 하라고 말하나, 그녀는 두 지아비를 섬길 수 없다며 그의 시에 화답하고 자결했다. 이후 항우는 얼마 남지 않은 잔병을 이끌고 도망치다 오강에 이르렀는데 차마 건너지 못하고 자결하게 되는데, 그의 나이 31세였다.

여기에 얽힌 일화는 훗날 사람들에 의해 경극 〈패왕별희〉로 재탄생했고 중국사람이라면 모를 수 없는 줄거리가 되었다. 또 장국영과 공리 주연의 동명 영화로도 사람들에게 잘 알려져 있다.

경극 〈패왕별희〉의 한장면.

건안과 당송의 문학

동한 말기부터 수나라의 통일까지 약 400여년에 걸친 위진남북조 시대는 중국 역사상 유례없는 혼란과 전쟁의 시기였습니다. 그런데 통일되고 안정된 시기에는 새로운 사상이 탄생하지 않는 반면 세력 간 경쟁이 격화되고 혼란한 시절에는 시대를 바꾸는 문화가 탄생하니 어찌된 일일까요? 도교가 이때 탄생했고, 불교가 인도에서 들어와 중국 고유의 불교문화가 만들어졌습니다. 특히 문학발전에 있어서는 앞선 시대의 것을 이어받아 새로운 길을 만든 중요한 시대였습니다.

전국시대의 『시경』, 초나라의 『초사』, 그리고 한 대에 성행한 민간 악부를 기초로, 시의 체제가 이때 만들어집니다. 주로 현실적인 삶의 내용을 다루고 있는데요. 즉 시경과 초사에서는 4글자를 쓰는 4언이었다면 점차 5언과 7언으로 변화해 가는 과도기가 되었습니다. 이때에는 주로 5언시 형식이 많이 쓰이게 됩니다.

건안문학

5언시 문학을 만든 이들은 삼국지의 주요 무대였던 위나라 건안 칠 자였습니다. 위나라를 창업한 조조(155~220)와 그의 두 아들 조비와 조식을 삼조라 불렀는데요. 후대인들은 삼조와 함께 이 시대에 활동한 공융, 진림, 왕찬, 서간, 완우, 응창, 유정의 일곱 명이 만들어낸 문예사조를 건안문학이라 불렀습니다. 이들 말고도 여러 문인들이 활동했는데, 주로 시가의 창작이 가장 왕성했습니다. 건안이란 동한 마지막 황제였던 헌제의 연호인데요. 조조가 갈곳 없어 헤매는 헌제를 데리고 도읍을 낙양에서 허창으로 옮기고 촉, 오와 더불어 패권을 장악했던 시기였습니다. 이들 일곱 명의 문인들은 궁중에 자주 출입하고 주연에 참가하면서 조조 부자와 글재주를 겨루었습니다.

당시는 정치적 혼란으로 인구가 격감했고 민생의 피폐함이 극도에 이르렀습니다. 경작지는 지을 사람이 없어 버려졌고 천하를 떠도는 이가 많았습니다. 지역 패권자들의 경쟁으로 나라를 주도적으로 이끄는 이가 없다보니 사상적으로도 혼돈의 상태가 되었는데, 과거의 제자백가 사상이 다시 고개를 들었습니다. 도가사상을 이론적 토대로 하는 도교가 이때부터 만들어졌고, 음양오행 사상이 성행했습니다.

허창에 모였던 건안시대 문인들은 참혹한 전쟁과 민생의 파탄, 사회적 변화를 주제로 5언시를 노래하였습니다. 그들은 전란으로 인해 나라가 피폐해진 쓰라림을 읊었고 학문을 배우는 즐거움을 이야기하기도 했습니다. 문학에 음악과 민간의 노래들을 도입하여 한대 이래 성행하던 형식적인 방식을 타파했습니다. 그래서 오언시가 이때부터 흥성하기 시작했고, 칠언시의 기초도 이때 닦였습니다. 그래서 후대의 많은 작가들은 이 시기를 문학의 황금기로 봤고 후일 당나라에서 시 문학이 발달하게 되는 계기가 되었습니다.

한국인들은 소설 삼국지의 영향으로 조조를 나쁜 인간의 전형으로 바라봅니다. 권모술수에 능하고 민간인들을 참혹하게 살해하는 인물로 그리고 있어서죠. 그래서 흔히 조조는 간웅이라고 불립니다. 하지만 이는 당시의 시대상을 간과한 평가라고 할 수 있습니다. 동한말의 정치 혼란과 홍건적의 난으로 인해 인구의 5분의 4가 사망하는 참혹한 시절에 그가 한 여러 행동은 위나라 창업자로서 도저히 못할 짓은 아니었던 거죠. 그에 비해 착한 인물의 전형이 된 유비와 비교해서는 더욱 그렇습니다.

조조는 위나라 창업자로서 가졌던 강력한 리더십과 전투능력뿐만 아니라 문인으로서도 탁월한 능력을 가진 사람이었습니다. 건안칠자들을 수하에 들어오도록 하고 그들로 하여금 자유로운 활동을 할 수 있도록 지원했죠. 조조는 사실상 건안문학을 일으킨 사람이었습니다. 더구나 그 스스로도 시문활동을 열심히 했는데요. 그가 남긴 「관창해」라는 제목의 시를 한번 보죠.

觀滄海　푸른 바다를 바라보며
東臨碣石 以觀滄海 (동임갈석 이관창해)
동으로 갈석에서 푸른 바다 바라보니
水何澹澹 山島竦峙 (수하담담 산도송치)
강과 바다 맑디맑고 산과 섬 우뚝하네
樹木叢生 百草豐茂 (수목총생 백초풍무)

수목은 빽빽하고 온갖 풀 우거지니

秋風蕭瑟 洪波涌起 (추풍소슬 홍파통기)

가을바람 소슬하고 큰 파도 솟구치네

日月之行 若出其中 (일월지행 약출기중)

해와 달 운행하여 그 속에서 나오는 듯

星漢燦爛 若出其里 (성한찬란 약출기리)

은하수가 찬란하게 그 속에서 나오는 듯

幸甚至哉! 歌以詠志 (행심지재 가이영지)

얼마나 기쁘던지! 이 마음 노래하노라

이 시는 오환을 정벌하고 돌아오는 길에 발해만 부근 갈석산에 올라 바다를 보는 감상을 읊고 있는데요. 안락한 궁정 생활이 아닌 야전의 불편을 감수하면서도 이런 풍월을 노래할 수 있었던 조조라는 인물이 참 대단한 사람이라고 느껴집니다.

당송의 문학

시문학의 전성기는 당나라 때였습니다. 8세기 들어 중국 문학은 시詩 분야에서 꽃을 피우는데요. 강성하기로는 둘째가라면 서러운 당나라의 전성기, 즉 성당盛唐 시기는 시의 황금시대이기도 했습니다. 안사의 난으로 정치의 황금시대라 불린 성당시기가 마무리된 다음에도 시는 문학의 최고봉 자리를 200년 넘게 유지하게 됩니다.

시가 처음 생긴 기원전 12세기 시경의 시대에는 세 글자(삼언) 또는 네 글자(사언)가 한 구절을 이루었습니다. 그러다 4세기에 이르면 다섯 글자(오언)가 한 구절을 이루는 단계로 발전합니다. 그리고 6세기 수나라 시대로 오면 일곱 글자(칠언)로 진보하면서 시의 형식이 완성되었습니다. 그러다 중국 최초의 여황제 무즉천의 때에는 시를 과거시험의 주요 과목에 넣게 됩니다. 그러니 그때까지 일부 사람만 다루던 시가 널리 보급되었고, 사대부들이 기를 쓰고 시를 짓는 연습을 하게 되었겠지요. 덕분에 위대한 시인의 절반 이상이 당 왕조에서 태어나게 됩니다.

당나라 때의 가장 중요한 시인을 꼽으라면 두 천재 시인 이백과 두보가 있습니다. 중국 시문학의 쌍벽을 이루는 두 사람은 대조적인 삶과 독특한 시 세계를 갖고 있었습니다. 이백이 타고난 자유분방함과 아름다움에 대한 뛰어난 감각으로 인간의 기쁨을 노래했다면 두보는 삶의 고뇌에 깊이 침잠하여 시대의 아픔을 그리려 했죠. 이는 두 사람이 처한 환경과 관련이 깊습니다. 비교적 부유하고 평화로운 삶을 산 이백은 '한 말 술을 마시면 곧 백편의 시'를 짓는 성인의 경지에 있었습니다. 하지만 난세를 맞아 생업의 어려움을 겪어야 했던 두보는 '티끌만한 유감도 남길 수 없는' 완벽한 시를 남기려 했죠. 그래서 흔히 이백을 시선詩仙으로, 두보를 시성詩聖으로 부르는 까닭이 여기에 있습니다.

이백은 어떤 사람이었을까요? 그는 달과 술을 사랑했고 이를 시로 만들어 즐겼던 이백의 삶은 수많은 일화와 전설을 남겼습니다. 물속에

이백(李白, 701~762)
원적은 감숙 진안이고,
키르기스스탄에서 태어남.
시선(詩仙). 『이태백집(李太白集)』이 있음.

두보(杜甫, 712~770)
하남 공현(鞏縣) 사람.
시성(詩聖). 그의 시는 시사(詩史)라고 칭송됨. 전해 오는 작품은 1,400여수.

비친 달을 건지려다 익사했다는 그의 사망 전설은 낭만적인 그의 삶을 극적으로 보여줍니다. 그의 선조는 수나라 말에 서역에서 이주했다고 전해집니다. 그의 집은 시골 벽촌인 감숙성 농서현에 있었고 그의 아버지가 무역상이었기에 어려서 제대로된 교육을 받지 못했습니다. 하지만 스스로 독서와 검술에 정진했고 촉나라 여기저기를 여행하기도 했습니다. 그의 삶은 여행으로 시작해서 여행으로 끝났다고 할 정도로 천하를 주유했습니다. 이 과정에서 산천을 노래한 수많은 시를 남겼기에 중국인이 그를 좋아하지 않을 수 없습니다. 유비가 죽으면서 공명에게 자신의 아들을 부탁했던 장강의 백제성에서 지었던 「아침에 백제성을 떠나며」를 보시죠. 일곱자로 구성된 칠언시입니다.

朝辭白帝彩雲間 (조사백제채운문)
아침 햇빛에 물든 구름 사이로 백제성을 떠나
千里江陵一日還 (천리강릉일일환)
천리 길 강릉으로 하루 만에 돌아가네.
兩岸猿聲啼不住 (양안원성체불왕)
양쪽 강기슭에 원숭이 우는 소리 끊이질 않는데
輕舟已過萬重山 (경주이과만중산)
몸짓 가벼운 배는 어느 덧 숱한 산들을 지나네.

젊어서 촉나라에서 성장했기에 유비를 좋아했을까요? 양귀비가 있던 장안의 조정에서 벼슬자리를 하고 있던 이백은 안사의 난리중에 반란을 일으켰다는 죄를 받습니다. 현종의 아들 영왕 이린의 관리로 있다가 새롭게 황제가 된 숙종에게 미움을 받게 된 것이지요. 이상만 가득

할 뿐 정치적 판단력이 부족했던 때문이었습니다. 하지만 그를 좋아했던 조정 대신들의 도움으로 간신히 죽음은 면하고 멀리 산간 지방 귀주로 귀양을 떠났습니다. 그 일 년 후 조정은 대 사면령을 내렸고, 그 소식들 듣고 기쁜 마음에 즉시 배를 타고 동쪽으로 떠나 강릉에 이르렀던 겁니다. 얼마나 기분이 좋았을까요. 그 기쁜 마음을 시로 표현했으니 작은 배가 날아가듯이 달렸겠지요.

이백은 젊어서부터 도교에 심취하여 산중에서 지낸 적도 많았는데 그의 시에서 도교적 색깔은 쉽게 발견할 수 있습니다. 자연을 즐기고 달을 노래한 것이나 인간을 초월해 자유를 비상하는 방향을 그리는 등 종교적 해탈을 꿈꾸었죠. 세상물정도 잘 모르면서 난리통에 벼슬자리 한번 해보겠다고 나섰다가 목숨을 잃을 뻔 했으니 그에게는 적당한 길이었는지도 모릅니다. 그래서 말년에는 천하를 돌며 시를 짓고 살았지요. 그가 남긴 시가 1,000여 수에 달한다니 굴원 이후 중국 최고의 시인으로 평가 받을 만 합니다.

그래도 조정에서 원하는 벼슬자리를 했던 이백에 비해 두보는 참 운이 없는 사람이었습니다. 공부를 열심히 했건만 조정에서는 이임보의 농간에 의해 과거시험을 열지 않았습니다. 뛰어난 인재가 많으면 자기에게 이로울 것 없어서 그랬다나요? 당시는 여전히 귀족들의 힘이 있던 때이니 반드시 과거시험을 통해 관리를 뽑아야 했던 건 아니었을 테지요. 어쨌든 시험을 열지 않으니 공부만 할 줄 알았던 두보는 생활이 어려웠습니다. 게다가 안녹산의 난이 일어나 굶어죽는 사람이 허다한 시절을 만났습니다. 두보도 가족을 제대로 부양하기 어려울 지경이었기에 일생 동안 빈곤한 생활을 하였으며 생계를 유지하기 위하여 평생을 옮겨 다니며 고생하게 됩니다.

朱門酒肉臭(주문주육취) 부잣집에서는 술과 고기 썩는 냄새가 나고
路有凍死骨(노유동사골) 길가에는 얼어죽은 사람의 시체가 뒹구는
구나.

결국 두보가 쓴 시는 난리통에 고초를 겪는 백성들, 그 와중에도 호
의호식하는 부자들의 모습을 그리고 있습니다. 사랑하는 가족에게 제
대로 밥을 먹여주지 못하는 가장의 아픈 심정을 절절히 노래하고 있죠.
후일 그는 후원자의 도움으로 사천성 성도에 초당을 짓고 살았는데요.
이때가 두보의 일생 중에서 가장 여유로운 시절이었던 듯 합니다. 하
지만 이마저도 오래가지 못했고 가족을 작은 배에 싣고 천하를 떠돌다
죽습니다.

역사 현장을 방문하기 위해 여행을 떠났던 사마천, 천하를 즐기기
위해 또는 귀양과정으로 세상으로 떠돌았던 이백에 비해 두보는 먹고
살기 위해 떠나야 했습니다. 하지만 그 과정마다 절절 끓는 아픈 가슴
을 부여잡고 기록했던 두보의 시는 삶의 처절함을 느끼게 합니다. 그
럼에도 고대로부터 내려오는 시의 전통을 이은 사람으로 인정받고 있
습니다. 현장에서 느낀 감정을 그대로 표현한 사실주의에 충실한 '시
성'으로 말입니다.

당나라가 시의 시대였다면 송나라는 사詞의 시대였습니다. 글자수
를 한정했던 시 보다 자유롭게 시정을 표현할 수 있는 방식이 '사'였습
니다. 아무래도 글자수에 매이다 보면 보기에는 좋지만 생각하는 대로

표현하기가 쉽지 않았겠지요. 형식을 타파하니 더 자유롭게 표현할 수 있고 더 많은 사람들이 참여할 수 있었습니다.

북송시대에 접어들면 과거제도가 완벽하게 작동해 시를 짓는 일은 사대부들에게 필수 작업이 되었습니다. 전통 귀족계급이 사라지고 이 자리에는 과거를 통해 자리 잡은 관료들이 생겨났는데 이들을 사대부라 불렀죠. 동양의 사대부들은 다재다능했습니다. 사람에 따라 전문분야는 조금씩 달랐지만 글뿐만 아니라 서화에도 일가견이 있는 사람이 많았지요. 누가 시인이고 역사가고 문인이고 하는 구분이 없던 시대였습니다. 말하자면 동양의 교양인은 시서화詩書畵를 모두 할 줄 알아야 했습니다. 물론 궁중에서 그림을 전담하던 사람은 있었지만 이들은 신분이 낮은 자들이었고, 신분이 높은 사대부들은 교양인으로서 시서화를 즐겼던 것입니다.

이렇게 자유롭게 형식을 채택한 이후에는 표현하는 방식에 따라 다양하게 시문이 탄생했습니다. 노랫말이 되기도 하고 원나라에 이르면 연극의 대본으로도 만들어집니다. 그래서 송사원곡宋詞元曲이라는 말이 생겨났지요. 원말에 이르면 장편 소설이 등장하기 시작했는데, 과거시험을 통과하지 못한 문인들이 밥벌이를 위해 글을 쓰는 일을 하면서부터입니다. 그것이 명나라 이후 백화문학의 발전으로 이어집니다.

「청명상하도」의 운명

「청명상하도」 전성기를 구가하던 북송의 수도 변경(개봉)의 하루를 그린 작품이다. 작자인 장택단의 일생에 대해서는 잘 알려지지 않았다. 단지 그는 학자였고 나중에 회화를 배워 휘종 때 궁중화가로 활약했다는 정도다. 이 그림은 청명절 때 변경성의 변하변의 아주 시끌벅적한 풍경을 묘사하고 있는 무려 5미터가 넘는 두루마리다. 화가는 변경성의 동문 대가와 바깥의 번화한 풍경을 아주 상세히 묘사했는데 각양각색의 점포와 형형색색의 옷을 입은 인물이 있고, 강으로는 배가 지나간다. 지방에서 올라온 거대한 조운선이 홍교 밑을 지나가고 있으며 배와 다리 위에는 바쁘게 움직이고 있는 사람들의 모습을 발견할 수 있다.

이 그림을 제일 처음 수장한 사람은 당연히 황제 휘종이었다. 「청명상하도」라는 제목을 붙인것도 그였다. 명대에 들어서 이 그림은 궁궐을 떠나 민간으로 돌게 되는데 육완이란 자의 수중에 들어간다. 육완이 죽은 후에는 그의 부인이 목숨처럼 아꼈다. 육부인의 조카 중에 왕여라는 사람이 있었는데 그는 그림을 잘 그렸고 유명 인물들의 서화를 좋아했단다. 그래서 육부인이 집안에 그림을 보관하고 있다는 소식을 듣고 찾아가서는 한번만 보여 달라는 청을 했다. 그후 여러번 부탁 끝에 그림을 보게 된 왕여는 이 그림을 모방하여 한 폭 그리게 된다.

이때 명나라의 세도가이자 부자로 유명한 엄숭이 이 그림의 행방

북송 시절 개봉의 발전상을 잘 보여주는 「청명상하도」.(대만국립박물관 소장)

을 찾다가 왕여의 모사품을 800냥을 들여 구입하게 되었다. 그리고 자신이 구입한 그림에 대한 자랑을 동네방네 했다. 이후 엄숭이 그림을 표구장이에게 맡기자 표구장이는 그림이 진품이 아니라고 했다. 그게 무슨 말이냐고 묻는 엄숭에게 표구장이는 "제가 육완의 집에서 진품을 본 적이 있는데 저 그림은 가짜입니다."라고 대답했다. 어디가 어떻게 다르냐고 묻자 "지붕 위에 있는 참새의 발톱이 다릅니다."라고 답변했다. 화가난 엄숭은 왕여를 모함하여 죽여버렸다.

일은 여기서 끝나지 않았고 집안의 원수를 갚는 중국 전통이 이어졌다. 왕여의 아들 왕세정이 아버지의 억울한 죽음을 복수하기 위해 치밀한 준비를 하는데, 마침 엄숭은 죽었기에 아들 엄세번을 노렸다. 왕세정은 당시 유행하던 『금병매』를 엄세번에게 선물로 보냈는데 각 페이지마다 비상을 칠했다고 했다. 엄세번이 손에 침을 묻혀가며 책을 읽는 버릇이 있다는 이야기를 들은 후였다. 책 읽는 재미에 빠져 침을 붙여가며 책장을 넘기다 보면 조금씩 비상을 흡수하게 되고 결국 죽게 된다는 걸 노렸다. 그렇게 왕세정의 복수극은 성공으로 결말을 맺게 된다. 이상의 이야기는 『일봉설전기』라는 극본으로 정리되어 세상 사람들의 입에 오르내리게 되었다고 한다.

또다른 이야기는 육완이 죽은 후 그의 아들이 돈이 필요해 그림을 팔아버렸고 곤산의 고정신이란 자가 매입했단다. 이후 엄숭과 엄세번에게 빼앗겼다니 엄숭이 소유했던 건 틀림없었던 듯하다. 이후 엄숭 부자는 탄핵을 받았고 모든 가산이 몰수되어 그림은 다시 왕실로 들어가게 되었다. 이어진 청나라에서도 그림은 몇 번의 곡절을 거치는데 1860년의 영국프랑스 연합군의 침입과 1900년의 팔국연합군의 침입 때에도 살아남는다. 그림은 1932년 만주국이 설립되면서 길림성 장춘(長春)으로 이동했고 1946년 인민해방군이 장춘을 점령하면서 다시 발견된다. 결국 이 그림은 동북박물관에 소장되었다가 북경박물관이 새로 열리면서 북경으로 이동하게 되었다. 오랜 방랑을 거쳐 다시 제자리에 온 셈이다.

문제는 이 그림이 꽤 여러장 존재한다는 사실이고 과연 장택단이 그린 진품인지도 불확실하다. 현재까지의 정설은 북경 고궁박물원에 소장된 것과 타이완 고궁박물관에 소장된 것이 진품일 가능성이 있다는 것이다. 진품은 사라지고 가품만 남았을지 아니면 북경과 대만에 있는 것 중 하나가 진품일지는 그 누구도 모른다. 중원에 수없이 있었던 전란을 거치며 살아남았던 문화재의 운명이다. 하긴 그 목숨을 부지하지 못하고 사라진 문화재가 어디 한둘인가? 가품이라도 지금까지 이어진 것만 해도 큰 행운이라 할 수 있다.

인간 탐험의 보고, 삼국지

위대한 이야기의 힘

세계 각 나라에는 오랜 세월 동안 민중들의 사랑을 받는 이야기가 있습니다. 영화 〈해리포터〉의 배경이 되었던 '켈트족 마법사', 독일 지역의 '지그프리드 신화', 아일랜드의 '드라큘라'도 있죠. 이들은 대부분 현실에서 출발한 이야기를 바탕으로 하면서도 재미있는 신화로 윤색되었습니다. 중국에서는 이런 이야기들이 고전소설로 정리되어 더 많은 사람들에게 읽힐 수 있었습니다. 인도를 다녀온 현장법사의 고생담이 『서유기』라는 소설을 통해 원숭이 손오공과 돼지 저팔계의 활약으로 바뀌었던 것처럼 말이죠.

이런 이야기들은 허황된 구성을 갖고 있지만 인류의 보편적 재미를 다룹니다. 사람들은 어릴 적부터 이런 이야기에 빠져들고 이상과 현실을 오고가는 환상에 젖게 됩니다. 살아가면서 만나는 온갖 어려운 일들을 비현실적인 영웅들로부터 위안을 받는 것이죠. 그래서 좋은 이야기는 보편성을 기반으로 하면서도 삶의 재미와 카타르시스를 제공할 때 의미가 있습니다.

재미있는 소설의 가장 기본적 구도는 '권선징악'과 세상을 구하는 '영웅'의 존재입니다. 전 세계적으로 큰 인기를 끌고 있는 〈어벤져스The Avengers〉와 같은 영화도 마찬가지다. 착한 우리편은 모두를 괴롭히는 나쁜 놈을 처단하기 위해 모험을 떠납니다. 그래서 우리편은 탁월한 능력을 가진 영웅이어야 하고, 어려움에 닥쳐서도 용기를 잃지 않고 멋지게 싸웁니다. 그러다가 위대한 승리를 거두고 모두를 이롭게 합니다.

중국 사람들이 가장 좋아하는 인문 콘텐츠인 『삼국연의』도 그렇습니다. 이 책은 역사를 기반으로 하지만 소설의 권선징악 요소를 모두 갖추고 있습니다. 사람들은 때로 『삼국연의』에 실려 있는 이야기를 진실로 믿지만 이는 엄연히 소설입니다. 그래서 이를 역사를 기반으로 하는 팩션Faction [43]이라는 용어로 설명하죠.

우스개 소리로 '『삼국지』를 세 번 이상 읽은 자와는 말을 섞지 마라'는 말이 있습니다. 이 말은 작가 이문열 평역 소설 『삼국지』가 독자들의 엄청난 사랑을 받은 이래 많은 사람들이 쓰는 관용구가 되었습니다. 이는 보통 다음의 두 가지 의미로 회자됩니다. 하나는 소설 『삼국지』를 세 번 이상 읽은 사람은 매우 지독하기 때문에 잘못 상대하다가는 큰 코 다치기 쉽다는 것이고, 둘째는 그 안에 담긴 인간들의 처세, 속임수, 전략 등이 워낙 치밀하기에 무조건 이를 맹신하는 태도를 갖게 된다는 것입니다.

『삼국지』는 소설이 아니라 '탐험'이라는 말을 하는 이들도 있습니다. '인간 사회에 있을 법한 일들을 찾아가는 여정'이라는 의미죠. 또

『삼국지』는 '나이마다 다르게 보이는 풍경'이라는 말도 있습니다. 『삼국지』는 유년시절 만화로 만나고, 청소년이 되면 청소년용으로 접하며, 성인이 되면 완전한 소설로 접합니다. 즉, 읽는 매체마다 다르고, 접하는 환경에 따라 다르게 느껴질 수 있다는 말입니다. 도대체 『삼국지』는 무엇이며 그 매력은 왜 이리 계속되는 것일까요?

민중이 사랑한 삼국의 영웅은?

엄밀하게 말해 명나라 나관중의 소설 『삼국연의三國演義』는 중국인뿐만 아니라 한국인에게도 아주 친근한 인문학 주제입니다. 어릴 때부터 『삼국지』에 관한 만화, 소설, 역사서 등을 조금이라도 접하지 못한 사람은 별로 없을 것입니다. 『삼국지』를 직접 읽지 않아도 교과서에서 다루고 있고, 고등학교 사회탐구 영역에서도 시험문제가 출제될 정도죠.

『삼국지』를 주제로 한 온라인 게임은 인기 있는 장르 중 하나로 매년 새로운 버전으로 출시되고 있기도 합니다.

"유비, 관우, 장비 세 사람은 비록 각기 성씨는 다르지만 형제 의를 맺기로 하였으니 한마음 한 뜻으로 협력해서 곤란하거나 위험에 빠진 경우에는 서로 돕고 부축하며, 위로는 나라에 보답하고 아래로는 백성을 편안하게 하도록 하소서. 동년 동월 동일에 태어나지 않았지만 오직 동년 동월 동일에 죽기를 바라나이다."

위 글은 너무나 잘 알려져 있는 '유관장' 삼형제가 복숭아밭에서 했다는 '도원결의'의 첫 구절입니다. 소설의 시작이면서 영향력이 큰 사자성어로 세월이 흐르면서 점점 더 사람들에게 큰 영감을 주었죠. 그래서 옛 사람들은 의형제를 맺을 일이 있으면 흔히 이들 고사를 모델로 삼았습니다.

『삼국지』는 '7할이 역사고 3할이 소설[44]'이라는 이야기처럼 서진 때 사람인 진수가 서기 270년에 지은 기전체[45]정사로부터 출발합니다. 진수는 촉나라 사람이었는데, 촉나라가 위나라에 망한 후 위나라로 건너 갔습니다. 이후 조조가 세운 위나라는 사마의의 손자 사마염으로 주인이 바뀌는데 이때부터가 서진西晉입니다. 진수는 서진에서 관리를 했는데, 덕분에 삼국 이야기를 기록할 수 있었습니다. 그는 역사가 입장에서 위·촉·오 이야기를 객관적 시각으로 기술하려 노력했죠. 그런데 위나라는 서진이 이어받은 나라였고, 역사자료가 많았기에 자세히 기록할 수 있었습니다. 또 촉나라는 전쟁통에 남겨진 기록이 많지 않았지만, 자신이 살았던 땅이었으므로 과거 기억을 되살려 비교적 잘 쓸 수 있었습니다. 하지만 오나라 역사는 가장 빈약할 수밖에 없었는데, 기록된 문헌도 별로 없고 참고할만한 인물도 만나기 어려웠던 까닭이었습니다.

역사적으로 보면 삼국시대는 길고 복잡한 중국 역사에서 겨우 90여 년에 불과한 미미한 존재입니다. 역사서『삼국지』는 서기 184년 황건적의 난에서부터 서기 280년 삼국의 통일까지를 다루고 있습니다. 역사적으로는 그리 특별할 게 없는 시대라 할 수 있죠. 진수가 죽은 지 130년 후 남조의 송(역사가들은 '유송'이라 부른다.)에서 배송지라는 인물이 『삼국지』에 주석을 달았습니다. 역사가들은 공자가 처음 확립한 '춘추필법春秋筆法' 역사서술 방식에 의해 엄정하고 간략하게 쓰기로 유명합니다. 진수가 쓴 『삼국지』도 그러했기에 배송지는 『세설신어世說新語』등 자료를 참고하여 본문보다 훨씬 많은 글을 첨가했습니다. 이때 우리가 알고 있는 재미있는 일화들이 많이 기록될 수 있었습니다.

이것이 소설 『삼국지』의 방향을 결정했습니다. 이는 위진남북조魏晉南北朝의 혼란기를 거치며 어떤 정권이 중원의 정통인가에 대한 역사가들의 논쟁을 하게 된 계기가 되었습니다. 특히 역사를 기록하는 문화가 있었던 한족 정권의 송나라나 명나라에서는 이른바 '촉한정통론[46]' 분위기가 고조되었습니다. 세월이 흐르면서 역사 이야기를 기반으로 후세 사람들이 살을 붙이기 시작했습니다. 민중들은 주인공 관우의 영웅적 활동에 박수를 쳤고, 유비를 향한 그의 끝없는 충성심에 눈물을 흘렸습니다. 특히 남조와 남송시절, 유목민에게 중원을 빼앗기고 핍박에 고통스러워하던 한족들에게 삼형제의 활약 스토리는 삶의 활력소였습니다. 그렇게 민중들 사이에서 각색된 이야기들은 원나라 말기에 이르러 나관중이라는 필명을 쓰는 작가에 의해 정리되기에 이릅니다.

『삼국지』가 위대한 이야기가 된 이유

소설 『삼국지』가 중국 사람들에게 사랑받게 된 이유를 들어본다면 '중국 역사의 특수성'을 들 수 있습니다. 앞 장에서 이야기한 것처럼 중국 역사는 '농업제국과 유목제국이 번갈아가며 중원을 차지했던 역사'라고 볼 수 있습니다. 삼국시대는 북방 유목민이 처음으로 남하해서 중원지역에서 활동을 시작했던 때였습니다. 황건적이 중원지역을 황폐하게 만든 후 원소와 조조의 휘하에는 상당히 많은 유목민 기병이 용병으로 활동하고 있었죠. 그들은 삼국시대의 유지와 통일에 큰 기여를 했는데, 서진제국 혼란 이후 중원은 그들 차지가 되었습니다. 이때 농업제국 지배층 사람들은 남쪽 장강 유역으로 피난하여 왕조를 세웠는데 이때 세워진 국가 이름이 '동진'입니다.

역사를 기록하는 입장이었던 농업제국 사람들은 북방 유목민이 언제나 두려운 존재이기도 했고, 중원을 차지한 그들이 너무 미웠습니다. 그래서 동진-송-제-양-진으로 이어지는 남조시대에서부터 삼국에서 활동하던 사람들의 활약은 재미있는 이야기로 바뀌기 시작했습니다. 한족과 농민의 대표세력으로 유비를 내세웠고, 중원에 유목민을 끌어들였던 조조를 간웅奸雄[47]으로 칭했습니다. 그러다 보니 유비 휘하에 있었던 상산 조자룡, 산서성 사람 관우, 무식하지만 용맹한 장비가 영웅이 되었죠. 뭐니 뭐니 해도 『삼국지』를 좋아하는 사람들이 가장 사랑하는 인물은 '관우'와 '제갈량'입니다.

중국 사람들이 역사 인물을 얼마나 사랑하고 존경하는지의 척도는 그를 어떻게 부르는지를 보면 알 수 있습니다. 원래 이름 공구孔丘(공자의 본명)를 '공자孔子'라 부르고, 제갈량은 주로 '제갈공명'이나 '와룡선생臥龍先生'으로 부릅니다. 관우보다는 '관운장關雲長'이란 존칭이 훨씬 더 자연스럽습니다. 현대인물 중에서는 중화민국을 창업한 손문을 '손중산孫中山'이라고 중국인들은 높여 부릅니다. 그런데 유현덕보다는 '유비'라 부르고 조맹덕보다는 '조조'라고 부르는 경우가 많습니다. 그래서 『삼국지』의 주인공은 관운장과 제갈공명이라는 것을 체감할 수 있죠.

『삼국지』가 위대한 이유는 1,000명이 넘는 등장인물들이 모두 살아

숨 쉰다는 사실입니다. 우리는 누구나 『삼국지』 캐릭터 중에서 좋아하는 사람이 있죠? 중국인들은 재물신으로 칭해지는 관운장을 좋아하는 사람이 많고, 헌칼 쓰듯이 한다는 조자룡을 좋아하는 사람도 있으며, 전략의 대가 공명선생을 좋아하는 사람도 있습니다. 이렇게 다양한 인물들의 이야기가 살아 숨쉬게 된 것은 민중들이 이야기를 만들어냈기 때문입니다. 나관중이란 사람이 썼든, 아니면 여러 명의 무명 저자가 기록했든, 많은 사람들이 사랑한 사람들의 이야기들을 하나씩 정리해놓다 보니 각각의 특성을 가진 인물들이 활동할 수 있었던 것입니다. 물론 단순히 창조된 것이 아니라 역사적으로 존재한 인물들이었지만, 그들의 활동이 멋지게 또는 나쁘게 각색되었던 것이죠.

'난세에 영웅이 난다'는 말처럼 『삼국지』에는 개천에서 영웅이 탄생하는 스토리가 있습니다. 유비, 관우, 장비는 사실 출신성분이 높지 않고 가진 것 없는 미천한 사람들이었습니다. 유비는 한나라 왕조의 후예라고 떠벌리고 다녔지만 집안이 가난해 돗자리 장수로 연명했고, 관우는 고향에서 살인을 저지르고 도망다니는 직업 없는 건달에 가까웠습니다. 그나마 장비는 시장통에서 소돼지를 잡아 파는 백정 출신이라 신분이 미천했지만, 먹고 사는 데 큰 문제는 없었죠.

한나라 황실의 후예에서 비천한 처지로 떨어진 유비와 허우대는 멀쩡하나 힘 쓸 곳이 없어 고민하는 관우, 성정이 급하나 정의감이 뛰어난 장비는 아무리 접해도 싫증이 나지 않는 캐릭터입니다. 어찌 보면 『삼국지』의 매력은 무모한 도전이라고 할 수 있습니다. 인기 예능 프로그램 '무한도전'에 나오는 캐릭터에서 약간 방향을 틀어 진지함을 더해주면 이들이 『삼국지』의 주역일 수 있습니다. 어쨌든 결과적으로 세 사람은 국가의 창업에 성공하여, 유비는 한나라 왕실을 잇는 황제가 되었고, 관우와 장비는 위대한 장군의 하나로 칭송받는 사람이 될 수 있었습니다.

신으로 모셔지는 관우

중국사람들이 가장 좋아하는 두 인물이 있다. 한 사람은 위대한 성인으로 추앙받는 '공자(Confucius)'이고 또 한 사람은? 바로 삼국지의 주인공 관우다. 이 두 사람은 성인으로 모셔지고 있고 그들이 묻힌 곳은 각각 '공림(孔林)', '관림(關林)'으로 불리고 있다. 그런데 공자를 성인으로 모시는 것은 당연하지만 관우를 성인으로 모시는 이유는 무엇일까? 특히 관우는 '재신(財神)'으로 떠받들고 있다. '돈의 신'으로 모시고 있는 것이다.

여기에는 전해지는 두 가지 설화가 있다. 첫 번째 이야기로 산서성 상인들이 모셨던 재물의 신이다. 명청시대가 되자 상업이 급격히 발전하게 됐다. 이 때 당시 관우의 고향인 산서성은 고지대에 위치해 농산물 생산이 여의치 않아서 일찍이 다른 지역과의 상업이 발달했다. 특히, 산서성에는 중국 최대의 염호(塩湖)인 해지(解池)가 있어 소금 생산지로 유명했다. 산서성 상인들은 소금을 팔기위해 먼 길을 떠날 때 자신들을 보호해 줄 신이 필요했다. 당시 상인들은 의리와 신용을 가장 중요시 여기고 있었는데 관우는 고향사람 중 가장 출세한 사람이기도 하고 의리와 신용의 조건을 모두 갖추고 있어 상인들은 관우를 신으로 모시기 시작했다. 그리고 관우를 신으로 모신 산서성의 상인들이 부를 축적하자 전국에 부자가 되고자 했던 상인들은 산서성 상인들을 따라 관우를 신으로 모시면서 중국에서 관우는 재물신이 됐다는 것이다.

　또 하나의 전해 내려오는 이야기는 관우가 다스렸던 형주지역에서 탄생했다. 관우가 고향 산서성에 있던 젊은 시절에 술을 잘 빚는 왕삼이라는 사람과 친하게 지냈다. 그러다가 유주로 가 유비와 만나게 되고 전쟁에 참여했다. 이후 관우는 장군이 되어 형주를 다스리게 되었다. 반면 왕삼은 장사를 망치고 여기저기 떠돌아다니며 연명하게 되었는데 관우가 출세했다는 소문을 듣고 형주까지 찾아갔다. 관우는 고향사람 왕삼에게 장사밑천을 대주었고 왕삼은 주점을 열었다. 왕삼은 술 담그는 실력이 탁월했는데 술값도 남보다 싸게 받아서 얼마 지나지 않아 사업이 번창하게 되었다.

　어느 날 왕삼이 외출한 사이에 주점에 낯선 사람들이 나타났다. 자기들이 관우 일행이라며 왕삼에게 빌려준 돈을 갚으라고 요구하면서 주점을 때려 부수고 재물을 빼앗아 달아났다. 이들은 왕삼이 운영하는 술집 부근에서 주점을 경영하고 있던 이광조(李光祖)라는 자가 보낸 불량배들이었다. 왕삼이 나타난 이후 손님을 빼앗겨 장사가 안 되자 앙심을 품고 일을 저지른 것이었다. 왕삼은 불량배들이 관우를 가장한 것이라고 지방관아에 고발했고 곧 대책을 세우기 위해 형주로 관우를 만나러 갔다. 그런데 어찌된 영문인지 관우를 만나고 돌아오자마자 관아에 구속되고 말았다. 무고죄로 사형에 처할 것이라며 엉뚱하게 죽음을 맞게 된 것이다.

　왕삼이 사형장으로 끌려오자 구경꾼들이 몰려들었다. 행패를 부린 이광조 일당도 구경꾼 사이에 있었다. 일당들은 왕삼의 목이 달아

상인들이 숭배하는 '재신' 관우.

나는 것을 기다리고 있었는데 이때 이광조 일당을 기다리고 있던 병
사들에게 곧바로 체포당하고 만다. 왕삼을 잡아들인 것은 관우의 계
략이었다. 점원들을 병사로 분장시킨 후 사형장에 모인 구경꾼 가운
데 범인이 있는지 살펴보도록 했던 것이다. 왕삼은 범인이 잡히자 잔
치를 열어 이웃들을 대접하는 한편 인근의 경쟁자들에게 자신의 양
조비법을 공개했다. 관우의 은혜에 보답하기 위해서였고, 이후 왕삼
의 비법을 전수 받은 주점들은 모두 많은 돈을 벌 수 있었다. 돈을 벌
게 되자 이들은 저마다 관우의 초상을 걸고 받들며 사업 번창을 빌게
되었다. 훗날 관우가 왕으로 황제로 승격되는 동안 양조상인뿐 아니
라 모든 상인들이 숭배하는 재신으로 우상화되었다. 이것이 '군인 관
우'가 신으로 숭상 받게 된 전설이다.

판타지의 세계, 수호지와 서유기

앞에서 말한 『삼국연의』를 포함하여 명나라 때 나온 4대 기서는 민중들의 극진한 사랑을 받았습니다. 4대 기서란 『삼국연의』, 『수호지』, 『서유기』, 『금병매』를 말합니다. 여기서 금병매를 빼고 중국 최초의 소설이었던 『봉신연의』를 4대 기서에 포함시켜야 한다는 주장도 있습니다. 하지만 독자들에게 사랑받는 수준으로 따져 본다면 금병매를 넣는 것이 옳을 것입니다.

이 소설들은 대부분 명나라 초기부터 시장에 쏟아져 나오기 시작했습니다. 이 책 말고도 더 많은 소설들이 출간되었을 것이지만 점차 사람들의 선호도에 의해 선택이 달라졌죠. 청나라 초에 이르러 이어李漁 (1611~1679)라는 사람이 이른바 신기함을 이야기하는 기서라고 부름으로써 정리되기 시작했습니다. 서양 사람들은 12가지로 나누길 좋아하기만 중국 사람들은 네 가지로 분류하길 즐기죠. 맹상군, 춘신군, 신릉군, 평원군의 전국시대 4군자도 그렇고 매난국죽(매화梅花 · 난초蘭草 · 국화菊花 · 대나무竹)의 사군자도 그렇습니다. 그래서 당시에 판매된 많은 소설 중에서 4권이 선택되었을 가능성이 높습니다.

몽골족이 멀리 북쪽 고원으로 물러나고 명나라가 들어서자 그동안 시장판에서 사람들에게 전해지던 이야기 대신 개인적으로 읽을 수 있는 장편물을 요구하는 사회분위기가 조성되었습니다. 원나라 때부터 발달하기 시작한 상업자본이 출판에도 큰 영향을 끼친 까닭이죠. 이때 발달한 소설문학은 어떤 특정한 작가의 창작물이 아닌, 민중들 사이에 펴져있던 설화들을 집대성해 하나의 장편물로 재탄생했다는 매우 독특한 특징을 가지고 있습니다. 이때 소설뿐만 아니라 다양한 문학 작품들이 탄생하기 시작했는데 그 이유를 따져보면 이렇습니다.

첫째, 백화문학이 발전했습니다. 백화문학이란 구어체로 기록된 문학을 의미하는데요. 그전까지는 당唐의 시, 송宋의 사, 원元의 희곡이라 해서 문어체가 일상적으로 쓰였습니다. 그런데 명대에 이르러 구전으로 이어오던 설화를 기초로 장 · 단편 소설이 창작되기 시작했습니다. 이는 사회적 인식 변화 때문이었는데요. 송나라 때까지는 엄격한 유가사상의 영향으로 통속적 이야기가 경시되어 왔으나 원나라를 거치면서 비교적 자유로운 분위기가 조성되었습니다. 몽골인이 독점하는 정치를 제외하고는 자유롭게 활동하도록 통치했던 원나라의 영향이었습니다. 뒤를 이어 등장한 명나라를 거치면서 점차 진보적인 지식인들이 나타났고, 자유로운 표현을 하기 시작했습니다.

두 번째는 현실적인 이유였습니다. 하나는 인쇄술의 발전이었고 또하나는 경제성장 때문이었습니다. 발달한 인쇄술은 문학작품들을 간행하는 일을 쉽게 만들어줬고 가격이 싸졌기 때문에 많은 독자들을 확보할 수 있었습니다. 또 이를 구입할 수 있는 여유를 가진 시민들이 대폭 늘어났는데 서양과의 교역활동으로 경제가 발달한 이유 때문이었죠. 당시 명나라는 서양에서 들어온 은자銀子로 인해 유통이 활발해져 획기적인 경제성장을 이룰 수 있었습니다. (금병매에서 서문경이 은자를 활용해 관리들을 매수하는 장면이 다수 등장하는데 이를 보면 명나라시대라는 걸 알 수 있습니다.) 이때 풍부해진 경제력은 시민계층의 삶의 질 향상으로 이어졌고, 문학작품을 소비할 수 있는 여유를 제공했습니다.

『삼국연의』는 나관중, 『수호지』는 시내암과 나관중이라는 작가의 이름이 있지만 이들이 처음부터 소설을 창작한 것은 아니었습니다. 대부분 역사적 사건에서 출발한 이야깃거리들이 시장판에서 다양한 형태로 제공되었고, 저자들은 이것을 수집하여 정리하는 역할을 했습니다. 그래서 이 책들은 다양한 판본이 존재합니다.『삼국연의』만 해도 나관중 본과 청나라 모종강 부자가 편찬한 내용에서 출발한 모종강 본이 있으며, 『수호지』도 시내암 본과 청나라 때 나온 김성탄 본도 있습니다. 또 이것들이 여러 사람에 의해 번역되어 한국에 들어오다 보니 줄거리가 조금씩 다르기도 하죠.

명나라 시절에는 훨씬 더 많은 서적들이 출간되었겠지만 그 중에서 이 책들이 오늘날까지 살아남아 후대에 전해질 수 있었던 것은 민중들의 특별한 사랑을 받았기 때문일 것입니다. 이들은 책으로 출간되기 전부터 사람들의 입에서 입으로 전달되는 과정을 거쳤습니다. 대부분 역사적 사실들을 기초로 이야기가 시작되었지만『삼국연의』를 제외하고는 대부분 허구 이야기들을 다룹니다. 『수호지』는 중국 역사에서 수없이 등장하는 반란군으로부터 출발했으나 인물이나 과정 전개가 대부분 창작물입니다.『서유기』는 당나라 때 실존인물이었던 현장법사가 인도에 다녀왔던 이야기를 바탕으로 쓰인 판타지 소설입니다. 허무맹랑한 81가지의 모험이야기가 나오지만 그 속에 흥미진진한 스토리가 숨어있습니다. 저자 미상이라 알려지는 『금병매』는 송나라를 무대로 이야기가 펼쳐지지만 내용상으로 보면 후대 명나라 시절의 부패한 사회상이 그려집니다. 주인공의 문란한 엽색행각이 주요 줄거리인데, 이는 금권이 만연했던 당시의 사회상을 제대로 비판하고 있죠.

『수호지』는 나이 들어 다시 읽어야 제 맛이다

어릴 적 만화로 된 것이든 소설이든 한번쯤은 읽어봤을 중국 소설 『수호지』, 하지만 그때는 책에서 느껴지는 감동이 그리 크지 않았습니다. 온갖 부패가 만연한 정치 난맥상, 가진 자들이 없는 사람들을 착취하는 세태, 그에 항거하는 사람들의 의리와 기개를 보고 감동을 느낄 수 있으려면 현실을 제대로 알만한 나이가 되어야 합니다. 오늘날에도 그러한 현실은 동일하게 반복되기 때문이죠. 어릴 적 만났던 소설을 어른이 되어 다시 읽을 때, 눈앞에 펼쳐지는 갑갑한 현실이 오버랩되어 간접적이나마 영웅들을 스스로와 동일시하는 카타르시스를 느끼게 됩니다. 그때가 바로 소설을 읽는 진짜 재미를 알 수 있을 때입니다.

『수호지』에는 무려 108명의 비범한 인물들이 등장합니다. 그들은 사회 질서에 순응하거나 만족하고 사는 사람들이 아니라 불의를 떨치고 일어나 의협심을 발휘하는 사람들입니다. 시골 관아의 말단 관리로 있다가 사람을 죽이고 도망치는 무송, 힘만 센 땡중 출신 노지심, 지식인이자 관료 출신이었던 송강은 공통점이 있습니다. 그들은 문인 출신이거나 못 배운 하층민 출신에 상관없이 모두 자신의 처지에 불만을 갖고 있습니다. 그들은 살면서 만나는 사회의 부패와 불합리성을 참지 못하고 반기를 들고 떨쳐 일어나 싸움에 가담했습니다. 그들은 읽는 사람들로 하여금 현실에서 느끼는 불의에 저항하는 정의로움을 간접적으로 경험하도록 도와줍니다.

하지만 그들은 『삼국연의』의 주인공들처럼 쓰러져가는 나라를 일으켜 세운다거나 새로운 시대를 창조하려는 거창한 계획은 없습니다. 때로 그들은 남의 재물을 약탈해서 사리사욕을 채우기도 하고 여인네를 겁탈하는 부도덕한 모습도 지니고 있으며, 조조처럼 책사들을 채용해서 치밀한 정벌계획을 세우지도 못합니다. 혹자는 그래서 『수호지』의 인물들에게 영웅이라는 칭호를 붙이는 것은 부적절하며, 도적의 무리에 불과하다고 폄하하기도 합니다. 하지만 오히려 그들의 불완전한 인간적 면모에 민중들이 친근하게 느꼈을지도 모르죠.

『수호지』의 줄거리를 정리해 보면 이렇습니다. 이 책의 전반부는 108명의 영웅들이 양산박으로 모여들게 되는 과정을 하나씩 설명하고 있습니다. 의협심 강한 땡중 '노지심'은 어려움에 처한 이들을 구하려다 살인을 저지르고 어쩔 수 없이 도망치다가 오대산으로 숨어들어 승려가 되었습니다. 하지만 술과 고기를 닥치는 대로 먹어치우는 안하무인 노지심이 절간에 머무를 수는 없었을 터. 도화산을 거쳐 개봉으로 향하는데 그 과정에서도 여러 기행을 저지릅니다.

두 번째 인물은 금군[48]의 창봉 교두로 무술 사범이었던 '임충'입니다. 그는 강직하고 성실한 관리였으나 함정에 빠져 죄인이 되었습니다. 유배를 가던 길에 자신을 죽이기 위해 온 자객들을 죽여 버리고 양산박에 당도합니다.

가장 잘 알려져 있는 인물은 '무송'입니다.『금병매』의 주인공 중 하나인 반금련의 시동생이었고, 그녀를 죽이는 신세가 된 사람입니다. 청하현에서 머물다가 만난 송강과 의형제를 맺었고, 고향으로 가던 길에 양곡현에서 호랑이를 때려잡아 그 공로로 관리가 되었답니다. 그곳에서 아름다운 아내 반금련을 데리고 취병(병풍) 장수로 살아가고 있던 형 무대를 만났습니다. 그런데 무송이 동경으로 일을 보러간 사이 천성이 남자와 바람피우기 좋아하던 형수 반금련이 서문경과 눈이 맞아 형을 독살한 일이 생겼습니다. 여행에서 돌아와 이 사실을 알게 된 무송은 서문경과 반금련을 죽이고 자수하여 유배길에 오릅니다. 유배길에 장청, 손이랑 부부에게 인육 만두가 될 뻔했으나 그를 알아본 장청이 풀어주었고 노지심과 양지의 소식을 전해줍니다. 무송은 장청 부부의 권유로 이룡산으로 향하고 그 길에 송강과 다시 만납니다.

양산박의 두령이 되는 인물은 관아에서 문서를 담당하던 하급관료 출신 '송강'입니다. 그는 본래 사람 사귀기를 좋아해 식객을 끌어들이고 어려운 이웃을 많이 도왔습니다. 하지만 이 때문에 관군과 싸우게 되고 어쩔 수 없이 양산박으로 도망쳐 들어옵니다. 그곳에서 임충을 만났고 기존 두령이었던 조개를 모시다가 나중에 두령으로 등극합니다.

그렇게 108명의 영웅들이 모두 모이는 과정에는 양산박을 토벌하려는 관군들과의 전투과정이 전개됩니다. 108명을 완성하기 위해서는 토벌군에 소속되어 있던 관리들을 영입하는 과정이 필수죠. 그렇게 양산박 두령들이 완성된 후 그들은 송나라 황제에게 귀순하고 북경성 공략에 참여합니다. 북송 시절이므로 북경은 요나라 영토였습니다. 그리고 남방의 도적인 방랍을 토벌하러 떠나게 됩니다. 그곳에서 그들은 나라를 위한 전쟁을 치르고 하나씩 목숨을 잃게 됩니다.

『수호지』의 정신

『수호지』의 전반부에 흐르는 정신은 '의리'입니다. 영웅들을 양산박에 모이게 했던 구심점이자 행동 원리는 '의義' 또는 '협의俠義'였습니다. 자신에게 은혜를 베푼 사람에 대해 목숨을 다해 충심으로 섬기거나 대의를 이루기 위해 목숨까지 바칠 수 있는 용기 말입니다. 고대로부터 중국 민중에게는 이러한 의협을 존중하는 문화가 있었습니다. 사마천은 「유협열전」에서 남을 위해 목숨을 바치고 약자를 구해주는 사람을 유협이라 부르며 이렇게 설명합니다.

"그들의 말에는 믿음이 있고 행동이 과감하며 한번 승낙한 일은 반드시 성의를 다해 실천하기 위해 목숨을 아끼지 않는다. 생사가 달려 있음에도 자기의 능력을 뽐내지 않고 그 덕을 자랑하는 것을 수치로 여긴다."

그러면서 한나라 시대 사람인 주가, 전중, 왕공, 극맹, 곽해와 같은 인물들의 행적을 「유협열전」에 기록하고 있습니다. 이들의 모습과 수호지에 등장하는 인물들의 모습이 다르지 않습니다.

『수호지』후반기에 흐르는 정신은 국가에 대한 '충忠' 내지 '충의忠義'입니다. 초반에는 협객들 위주의 집단이었던 양산박에 송나라 하급 관리 출신인 송강이 들어오고, 그가 새로운 두령으로 추대되면서 분위기가 '충'으로 변하기 시작합니다. 송강은 염파를 죽이고 어쩔 수 없이 양산박에 들어와 일인자가 되지만 자신이 옳은 일을 하고 있지 못하다는 생각을 늘 했던 인물이었습니다. 그래서 기회가 되면 나라의 일을 하고 싶다는 소망을 피력합니다. 그래서 두령으로 취임하자마자 원래 '취의당聚義堂'이었던 현판을 '충의당忠義堂'으로 바꿔달았습니다. 의로운 협객의 집합소였던 양산박이 국가에 충성하는 무리가 머무는 장소로 바뀐 셈입니다. 결국 송강과 그의 무리는 송나라에 귀순한 후 남방의 도적 떼를 토벌하는 역할로 바뀌었습니다.

어쩌면 양산박의 행동 강령이 '의'에서 '충'으로 변한 덕분에 이 소설이 살아남았는지도 모릅니다. 자유로운 주제의 문학이 살아남을 수 없는 전제주의 왕조시대에 협객이 추구하는 '의'만으로는 모든 사람들을 만족시킬 수 없었을 것입니다. 황제에게 충성하는 충의 개념이 추가되었기에 백성들부터 관리들까지 자유롭게 읽을 수 있었을 것이기 때문이죠.

무엇보다『수호지』의 매력은 '재미있다'는 점입니다. 신중국 창시자인 모택동은 "『수호지』는 어려서 가장 좋아했던 고전 소설 중 하나다. 책 속에 있는 줄거리를 줄줄 외울 수 있었다."고 말한 바 있습니다. 또이 소설은 우리나라『홍길동전』에도 영향을 준 것으로 전문가들은 파악하고 있습니다. 지은이 허균이 여러 차례 사신의 임무를 띠고 중국을 왕래하면서 많을 책을 구입하였기에『수호지』뿐만 아니라 중국의 여러 소설들이『홍길동전』집필에 참고가 되었을 가능성이 큽니다.

판타지의 원조 『서유기』

허구의 이야기지만 탄탄한 스토리가 짜인 판타지의 세계는 한번 재미에 빠지면 빠져나오기 어렵습니다. 조앤 롤링Joan K. Rowling(1965. 7~)을 셰익스피어보다 더 인기 있는 작가로 만들어준『해리포터』와 판타지 마니아들의 성전인『반지의 제왕』같은 소설들은 영화산업과 맞물려 큰 사랑을 받았습니다.『해리포터』와『반지의 제왕』은 그리스신화보다 영향력에서 조금 밀리는 영국 브리튼섬 켈트족의 신화에 관심을 갖게 하는 계기가 되었죠. 그렇다면 이러한 판타지는 서구인들만의 전유물일까요? 서양 어린이들은 어릴 적부터 그리스신화 이야기를 듣고 자랐겠지만 한국인의 어린 시절에는 무얼 읽고 들었을까요?

어린 시절 만화 속에서 읽었던 초능력을 지닌 원숭이 하나가 관음보살과 경쟁하기 위해 구름을 타고 나르는 장면이 기억납니다. 원숭이는 자신 있게 '근두운'을 타고 열심히 달려 수만 리를 왔다고 생각했습니다. "이렇게 멀리 왔으니 이제는 벗어났겠지."하고 자신만만했는데 눈앞에 큰 기둥 다섯 개가 나타났습니다. 무엇일까 자세히 보니 관음보살의 손가락이었습니다. 아무리 구름을 타고 날아가 봤자 부처님 손바닥 안이었던 셈이죠.

삼장법사와 그 제자인 손오공, 저팔계, 사오정이 불경을 얻기 위해 서역으로 향하며 겪게 되는 81가지 시험 과정을 다룬『서유기』는 우리가 알고 있는 가장 오래된 판타지 소설입니다. 4대 기서의 하나이지만 인간의 역사를 다룬 다른 책과는 확연히 구분되며 신선, 부처, 도사, 요괴, 마귀가 등장합니다. 바로 불교와 도교의 신들이 뒤섞여 종횡무진 활약을 펼치는 무대가 되죠. 이는 당시 사람들의 생활이 부처와 도교의 신들에 얼마나 밀착되어 있었는가를 알려 주는 좋은 증거가 됩니다.

이 책은 극히 비현실적이고 초현실적인 사건을 다루기에 '신마소설神魔小說[49]'이라는 장르가 명나라 시대에 탄생하는 계기가 되었습니다. 이 소설은 당나라 때 불경을 구하러 인도로 떠났던 승려 현장玄奘(600~664)의 실화를 모티브로 했습니다. 즉, 소설에 등장하는 '삼장법사'는 실제 인물이었던 셈입니다. 현장은 불경을 구하기 위해 17년에 걸쳐 50개가 넘는 서역의 나라를 여행했고 그곳에서 자신이 겪은 일들을 『대당서역기』라는 방대한 기록으로 남겼죠. 하지만 소설 『서유기』는 인간이 겪은 고생을 네 명의 주인공들이 요괴, 마귀와 싸우는 것으로 바뀌었습니다. 고대 그리스 사람들이 인간들의 다양한 고생담을 헤라클레스가 지구를 떠돌며, 12가지 과업을 수행하기 위해 온갖 괴물과 싸워야 했던 것으로 바꾼 것과 비슷한 모양새입니다.

이 이야기 속의 주인공은 돌원숭이 입니다. '손오공'이란 이름을 가진 이 원숭이는 어미, 아비도 없이 산봉우리의 돌알로부터 태어났습니다. 자신만만하고 맹랑한 원숭이 손오공은 어느 날 도술을 배워 관음보살과 힘겨루기를 했죠. 이 장면은 오래전 만화에서 보았던 관음보살 손가락이 기억에서 사라지지 않을 만큼 강렬합니다. 하지만 손오공은 도술을 써서 옥황상제의 궁전이 발칵 뒤집히는 소동을 벌인 죄로 500년 동안이나 오행산에 갇히는 벌을 받았습니다. 이곳을 지나던 삼장법사의 도움 없이는 산에서 벗어날 수 없는 신세가 되었죠.

그 외에 돼지 형상을 한 괴물이며 머리가 단순한 낙천가 저팔계, 하천의 괴물이며 충직한 비관주의자 사오정이 여행을 떠나는 한 팀이 됩니다. 그들은 삼장법사를 리더로 해서 여행을 떠났고, 그 과정에서 요괴를 포함하여 다양한 괴물들의 방해를 받지만 온갖 비술을 발휘하여 이 모두를 극복합니다. 마침내 그들은 목적지에 도달했고 그 공적으로 부처가 될 수 있었다는 게 이 소설의 줄거리입니다.

이 책은 명나라 때 하급 관료였던 오승은이 민간 설화와 다양한 구전 자료들을 모아서 썼다고 알려져 있지만, 작가 한 사람의 창작물이라고 보기 어렵습니다. 『삼국연의』처럼 오랜 시간동안 민중들의 입에서 입으로 전해져 오는 이야기들의 모음집이라고 봐도 무방합니다. 때문에 일관성이 떨어지고 황당한 설정이 많지만 그만큼 풍부한 상상력으로 우리를 이끌어주는 판타지가 될 수 있었습니다.

『서유기』를 읽는 자세

이 책은 어른부터 어린아이까지 오랫동안 사람들의 사랑을 받은 작품입니다. 왕조시대에는 유교 · 불교 · 도교 등 동아시아의 다양한 문화 전통을 포괄하고 있기에 쉽게 이해할 수 있어서 사람들의 평가가 좋았습니다. 현대에 와서도 허영만의 만화책 '날아라 수퍼보드', 학습 만화 『마법천자문』의 주인공으로 큰 인기를 끌었습니다. 게임으로도 만들어진 게 꽤 많으니 가히 OSMU(One Source Multi Use) 대표 작품이라 해도 틀리지 않습니다. 또 사람들 사이의 유머로도 쓰이는데 재주는 많지만 얄미운 손오공보다는 저팔계의 우둔하지만 낙천적인 행동이 돋보이고, 괴물이었고 비관주의자였지만 현대에 와서는 약간 바보 유형으로 변질되고 있는 사오정 캐릭터 등 각 주인공들의 모습이 재미있게 다가옵니다.

그런데 우리가 『서유기』에 담긴 내용을 온전히 그대로 소화하기에는 꽤 까다롭습니다. 더구나 워낙 장편이고 분량이 많아 원전을 읽어본 사람도 별로 없습니다. 등장하는 인물들이 많기 때문에 일일이 이름을 외우기도 어렵고, 자꾸 반복되는 구성으로 지루함의 연속으로 느껴지기도 하죠. 뿐만 아니라, 오랫동안 구전을 통해 여러 이야기가 복합적으로 섞이다 보니 에피소드는 치밀하지만 그 관련성은 어설픕니다.

그래서 이 소설을 읽으려고 치밀하고 꼼꼼하게 다가서면 실패하기 십상입니다. 앞뒤가 안 맞는 대목이 등장한다고 이를 따지고 들면 읽기가 어려운 소설입니다. 교훈적인 내용을 찾아내려고 노력할 필요도 없습니다. 『서유기』는 줄거리 전체를 치밀하게 꿰어낸 현대적인 소설이 아니라 여러 가지 이야기를 봉합한 판타지의 묶음이기 때문입니다. 따라서 우리는 책의 순서를 지켜가며 읽을 필요는 없습니다. 아마 그랬다간 당장 읽던 페이지를 덮어버릴 가능성이 높습니다. 어차피 서천으로 불경을 찾으러 가는 동안 만나는 81가지 모험 이야기이니까 재미있는 부분만 골라 읽어도 되죠. 그 속에서 재미있는 이야기를 발견하면 그 속에 빠져보면 됩니다. 황당한 이야기를 모아놓은 소설이지만 지금까지 생명력을 유지한 비결은 분명 존재하고 있을 것이니 말입니다. 특히 도교와 불교 등의 종교적 내용을 환상이라는 세계로 끌어들여 상상력을 키우는 역할을 해 왔기에 앞으로도 다양한 방법으로 이야기가 응용될 가능성이 높습니다.

날아라 수퍼보드,
마법천자문 그리고 드래곤 볼

서양에서 헬라클레스의 모험 이야기가 다양한 방식으로 변형되어 활용되는 것처럼 동양 사회에서는 손오공의 모험이 가장 재미있는 스토리텔링 소재이다. 과거에는 만화로 제작되기 시작하여 사람들의 시선을 받다가 텔레비전 애니메이션으로 또 영화로 만들어져 사랑을 받았다. 최근에는 온라인 게임으로 확장되는 추세다. 특히 손오공이란 주인공의 특성상 어린이들이 좋아하는 콘텐츠로 제작되는 게 특징인데 원작을 충실히 살린 작품도 있고, 그냥 이름만 따오는 경우도 있다. 그 대표적인 작품으로 '날아라 수퍼보드'와 '마법천자문' 그리고 일본에서 흥행한 '드래곤 볼'이 있다.

「날아라 수퍼보드」는 「타짜」, 「식객」 등을 그린 만화가 허영만이 제작한 「미스터 손」이라는 만화가 원작인 텔레비전 애니메이션이다. 이 작품은 서유기의 원작에 비교적 충실한 편인데 여행지에서 여러 모험을 하는 줄거리와 손오공, 삼장법사, 저팔계 등이 등장한다. 미스터 손은 손오공의 애칭으로 본명인 손오공보다 훨씬 자주 사용된다. '수퍼보드'는 손오공이 타고 다니는 보드다. 서유기 원작에 등장하는 한번 날면 10만 8,000리를 달린다는 근두운(筋斗雲)의 현대적 버전인 셈이다. 손오공이 여의봉 대신 쓰는 무기는 쌍절곤이다. 배경은 고전이지만 현대의 물건을 사용하는 등 세부적인 내용은 원작과 많이 다르다. 원작을 따르면서도 어린이들이 재미있어하는 요소를 많이 넣기 위해 노력한 모습이 보인다.

손오공이라는 이름을 쓴 만화 중에서 『마법천자문』만큼 성공을 거둔 것은 없을 듯하다. 초베스트셀러로 엄청나게 많은 어린이들의 사랑을 받고 있고 텔레비전으로도 방영되었다. 현재 39권이 발간된 가운데 50권까지 제작될 예정인데, 21권까지만 배경이 동양이고 그 후는 서양 신화를 다룬다. 이 만화는 손오공이라는 이름만 따왔을 뿐 서유기의 내용을 다루지는 않는다. 손오공이 보리도사의 제자가 되어 한자를 배워나가는데, 이 책의 목적이 독자들로 하여금 한자를 배우기 위한 것이기 때문이다. 손오공이라는 콘텐츠에서 개념을 따온 학습 만화의 신기원을 이룬 작품이라 할 수 있다.

드래곤볼(Dragon Ball, ドラゴンボール)은 일본 만화가 토리야마 아키라(鳥山明)가 주간 소년점프라는 잡지에 1984년부터 1995년까지 약 10년 동안 연재한 만화다. 여기서 드래곤볼이란 전세계에 흩어진 7개를 모두 모으면 어떤 소원이라도 들어준다는 구슬이다. 여기의 주인공은 손오공으로 그는 드래곤볼을 모두 모으기 위해 여행을 떠나고 수많은 모험을 만난다. 이후 애니메이션으로 텔레비전에 방영되었고 영화로도 제작되었다. 또 관련 상품이나 게임 등이 꾸준히 제작되고 있어 일본을 대표하는 콘텐츠의 하나가 되었다.

각주

1) 김원중 역,『사기』하본기, 민음사
2) 예태일, 전발평 평역,『산해경 』, 안티쿠스 2008, P376
3) 중국 고대사 연구작업 중 하나로 구체적 연대가 불분명한 하나라, 상나라, 주나라 역사에 대해 구체적인 연대를 확정하려는 시도였다. 여기서 하나라의 탄생 연도를 기원전 2070년으로 확정했는데 정확한 근거가 있는 것은 아니다.
4) 수나라 이후 운영된 최고 국립교육기관이다. 국자학 혹은 국자사라 부르기도 한다.
5) 가장 유명한 예는 기원전 404년 진나라가 한,위,조 세 나라로 분리된 것이다. 여기에 기원전 386년에는 강태공이 세운 제나라의 국통이 전씨로 바뀐 예가 있다.
6) 서한 때의 궁녀 왕소군(王昭君), 삼국시대의 초선(貂蝉), 당대의 양귀비(杨贵妃)와 함께 고대중국의 4대 미인(四大美人)으로 지칭되는 인물이다.
7) 제나라, 연나라 등 먼 지역에 있는 나라와는 친교를 맺으면서 한나라 등 가까운 나라는 하나하나씩 공략해 나가는 진나라의 통일전략.
8) 기원전 237년에 치수사업을 맡고 있던 정국이 이웃 한(韓)에서 파견한 첩자임이 밝혀지자 진왕은 재직하고 있는 모든 외국출신 관리들을 추방하도록 명을 내렸다. 이때 초나라 출신이었던 이사는 함양을 떠나면서 글을 남겼는데, 인재등용의 원칙을 설파했다. 지금까지 전해지는 진나라의 가장 우수한 논설문이라 평가된다.
9) 진나라의 법은 모두 폐하고 간단하게 세 가지의 법을 시행했는데 "사람을 살해한 자는 사형에 처하고, 사람을 상해하거나 남의 물건을 훔친 자는 죄값을 받는다"는 내용이었다.
10) 천하의 제후들이 주나라로 통일됨을 말하는 사상. 후일 춘추공양전의 뜻풀이에서 유래했다.
11) 만물을 낳고 기르는 주재자인 하늘의 명령에 의해 세상이 돌아간다는 개념이다. 후일 주희는 "하늘이 음양오행을 갖고 만물을 살아가게 하는데 여기에 기(氣)로 형(形)을 이루고 이(理)가 거기에 부여되는데 이것은 하늘의 명령과 같다."라고 설명했다.
12) 世之顯學, 儒 · 墨也 한비자, 현학편 50-1
13) 줄리아 로벨,『장성,중국사를 말하다』, 웅진씽크빅, 2007, P.376
14) 나시오 히로요시,『말과 황하와 장성의 중국사』, 북북서, 1988
15) 1004년에 거란군과 송군이 맞붙어 당흥, 수성 등지에서 싸운 후 송나라는 단주에서 거란과 맹약을 맺었다. 이로써 거란과 송나라는 120여년 동안 평화의 시대를 구가하게 된다.

16) 삼조북맹회편, 송나라의 휘종·흠종·고종 등 3조(12세기 중의 약 50년간)에서의 송나라와 금(金)나라 양국간의 전쟁과 화평의 교섭관계를 기록한 책이다.

17) 후한 말인 서기184년 태평도라는 종교결사의 수령 장각이 주도한 농민 반란이다. 반란군이 누런 수건을 착용했기에 이런 이름이 붙여졌는데 이 난이 원인이 되어 중앙 정치가 붕괴되고 각지의 호족이 난립하는 삼국의 분열기가 시작되었다.

18) 937년 남조의 뒤를 이어 단사평이 건국한 왕조로 도성은 대리(大理, 다이리)였으며, 현재의 운남, 귀주, 사천성 서남부, 미얀마 북부 라오스와 베트남의 일부지역을 강역으로 했다. 그래서 이곳에서 나온 돌을 대리석이라 부른다. 1253년 원나라에 멸망할 때까지 22대 316년을 유지했다.

19) 서기 439년 장수왕이 송나라에 말 800필을 보냈다. 송서 이만열전

20) 풍우란,『중국철학사 상편』, 까지글방, 1999, P19

21) 유가학파의 주요 경전. 역대왕조에 따라 끊임없이 증가해 왔다. 한무제 때 오경박사(伍經博士)를 두었는데, 『시경』,『서경』,『역경』,『예기』,『춘추』를 가리켰다. 이후 5경에『논어』,『효경』이 추가되어 7경이 되었다. 당나라 때에 이르면 과거시험에 삼례三禮인『주례』,『의례』,『예기』와 3전三傳인『좌전』,『공양전』,『곡량전』을 두었는데,『역경』,『서경』,『시경』을 합쳐 9경이 되었다. 송나라 때에는 당나라 때의 12경에『맹자』가 포함되어 13경이 되었다.

22) 기원전 5세기 말부터 기원전 4세기 초까지 활약한 고대 그리스 사상가다. 원자론을 체계화하였으며 유물론의 형성에도 영향을 끼쳤는데 플라톤의 관념론과 대척점에 있었다.

23) 사문난적(斯文亂賊)은 원래는 유교 반대자를 비난하는 말이었으나 당쟁이 격화되면서 그 뜻이 배타적으로 변해 교리의 해석을 달리하는 사람들을 반대파로 몰던 말이 되었다. 송시열이 윤휴를 사문난적으로 몰았던 것이 대표적인 사례다.

24) 본래는 자기가 쓴 문장으로 인해 화를 당하는 일을 일컫는데, 한나라부터 청나라까지 어느 시대나 있었다. 하지만 청나라 강옹건 황제시대에 왕조의 권위를 높이기 위해 악용되었다. 이로 인해 이로 인해 학술의 자유로운 발전이 억압되었다.

25) 한고조 유방은 자신의 후손 유씨들은 각 지역에 봉국했는데, 기원전 154년 경제 때에 이르러 이들 제후들은 황제 권한의 확대에 반발해 전쟁을 일으켰다. 오, 초 등 일곱 나라가 연합해 중앙정부에 대항했다고 해서 이런 이름이 붙여졌다. 결국 반란은 진압되었고 이로써 중앙정부의 권한이 강화되었다.

26) 추연(鄒衍 또는 騶衍: 기원전 305~240)은 제(齊)나라 사람이며 음양가(陰陽家)의 대표 인물이다.

27) 풍우란,『중국철학사』, 까치글방, 1999, P19

28) 난세에 태어나 인생의 덧없음을 뼈저리게 느끼면서도 현실을 직시하고 호방한 기세로 세파를 헤쳐나가려는 문학 풍조를 일컫는다. 문학적 표현에서 유약함을 비판할 때 많이 이용된다.

29) 위진 시기 7명의 명인인 혜강·완적·산도(山濤)·향수·유영(劉伶)·완함(阮咸)·왕융(王戎)을 일컫는다.

30) 후한에서 당나라시대에 걸쳐 유통된 마약으로 종유석, 유황, 백석영, 자석영, 적석지 이상 다섯가지 돌로 만든 가루약이라 해서 오석산이라는 이름을 가졌다. 허약체질 개선에 효과가 있다고 알려져 널리 유통되었지만 그 부작용으로 죽은 사람이 많았다.

31) 종교는 삶의 문제를 해결하려 하는데 여기에 활용되는 일련의 원칙이 그 종교의 교의다. 불교의 교의는 철학이라 할 수 있으며 불교와 구별하기 위해 불교의 교의를 불학이라 부른다.

32) 탐욕(貪欲)과 진에(瞋恚)와 우치(愚癡), 곧 탐내어 그칠 줄 모르는 욕심과 노여움과 어리석음. 이 세 가지 번뇌는 열반에 이르는 데 장애가 되므로 삼독三毒이라 한다.

33) 유가사상의 가장 중요한 여섯가지 경전을 말하는데『시경(詩經)』,『서경(書經)』,『예기(禮記)』,『악기(樂記)』,『역경(易經)』,『춘추(春秋)』다.

34) 사서 중 하나인『대학(大學)』에 나오는 격물(格物)·치지(致知)·성의(誠意)·정심(正心)·수신(修身)·제가(齊家)·치국(治國)·평천하(平天下)의 8조목으로 된 내용 중, 처음 두 조목을 가리킨다. 이 말의 본래 뜻이 밝혀지지 않아 후세에 이의 해석을 두고 여러 학파가 생겨났다.

35) 서한 무제 때 사람이었는데 제나라 출신 동방삭은 대나무 한 짐에 글을 써서 무제에게 올렸는데 그 양이 많아 다 읽는 데 두 달이나 걸렸다고 한다. 그는 해학과 변론에 뛰어났다는데 그를 주인공으로 한 신화가 만들어졌다. 서왕모가 한무제에게 내려왔을 때 동방삭을 보고 "내 복숭아를 훔쳐먹는 놈이 저기 있네."라고 말했다고 한다. 그 후 죽지 않고 장수했다고 하여 삼천갑자동방삭(三千甲子東方朔)이라고 불렀다.

36) 모든 생물, 사물, 현상에 영(靈)적 능력이 있다고 믿는 세계관을 말한다.

37) 무령왕릉에서는 왕과 왕비용 두 개의 지석이 발견되었는데 왕의 지석에는 무령왕릉에 대한 소개를 하고 있고 왕비의 지석에는 지신에게 무덤자리를 구입했다는 말이 적혀 있다.

38) 장자 소요유 편. "막고야산에 신인이 살고 있는데, 피부는 얼음이나 눈처럼 희고, 몸매는 처녀같이 부드럽다. 오곡을 먹지 않고 바람과 이슬을 빨아들이며, 구름의 정기를 타고 비룡을 부리면서 세상 밖에까지 나가 논다."

39) 갈홍이 주장한 신선이 되는 비법 선약으로 그 주성분이 무엇인지 자세하게 규명되지는 않았으나 황금과 수은(혹은 수은과 황 화합물) 등이 주요 성분이다. 또 제조과정에서 납이 촉매제가 되었다. 진시황이 납 중독으로 사망했다는 설이 있는 것처럼 당시에는 어느 정도 알려진 제조법이었던 듯하다.

40) 마노 다카야,『도교의 신들』, 도서출판 들녘, 2001, P9

41) 마노 다카야,『도교의 신들』, 도서출판 들녘, 2001, P39

42) 공상철 외,『중국 중국인 그리고 중국문화』, 다락원 2001

43) 팩션은 팩트(fact)와 픽션(fiction)을 합성한 말로 역사적 사실이나 실존인물의 이야기에 작가의 상상력을 더하여 새롭게 창조하는 문화예술 장르다. 주로 소설

에 많이 적용되었지만 최근에는 영화, 드라마, 연극 등 다양한 분야에서 쓰인다.

44) 청나라 중기 역사가 장학성(章學誠)은 '칠실삼허(七實三虛)론'을 내놓았다. 실제 역사 이야기가 70%이며 소설적 가공이 30%라는 의미다.

45) 역사 사실을 기록할 때 본기, 열전, 지, 연표 등으로 구성하는 역사서술 체계를 말한다. 사마천의 『사기』에서부터 시작하여 많은 역사서가 이 방식으로 쓰였다. 또 다른 역사서 기술 방식인 편년체와 대비되는데 이는 사건 발생연도에 따라 기록한다.

46) 정통론은 중국 분열기에 어떤 나라가 정통을 이었는가를 보는 역사적 관점이다. 위촉오로 분리되었던 삼국시기에 촉나라가 한나라의 뒤를 잇는 정통 국가라고 보는 역사관을 말한다.

47) 간사한 꾀가 많은 영웅

48) 금군은 송나라 황제의 친위 군사들을 부르는 이름이었다.

49) 신(神)과 마귀(魔)의 이야기를 다루는 소설 장르를 말한다. 중국 명대 소설의 양대 부류 중 하나로 여겨지며, 대표적인 작품으로는 『서유기』와 『봉신연의』가 있다.

각주

중국사
연대표

하			BC 2100~1600
상			BC 1600 ~ 1100
주		서주	BC 1100 ~ 771
		동주	BC 770 ~ 256
		춘추	BC 770 ~ 407
		전국	BC 406 ~ 221
진			BC 221 ~ 207
한		서한	BC 202 ~ AD 8
		신	8 ~ 23
		동한	24 ~ 220
삼국		위	221 ~ 265
		촉	221 ~ 263
		오	229 ~ 280
서진			265 ~ 316
동진			317 ~ 420
남북조	남조	송	420 ~ 479
		제	479 ~ 502
		양	502 ~ 557
		진	557 ~ 589
	북조	북위	386 ~ 534
		동위	534 ~ 550
		북제	550 ~ 577
		서위	535 ~ 556
		북주	557 ~ 581
수			581 ~ 618
당			618 ~ 907
5대 10국	후량	남방지역 남당,전촉/후촉 북한 등 10국	907 ~ 923
	후당		923 ~ 936
	후진		936 ~ 946
	후한		947 ~ 950
	후주		951 ~ 960
	북송		960 ~ 1127
	남송		1127 ~ 1279
요			916 ~ 1125
금			1115 ~ 1234
원			1271 ~ 1368
명			1368 ~ 1644
청			1644 ~ 1911
중화민국			1912 ~ 1949
중화인민공화국			1949 ~

찾아보기

최소한의 중국 인문학
중국 핵심 강의

초 판 1쇄 발행 | 2017년 10월 25일
재 판 2쇄 발행 | 2017년 11월 22일

지은이 | 안계환

펴낸이 | 김명숙
펴낸곳 | 나무발전소
디자인 | 이명재

등 록 | 2009년 5월 8일(제313-2009-98호)
주 소 | 04073 서울시 마포구 독막로8길 31(합정동) 서정빌딩 8층
이메일 | tpowerstation@hanmail.net
전 화 | 02)333-1962
팩 스 | 02)333-1961

ISBN 979-11-86536-50-6 03800

＊책 값은 뒷표지에 있습니다.
＊잘못된 책은 바꾸어 드립니다.